HERMES

在古希腊神话中，赫耳墨斯是宙斯和迈亚的儿子，奥林波斯神们的信使，道路与边界之神，睡眠与梦想之神，亡灵的引导者，演说者、商人、小偷、旅者和牧人的保护神……

西方传统 经典与解释 **HERMES**
Classici et Commentarii

伯纳德特集

张辉 ● 主编

（重订本）

弓与琴

—— 从柏拉图解读《奥德赛》

The Bow and the Lyre:
A Platonic Reading of the Odyssey

[美]瑟特·伯纳德特 Seth Benardete ｜ 著

程志敏 ｜ 译

黄薇薇 王芳 ｜ 校

华夏出版社

古典教育基金·"资龙"资助项目

"伯纳德特集"出版说明

与许多伟大学术天才一样,伯纳德特(Seth Benardete,1932—2002)的思想学术分量在他身后才凸现出来;随着时间的推移,他在西方思想史和古典学史上的独特意义也日益彰显。正如哈佛大学教授、著名哲学家曼斯菲尔德(H. Mansfield)在"悼词"中所说的,作为一个古典学者,尤其是作为一个杰出的哲人,伯纳德特生前在学界几乎没有什么声名,他本人也对在主流学界获得声名不感兴趣,但是,他无疑是我们时代最有学问的人,也是最深刻的思想家。

伯纳德特是西班牙裔美国人,施特劳斯执教芝加哥大学那年(1949)进芝大,1953年完成考辨柏拉图《忒阿格斯》真伪的硕士论文,1955年在芝大社会思想委员会以《伊利亚特》为题获得博士学位,受业于著名古典语文学家格瑞纳(David Grene),同时也是施特劳斯最早的入门弟子之一。博士毕业后,伯纳德特先在Annapolis的圣约翰博雅学院(St. John's College)任教;1965年获纽约大学古典系教职后,伯纳德特在大学教书和研究40年,一生全部精力用于研究和翻译古希腊经典作品,对当今主流学界的流行论说置若罔闻。逝世前一周,伯纳德特还在为学生讲授柏拉图的《欧绪德谟》——据说这是他仅剩的没有讲授过的柏拉图对话。伯纳德特不仅翻译和疏解了埃斯库罗斯、索福克勒斯以及欧里庇德斯的若干戏剧作品,发表了关于赫西俄德、希罗多德的研究论文和专著,还为几乎所有重要的柏拉图对话写了非常耐人寻味的义疏。他解析柏拉图笔下的"生活的悲剧与喜剧"的"情节论证"的高超功力,他在体察柏拉图笔下的"道德与哲学的修辞"时所表现出的见微知著的惊人智慧,他与古代圣贤相遇和对话的奇特方式,无不出于对美好生活的永恒追问的热情，足以促使拥有五千年文明的我们反省自己的学问旨趣。

伯纳德特的卓越学问成就基于严格而持久的古典学术苦修训练，他对古典语文和古典文本的细腻把握，甚至使他的同窗和"宿敌"——美国形而上学学会会长罗森（Stanley Rosen）——也不得不叹服。法国著名古典学者维达-纳克（Pierre Vidal-Naquet）曾说，伯纳德特涉足古典领域之广，当代学界少有人可以匹敌，"足以获得荷马笔下的英雄般的荣耀"。伯纳德特展示的古典学问达到了一种难以企及的学术高度和精神高度，不动声色地映照出现代学问及其精神的贫乏。像自己的老师施特劳斯一样，伯纳德特以"伟大的古书"为镜，鉴照平庸的现代学术，使得新生学子从古典学问中看到真正的、无法规避的智慧之光，进而心底踏实地在实用而虚无的现代学问之外找到自己学问人生的可能性。

"伯纳德特集"将收录伯纳德特的所有论文和专著，以使我国学界不但吸取其丰富的古典研究成果，重新体认伟大的古典诗学传统，而且能够领略他沉静而深刻的哲思，重新寻回被现代学问遮蔽乃至毁弃的珍贵之物。

古典文明研究工作坊
西方典籍编译部丁组
2010年7月

《奥德赛》看似质朴,实多深意。

——尤斯塔修斯(Eustathius)

目 录

中译本前言（黄薇薇） ……………………………………… 1
关于文献的说明 ……………………………………………… 1
前言 …………………………………………………………… 2
一　开端
　　神义论 …………………………………………………… 7
　　政　治 …………………………………………………… 15
　　特勒马科斯 ……………………………………………… 21
二　范式与意志
　　涅斯托尔 ………………………………………………… 30
　　海伦与墨涅拉奥斯 ……………………………………… 40
三　奥德修斯的抉择 ………………………………………… 50
四　费埃克斯人
　　羞　耻 …………………………………………………… 68
　　天　堂 …………………………………………………… 74
　　骄　傲 …………………………………………………… 78
五　奥德修斯自己的故事
　　记忆与心智 ……………………………………………… 93
　　自　然 …………………………………………………… 119
　　哈得斯 …………………………………………………… 137
　　命　运 …………………………………………………… 150
六　奥德修斯的谎言 ………………………………………… 156

七 非命者
特奥克吕墨诺斯与欧迈奥斯 ………………………… 175
女　仆 ……………………………………………… 187
名字与伤疤 ………………………………………… 192

八 求婚人与城邦
求婚人 ……………………………………………… 196
城　邦 ……………………………………………… 205

九 相认
佩涅洛佩 …………………………………………… 212
哈得斯 ……………………………………………… 216
拉埃尔特斯 ………………………………………… 222

附　录
伯纳德特小传（伯格）……………………………… 226
纪念伯纳德特（曼斯斐尔德）……………………… 230

译后记 …………………………………………………… 233
重订本后记 ……………………………………………… 242

中译本前言

伯纳德特如何解读《奥德赛》

黄薇薇

伯纳德特一生都孜孜不倦地致力于经典作品的解读，古希腊的诗歌与哲学贯穿了他整个学术生涯。在撰写完关于《伊利亚特》的博士论文四十年之后，他再次转向荷马，以柏拉图为路径进入《奥德赛》，试图以柏拉图对话中展开的观点审视荷马史诗的情节发展，以此考察诗与哲的关系。

一、关于书名

伯纳德特把自己的书命名为"弓与琴"，这个题目与奥德修斯的名字一样，令人费解。伯纳德特只在一处提到过"弓与琴"的关系。当时，他正在分析奥德修斯杀死求婚人与女仆的正当性。荷马对奥德修斯的描述似乎传达出两层含义：一方面竭力把奥德修斯塑造成一个冷血的杀手；另一方面却又在为奥德修斯的残酷报复寻找正当理由。伯纳德特称这种矛盾的写法就是"荷马区分弓与琴的表现"（参《弓与琴》，页184）。什么意思？伯纳德特给了一个注释，让我们回到《奥德赛》的原文。

其实，荷马也只有一次同时提到"弓与琴"。当时，求婚人正在比赛"安弓射箭"，牧猪奴把弓交给了伪装成乞丐的奥德修斯。奥德修斯不顾求婚人的嘲讽，

> 立即举起大弓,把各个部分查看,
> 有如一位擅长弦琴和歌唱的行家,
> 轻易地给一个新制的琴柱安上琴弦,
> 从两头把精心搓揉的羊肠弦拉拉紧,
> 奥德修斯也这样轻松地给大弓安弦。
> 他这时伸开右手,试了试弯弓弦绳,
> 弓弦发出美好的声音,有如燕鸣。[①]
> (《奥德赛》卷二十一,405–411)

在这段话中,荷马把弓比作琴。奥德修斯娴熟地安弓弦,有如乐师娴熟地安琴弦,在这里,奥德修斯就是乐师,弓就是琴。弓与琴合为一体,意味着奥德修斯与乐师合为一体。而乐师,更广泛地说,就是荷马。换言之,奥德修斯在这里与荷马合为一体。因此,在伯纳德特看来,既然奥德修斯可以和荷马合为一体,也就可以分离,一如弓与琴本来就是两个不同的器具,如此便意味着,荷马是荷马,奥德修斯是奥德修斯。也就是说,伯纳德特认为,《奥德赛》的叙述者不只是荷马一人,还有奥德修斯。荷马并不是我们通常理解的《奥德赛》全知全能的作者,因而就不能把荷马等同于奥德修斯(甚至诗中的每一个人物),以为奥德修斯只是荷马的传声筒,他说的话等于荷马说的。其实,荷马理解的奥德修斯,与奥德修斯自己对自己的理解并不相同,而奥德修斯的全貌就出现在这两种理解当中。

如果说,荷马编造了奥德修斯的故事,那么奥德修斯自己又何尝没有编造自己的故事?如果说,荷马的编造是虚构的假话,那么奥德修斯的编造又何尝不是如此?但是,正是在这两种假话当中,奥德修斯的真相才得以显现。那么,我们对奥德修斯的理解,就既需要考虑荷马的叙述,又需要考虑奥德修斯的叙述,把两种叙述结

[①] 参《奥德赛》,王焕生译,北京:人民文学出版社,2008,页402。本文引文皆出自王焕生译本,以下仅注行号。

合起来,才能对奥德修斯做出完整的理解。这就是伯纳德特所谓的"诗人的辩证法",也就是荷马把对奥德修斯的塑造一分为二,我们要对奥德修斯得出正确的结论,就必须把这种二分的东西合一。同理,荷马对奥德修斯的矛盾创作就是希望能用这种二分的方式呈现真实的奥德修斯,这就是所谓的"荷马区分弓与琴的表现"。因此,弓与琴就是这种二分关系的具体意象。弓,由弓臂和弓弦组成,二者合一才能射箭;琴,由琴柱和琴弦组成,二者合一才能奏乐。因此,弓和琴尽管是两种不同的器具,但都是"一中隐藏着二,二能寓于一"的东西,而其功能则须合二为一才能实现。一言以蔽之,弓与琴,指的就是诗人的辩证法。伯纳德特认为,这种方法可能先于哲人,使得诗歌与哲学有了共同的基石。因此,从这个意义上,弓与琴也可以理解为诗与哲的关系。这就是伯纳德特为自己的书命名为"弓与琴"的缘故。

二、关于《奥德赛》的主题

伯纳德特认为,《奥德赛》中有多个主题,诸如苦难、愤怒、回归和复仇等,但能够把这些主题统摄起来的是"神义论"和"政治"。①

与《伊利亚特》的"愤怒"相比,《奥德赛》似乎更强调"苦难",不仅包括奥德修斯的海上历险,也包括奥德修斯同伴以及求婚人和奴仆的惨死,"苦难"是整部《奥德赛》挥之不去的阴霾。但就开场而言,"苦难"似乎没有"愤怒"在《伊利亚特》开场的位置那么明显,尽管荷马请求缪斯为他讲述奥德修斯的苦难,但他明显要求的不是苦难本身,而是造成苦难的原因——太阳神的惩罚(参《奥德赛》卷一,1-10)。于是,我们可能会猜测,《奥德赛》讲述的不只是人的

---

① 以下内容按照文章的顺序可以分别参看《弓与琴》第一章"开端"、第八章、第三章以及第九章"拉埃尔特斯"。

苦难,而是神对人之不义的惩罚。

缪斯并未听从荷马的建议,没有从奥德修斯的手下如何得罪太阳神讲起,而是对奥德修斯的久滞不归给出了另一种解释——神明的安排。缪斯的话似乎是对荷马的一种修正和补充:神不只介入了人的遭遇,而且介入了人的一切行动。奥德修斯受阻,是卡吕普索的强留和波塞冬的愤怒所致,不过神明现在已经决定让他回家(参《奥德赛》卷一,11-21)。奥德修斯的滞留和回归都是神的意志。尽管缪斯强调,奥德修斯不能回家不是因为太阳神,而是因为波塞冬,但她与荷马一样,把神的意志和人的境遇对立起来,并把矛头指向了神,由此突显了神义论问题。神义论就是奥德修斯苦难背后的主题吗?

《奥德赛》中第三个出场的是宙斯,他对荷马和缪斯的说法给予了如下反驳:凡人的灾祸和不幸都是咎由自取,神明不是苦难之源,人的苦难源于自身的意志(参《奥德赛》卷一,32-34)。言下之意,凡人的一切遭遇都应该由自己来承担,而不应该归咎于神明。把宙斯的说法拿去重新解释荷马的说法,我们会发现,宙斯的话非但不是一种反驳,反而是一种有力的支撑:得罪太阳神是奥德修斯的手下不可遏制的贪欲所致。但若用宙斯的话来解释波塞冬事件就不那么容易了。奥德修斯惹怒波塞冬是因为他刺瞎了波塞冬的私生子波吕斐摩斯,而奥德修斯这么做是因为波吕斐摩斯先吃掉了他的手下。在这个事件上,奥德修斯显然不是处于不义的一方。所以,宙斯后来也承认,波塞冬确实是奥德修斯不能回归的原因,因而巩固了缪斯的说法。看来,神义论问题的确是《奥德赛》的一大主题,但这个主题并不足以解释奥德修斯的所有遭遇和行动,尤其是在判断奥德修斯的正义与不义的时候。

宙斯在为神明辩护的时候,提到了一个著名的例子,但这个例子的出现同样让人大伤脑筋。宙斯说,埃吉斯托斯被害是丧失理智所致,不是神明的责任。神明不仅不应该为他的暴死负责,反而应该受到感激,因为神明对他宠爱有加,曾派赫耳墨斯警告过他(参

《奥德赛》卷一,35-43)。宙斯以此为例,证明神的无辜和恩惠。可是,宙斯为什么要以埃吉斯托斯为例?如果是为了突出埃吉斯托斯自身的不义,为什么还要如此宠爱他,对他发出警告而不是对阿伽门农给予警告?神明对埃吉斯托斯的偏心与奥德修斯有什么关系?就《奥德赛》中横遭惨死的男人而言,埃吉斯托斯显然与奥德修斯的同伴不太吻合,即便后者也有不义的一面,却从未犯下奸娶君王妻子、杀害君王并篡夺王位的滔天大罪,更没有为此而遭到君王儿子的报复。与埃吉斯托斯的身份和命运相当的是求婚人。然而,与其说求婚人的动机与埃吉斯托斯有相通之处,倒不如说埃吉斯托斯的例子就是求婚人事态发展的极端状态。因此,宙斯的例子不仅可以给神义论辩护,更意想不到地揭示了奥德修斯回家的真正理由,由此带出《奥德赛》的另一主题——政治。

不过,求婚人毕竟不是埃吉斯托斯,他们围着佩涅洛佩转了三年,除了与部分女仆苟且之外,并未亵渎佩涅洛佩半点尊严,更谈不上与之合谋杀害亲夫。此外,他们除了用言语侮辱特勒马科斯之外,并没有密谋杀害他。否则,他们也用不着等待三年。只有在特勒马科斯出访回国之际,他们才布下陷阱准备杀死他,却并未得逞。既然求婚人并未成功婚配佩涅洛佩,也就谈不上夺妻弑君,更谈不上特勒马科斯为父报仇,因此求婚人的罪行与埃吉斯托斯相比相去甚远,仅仅只是消耗奥德修斯的财产而已,或者说,仅仅只是觊觎他的女人和王位而已,远远不足以承受惨遭屠戮的死刑判决。那么,宙斯的例子就在暗示,奥德修斯杀戮求婚人缺乏正当性。然而,这个正当性与神明决议在奥德修斯漂泊二十年之后才让他只身归返伊塔卡有关。

特洛亚战争持续了十年,奥德修斯在战争结束之后就立即回家,却经历了三年的漂泊到达神女卡吕普索那里。如果神女不阻留奥德修斯,那么奥德修斯或许在离家之后的第十三年就可以回到伊塔卡,为什么神明要让他与神女生活七年?或者说,如果他只与神女生活四年,即在求婚人开始向佩涅洛佩求婚之前就赶回伊塔卡,是不是就可以阻止求婚人的罪行,进而阻止悲剧的发生?为什么一定要有七年的悬置,神明在等待什么?在特洛亚的十年,奥德修斯丧失了无数的同伴,而在接下来的三年漂泊中,奥德修斯又丧失了从特洛伊分得的所有战利品,以及最后剩下的十二条船和船上的所有同伴。换言之,奥德修斯在十三年里,牺牲了从伊塔卡带走的所有精英。如果他空手而回,如何平息民愤?其次,在三年的漂泊中,他曾到过冥府,听过特瑞西阿斯的预言,得知自己返回伊塔卡后还将再度离去。他离去之后,如何能让儿子合法地继承王位,并把自己的统治平稳地延续下去?所以,奥德修斯必须等待,等待一个可以向众人交代的正当理由,同时等待特勒马科斯长大成人,可以顺利移交政权。换句话说,奥德修斯需要重新确立自己的统治地位,需要重新建立政权,并把政权传给自己的儿子。因此,神明的安排和宙斯的例子,指向的是伊塔卡的政治,政治确实是《奥德赛》的另一个大的主题。

求婚人在奥德修斯离家后的第十八年才去向佩涅洛佩求婚,这个时间点很有意思。此时,奥德修斯正滞留在卡吕普索的岛上,尽管他整日以泪洗面,思乡情切,但就奥德修斯的机智而言,与其说他正在等待神明的遣返,不如说他正在等待政局的演变。在奥德修斯出发去特洛亚之前,他就听过哈利特尔塞斯的预言,说他必定会返回家园,但是却是在二十年之后,且要牺牲所有的同伴(参《奥德赛》卷二,171-176)。此后,他在返家途中,又下过地府,特瑞西阿斯预言,说他一定会在多年后孤身返家,还告诉他求婚人将去求婚,消耗他的家产,而他也一定会用计谋或锋利的铜器把他们全部杀死(参《奥德赛》卷十一,112-120)。把这两个预言连起来,奥德修斯很容易计算出自己应该回家的时间。尽管特瑞西阿斯没有告诉他求婚人上门的确切时间,但哈利特尔塞斯清楚地说过他要二十年才会回家,那么求婚人就一定要在他回家的前几年来王宫,而且要让他们待一段时间,这段时间要恰到好处,不可以过长以防止发生实质性的政变,也不可以过短而不至于挑战众人忍受的极限。这段时间也是对伊塔卡所有人的考验。求婚人到达之前的十七年,伊塔卡在奥德修斯离家这么久居然波澜不惊,足见奥德修斯之前的统治如何稳固,但求婚人的出现,说明这种稳固局面出现了动摇。与此同时,奥德修斯的父亲拉埃尔特斯也值得考虑。拉埃尔特斯目前健在,说明他当初要么让位于奥德修斯,要么是奥德修斯篡权。如果是前者,那么在奥德修斯去特洛伊之前,他可以请先王出山,代为统治。但这个假设显然不能成立。何况,在求婚人制造混乱的这段时间,拉埃尔特斯并未露面,甚至佩涅洛佩想请他出来保护他自己的家产和孙子的想法也受到了奶妈欧律克勒娅的阻止,说明拉埃尔特斯与奥德修斯有隙,或者说拉埃尔特斯心里至少对奥德修斯有些埋怨,如此才能解释拉埃尔特斯的袖手旁观。求婚人只是伊塔卡部分精英的代表,他们不仅代表着对奥德修斯统治的挑战,也代表着他们身后一大批人对奥德修斯的怨恨。奥德修斯把他们的亲人带走了近二十年,可以说带走的是伊塔卡的一代人,不仅如此,奥德修斯还让他们生死未卜。如果奥德修斯真的空手而归,这意味着伊塔卡绝大部分的人会人财两空,那么他们对奥德修斯的怨恨就会演变为制裁,要么流放,要么处死,然后另立新王。这些还是有正当理由对付奥德修斯的人,此外还有一些蠢蠢欲动者,他们依附于这些人,对奥德修斯的统治表示质疑和不敬。这些人就是以牧羊奴墨兰提奥斯和十二个与求婚人厮混的女仆为代表的仆从。奥德修斯需要时间让这一切浮出水面,更重要的是他要让自己有足够的时间应付这一局面,并为自己的解决办法(重建政权)将付出的代价(杀死所有的求婚人和不忠者)提供正当的理由。这不仅是他避世在外七年之久的原因,也是他回到伊塔卡慢慢筹划复仇步骤的原因,更是荷马谋篇布局的原因。这样一来,神的安排就与奥德修斯的计谋融合在一起,使得神义论与政治突显为《奥德赛》的两大主题。

三、关于奥德修斯

伯纳德特按照诗人辩证法的原则,根据荷马对奥德修斯的命名与奥德修斯对自己的命名两个方面来解析奥德修斯的身份。①

奥德修斯有两个名字,一个是他外祖父取的,一个是他自己取的。荷马说,"奥德修斯"这个名字是外祖父奥托吕科斯取的。"奥托吕科斯"这个词的希腊原文指"狼",而且奥托吕科斯本人善于偷盗和说咒语,这两个本领都是赫耳墨斯赐予他的。赫耳墨斯之所以赐给他这样的本领,是因为奥托吕科斯善于博得神明的欢心,神明乐意伴随他。奥德修斯出生的时候,奥托吕科斯去看他,他说,

> 因为我前来这片人烟稠密的国土时,
> 曾经对许多男男女女怒不可遏($\mathrm{\dot{o}}\delta\upsilon\sigma\sigma\dot{\alpha}\mu\epsilon\nu o\varsigma$),
> 因此我们就给他取名奥德修斯($\mathrm{\dot{O}}\delta\upsilon\sigma\sigma\epsilon\acute{\upsilon}\varsigma$)。
> (参《奥德赛》卷十九,406-409)

奥托吕科斯说自己"怒不可遏"的时候,用的是一个有双重含义的词,即可以把这个词理解成中动态和被动态。如果理解成中动态,那说明是他自己发怒,但如果是被动态,那说明他是在承受愤怒。因而,奥德修斯的名字也就具有了双重含义:他既是"愤怒"的化身,又是引起"愤怒"的对象。无论如何,这个名字的双重含义与奥德修斯的命运和遭遇紧密地联系起来。如果说他久滞不归是在承受波塞冬愤怒的惩罚,那么他回家之后对求婚人的杀戮就是在发泄愤怒,奥德修斯的一生就在承受愤怒与发泄愤怒中度过。奥德修

---

① 以下内容按照文章的顺序可以分别参看《弓与琴》第三章、第七章"名字与伤疤"、第五章"记忆与心智"以及第七章"女仆"。

斯就是"愤怒"。

然而,荷马在介绍奥德修斯名字的来历时,却把这个故事安插到"伤疤"的故事当中。当时奶妈欧律克勒娅正在给奥德修斯洗脚,并发现这个标志着奥德修斯身份的疤痕,以此认出眼前这个乞丐就是真正的奥德修斯。伤疤是奥德修斯的特征,一如愤怒是奥德修斯的特征一样,伤疤和愤怒都是奥德修斯身上的痕迹。荷马把奥德修斯取名的过程与奥德修斯伤疤的由来放到一起来讲,实际上就是把奥德修斯的本质与奥德修斯的过去联系了起来。伤疤是外在于奥德修斯的标记,愤怒是内在于奥德修斯的实质,我们也可以说,荷马让伤疤与名字在这里相遇,相当于让奥德修斯的外表与实质融为一体,使得奥德修斯的"身"与"名"合二为一,奥德修斯的全貌因而得以完整呈现。

那么,我们回过头去重新理解,荷马在开篇并没有提到奥德修斯,而是用"那位英雄"来代称(参《奥德赛》卷一,1),奥德修斯的名字是由缪斯说出口的,而且与波塞冬对他的"怨怒"同时出现(参《奥德赛》卷一,20-21),说明荷马一开始就让奥德修斯的"身"和"名"相分离,让"愤怒"一直尾随其身,直到第十九卷才让名和身合二为一。那我们是不是可以得出结论说,荷马讲述的奥德修斯,其实展现的是一个人的身和名从分裂到合一的过程,奥德修斯的回归就是发现整全的自己的过程。然而,这只是荷马的说法,我们还需要仔细地分析奥德修斯本人的说法才能知道我们的结论是否合理。

尽管奥德修斯在离开神女卡吕普索之前,早就知道了自己未来的命运——他注定要返回家园——也清楚他回去的使命,但他对自己是谁以及自己的遭遇仍然缺乏清晰的认识。直到伊诺的出现,他才知道自己与波塞冬的恩怨。奥德修斯离开卡吕普索的第十八天,波塞冬发现了他,便发动了一场罕见的风暴来惩罚他,以发泄对他的愤怒。此时,奥德修斯对自己说了一段话:

我真不幸,我最终将遭遇什么灾害?

> 我担心神女所说的一切全都真实,
> 她曾说我在返抵故土家园之前,
> 会在海上受折磨,这一切现在正应验。
> 宙斯让这许多云雾笼罩广阔的天空,
> 把大海搅动,掀起各种方向的劲风的
> 暴烈气流,现在我必遭悲惨的毁灭。
> 那些达那奥斯人要三倍四倍地幸运,
> 他们为阿特柔斯之子战死在辽阔的特洛亚。
> 我也该在那一天丧生,接受死亡的命运,
> 当时无数特洛亚人举着锐利的铜枪,
> 围着佩琉斯之子的遗体向我攻击;
> 阿开奥斯人会把我礼葬,传我的英名,
> 可现在我却注定要遭受悲惨的毁灭。
>
> (参《奥德赛》卷五,298–312)

在这段自白中,奥德修斯对自己的未来表现出极度的不自信。他以为自己会死去,而且是死于一场风暴。这样一来,还不如当初死在保护阿基琉斯尸体的战斗中,那样他至少可以英名传世,而不像现在这样死得寂寂无名。奥德修斯并不知道自己是在承受波塞冬的愤怒,也不知道自己的本质就是要承受愤怒,他一直以为风暴的始作俑者是宙斯。但在这里,他表现出的后悔是因为死在海上不会得到埋葬,而葬礼是对凡人的认可和礼赞。奥德修斯在比较两种死法,也就在比较自己的选择。他依稀开始明白,自己为何如此坚定地拒绝卡吕普索,不只是神意的安排,也是自己意志的决定——拒绝成为不朽的神明,选择有死的凡人,是要延续自己的过去。奥德修斯看似选择了未卜的前途,指向的却是自己的过去。奥德修斯的选择把未来的自己与过去的自己联系在一起,这才清楚自己是谁,一如荷马对他的描述。

奥德修斯对自己的理解有进一步的认识,是在伊诺出现以后。

出于同情,伊诺现身,准备救他一命,从伊诺的话中,奥德修斯才得知,自己的苦难是波塞冬所为,而且自己的命运就是承受苦难。伊诺说,

> 不幸的人啊,震地神波塞冬为何对你
> 如此怒不可遏($ὀδύσατ'$),让你受这么多苦难?
> (参《奥德赛》卷五,339-340)

由此,奥德修斯第一次从别人口中听到自己名字的双关含义。此时,他才恍然大悟,原来自己过去和现在遭受的一切苦难都与自己的名字如此相关。如果他此刻再想起波吕斐摩斯诅咒说他回到家后还要遭受痛苦,以及特瑞西阿斯预言说他回家后还会再度出海,那么他会得出结论说,自己的未来也一样是受苦,甚至可以说,自己的一生就是愤怒和苦难,乃至于最终承认,他"知道"(认识到)震地神对"我怀怨"($μοι\ ὀδώδυσται$,参《奥德赛》卷五,423)——这相当于承认,他知道,奥德修斯就是"愤怒",奥德修斯的一生就是要承受愤怒带来的苦难。如此,奥德修斯便一步步认清了自己的实质,愤怒和苦难就像自己的孪生兄弟,如影随形,伴随一生。自己的选择不仅是为了延续自己的过去,更实质的是要延续苦难,把自己的过去和未来联系在一起的是愤怒和苦难。

然而,仅仅是自己的名字和经历还不足以构成奥德修斯对自己的全部理解,除了"奥德修斯"这个名字之外,他还给自己取了一个名字"无人"。按照奥德修斯漂流的顺序,波吕斐摩斯这段插曲是第三次历险,而波塞冬的复仇则发生在最后一次返家途中,那时奥德修斯早就经历完所有的历险,且被神女囚禁了七年并最终获得释放。也就是说,奥德修斯自己取名的故事发生在得知自己名字的实质之前。但波吕斐摩斯这段故事是奥德修斯对费埃克斯人讲述的,换句话说,奥德修斯是在知道了自己名字和命运之后,重新反思了给自己取名的故事。

在奥德修斯的自述中,他并没有解释自己为什么要给自己取名为"无人"。在回答名字的那一刻,奥德修斯想到的是不能说实话,那么只需要随便给个名字就好。但是,伊诺出现之后,奥德修斯已经认识到,自己的实质就是"愤怒",因此自己根本就不是"某个人"（τις）而是个"无人"（οὔτις）,那给自己取名"无人"恰到好处。但这个名字真正发挥作用,或者奥德修斯发现这个名字产生了意想不到的效果,是波吕斐摩斯与其他库克洛普斯人的对话。奥德修斯刺中波吕斐摩斯的眼睛后,其痛苦的呼喊声引来了其他库克罗普斯人的询问,由于巨石挡着,他们看不到洞里的情况,只是问道,

ἦ μή τίς σευ μῆλα βροτῶν ἀέκοντος ἐλαύνει; 是不是有人想强行赶走你的羊群？

ἦ μή τίς σ' αὐτὸν κτείνει δόλῳ ἠὲ βίηφιν; 还是有人想用阴谋或暴力伤害你？

（参《奥德赛》卷九,405 – 406）

以ἦ μή引导的问句一般要求得到否定回答,因而这两句的确切意思是"不会是有人……",或者说"没有人……"（μή τις）,而波吕斐摩斯的回答刚好产生了歧义。

ὦ φίλοι, οὔτίς με κτείνει δόλῳ οὐδὲ βίηφιν. 朋友们,无人用阴谋,不是用暴力,杀害我。

（参《奥德赛》卷九,408）

如果把οὔτίς视为一个词,那这句话的意思就是"一个叫'无人'的人在杀害我",如果把οὔτίς分开,变成οὔ τίς,那就是"没有人在杀害我"。那些库克罗普斯人显然听到的是后者,也就四下散开了。正是因为οὔτίς产生的歧义,奥德修斯及其同伴得以逃生。然而,除了οὔτίς可以这样作解之外,对话中的μή τις也可以这样解释。如果把μή τις视为分开的两个词,那就是指"没有人",但如果把它们视为一

个词,μή τις就变成了另外一个词μῆτις,指"智慧、计谋"。换句话说,奥德修斯在自述过程中,除了把自己当成"无人"之外,也把自己视为"智慧"。这样,奥德修斯对自己的理解就多了一层含义,"无人"就等于"智慧",再加上自己的真名,那么奥德修斯的整体就是"愤怒"和"智慧"的结合。

奥德修斯除了承受神明的愤怒,自己也有发怒的时候。其中最为明显的就有两次:一次是他自述的对波吕斐摩斯发怒;一次是荷马叙述的对女仆们发怒。前一次发怒是看到两个同伴被波吕斐摩斯吃掉的时候,后一次发怒是看到一些女仆去与求婚人鬼混的时候。这两次他的心都要狂跳出来,都想着要立即杀死对方,但心里的"转念一想"(第二种想法)又让他冷静下来。如果他在怒不可遏的情况下杀死波吕斐摩斯,那他的确能够报仇雪恨,但会因为搬不动洞口的巨石而把自己和其余同伴困死在洞里;同样,如果他一怒之下杀死那些女仆暴露了身份,就无法对付求婚人。两次的"转念一想"都没有神的参与,都是奥德修斯理性思考的结果,奥德修斯用自己的"智慧"战胜了"愤怒"。如果我们把"愤怒"对应为柏拉图的"血气",而把"智慧"对应为"理性",那么奥德修斯就是"理性"统治"血气"的典型示例,或者说奥德修斯就是"哲人王"的化身。如果说,奥德修斯最终如此意识到了自己身上的所有品质,并由此理解了自己的命运,却看到不到自己的品质和命运产生的结果,而这个问题则由荷马通过后面整整十二卷的篇幅来展示:奥德修斯的愤怒和智慧产生的结果是屠戮和恐怖。或许可以说,荷马在柏拉图之前就对"哲人王"做了一番审查。

最后说一点《弓与琴》的结构。伯纳德特基本上是按照《奥德赛》的叙述结构来谋篇布局的。《奥德赛》总共二十四卷,前面十二卷主要讲述奥德修斯的历险,后面十二卷主要讲述奥德修斯的屠戮。按照这样的线索,伯纳德特把《弓与琴》分成了九章。第一章针对卷一和卷二,分析《奥德赛》的主题;第二章针对卷三和卷四,分析《奥德赛》中的范式;第三章针对卷五,分析奥德修斯的抉择;

第四章针对卷六至卷八,分析奥德修斯到达费埃克斯人那里的情况;第五章针对卷九至卷十二,分析奥德修斯口述的九次历险;第六章针对卷十三和卷十四,分析奥德修斯回到伊塔卡的情况;第七章针对卷十五至卷十九,分析奥德修斯杀死仆人的正当性;第八章针对卷二十至卷二十二,分析奥德修斯杀死求婚人的正当性;第九章针对卷二十三和卷二十四,分析奥德修斯与亲人的关系。

以上只是概述了《弓与琴》的部分内容,方寸之间难以言尽阅读此书的惊奇和喜悦,要准确地捕捉伯纳德特解读过程中所传达的智慧,也难免力有不逮,仅拾取了一些散落在地的智慧的遗珠罢了。伯纳德特说,柏拉图是他阅读《奥德赛》的指南,其实,《弓与琴》又何尝不是我们理解《奥德赛》的向导?通过它,我们既可以倾听荷马的意见,又可以观照奥德修斯的内心,并在荷马和奥德修斯的双重阐释下理解愤怒与苦难,无人与智慧的分分合合,从而聆听一曲完整的《奥德赛》之歌。

关于文献的说明

[ix]本书所引《奥德赛》出自 Peter von der Mühll 的托伊布纳(Teubner)第3版(1984年)。我大量采用了该版的措辞和标点,但并未相应采用其校勘和插入文字。

在译文中,我删掉了一些对阐释无关紧要的辞藻或用语;凡我认为插入的段落,则越过不加评论。

书中大量引语都出自《奥德赛》和《伊利亚特》,《奥德赛》的卷号用阿拉伯数字表示,《伊利亚特》的卷号用罗马数字表示。

[译按]《奥德赛》中译主要依据王焕生译本:《奥德赛》,北京:人民文学出版社,1997。亦参照杨宪益译本:《奥德修纪》,上海:上海译文出版社,1979。必要时综合这两个译本,不再一一注明。《伊利亚特》则据罗念生、王焕生译本,北京:人民文学出版社,1994。

前　言

[xi]四十多年前,我首次研读荷马时,为了理解《伊利亚特》(*Iliad*)的情节,我用上了从柏拉图那里找到的方法。后来,当我研读埃斯库罗斯和索福克勒斯时,柏拉图用以揭示那些组成城邦结构的前政治(prepolitical)和政治要素的方法,对我来说好似阐释《普罗米修斯》(*Prometheus*)、《七雄攻忒拜》(*Seven against Thebes*)、《俄狄浦斯王》(*Oedipus Tyrannus*)和《安提戈涅》(*Antigone*)的指南。在所有这些解读中,柏拉图如地图或坐标一样,使我得以在更古老的著作家那里找到一些蛛丝马迹,这些著作家不能像柏拉图那样引导我,但这并非他们的过错。于我而言,荷马、埃斯库罗斯和索福克勒斯只示而不宣的东西,柏拉图却给出了论证。可以说,逻各斯(Logos)打开了范式理解之路。虽然我隐约地意识到,如果柏拉图老是在我头脑中,范式理解就会显得牵强和刻意,但那于我也绝不会太过有扰,绝不会甚于一个旅人在黑暗森林里东奔西突,在碰到一片林中空地,终于又能摸清方向时,却对自己命运的转变产生怀疑。所以,柏拉图手中也并没有能为我解释地图与实地之间如何神秘匹配的史料。我以前没有意识到,柏拉图曾向诗人学习过,我那时猜想,说哲学受惠于诗歌,简直本末倒置。我现在仍然着迷于柏拉图本人所确立起来的这两极对立,他让苏格拉底谈的是"诗歌和哲学的古老论争"。

起初,诗人才是智者(the wise),后来哲人拒绝承认他们这个头衔。哲人虽然自己在抗议,却早已把这个头衔据为己有。诗人的智慧是庸俗的智慧,只是拿来使三万多人目眩而已,却经不起一场私人论辩的攻击(《会饮》,175e2–6)。然而,如果总是怀着柏拉图所指明的对诗人的这种预设，[xii]人们似乎只好认为，诗人说了许多美丽的事物，却不知道它们的意义（《苏格拉底的申辩》，22c2－3）。若是偶然猜中，本不足为奇，但一旦成功成为一种范式，就会让人怀疑是做了手脚。如果做了手脚的话，要把诗歌从哲学中简单分离出去，就再也不可能了。从原则上说，要模糊这种二分，可能需要让非理性闯入理性的领域，而不是让理性扩张至那些从前看似非理性的领域。但我看不出有任何理由要怀疑哲学思考，相反，我认为我找到了一种方法，来重新划定诗歌与哲学之间的界限，或者更准确地说，划定某些诗人与柏拉图之间的界限。这种方法牵涉到苏格拉底所谓的"第二次启航"（second sailing），他用这个术语来指称自己思想上的转变，即放弃直接探究宇宙论（cosmology），转向言辞（speech），而不是转向存在物（the beings）。我认为，在这种转变上，诗人走在苏格拉底前面。因为我心中一直有一个疑惑，说假话有如说真话——这正是所有希腊诗歌所仰赖的原则——如何可能胜过讲真话，因为对我来说明显的是，正如对苏格拉底来说也一样，人们不可能故意撒谎，除非他事先知晓真相。

　　缪斯告诉赫西俄德，她们说假话有如说真话，还说她们愿意的时候也说真话。如果缪斯不彻底区分真话与假话，她们所唱的歌就有假有真。在《奥德赛》卷十九中，奥德修斯（Odysseus）在佩涅洛佩（Penelope，[译按]奥德修斯的妻子）面前假扮成一个克里特人。这个克里特人讲了个故事，说奥德修斯在前往特洛亚的路上曾和他在一起。如果此奥德修斯不是奥德修斯的话，这个故事也可以完全是真实的。如果伊多墨纽斯（Idomeneus）①确有一个弟弟没有去特洛亚，而伊多墨纽斯在奥德修斯到达前十至十一天就已去特洛亚，奥德修斯就有可能在克里特待十二天，并受到奥德修斯自称的那位克里特人的友好款待（19.171－202）。紧接着奥德修斯的故事——荷

---

① [译按]克里特首领，米诺斯的孙子。奥德修斯在其妻面前即谎称自己是伊多墨纽斯的弟弟。

马说这个故事是假的,但像真的一样——荷马叙述道,佩涅洛佩边听边泪流满面,她的肌肤在融化,"有如高山之巅的积雪开始消融,由西风把它堆积,东风把它融化,融雪汇成的水流注满条条河流;佩涅洛佩一边流下泪水,美丽的面颊一边融化"(19.203-208)。荷马把自己的假话与奥德修斯的假话放在一起。荷马的假话在言辞中,奥德修斯的假话在叙述者那里。荷马的假话是一种意象,荷马用比喻宣称那是一种意象,并且是虚假的。这个比喻为"融化"一词的字面意思提供了语境,这个动词引申来形容佩涅洛佩的眼泪。眼泪被说成好像是从消融的脸上溢出的,佩涅洛佩整个人都化成水。荷马的意象使真话和假话并行不悖。[xiii] 如此一来,假话似乎就是多余的,这些话就可以换个方式来说,并把假话以及支撑假话的证据一并删掉。然而无法确定的是,换个方式所说的真话,是否就比假话所包含的虚假更为真实。佩涅洛佩不会融化掉,但如果不融化,就不能使奥德修斯在看着她时内心产生爱怜,也不能让奥德修斯目不转睛,"有如牛角雕、钢铁铸"(19.209-212;另参 262-264)。一个谎言会产生另一个谎言,合在一起就能说明白那些真话说不明白的东西。荷马让我们看到了两种不可能性,他自己的那种是永远不可能的不可能性,奥德修斯的那种是有条件的不可能性,叙述者不同,可能性就会产生。

就我们所举的例子概括而言,诗人把从未发生过的和绝不可能发生的事并置。但是,如果我们仍用这个例子,有条件的不可能性实则包含了绝对的不可能性,因为这个例子假定奥德修斯既是他自己又是别的某个人,这与绝对的不可能性毫无二致,而且这个例子还假定积雪和面颊不是两件东西,而是一回事。那么,诗人就把必然为一的东西分割开来,又把必然为二的东西融合起来。诗人运用了自己的辩证法,真实出现在两种虚假的形式中。这两种形式并非诗人独有。无论何时,我们如果扮演别的什么人——我们直接引述他人的话时就是在扮演他人——那么我们就在一分为二;如果我们说出来的话不只是字面意思——但凡我们说话,几乎总是这样——

我们就在合二为一。① 不过,诗人是在系统化地这么做。我们把这种系统叫作诗歌辩证法的情节(plot)。这种情节是要将诸种的不可能性或明显的不可能性予以公开。它通过言辞和行动,揭开那些一中隐藏着二或二寓于一的事物。在这个公式中,"二"可以代表任何数字。俄狄浦斯说:"一等于多,此乃不可能。"(《俄狄浦斯王》845)索福克勒斯正好展示了这种不可能的算术是如何算出来的。这显然是俄狄浦斯解开的那个谜语的翻版,在那个谜语当中,四、三、二都为一。俄狄浦斯这一名字表明两个东西:智慧和残疾。它们显然是偶然聚合而成的,可以分别对应于长大成人的俄狄浦斯和刚出世的俄狄浦斯。但情节却将两者合在了一起,并解开了俄狄浦斯这个谜语本身。奥德修斯有两个名字,一个是他自己起的,另一个是他外祖父起的。这两个名字都意味深长,但它们显然完全不同。《奥德赛》的情节将两者联系了起来。

站在诗歌辩证法最高峰的是诸神。② 当阿基琉斯要杀害阿伽门农时,雅典娜拽住阿基琉斯的头发,很容易说荷马已经把一变成二了,阿基琉斯的第二种想法(second thoughts)③被赋予了单独的存在,但荷马在别的地方却把"第二种想法"与神作了区分。柏拉

---

① 另参5.151-152,奥德修斯泪流不断,消磨着美好的生命。

② 贺拉斯(Horace)在谈到诗歌的来源时,引用了一行半恩尼乌斯的话,贺拉斯在这句话中说明了,诸神的制作把诗人和打油诗人(versifier)区分开来(《讲道集》[Sermones],1.4.38-62,另参89)。在贺拉斯自己的抒情诗中,诸神的名字频繁出现,而在他的其余诗歌中则鲜少出现;但相反的是,natura在《颂诗集》(1.28.15)中仅出现一次,而在其余诗歌中出现34次之多。[译按]恩尼乌斯(Quintus Ennius,公元前239—前169),古罗马诗人、戏剧家,一生致力于向罗马人介绍希腊文学和哲学,作品包括戏剧、史诗和哲学等,主要诗作为《编年纪》,全书18卷,现仅存残篇。

③ [译按]事见《伊利亚特》卷一。愤怒而痛苦的阿基琉斯当时有两种想法,要么杀死阿伽门农,解散大会,要么压住怒火,息事宁人。此处的"第二种想法"即指"压住怒火,控制自己的勇气"(1.192)。

图至少提过一次（即苏格拉底[xiv]在《斐德若》的第二场演说中），向存在物的上升总是通过奥林波斯诸神的故事来实现。这些神就是说谎有如说真话的代表。他们似乎把假扮与制造意象结合了起来。他们既是一的虚假对立面，又是二的虚假的一：爱神（Eros）通常被理解为既是施爱者，又是被爱者。在转向《奥德赛》之前，我们并不清楚诗人们本身在这方面已着柏拉图的先声，还是说，他们已经向柏拉图指出这种理解他们做法或创制的方法，只不过他们自己并不这么理解。如果他们不这么理解，我们就会理解为什么柏拉图必定是诗人的向导，以及为什么诗歌与哲学的古老论争会延续下去。然而，如果他们是这么理解的，柏拉图就重拾了一种思想方法，这种方法并非是通向哲学的道路，而是哲学本身，那么，诗人柏拉图和哲人柏拉图表面的紧张也就消失了。吾师——已故的施特劳斯（Leo Strauss）常跟我说这有可能，但那时我还不懂他的真正想法，而且我现在也不知道此时自认为懂得的东西，是否就是他当时的真正想法。不管怎样，本书就是为探究他所指明的那种可能性而写的。

西门子基金会（the Carl Friedrich von Siemens Stiftung）提供了1994年春夏奖学金以完成此书，在此深致谢忱。我尤其要感谢该基金会的Heinz Gumin主席和Heinrich Meier主任在此期间对我的热情款待。我也对多年来和我一起研究《奥德赛》的学生们表示感谢，此外还要感谢友人Robert Berman、Ronna Burger、Michael Davis、Drew Keller、Martin Sitte和Barbara Witucki，感谢他们在我形成这些想法的过程中所提供的帮助。

一　开端

神义论

[1]《伊利亚特》和《奥德赛》都关乎苦难。阿基琉斯的暴怒给阿开奥斯人（[译按]荷马笔下泛指希腊人）带来的苦难，就是《伊利亚特》所宣扬的主题，而奥德修斯的海上苦难在《奥德赛》序诗中同样突出。《伊利亚特》开端所述有偏颇，仿佛特洛亚这边就没有受苦。诗歌在叙述过程中，逐渐改变这一视角，在以赫克托尔的葬礼结束时，最终清除了所有偏见。然而，《奥德赛》所描述的苦难几乎没有涉及奥德修斯近亲以外的人，当然也就没有把求婚人纳入同情之列。说求婚人比特洛亚人更不正义，这不是一个容易辩护的立场，所以，至少一开始我们或许会承认，荷马更偏袒奥德修斯而非阿基琉斯。毕竟，荷马让奥德修斯述说了自己大部分经历，却没有给其他任何人物这一特权。阿基琉斯吟唱的歌就未见记载，那些歌也根本不是他自己的故事。因而《奥德赛》似乎就比《伊利亚特》更为严酷。《奥德赛》分担奥德修斯的愤怒，似乎超过了《伊利亚特》对阿基琉斯之怒的分担。《伊利亚特》中无人死于痛苦，《奥德赛》中求婚人中的二号人物欧律马科斯（Eurymachus）却"前额撞地，心生悲痛"（22.87）。《奥德赛》中连"紫色的死亡笼罩着他的双眼"这样明显美化死亡的写法都没有。《伊利亚特》不管有多少骇人听闻的说法，却没有人被鸟或狗吃掉。但《奥德赛》里却写着，一个不忠的仆人被肢解了喂看门狗（22.474-477）。奥德修斯显然无视这种残酷行径会带来的无法估量的后果，即便他没有明确命令也至少鼓励

了他的儿子和仆人实施这一报复行为(22.173-177)。特勒马科斯违背父命,拒绝给那[2]十二个女仆一个痛快的死法,对于这位王子未来的统治来说,尽管其父为他做了大量铺垫,这也并不是一个好兆头(22.462-464)。不管这些事实最终如何被人理解,它们与《伊利亚特》的开篇似乎并非毫无关联,这样我们就更有必要把两部史诗联系起来思考。荷马一开始就告诉我们,阿基琉斯的暴怒把很多英雄的灵魂推入了地狱,把他们自己或其尸体留作野狗和飞禽的美餐。但缪斯拒绝承认荷马所知的真相。相反,在倒数第二卷里,我们获知阿基琉斯关于灵魂说到底存在于哈得斯中的经验;而在最后一卷,我们得知归还赫克托尔的尸体是为了埋葬。缪斯把关于灵魂存在的经验与葬礼的神圣法则区别开来,后者并非自发产生于那种经验,而是阿基琉斯受命不得继续侮辱赫克托尔的尸首。① 但是,在《奥德赛》里,尽管奥德修斯在哈得斯看到了很多阿开奥斯人,却没看到一个特洛亚人。普里阿摩斯(Priam,[译按]指特洛亚国王)不在那儿,也就无法告诉奥德修斯,他本人是死在阿基琉斯儿子手中。

因此,《奥德赛》中所蕴含的悲悯与恐怖至少与《伊利亚特》相当,尽管与更直白地坦露事物阴暗面的《奥德赛》比起来,《伊利亚特》因为有所隐藏而给我们更多安慰。② 阿基琉斯和奥德修斯各有选择。阿基琉斯认为,他要么回到家乡,寿终而殁,要么留在特洛亚,光荣战死。奥德修斯则认为他要么重返家园,要么同女神卡吕

---

① 无独有偶,尽管埃斯库罗斯笔下的克吕泰墨涅斯特拉(Clytaemestra,[译按]又作 Clytemnestra,阿伽门农之妻)美美地想象着在哈得斯同阿伽门农和女儿相会,但她随后所想的却是拒绝恰当地安葬阿伽门农(《阿伽门农》[*Agamenon*]1551-1559;《奠酒人》[*Choephoroe*],页430-433、439):《奠酒人》是现存悲剧中唯一不存在哈得斯的悲剧。

② 当苏格拉底问及伊翁(Ion),他在朗读《伊利亚特》和《奥德赛》的片断时有何反应,伊翁在每一首史诗中都提到了一个恐怖事件,但是关于那些值得同情的事件,他只提到《伊利亚特》(《伊翁》,535b1-7)。

普索(Calypso)生活在一起,长生不死、遐龄永继。阿基琉斯最终的选择看起来就像奥德修斯所作的那样,不可避免且完全正确;而且,既然荣誉与奥德修斯所拒绝的东西([译按]指不朽。参阅XII. 322–328)比起来似乎是次之的,我们就可以推测,阿基琉斯可能会接受卡吕普索的建议,而奥德修斯则会从特洛亚航海回家。① 确实,阿基琉斯在哈得斯对奥德修斯说,他似乎作了错误的选择(11. 488–491),但是史诗没有告诉过我们奥德修斯曾有过任何后悔。不管怎样,荷马诗歌的力量主要在于让我们相信,这两种选择的道德性与其宿命相比,都黯然无光,不管是阿基琉斯选择救阿开奥斯人于险境,还是奥德修斯选择救儿子的命并结束佩涅洛佩以泪洗面的日子。我们被迫从正义之外的视角审视正义,虽然阿基琉斯和奥德修斯都没能这样理解。可能正是由于奥德修斯的自我反省与荷马对奥德修斯自我反省的理解不同,荷马才与奥德修斯分道扬镳,继续采用他在《伊利亚特》中已然假定的那种超越善恶的观点。《伊利亚特》大部分篇幅都在谈论阿基琉斯如何踏上命运之路,因此,我们不知道也不必知道阿基琉斯自己的叙述。[3]奥德修斯在荷马开始叙述他的故事之前就已作出选择,对其选择的理由,我们只能通过奥德修斯本人来了解。可以说,奥德修斯必须在故事里解释他回家之旅中的种种因缘际会。

　　荷马在开头的叙述使奥德修斯的选择成了一个谜。②《伊利亚特》则以阿基琉斯及其父亲的名字开头,这样就凸显了他,并把他植根于历史中了。《奥德赛》却以一个富有智识的无名氏开始:他漂泊在遥远的异乡,见识过不少种族和城邦,了解他们的思想。奥德修斯自身的经历以及他对这些经历的理解,与阿基琉斯的家谱对应

---

① 另参柏拉图,《王制》(Republic),620c3 – d2。
② 对开头 21 行的论述,参阅 Klaus Rüter,《奥德赛解释引论》(Odysseeinterpretationen Hypomnemata 19, Göttingen: Vandenhoeck & Ruprecht, 1969),页 28 – 52。

起来。这些经历让他成其自身,把他与他的父亲及他的国家分割开来。即便史诗最后给出了奥德修斯的名字(1.21),却并未提及他父亲的名字。① 维吉尔更有甚之,他直到第一卷的行 92 才提到他笔下主人公埃涅阿斯(Aeneas)②的名字。埃涅阿斯最初的无名无姓表明,奥德修斯的无名无姓并非没有含混之处,因为埃涅阿斯的无名无姓既表明他这个人隶属于他将要着手创建的城邦,也表明如朱诺(Juno,[译按]罗马神话中的神,相当于希腊神话中的天后赫拉)所要求的,埃涅阿斯的后裔最终要变成罗马人,从而表明维吉尔的故事永远不可能被认为是虚构的(12.821 – 828;另参 6.893 – 897)。然而,在奥德修斯回返家园之前,荷马只有一次以奥德修斯父亲之名来称呼他(8.18),而奥德修斯自称无名氏,这一称谓一直笼罩着他的回家之路。奥德修斯之所以如此自称,是因为他认为自己不过是心智(mind)而已:当他意识到自己起的名字"无人"(no one / outis)和"心智"(mind/mētis)欺骗了库克洛普斯人(Cyclops)后,心中暗喜(9.413 – 414)。奥德修斯就是"无人"的双重形式,即 outis 和 mētis 的合体。这个寓意深刻的双关语代表着奥德修斯在多大程度上接受并认可荷马思想的出发点,而且这个双关语与奥德修

---

① 另参阿普列乌斯,《论苏格拉底的神》(de deo Socratis), 24 (176 – 177):"阿提乌斯在其《菲洛克特特斯》,即在《菲洛克特特斯》悲剧的开始之处,称赞了尤利西斯(即奥德修斯):'拉埃尔特斯杰出的儿子啊,你虽生于穷乡僻壤,却声名卓著,无比勇敢,你是希腊舰队的统帅,对于特洛亚人,却是可怕的复仇者。'他最后才想到了他的父亲。此外,你也听见了他的人民对他的所有颂扬。不管是拉埃尔特斯、安提克勒娅,还是阿克里西乌斯,他们都没能为他们自己获取到任何东西:你将会发现,全部的荣誉都属于奥德修斯个人。"[译按]阿普列乌斯(Lucius Apuleius),公元 2 世纪罗马作家和哲学家,著有长篇小说《金驴》(原名《复形记》),以及《论柏拉图及其学说》等哲学著作。阿提乌斯(Attius,也作 Accius),公元前 2 世纪的拉丁语诗人,罗马最后一位伟大的悲剧作家,西塞罗和维吉尔受他的影响很大。

② [译按]特洛亚战争中的英雄,特洛亚沦陷后背父携子逃出火城,经长期流浪,辗转到达意大利,据说其后代就在那里建立了罗马。

斯在特洛亚战争结束后的第一段故事紧密相关。奥德修斯向费埃克斯人(Phaeacians)说,他曾到过洛托法戈伊人(Lotus-eaters)的国土,他们虽然无害,却有一种让人吃了会全然忘记回家的植物,因此奥德修斯不得不用武力迫使同伴们回到船上。于是,奥德修斯开始叙述时,首先确认记忆的首要性,然后叙述心智的无名。如此一来,奥德修斯回返家园似乎就并非师出无名。一方面,他再也不可能像特洛亚战争之前那样统治他的臣民(一旦他准备屠杀伊塔卡大批"少数派",那么他作为民之父母的慈爱形象就永远消失了)。另一方面,他一到家就必须离开,也许停留不超过一个月(另参14.244-245),又要前往凡间的很多城市(23.267)。《奥德赛》描绘的就是在[4]回家和离别之间的奥德修斯。因而,与其说奥德修斯选择了家园,似乎还不如说他选择了终有一死(mortality)。奥德修斯选择当凡人,选择保持不完满。或者说,奥德修斯懂得在某种人间生活的不完满性中有一种完满,这种人间生活比记忆的稳固或神性的永恒都更可取。

阿基琉斯在哈得斯对奥德修斯所讲的第二种想法,与奥德修斯的选择一致。这种一致性,也许不是因为阿基琉斯宁肯做一个下等人中的下等人,而是因为阿基琉斯还希望能像以前那样生活,哪怕只能活片刻时光,他也能保护其父免遭伤害,并让侮辱佩琉斯的人噬脐莫及(11.494-503)。在最后一卷中,奥德修斯与其父取得了某种和解,他曾以一种不为人知的方式从父亲那里接过了统治权。伊塔卡在特洛亚战争之前实行的是父权统治,例证了祖制中可能的最大成就,这种统治方式却只能通过篡权取得。篡权的结果是让其父拉埃尔特斯(Laertes)在佩涅洛佩遭求婚人困扰时袖手旁观,使奥德修斯的选择更为费解。奥德修斯以前的统治只是表面上的传统,有可能远在不遵循祖宗之法以前,他就已经不再把"好"与"古"相等同了。《伊利亚特》开始所提及的自然权利和祖制权利(ancestral right)的斗争,在伊塔卡已经开始偏向儿子一方,尽管雅典娜已经提醒过特勒马科斯,儿子几乎鲜有强于父亲者(2.276-277)。奥德修斯的回返需要用暴力来重建一条以前人们毫不费力就承认的法则。光阴倏忽二十载，以前的东西大多已遗忘殆尽。也许我们该说，正是奥德修斯以前的君主统治毫不费力，才使其统治所仰赖的原则变得模糊，但恢复统治过程中所产生的恐怖让那个原则同样模糊，我们就会再次对如何理解奥德修斯的智慧与他的选择之间的关系产生疑惑。既然奥德修斯在特洛亚战争之前的智慧已经彻底改变成以自然知识为核心的智慧（10.303），那么权力与智慧之间原本偶然的结合，就不得不代之以有意努力将二者结合起来的自觉意识。但是，这种有意识的努力所产生的恐怖后果，似乎否认了偶然结合的可欲性（desirability）。荷马似乎已经反思过柏拉图"哲人－王"（philosopher-king）的可能性，他要么在这种学说明确形成之前就予以驳斥，要么证实了这样的必然性：哲人王的实现仍然还是一种虔诚的希望。

《奥德赛》开头的这些初步反思无论如何也还没有穷尽。在神明及人的邪恶这两个并非毫无关联的问题上，这些反思尤其不充分。荷马特意[5]提到，奥德修斯在回程途中奋力挽救同伴的性命，但他失败了，因为他的同伴们莽撞而愚蠢地吃掉了太阳神的牛群，太阳神剥夺了他们归返的时光（1.5-9）。荷马把重点放在奥德修斯的同伴们的归返上，而不是放在奥德修斯本人身上。因此，奥德修斯的选择就不完全是自由的，而且记忆与心智的对立也不像看上去那样有效。然而，在奥德修斯的十二条船仅存一条后，荷马还是选择了一个事件来说明这样一个观点：每一个丧命的人都是自作孽，而奥德修斯自己的说法却没有证实这一点。要不是因为奥德修斯强迫，那些想和洛托法戈伊人待在一起的同伴们本可生还。荷马甚至让我们觉得，是太阳神惩罚了奥德修斯的同伴们。但是我们后来得知，太阳神不会惩罚个人，他可以从神和人那里收回光明，但他需要宙斯出面作出惩罚以让他满意（12.382-383）。荷马没有提及宙斯。如果我们能够区分诸如太阳神之类的宇宙神——凭肉眼就知道这些神明可能存在——与那种只能耳闻的奥林波斯神,①那么荷马则是以惩罚人的愚蠢行为的宇宙神开始的,可是一旦缪斯出现,并让荷马和我们遇见波塞冬、宙斯和雅典娜之后,荷马又立即予以纠正。荷马自己暗示,奥德修斯的智慧和正义得到了宇宙神的支持,这些宇宙神对不义和愚蠢降下的可怕报复毫不逊色于奥林波斯神。但这一暗示没有得到缪斯的证实,荷马本是把故事交缪斯之口来述说的,这似乎意味着奥德修斯选择回返家园,也就选择了奥林波斯诸神。奥德修斯的同伴们的确曾起誓说,如果平安返回故乡,他们就会为太阳神建造一个神殿(12.345 - 347)。

荷马把他对奥德修斯的描绘,同他请求缪斯从某一个时刻开始讲故事相结合(1.10)。②假如缪斯也像我们一样听从荷马的字面含义,那么,《奥德赛》这篇故事就会以奥德修斯在太阳神岛上的第九次历险为开端,或者,如果我们把荷马所说的"不少种族的城邦"与奥德修斯向他妻子解释最后一次航行时说的话对照起来看(23.267),《奥德赛》就会从奥德修斯如何碰上了一个从未见过大海、向一位他们并不知晓的神敬献祭品的民族讲起,但缪斯并未选择这两种可能作为开头,而是追溯到更远的过去,并且莫名地把奥德修斯这位在特洛亚战争中劫后余生的英雄最后一个返乡的责任归咎于波塞冬(1.11 - 21)。在讲述这位漂泊远方的人时,缪斯有很大的发挥空间。

我们所读到的《奥德赛》远未述尽奥德修斯的故事。《伊利亚特》的开篇名义上也只谈到了阿基琉斯的[6]暴怒,随着他的暴怒平息,关于他的诗歌也就结束了。阿基琉斯的葬礼构成了《奥德

---

① 另参柏拉图,《克拉提洛斯》(*Cratylus*),397c8 - d6;恺撒,《高卢战记》(*de bello Gallico*),6.21.2。

② 另参 Dietrich Mülder,《荷马研究文献报告》(Bericht über die Literatur zu Homer, Höhre Kritik, für die Jahre 1912 - 1919),载于《古典古史研究进展年报》(*Jahresbericht uber Fortschritte der klassischen Altertumswissenschaft*),182 (1921),页126。

赛》结尾的一部分,而对《伊利亚特》却无关紧要。然而,《伊利亚特》集中于阿基琉斯的劫数,而奥德修斯一生当中的哪个阶段才能最好地展示他则尚不确定,反正不是在特洛亚战争时期。这两者明显的区别还需要说明。在《伊利亚特》里,尽管荷马似乎请求缪斯从宙斯的计划开始讲述,但缪斯却从阿波罗开始,阿波罗对阿伽门农发怒,便引起阿基琉斯与阿伽门农争吵,没有迹象表明宙斯在背后操纵阿波罗。因此,即使是在《伊利亚特》中,偶然发生的各个事件也因各位神明的行为变得错综复杂。于是,荷马所述太阳神的牛群这一插曲似乎就尤其贴切。我们一旦回过头去,就会看到千丝万缕的神圣因果关系变得比以往更加复杂,最终化成奥德修斯命运中的点点滴滴,而奥德修斯远在《奥德赛》开始前二十余年就已经知道自己的命运(2.171-176)。荷马通过简化故事,明晰了正义与智慧之间的联系,这似乎不仅便于叙述,也完全支持了宙斯的观点,即人们自己邪恶却谴责神明,实际上人们自己应该对此负责,由于人们自身的莽撞和邪恶超越了命限才造成不幸——宙斯在这里简直就是在复述荷马的说法(1.7,1.34)。[①] 史诗完全证实了宙斯这个观点的前半部分:几乎没有谁不指责诸神,尤其是指责宙斯。奥德修斯一逃离独目巨人的洞穴就遭遇献祭失败,他马上断定宙斯正在谋划如何让他的船只和他的同伴们全部毁灭(9.551-555)。如此一来,我们就陷入了这样的悖论,一方面荷马并未在开头把宙斯牵扯进来,以此维护宙斯的声誉;但另一方面,缪斯又努力纠正荷马,并以宙斯自己的说法证明人们对神圣因果关系的理解完全正确。[②]

---

① 另参 Carl Rothe,《作为诗歌的〈奥德赛〉及其与〈伊利亚特〉的关系》(*Die Odyssee als Dichtung und ihr Verhaltnis zur Ilias*, Paderborn: Schöningh, 1914),页 21。

② 另参《注疏》(Scholia) DHJM^{2}Q 之 1.33,见 A. Ludwich,《荷马史诗〈奥德赛〉注疏》(*Scholia in Homeri Odysseae A 1-309 auctoriora et emendatiora*, Hildesheim: Georg Olms,1966)。

我们不能指望这个最初的悖论能够站得住脚，倒可以指望我们所读到的故事最终将表明宙斯是正确的。我们也可猜想，宙斯选择奥德修斯作为他的代言人，是要有力地证明奥林波斯的神义论。正是通过奥德修斯的乔装打扮和与亲人的相认，其父拉埃尔特斯才欢呼：奥林波斯诸神依然存在(24.351)。

政　治

史诗以某种神秘的方式开始为奥林波斯的神义论辩护。[①] 当我们知道卡吕普索阻留奥德修斯以及波塞冬[7]对奥德修斯不依不饶的愤怒之后，我们难以理解宙斯为何在"无可责备的埃吉斯托斯[②]"死后两年还提到他(3.306-307)，还借他来阐明自己的论点，即诸神不对人的邪恶负责，人们超过命限的所有不幸，都是人因莽撞和邪恶而咎由自取。如果犯错者如此受宠，仅仅警告他会遭报应就可把他震住，为何阿伽门农没有受到同样的警告？儿子为报父仇而被迫杀死母亲(3.309-310)，那又该遭到何种报应？特勒马科斯听到雅典娜要他以奥瑞斯特斯(Orestes)作为自己行动的榜样(1.289-300;3.247-252)，他自然对此感到不解[③]：并没有哪位求婚人杀死了他父亲或者诱奸了他母亲。宙斯自己的辩解也没能免除诸神让人们英年早逝的罪责，因为当他承认波塞冬是奥德修斯飘零生涯的渊薮时，他似乎认

---

①　另参 Harmut Erbse,《荷马史诗众神功能考》(*Untersuchungen zur Funktion der Götter im homerischen Epos*, Berlin - New York: de Gruyter, 1986),页237-244。

②　[译按]Aegisthus,阿伽门农的堂弟,在阿伽门农胜利回返后伙同阿伽门农的妻子克吕泰墨涅斯特拉一起杀死了阿伽门农,后被阿伽门农的儿子奥瑞斯特斯杀死,奥瑞斯特斯同时还杀死了同谋者——自己的母亲。

③　另参 Friedrich Focke,《论〈奥德赛〉》(*Die Odyssee, Tübinger Beiträge zur Altertumswissenchaft*, XXXVII, Stuttgart - Berlin: Kohlhammer, 1943),页31。

为,波塞冬既然没有杀死奥德修斯,就不应该受到责备(1.75;另参3.236-238)。然而,奥德修斯命中注定要回到家园(5.286-290),因此,如果神只为非命之死这一邪恶行为负责,那么宙斯的申辩也就没有多大意义。而荷马自己以奥德修斯的同伴们的执意自毁(12.348-351)为例,则似乎更为精当。但如果奥德修斯注定只能独自一人返回家园,而他的同伴们全部丧命(2.171-176),那么荷马为诸神对待人的方式所作的辩解也不比宙斯高明。然而,如果这两种辩解的主旨都是必然与意志不可避免的巧合,那么人类对诸神的抱怨确实是对生命悲剧的抗议,尽管诸神显然仅是与其相关,而非为其负责。

与宙斯对埃吉斯托斯的反思相比,雅典娜似乎要采取一种更加令人振奋、更具报复性的观点,她说,埃吉斯托斯死有余辜,"愿其他那些犯下和他同样罪行的人也如此遭报"。我们已经可以推测出,雅典娜无意于警告那些求婚人(另参16.402-406),但当惩罚远远超出悲剧的意味时,惩罚求婚人之正当性就很成问题了。奥德修斯早在七年前就知道这些求婚人会被杀死(11.119-120)。实际上,他早在这些求婚人来纠缠佩涅洛佩的四年之前,就知道了这一切,尽管那时他还不知道自己的智慧预知了这个事件。既然如此,如果奥德修斯与卡吕普索一起生活四年,而不是七年,他就可以在求婚人到来之前回到家里。此外,既然波塞冬仅仅掀起一个巨浪报复奥德修斯就发泄了所有的怒气(5.375-381),那么,波塞冬的确不是唯一延误奥德修斯归程的障碍。在荷马的讲述中,奥德修斯这段明显空白的时间必定是与卡吕普索一起度过的,这与其说是为了让特勒马科斯长大成人并充分体验到自己所处的屈辱地位,还不如说是为了应验独目巨人波吕斐摩斯(Polyphemus)的诅咒:奥德修斯到家后还要[8]遭不幸(9.535)。宙斯和雅典娜丝毫没有提到这一点。唯一不受命运左右的是特勒马科斯的长大成人,而特瑞西阿斯(Teiresias)①在哈得斯却没有向奥德修斯说起这一点。因此,诸神

---

① [译接]忒拜的盲预言者。

的因果关系以及他们的正义似乎都与特勒马科斯有关,并且所谓的"特勒马科斯之歌"(Telemacheia)似乎也不是《奥德赛》的附属物,而恰恰相反,《奥德赛》是为"特勒马科斯之歌"作解,至少就其主旨为神义论这一点而言。

假使求婚人在特洛亚战争结束一年后就来了,并且奥德修斯在此之后三年即得允回返,那么除了在奥德修斯回家以前的这二十年需要打发以外,命运的一切要求就都可以满足。否则我们很难相信,孤身重现的奥德修斯不会立即驱散那些求婚人,他们看起来只不过是一帮蝇营狗苟的吹牛大王,根本不是奥德修斯的对手。特勒马科斯从未向求婚人解释为何要把那些武器和甲胄从厅堂里搬走——奥德修斯已为他准备好一大段貌似有理的话(19.7-13),这恰恰说明求婚人的威胁多么微不足道。即便非要经过一场战斗才可能把这些求婚人驱逐出去,奥德修斯也无需特勒马科斯援手就能做到,特勒马科斯在战斗中的主要作为就是给他父亲增加了暂时的麻烦(22.154-156)。因此,我们不得不回过头去看看特勒马科斯在惩罚求婚人的时机和特征方面所占据的中心位置。特勒马科斯提出了继承权这一政治问题。佩涅洛佩二十年的全部努力就是要保住儿子的王位。最后几年,她又凭自己的魅力让众多求婚人神魂颠倒,让自己的家庭而非城邦看似危如累卵,以此分散他们对继承权的注意力。特勒马科斯对此一无所知。当别人直接问他召开集会是否出于政治原因时,特勒马科斯否认了(2.30-32)。因而,特勒马科斯对母亲的怨恨不比对求婚人的怨恨少。对特勒马科斯来说,他有权继承王位,但这一实质性问题表现为他对自己身世的怀疑(1.215-216)。

修昔底德(Thucydides)在其所谓的"考古学"里谈到了特洛亚战争之后的长期动乱,也谈到了内讧和流放(1.12.2-4),①但特勒

---

① 另参柏拉图,《法义》(Laws),682d5-e4,柏拉图补充说,年轻人不接受士兵们以正义的名义回家,这就导致了许多杀戮和死亡。

马科斯在涅斯托尔(Nestor)和墨涅拉奥斯(Menelaus)①那里亲眼所见的一切却表明,生活与战前一样。涅斯托尔除了丧子之外,似乎损失了不止一支军队(3.7-8)。战争只对伊塔卡一方才是毁灭性的。在伊塔卡以及奥德修斯的袖珍帝国的其他地方,整整一代人都被消灭了(Ⅱ.631-635)。奥德修斯王宫中明目张胆的争权夺位掩盖了这一核心事实。这二十年来[9]政治生活的悬置——整个那一段时间里居然没有人召开过集会,似乎也就把时间本身悬置起来了。只有特勒马科斯年岁的增长和奥德修斯的家犬阿尔戈斯(Argus)的死亡才标明了时间的真实刻度。奥德修斯的统治如此仁厚,似乎可以把伊塔卡尘封起来达二十年之久,可以让它在如此长的时间内没有统治者也能运转。没有统治者这一事实,只表现在奥德修斯自己家里公认的混乱上(15.376-379;17.319-321)。奥德修斯离开时把全部家事委托给了门托尔(Mentor),却没有委任谁来照管城邦(2.225-227)。拉埃尔特斯时代还曾有过元老院,但随着奥德修斯位登大宝,元老院似乎就取消了(21.21)。佩涅洛佩白天织、晚上拆为拉埃尔特斯织的寿衣,可以说就体现了奥德修斯几近完美的统治毫无波澜。这种统治不可能持久。如果我们把求婚人的到来算作奥德修斯的统治逐渐淡出人们记忆的标志,那么人们对奥德修斯的感激之情能维持十七年之久,就够不可思议的了,还怎么指望人们把这种感激之情代代相传而不另有所望呢?(4.687-695)只有忠实的牧猪奴欧迈奥斯(Eumaeus),这个主人不在也满怀敬畏地称呼其主人的人,还巴望着获得奖赏(14.62-67;145-147)。相反,求婚人的兄长们和表兄们随奥德修斯去了特洛亚(另参2.217-222),他们的心里怀着群众中普遍存在的怨恨(另参3.214-215)。他们使得奥德修斯有可能对政治躯体中感染最严重的部分实施外科切除手术(2.265-266),把足够健全的城邦交给特勒马科斯去统

---

① [译按]涅斯托尔,皮洛斯国王。墨涅拉奥斯,斯巴达国王,海伦的丈夫,阿伽门农的兄弟。

治,当然我们在最后一卷中会看到,他切得还不够深(24.463-466;另参2.166-167)。① 在《奥德赛》结尾处,伊塔卡王国的其他部分是否不得不与伊塔卡疏远,尚在未定之天,但种种迹象都给人以不祥之感(24.418-419)。

　　奥德修斯所面临的政治问题,让我们想起了柏拉图笔下那位雅典外乡人向一位克里特人和斯巴达人所设想的那种情况。② 他假设同父同母所生的许多儿子中,大多数都不正义,只有少数正义,如果要在他们弟兄中间选一人当法官,他提出的问题是:谁会成为一个优秀的法官,第一种人彻底清除坏人而让好人管理自己,第二种人让好人当统治者,而且也让最坏的人活着并自愿接受统治。外乡人还为这个并不复杂的问题添上了第三种人当法官,这种人接管一个不和睦的家庭,他谁也不杀,靠制定法律来调解他们以后的日子,并保证他们互相都成为朋友。奥德修斯自己似乎是在追求第一种统治方式,但诸神却命令他走第三条道路(24.541-548)。

　　怨恨也许真的能够像感激那样容易逐渐褪去,如果奥德修斯第二次离去的时间同第一次一样长③,那么他[10]就会在家中为一个幸福民族所拥戴,得享高龄而殁(11.134-137)。然而,奥德修斯的臣民假定的忘恩负义背后还郁积着怨恨,这种怨恨不是由于他长时

---

① 在埃斯库罗斯的《阿伽门农》中,阿伽门农根据歌队(Chorus)的建议(787-799,807-808),打算通过审慎的外科手术和火烧法来清除阿尔戈斯人中的不忠分子(848-850)。如果我们从第一肃立歌(stasimon,[译按]指希腊肃剧中两个间插段落之间的正规合唱颂歌之一。歌队可能是站在乐队中间的位置上唱的)来判断,阿伽门农不可能成功实施任何一种办法。关于政治学中外科手术和火烧法的严格使用,参见柏拉图,《治邦者》(*Statesman*),293a9-c3;d4-e5。

② 柏拉图,《法义》(*Laws*),627c3-628a3。

③ [译按]根据传说,奥德修斯在回到故园杀死求婚人之后,又外出漫游了许多年,还有一段传奇故事(参杨宪益《〈奥德修纪〉译本序》,前揭,页6)。故本书第一卷第一部分说"我们所读到的《奥德赛》远远没有穷尽奥德修斯的故事"。另参《英雄诗系笺释》,崔嵬、程志敏译,华夏出版社,2011,页258-272。

间杳无音信,而是因为人们普遍认为即使他能归返,也会孤身回来(2.174–175)。求婚人安提诺奥斯(Antinous)的父亲强烈而无可辩驳地宣泄了这种怨恨:"首先,他出征且损兵折船,回来之后又杀死克法勒涅斯人①中的精英。"(24.427–429)奥德修斯第九次冒险后,不可能安然返还而不被生吞活剥,因为如果他也曾向国人讲述了天真的费埃克斯人信以为真的传奇故事,那么他就亲口谴责了自己,尽管还可以对他所有的为与不为作更高明的辩解。奥德修斯的故事对伊塔卡人来说是不中听的。他避世达七年之久,现在看来似乎不是为了从波塞冬手中逃生,而是为了从自己人手中捡一条命。也很可能是大家的意见逼迫奥德修斯去特洛亚。奥德修斯编过许多谎言,其中一个就提及,他假扮的那个克里特人就是为人们所逼(14.238–239)。但一个忘记恩典的民族不大可能记住自己的责任。无论如何,奥德修斯被迫避世让我们想起了修昔底德笔下德墨斯特涅斯(Demosthenes)的审慎,他在一场灾难性远小于此的战役之后选择了避开雅典人,直到他能够向他们宣讲一派丰功伟绩时才回来(3.98.5)。我们会猜想,这是否就意味着,奥德修斯要把他从费埃克斯人那里获得的礼物分发给伊塔卡人,以补偿他们的损失(另参11.355–361;24.486)。宙斯想让这份礼物比奥德修斯毫发无伤地从特洛亚回来时所分得的战利品更多(5.38–40)。

从我曾概述过的严格的政治学观点来看,这些求婚人的罪行问题——不管是集体的还是个人的,如果有罪,那么惩罚是否量刑适当——在很大程度上都是不相干的(另参17.360–364)。奥德修斯若要救特勒马科斯于不可忍受的处境,就必须做他所做的这一切——即便如他所说,假如他不相信这些求婚人拒绝尊敬任何来到他们面前的世间凡人,不管低贱还是高贵,假如他不相信他们正是因为莽撞和邪恶而交上了不相配的运气(22.414–416),那么,他本人就不可能成就自己的命运。当然,奥德修斯无论如何并不像佩涅洛佩那

---

① [译按]Cephallenian,希腊西部及近海岛屿之名,归奥德修斯管辖。

样认为,从来没有任何像求婚人那样罪恶昭彰和傲慢的人(17.587 - 588)。奥德修斯的行动建立了新的政治秩序,但是否并不必然要从佩涅洛佩的立场来理解他的行动,这是另一个问题,这会影响如何理解道德,至于是什么样的影响,我们还无法评判。

特勒马科斯

[11]雅典娜计划的两部分似乎有着相反的目的:刚好在父亲动身回家之前,儿子就被送出了家门。但雅典娜在特勒马科斯离家寻父之前,至少完成了两件事情:她使特勒马科斯看上去像是对求婚人的一种威胁,所以他们不得不计划谋杀他;此外,雅典娜还让特勒马科斯开始关心他从不了解的父亲甚于关心那些他认为属于自己的并且是他眼睁睁看着被消耗掉的财产。① 特勒马科斯对求婚人的公开谴责,虽然没有什么直接的效果(另参 16.374 - 375)——一个求婚人遣散了特勒马科斯召开的集会(2.257),但如果与他秘密离家出走联系起来,这似乎就能表明:阿开奥斯人第二次踏上了反对暴行以维护家庭完整和客谊之道的征程(2.325 - 327)。正如佩涅洛佩显得比海伦更值得敬重,这件事也明显比特洛亚战争更正当。尽管《奥德赛》一书中到处都有扩大冲突的迹象,特瑞西阿斯的预言还设置了公开斗争的两种方法([译按]即计谋和刀剑),但是特勒马科斯既没有同涅斯托尔或墨涅拉奥斯商量过斗争的问题,他们也没有提出什么建议。② 奥德修斯只是在撒谎的时候提到过斗争问题(14.330)。假设奥德修斯在与阿伽门农共同远征时死了,且死于非命,那么人们就会想,这也不会完全触怒宙斯和雅典娜。

---

① 见 117、243 - 244、320 - 321、397 - 398 各处;另参 15.19 - 23、91;19.533 - 534;20.265。

② 另参《注疏》HMQR 之 4.167;Q 之 13.387。

城邦之间再次断绝往来,从而它们的国内秩序变得比外交关系更为重要,这种再度隔绝仿佛是更大计划的一部分,而实现这个更大计划的工具居然是一个远在异国漂泊的人,这只是个明显的悖论。

《奥德赛》的前提是误把政治问题当成家庭问题,这个前提最清楚地表明了再次隔绝,但隔绝的标志有两个事件:一是行为层面上的,二是言辞层面上的。费埃克斯人把奥德修斯安全送回故土后,波塞冬在宙斯的授意下把回返的费埃克斯海船变成了石头,其直接后果就是让费埃克斯国王阿尔基诺奥斯(Alcinous)决定以后决不再干护送客人的事情(13.180-181)。以后海上就再也没有便利的交通了。故事中的第二个标志事件如下:当特勒马科斯和雅典娜谈话时,费弥奥斯(Phemius)正唱着阿开奥斯人悲惨的归程(1.326-327)。我们不会去听这首歌,因为它本质上不过是一首歌而已,本来就只有一个叙述视角。相反,我们却听到了三个不同的阿开奥斯人归返的故事,分别由涅斯托尔、墨涅拉奥斯和奥德修斯[12]讲述,但都没有形成一个连贯的整体。虽然他们的故事互有交叉,从宽泛的轮廓来看,也不相互抵牾,却没有共同的目标能把它们串起来。每个人却对曾经步调一致的远征的最终崩溃作了一番解释,每个解释都消失在了个体利益和对之前的参加者的理解背后。无论是共同的行动还是共同的言辞,都不再有核心的权威。现在每个人都不跟别人打交道,还要给事情打上自己的烙印。

雅典娜来到伊塔卡的时候,幻化成塔福斯人(Taphian)的首领门特斯(Mentes,1.105)。既然城里没有人认识与奥德修斯有二十年交情的那位朋友的儿子(1.180-181,187-189,206-212),那么雅典娜像门特斯,就因为她说她是门特斯,雅典娜其实完全用不着改变外形也可以说她是其他某个外乡人。仅就这个场合而言,雅典娜同时既是一切人,又是具体的某个人。特勒马科斯最先发现她,是因为他正在想象着心目中高贵的父亲,并幻想着他"或许从某地回来,赶得求婚人四散逃窜"(1.113-117)。由于雅典娜来到宅门边的时候手中握着长矛,特勒马科斯的想象就与自己的视界融为了一体:雅典娜突然离开(正如她突然到来)时,把她的长矛插在了奥德修斯的武器之中(1.126-129)。特勒马科斯告诉她:她就像父亲那样对儿子谆谆嘱咐(1.307-308)。然而,特勒马科斯开始的时候还是犯了一个错误。他穿越厅堂前去欢迎伟大的雅典娜时,心中激起了一种正直的愤慨:不该让客人久待门外(1.119-120)。[1] 然而,雅典娜刚从奥林波斯山上飞临,谁也没有过错。特勒马科斯与雅典娜的秘密谈话,是在求婚人吃完饭后静静地听费弥奥斯歌唱之时(1.325-326),但这依然无碍于雅典娜对特勒马科斯说道,她认为这些求婚人就是一帮狂妄之徒,任何正派人看见他们这种放肆无耻的行为,都会义愤填膺(1.227-228)。雅典娜对这些求婚人的洞察无疑是对的,但这些求婚人在她面前袒露无遗,就预示了我们在这种洞见中得到的证据,他们的袒露无遗似乎保证并可能支持了想象与证据的融合,而那种融合变成一种恐怖的确定事件后,就总会招致谴责。雅典娜后来支持奥德修斯,并鼓励他上前向求婚人乞讨饭食,"好知道哪些人守法,哪些人狂妄无羁",结果除了安提诺奥斯之外,每个人都有某种意义的正直,安提诺奥斯甚至还广受同为求婚同伴的训斥(17.360-488)。雅典娜也许想让奥德修斯认识到人对人的心灵的认识是有限的,但他心中是否记取了该教诲,仍是一个悬而未决的问题。然而,可以肯定,雅典娜甚至从未试图这样教训别的什么人。

[13] 雅典娜在幻化成门特斯前来给特勒马科斯一连串复杂的指示之前,[2]祈愿奥德修斯出现在求婚人面前,就像曾经站在她"父

---

[1] 在总共 29 次对 νεμεσῶ, νεμεσ(σ)ητόν, νεμεσίζομαι, νεμεσις [正直的愤慨] 的使用中,荷马自己使用了四次,这里用在特勒马科斯身上一次,三次用在求婚人身上(17.481;21.147,285)。奥德修斯在向费埃克斯人解释他的冒险经历时,从来没有提到这个词,倒是在对欧迈奥斯撒谎时用过一次。

[2] 这方面的分析,可参见 Ernst Siegmann,《〈奥德赛〉卷一中雅典娜的话语》(Die Athene-Rede im ersten Buch der Odyssee),载于《维尔茨堡古史研究年鉴》(Würzburger Jahrbücher für Altertumswissenschaft), N. F. 2 (1976),页 21 - 36;另参 Klauss Rüter,《〈奥德赛〉解释引论》,前揭,页 148-201。

亲"安基阿洛斯(Anchialos)门前那样(1.255-266)。雅典娜这个心愿说明,奥德修斯曾拜访过"门特斯"。奥德修斯曾经前来寻找致命的箭毒,但埃费瑞(Ephyra)国王却因为"担心激怒永远无所不在的众神明"(1.263)而拒绝把毒药给他。及至故事将尽,我们才知道,奥德修斯从未用那把弓去战斗(21.38-41),所以即便在他的统治温和有如父母之于子嗣的那段时间里,他也在谋求比国内的敌人略胜一筹(16.424-430):奥德修斯本可以带领他们走出黑暗,他的目标本不必致命以致命。① 雅典娜还暗示,即便奥德修斯已死,特勒马科斯也有诸多方法来对付这些求婚人。雅典娜让奥德修斯像站在她"父亲"门前的石阶上那样全副武装、面目和善,祈愿他会杀死那些求婚人——他们只知道奥德修斯可能从埃费瑞人那里求得毒药,而不知道塔福斯人那里也有(2.328-330)。雅典娜暗含此意,即她正是在奥德修斯身上看到了他那次前来拜访的目的是取人性命,至少,在奥德修斯这件事上,人们无法将敌人和朋友截然分开。② 此外,雅典娜还在奥德修斯的威武形象中嵌入了不那么高尚的一面,借此暗示人们:若选择了凡间的友谊,便只能置神的天谴于不顾:她的父亲对奥德修斯喜欢得"厉害",便把毒药给了他(1.264)。敌友之间界限模糊与倾覆神对人类活动的限制相生相伴。我们的确处于后英雄(postheroic)世界:当奥德修斯和特勒马科斯在家时,他们谁都不叫"英雄"。③ 他们在准备最后一场战斗时,奥德修斯告诉儿子,他现在正面临着一场检验一个人是否最优秀的战斗,要他切不可辱没祖辈的荣耀。特勒马科斯向他保证,自己不

---

① 另参《注疏》T 之 1.261。

② 另参《注疏》DE^2HMA^2Q 之 1.255:"那终日以宴饮为乐的人怎么会让人害怕?"

③ 在荷马所提到的十四次或十五次"英雄"一词之中,只有三次说的是奥德修斯回来后的伊塔卡人:穆利奥斯(Moulius,18.423)、拉埃尔特斯(22.185)、哈利特尔塞斯(Halitherses,24.451)。

会玷污祖先的荣誉,在这里,拉埃尔特斯称神明为"朋友"——这是唯一的一次,以前从未有人如此称呼,拉埃尔特斯还欣喜地看到他的儿子和孙子为荣誉而竞赛。① 但特勒马科斯和奥德修斯都没有在这场公开的战斗中杀过人,反倒是那位重新焕发青春活力的老英雄拉埃尔特斯掷出了这场战斗中第一支也是最后一支长矛(24.506 – 525;另参 1.189,19.144,22.185)。幻化成塔福斯人门特斯的雅典娜是一位生意人,买卖刚开始使用的金属是铁,她用铁与操外族语言的人交换铜(1.183 – 184)。

雅典娜/门特斯说她这次前来,乃因耳闻奥德修斯业已归来(1.194 – 199)。她接着说,但是神明们阻碍他归返,一伙野蛮凶暴的人把他拘囚在某个环水的海岛上。她把女神卡吕普索描述得古里古怪,其实卡吕普索只是用一些花言巧语让奥德修斯忘掉伊塔卡而已(1.56 – 57),但这种"野蛮凶暴"云云对诸神来说却很相宜,雅典娜半含半露地把奥德修斯阻滞在外的原因归结到了诸神身上。她暗示说,单凭凡人的力量[14]不可能留住诡计多端的奥德修斯。在人类看来,诸神似乎就是遥远的生番。但不清楚雅典娜为什么要向特勒马科斯提到这类事情。她必定知道,特勒马科斯心中已渐渐知道门特斯就是雅典娜(1.420),知道他一旦从墨涅拉奥斯口中得知女神卡吕普索的事(4.556 – 558),就可加以推算,得出门特斯就是雅典娜这一结论。雅典娜是不是在诸神之中策划一场革命,让人类从诸神手中获得更大的独立性(另参 1.203 – 205)?这种对诸神的诋毁,是不是检验人们把自己的所有邪恶都归到诸神的冲动上的一种方法?雅典娜刻意与野蛮的诸神保持距离,并准许使用各种手段惩罚敌人,从这点上来说,雅典娜就为一种新的"宗教"奠定了基础,自己也就成了这种新宗教的领袖(另参 16.260,264 – 265)。单凭这一点,我们还无法想象这种新宗教会采用什么样的形式,对雅

---

① 另参 Harmut Erbse,《论〈奥德赛〉的解读》(*Beiträge zum Verständnis der Odyssee*, Berlin – New York: de Gruyter, 1972),页 225 – 226。

典娜是否能够成功也知之不多。但我们却知道雅典娜正和特勒马科斯谈话,让他没能听到费弥奥斯在唱着,雅典娜如何对阿开奥斯人的悲惨归程幸灾乐祸(1.326-227,348-349)。

在费弥奥斯的歌唱中,雅典娜所起的作用远不如我们听说过的其他神明,但我们却亲眼看到了这位女神如何煽风点火。我们完全可以设想,就在雅典娜把奥瑞斯特斯树立为特勒马科斯学习的榜样时,费弥奥斯刚好唱完阿伽门农被害的故事。但我们从雅典娜对特勒马科斯所说的话语中可以看出,既然可以杀死埃吉斯托斯,也就可以杀死求婚人,奥瑞斯特斯为全民所敬仰就表明埃吉斯托斯之死是罪有应得。雅典娜了解特勒马科斯的想法,特勒马科斯也重新树立了雅典娜一直在灌输的信心,该信心体现在三个方面:他第一次向母亲说起了父亲的名讳(1.355),顶撞母亲,维护歌人。他对母亲佩涅洛佩说:"我不像你,我能受得了听人述说达那奥斯人的悲惨命运——不只是奥德修斯一人失去了生命。"①他即便不是故意为之,其潜台词也很清楚:"我想以杀死求婚人而受称颂——这是他们的悲惨命运——我很快就会成为歌中的主角,因为人们总是喜欢听到最新的消息。"(另参1.240;3.203-204)特勒马科斯从雅典娜那里得知,重新获得自己的财产,其实没有什么荣耀可言。人们得往大处着眼,这就有必要消灭所有的求婚人,仅仅驱散求婚人就达不到那种效果。特勒马科斯正在大大地转变,这差不多从他笨头笨脑地接受雅典娜的指示即可确认。特勒马科斯向求婚人脱口说出了雅典娜的秘密建议,并且还希望求婚人全都在他的宅邸中送命,而他不必[15]为此遭报(1.374-380)。② 求婚人紧咬嘴唇,对特勒马科斯的话感到惊异,安提诺奥斯唯愿宙斯不让特勒马科斯成为伊塔卡

---

① [译按]此处所引,与汉译本有较大出入,与杨宪益译本亦不同。另,达那奥斯人(Danaan),原指阿尔戈斯王达那奥斯的后代,诗中亦泛指希腊人。

② 另参 Adolf Kirchhoff,《荷马史诗〈奥德赛〉》(*Die Homerische Odyssee*, Berlin: W. Hertz, 1879),页254-257。

的统治者,尽管特勒马科斯凭世袭权利而应该称王。安提诺奥斯暗示,仅当特勒马科斯是国王的情况下,他的诅咒才有可能实现。然而,特勒马科斯却没有看出安提诺奥斯话语中的暗示。特勒马科斯说,他只要能完全拥有自己的财产就会很满意,但我们不禁怀疑他所想的是:王位绝不亚于荣耀。①

佩涅洛佩让费弥奥斯停止吟唱悲惨的歌曲,另选一支(1.337 - 344)。② 佩涅洛佩把那首歌称为"悲惨的",荷马说这首歌唱的是一次"悲惨的归程"(1.326 - 327),而特勒马科斯支持歌人的权利,认为他们可以按照内心所喜欢的方式来娱乐人们(1.326 - 327, 346 - 347)。人们在倾听受难中获得欢愉,人们乐于听到宙斯是如何按自己的心愿赐给每个人东西。歌人通过宙斯这一因果关系的工具把凡人生活中的任意事件归置得井然有序,这就给人间的苦难赋予了意义。那么,歌人的无错和宙斯的过错之间的对立,并不像特勒马科斯所说的那样明白,因为就算这些歌人不是诸神的起因,但却是他们让诸神为此负责。虽然特勒马科斯突然获得特权可以直接了解神的中介作用,但这对人的一般地位毫无影响。我们因此就会想,宙斯对埃吉斯托斯的想法,即对人类责怪诸神的倾向感到遗憾,是否并非主要指那些为理解诸神的中介作用树立了榜样的歌人。一位瑙西卡娅(Nausicaa)说:"奥林波斯的宙斯亲自把幸福分配给凡间的每个人,不论贵贱,按他自己的心愿。"(6.188 - 189)一位歌人唱出宙斯如何去做瑙西卡娅所说的那些事情。在这样一位瑙西卡娅与这样一位歌人之间存在着巨大的区别。《奥德赛》以雅典娜用以导引事件进程的灵

---

① 雅典娜最先敦促特勒马科斯,如果他听说奥德修斯已经死去,那么他就该杀死那些求婚人,并让母亲改嫁他人(1.289 - 296)。她这是最大限度地暗示了,这些求婚人一日不死,特勒马科斯就一日不能为君。

② 尤斯塔修斯(Eustathius)认为,费弥奥斯的歌曲被打断对故事来说乃是必要的,因为他最终会唱到奥德修斯,而如果他说奥德修斯已死,那么佩涅洛佩就要被迫嫁人,但假如他说奥德修斯还活着,那么求婚人就会纷纷离去(1420, 21 - 30)。《注疏》HA 之 1.328 对此也有简练的说法。

巧手法(light touch)著称。如果她没有在第123行和第320行之间出现的话,我们很容易想到,坐在求婚人中间的特勒马科斯正幻想着父亲,而费弥奥斯正在歌中说雅典娜乃是阿开奥斯人悲惨归程的渊薮,这必定会让特勒马科斯突然向母亲和求婚人大发雷霆。假如雅典娜突然以奥德修斯的形象出现的话,《奥德赛》尚未开始就得结束。雅典娜既在也不在《奥德赛》的经纬之中。特勒马科斯是荷马笔下唯一真正知道这位女神的人(φρεσὶ δ' ἀθανάτην θεὴν ἔγνω 1.420),奥德修斯最终也只是隐约觉察到她的存在(22.210)。

卷一以家庭为背景,政治问题只是在提到王位的时候才附带涉及,但该问题在卷二中却更清晰。在特勒马科斯召开集会之前,我们就认识了[16]老英雄艾吉普提奥斯(Aegyptius)和他的儿子们。其中一个安提福斯(Antiphus)随奥德修斯征战,他是同伴中最后一个被独目巨人波吕斐摩斯吃掉的。另一个是欧律诺摩斯(Eurynomus),他混迹于求婚人中间。另外还有两个儿子在家承继祖业(2.17-24)。也许艾吉普提奥斯在悲悼一个儿子时无暇控制另一个。但如果他在如此长一段时间之后,还在大庭广众之下因想念安提福斯而落泪——照奥德修斯的说法,安提福斯是很优秀但不是最优秀的人(9.195,334-335),那么艾吉普提奥斯不得不也要为欧律诺摩斯那个在求婚的首领们去世后便成为其中最出众超群的人哀悼时,那时又会发生什么事呢?(22.241-245)?也许当时艾吉普提奥斯的悲痛中丝毫未掺杂对奥德修斯的怨恨,也没有因一个儿子靠他人财物活着而感到欣慰。然而,特勒马科斯却在设想,伊塔卡人正恶毒地遭用众多求婚人通过他本人来报复奥德修斯曾施与他们的恶行。所以特勒马科斯提出,假如他们来只是要吃光奥德修斯的家产,那反倒更好,因为那样一来他就可以通过诚挚的抱膝恳求而让他们归还全部家产,然而"现在你们却让我忍受无望的苦难而无法还击"(1.70-79)。① 特勒马科斯提出了一个不利于其父的议

---

① [译按]原文出处有误,应为2.70-79。

案,虽然他片刻也没有认同这个议案,但如果人们的怨恨不完全问心无愧的话,他们就必定会发展到特勒马科斯所提议的那种地步。然而,特勒马科斯貌似可行的议案却得到了支持,门托尔斥责人们默不作声,还说大家只需动以言辞就可轻而易举地制住那为数不多的求婚人(2.239-240)。门托尔发话伊始就唯愿执掌权杖的国王不再仁慈、亲切与和蔼,而愿他永远暴虐无度、行为不义(2.230-234)。他不幸言中。

二　范式与意志

涅斯托尔

[17]卷三以祭礼开始,以祭礼结束。在荷马笔下,开头这场献祭规模算最大,收尾那场献祭则是倾力描绘得最精细的一场。第一场祭礼献给波塞冬,最后一场则献给雅典娜,波塞冬没有亲临第一场献祭,雅典娜则亲临了第一场和第二场。雅典娜完成了涅斯托尔祈求波塞冬去做的事情(3.54-62):人们似乎已逐渐开始意识到雅典娜的篡权行径。在某种程度上,这一卷的结构就是本卷的主题。涅斯托尔的叙述大部分是在说献祭的事情。涅斯托尔的王宫与我们所知的王宫也有所不同,它是唯一没有歌人的王宫。① 涅斯托尔的儿子告诉雅典娜(3.48),凡人都需要神明,但似乎并不是每个人都需要歌声。在皮洛斯(Pylos),没有人流泪,那里几乎根本就没有悲伤、痛苦的语汇。② 特勒马科斯问了涅斯托尔第二个问题后便保持沉默(3.240-252),直到在斯巴达向涅斯托尔的儿子悄声耳语时

---

① 在例举战船的名录时,荷马谈到了缪斯夺去色雷斯人塔米里斯(Thamyras)歌声的故事,他把这个故事置于讲述涅斯托尔分遣队故事的中间(Ⅱ.594-600)。

② 以下语词——在墨涅拉奥斯故事中出现的地方放在括号中——在卷三里却找不到:ἀκαχίζω, ἀργαλέος(4.397), ἀκεύω(4.100), ἄχνυμαι(4.104,549), ἄκος(4.108), γοάω, γόος(4.102,103,113,183), δύστηνος(4.182), ἐλεέω(4.364)[ἐλεαίρω曾有否定用法,3.96], θυμαλγής, κῆδος(4.108), κλαίω(4.196,539,541,544), μύρομαι, οἶκτος(或者其派生词), ὀδύρομαι(4.100,104,194), ὀλοφύρομαι(4.364), πένθος, στενακίζω, οτενακω(4.516?)。就涅斯托尔的叙述中有受难

(4.69-70),才又开口讲话。鉴于 rhezō 具有"献祭"和"做"这两重意思,可以说,卷三在没有经历事行的情况下例证了事行,或者毋宁说事情的经历已淡出了视野。特勒马科斯在涅斯托尔那里接触到的是对事物的平面理解。显然,雅典娜很有必要现身以支持这一理解。但在墨涅拉奥斯和海伦家里,无论如何雅典娜都不必出现。

结果表明,涅斯托尔对奥德修斯一无所知,他们十年前就分手了。墨涅拉奥斯倒有最新的消息,但那都是两年前的事了。雅典娜脑子里的想法一定不只是她说出来的那些。至少,她也想让奥德修斯的老战友来证实[18]特勒马科斯的血统合法,这就比她初次见到特勒马科斯时证实的事要权威得多(1.206-209)。海伦和墨涅拉奥斯注意到父子俩长得像(4.141-150),而涅斯托尔则在特勒马科斯明理的谈吐中发现了父子俩的相似性(3.123-125)。涅斯托尔把 eoike 的两个不同含义并置:特勒马科斯与奥德修斯言谈"酷似"(muthoi ge eoikotes)及其谈吐上的"明理"(eoikota muthēsasthai)。与奥德修斯言谈上相像,就等于言谈得体。尽管很难准确地说,涅斯托尔的双关语究竟指什么,但我们却可以说,这与说假话可能有如说真话毫不相干(19.203),并且这还否认了希腊诗歌最基本的原则。就在涅斯托尔讲上述话语之前,他还告诉特勒马科斯说,如果特勒马科斯不在那里待上五六年,涅斯托尔无法把阿开奥斯人所承受的苦难讲清楚,如果特勒马科斯不听完这些苦难,就会带着痛苦回家(3.113-117)。这场叙述会与那场经历本身一样长,它所带来的苦难,也会与那些经历本身所带来的痛苦完全一样。佩涅洛佩称悲惨归程之歌是"悲惨的",特勒马科斯谈的却是那首歌带来的愉悦,但对涅斯托尔来说,

---

的主题而言,苦难在第一段叙述中(103,104,113,117,118,134,153,166,175)比在第二段叙述中更突出(262,303,306),并且在第二段叙述中也强调真理(254,327,328)。表示"内心"的三个词汇($\mathring{\eta}\tau o\varrho, \varkappa\acute{\epsilon}\alpha\varrho, \varkappa\varrho\alpha\delta\acute{\iota}\eta$)都没有出现在卷三中,但在墨涅拉奥斯部分它们总共出现了12次。

讲述这段故事没有丝毫愉悦可言。涅斯托尔故事中唯一提到的愉悦就是吃(3.70)。正如卷三最先给我们的印象,涅斯托尔在解释中对经验的抑制,似乎就是把对事物的经验直接等同于对描绘事物的语词的经验,后者无非就是事物的合理性。对事物的完美感觉,没有为事物的经验留下任何余地。荷马对涅斯托尔式叙述方式的模仿出现在最后一场祭奠中。荷马说,牛从田里来了,特勒马科斯的同伴们来了,匠人们来了,雅典娜来了(3.430–436)。雅典娜像牛那样来了。皮洛斯人看到了这个而没有看到那个,这不造成任何区别。这种无区别已暗含在涅斯托尔话语中:他说,他吃惊地发现,特勒马科斯与奥德修斯言谈相似。

在其第一场谈话中,涅斯托尔一开始谈论时就把奥德修斯和他自己在全军大会和议事会上总是意见相投与后来随着战争的延续他们之间出现的不和进行了对比。尽管奥德修斯的心智(mētis)——用一切狡诈和欺骗的方式战胜所有人——与涅斯托尔截然不同(3.118–122),但他俩在理智(noos)和审慎(boulē)上却有着持之以恒的毅力(Thumos)。洗劫完特洛亚之后不久,奥德修斯与涅斯托尔就分道扬镳了。在解释这种分裂时,涅斯托尔以这样的话作开场白:"神明打散了阿开奥斯人,宙斯为阿尔戈斯人(Argives)谋划了悲惨的归程;当时人们思虑欠周全(noēmones),决定错误。"涅斯托尔似乎在暗示,正如智慧一般情况下总是伴随着正义——[19]在那个叫诺埃蒙(Noemen)的伊塔卡人身上就是如此(2.380–387,4.648–651;另参 3.51),不管从他轻松的归程还是奥德修斯失败的归程来看,他在智慧和正义两方面都显得更为高明。涅斯托尔从严格的神义论意义来理解阿尔戈斯舰队被神明打散一事。因此,诸神就在最确切的意义上把正义者和不义者区分开来,并且每一种人都得其应得的回报。这样的理解没有眼泪的余地。不管什么东西,它都是其应然之所是,因而,在事物的范式开始展开时就知道这一点的人,才是聪明人。涅斯托尔根本不认为他所讲的故事只是对事情的追溯性阐释,他从一开始就清楚会发生什么事情(3.14,166),而且这里也没有说他依赖了神谕和先知。宙斯的计划因雅典娜的愤怒而起效,她引起了阿伽门农和墨涅拉奥斯之间的争吵。阿特柔斯之子(the Atreidae,[译按]指阿伽门农和墨涅拉奥斯)晚上召开了集会,因为阿开奥斯人来的时候烂醉如泥又杂乱无章,涅斯托尔和奥德修斯都无法向大家训话并重振队伍。由于正义者和不义者混在一起,宙斯只得放弃惩罚。墨涅拉奥斯要求每一个人都返回家园,阿伽门农则要人们留下来,直到他完成献给雅典娜的祭礼,以平息雅典娜令人畏惧的愤怒:"愚蠢啊,殊不知女神不会听取祈祷,永生的神明们不会瞬间改变意愿。"

到此为止,涅斯托尔和奥德修斯还是一致的,他们都支持墨涅拉奥斯,并航行到了特涅多斯岛(Tenedos)——神明使大海风平浪静,回家心切的他们在那里给神明奉献了祭品。那么,神明的目的就必定是要消灭那一半与阿伽门农一起留下来的不义之人。既然这支远征军是在喝醉之后做出的决定,墨涅拉奥斯这支人马虽暗自庆幸自己劫后余生,但这也并非更理智的结果。这种选择虽属偶然,却以一种非常有序的方式挑选出了正义者和不义者。然而,在特涅多斯,宙斯又挑起第二次可悲的纷争,一部分人由奥德修斯带领再次回到了阿伽门农麾下。我们现在得引入奥德修斯讲述的另一段故事。据他说,他在离开伊利昂([译按]即特洛亚的古称)后又洗劫了基科涅斯人(Cicones)的城市(9.37-61)。这件事情只可能发生在他从特涅多斯回到特洛亚后,随行的还有其他人,他们直到那时还在为之前决定离开阿伽门农而后悔。与奥德修斯的贪婪相比,涅斯托尔看上去更值得敬重:奥德修斯和他的同伴们对从特洛亚的掠夺中所分得的战利品不满意。从后来所揭示的种种原因来看,奥德修斯没有对费埃克斯人讲基科涅斯人是特洛亚人的盟友(II.846-847),那看起来像肆虐的海盗劫掠行径——他们亦为此遭到了恰当的果报——亦可说是一种报复。[1] [20]因而,奥德修斯

---

[1] 另参《注疏》T 之 9.40。

故意从压制自己潜在的正义开始讲述自己的故事，而涅斯托尔同样也是刻意地从自己的智慧高人一等开始，他把这一点归因于正义，从他最终平安返家来看，他的这种正义乃是不证自明的。已经不可能更进一步地查明发生在特涅多斯的事情。如果我们要调和涅斯托尔和奥德修斯的说法，就得说奥德修斯认为雅典娜的愤怒不会由于享受了献祭而得到平息——阿伽门农倒相信献祭这种方法，而是要靠战争以便所有罪行都得到惩罚后才会得到平息，如果是这样，我们就会迷失在毫无结果的沉思中。然而，很清楚，当且仅当奥德修斯仍效忠于阿伽门农并臣服于他的命令时，对基科涅斯人的进攻才不是纯粹的海盗劫掠行径。

阿尔戈斯人在特涅多斯进一步整顿之后，在去往勒斯波斯（Lesbos）的那些人之间也出现轻微的裂痕，因为墨涅拉奥斯后来才赶到勒斯波斯；并且，假设墨涅拉奥斯在特涅多斯产生了犹豫，考虑是否要重新加入兄长阿伽门农的队伍（3.277），也并不牵强。不管那里的情况会怎样，这时直接航行穿过欧波俄阿岛（Euboea）已经成了一条更为安全的首选路线，涅斯托尔求得了征兆，命令他的手下加速回家。他们夜晚到达格拉斯托斯后，向波塞冬献上了牺祭。狄奥墨得斯（Diomedes）四天后回到家里，涅斯托尔继之也毫发无损地回到家园。涅斯托尔补充道，他听说米尔弥冬人（Myrmidons）、菲洛克特特斯（Philoctetes）和伊多墨纽斯等人也都安全返回，他们必定全是与阿伽门农一起留下来的人。现在，正义和不义之间的截然分野已经模糊不清。在谈到阿伽门农的归返和被害，以及阿伽门农的儿子向埃吉斯托斯报了杀父之仇后，涅斯托尔的话语戛然终止。涅斯托尔的说法其实没有对事情作出解释。他直接知道的每一个环节都是神明安排的，他知道那种安排是什么，但他觉得，没有必要深究其间所蕴含的范式。除了显明的正义以及他凭自己的智慧觉察到这一正义以外，没有任何意义。

对涅斯托尔来说，要理解一件事情，显然就不能排除采用两种并非毫无关联的叙事方式：他的话中没有包含一丁点儿别人的话，他也不用任何比喻来文饰自己的叙述。他的话中,最接近比喻的是他在第二场谈话中说墨涅拉奥斯遇到的海浪有峰峦那么大(3.290)。①缺乏比喻的意义,也许在贺拉斯(Horace)所谓的"克莉奥佩特拉(cleopatra)②颂诗"中得到了最好的阐明(1.37)。奥古斯都(Augustus)原本打算庆祝在阿克兴(Actium)的胜利,最后却以克莉奥佩特拉庆祝自己拒绝加入他的庆典而告终。这种急转直下的中心出现在第五节,奥古斯都要么是秃鹫,要么是追逐猎物的猎人(hunter),而既然猎物并非鸽子或野兔,读者的同情心就立即从战胜者那里转向了被战胜者:本来是对堕落的东方正义性的胜利,变成了对无助者恣意的毁灭。比喻③[21]通过应对两种现实而成为意义的双向载体,并且在不谙此道者的理解中,往往会有悖于说话人的意向。墨涅拉奥斯在卷四中,就以一种内置的贺拉斯式的意思开始了自己的一席话,他对此似乎未曾意识到。墨涅拉奥斯说,求婚人就像外出觅食的母鹿,她把自己初生的鹿崽放到猛狮的窝里,狮子回来,把这些小生命杀个精光(4.333-340)。墨涅拉奥斯未能驾驭他所要表达的思想,且不说鹿崽如何,仅是母鹿的无辜无知就削弱了奥德修斯的正义性,而且必然会改变我们看待求婚人的方式。

至于涅斯托尔其他典型的故事——即其他人的声音统统不在场的故事——也能用贺拉斯来很好地阐述。贺拉斯在第一卷的第十五首颂诗中,让诚实的老海神涅柔斯(Nereus)挡住特洛亚王子帕里斯(Paris)的船,这条船正载着他和拐来的海伦回特洛亚,贺拉斯

---

① 涅斯托尔在向帕特罗克洛斯(Patroclus)长篇累牍地讲述他年轻时的丰功伟绩时(XI.670-762),同样既没有引述过别人的话,也没有使用比喻。最接近比喻的是他说他"像一团黑色风暴一样"战斗(XI.747)。

② [译按]埃及托勒密王朝末代女王,貌美,有权势欲,先为恺撒情妇,后与安东尼结婚,安东尼溃败后又欲勾引渥大维,未果,借毒蛇自杀,世称"埃及艳后"。

③ 另参《注疏》T 之 9.40。

还让涅柔斯向帕里斯预示,他这是在给自己带来战祸兵灾。其中大部分情节都取材于《伊利亚特》,在第四节中,帕里斯被告知,维纳斯([译按]即阿佛罗狄忒)不会救他——"在维纳斯的支持下,你高傲地梳理着自己的毛发,那是徒然无功的,弹琴作歌取悦妇人也与战斗不相宜,你要在睡榻之旁避免刀兵,也是办不到的"——这种非常富有道德的神义论,只是再现了《伊利亚特》中赫克托尔在与墨涅拉奥斯对战之前对帕里斯的训斥,阿佛罗狄忒(Aphrodite)救了帕里斯一命,并把他放在海伦的卧室里(III.54-55)。在罗马抒情诗中本为道德必然性的东西,在希腊史诗里却是一种谴责和虚假的预言。① 诗歌所具有的这两种模仿、扮演和造像的方法,最终预先排除了诗歌会采纳严格道义说教的可能性。诗人可以从赞颂他所选择的任何东西开始,但除非诗人彻底地消失[在文本中],并且在没有其他声音也没有任何意象的情况下出现,不然,诗人总会给自己的诗歌提供一个超越善恶的视角。

特勒马科斯没有对涅斯托尔的整个解释作任何评论。他只是比较了奥瑞斯特斯的报复行为与随之而来的殊荣和颂歌,以及与他那无法实现的、惩罚那些罪业深重的求婚人的心愿(3.201-209)。但就在特勒马科斯说,即使神明愿意也难以实现其希望之后,幻化成门托尔的雅典娜狠狠训了他一通,并说神明能轻易让即便远在天边的人平安回家,换作她,也宁愿忍受苦难,等待回家的一天,而不是像阿伽门农那样在家中被害。在这个语境中,雅典娜首次让克吕泰墨涅斯特拉同埃吉斯托斯一样有罪。涅斯托尔说他从未看到过像雅典娜那样如此显露爱心的神明,雅典娜[22]在特洛亚明显偏向奥德修斯(3.218-222),幻化了的雅典娜紧接着说了上述话语,这

---

① 无独有偶,在柏拉图的《王制》中,苏格拉底赞同荷马所叙述的许多行为,比如说,药物治疗和烹饪的方法,但并不认可荷马的言辞,这样就把叙述归于肉体,而把对话归于灵魂,道德上的模棱两可之处就在灵魂之中(另参《王制》,468c10-e3)。

就是雅典娜着手建立新型人神关系的标志。涅斯托尔暗示说,他自己就没有得到这类助佑,他所知的阿开奥斯舰队崩溃背后的神意,其实只需要一个简单的征兆即可。现在,那种理解成了特勒马科斯给他提出的严峻考验。正因为涅斯托尔拥有超群的正义和经验智慧(3.244;另参 1.66),与其说正义和思想之不可分是荷马史诗开场白的要旨,不如说是涅斯托尔第一场谈话的目标。特勒马科斯想让他为谋杀阿伽门农"辩护":"阿伽门农王怎样丧的命?墨涅拉奥斯在何处?埃吉斯托斯怎样阴谋杀死了一个比他强大得多的人?"一旦涅斯托尔自己说出了答案,特勒马科斯就再也没在皮洛斯说一句话。

涅斯托尔的第二场谈话不再以年月为序。① 他把墨涅拉奥斯的故事和阿伽门农的故事交织在一起,并且以葬礼而不是第一场谈话中的献祭来支配这两条线索(3.254 – 312):哈得斯首次在该卷中出现(3.410)。② 伴随这一区别的是,提到神明的次数(269,279,288)越来越少,一旦涅斯托尔把墨涅拉奥斯带到伯罗奔半岛(旧译"伯罗奔尼撒")最南端的海岸后,这些神明全都消失了。涅斯托尔以一个非真实条件句开头:他暗示到,如果墨涅拉奥斯碰到埃吉斯托斯时后者还活着的话,那么就必定没有发生什么糟糕的事情——但他没有给出这个条件句的结论,墨涅拉奥斯本来不会允许人们在埃吉斯托斯死后埋葬他,而野狗和猛禽会在荒郊野外吞噬他,而且

---

① 涅斯托尔言辞的分节如下:(1)256 – 261,埃吉斯托斯与墨涅拉奥斯;(2)262 – 263[a],阿开奥斯人在特洛亚;(3)263[b] – 275,埃吉斯托斯;(4)276 – 302,墨涅拉奥斯;(5)303 – 305,埃吉斯托斯;(6)306 – 312,奥瑞斯特斯与墨涅拉奥斯。

② 献祭与葬礼这两个孪生问题的重要性在柏拉图的《米诺斯》(*Minos*,[译按]学术界已公认,此为柏拉图著作中的伪作)里有清楚的呈现,在书中有一个不知其姓名的同伴反对苏格拉底对"法律"的定义——"法律的目的就是发现事情的真相",他反对的根据是不同的民族以不同的动物为祭品,而雅典人也并不总是实施相同的葬礼(《米诺斯》,315b6 – d5)。

妇女们也不会为他哀号,"因为此人罪大恶极"①。涅斯托尔说了这段开场白后,又回过头去说阿开奥斯人在特洛亚历尽百般艰辛,而埃吉斯托斯却试图引诱克吕泰墨涅斯特拉。由于阿伽门农曾指派一位歌人在那里负责保护她,克吕泰墨涅斯特拉拒绝了埃吉斯托斯。但当埃吉斯托斯把那位歌人驱逐到一座荒岛上后,虽然埃吉斯托斯没有直接杀了他,但歌人在那里成了猛禽的猎物,克吕泰墨涅斯特拉心甘情愿地跟埃吉斯托斯一起,向神明奉献了丰盛的祭品,以庆祝本不敢奢求的胜利。然后涅斯托尔把话头转向了墨涅拉奥斯,在讲到他和墨涅拉奥斯一起从欧波俄阿岛(Euboea)来到苏尼昂(Sunium)时,就与他的第一场谈话接上了。阿波罗在那里杀死了墨涅拉奥斯的舵手,墨涅拉奥斯很不情愿地停下来埋葬他的舵手并举行恰当的仪礼。涅斯托尔现在承认,他开始的时候对正义和不义所做的原始区分经历了更进一步的区分:诸神通过神律直接或间接地削去一块正义的残物,屈从于涅斯托尔漠不关心的或者他不愿言明的一种命运。墨涅拉奥斯的舰队在马勒亚海角(Malea)被打散,总共只剩下五艘船,其余的船都在克里特海岸撞碎了,但船上的人却幸存下来。风浪把剩下的船队推到[23]了尼罗河(Nile),墨涅拉奥斯漫游于操他种语言的种族之间,在那里敛聚了大量的财宝和黄金。现在还不明白的是,涅斯托尔是否把自己后来对神明的沉默,与墨涅拉奥斯漫游其间的那些人是异族相联系。

无论如何,涅斯托尔在他所编织故事的第五部分,又回过头来说统治迈锡尼人达七年之久的埃吉斯托斯。但到第八个年头,奥瑞斯特斯从雅典回来,并杀死了埃吉斯托斯。奥瑞斯特斯随即为埃吉斯托斯和母亲举行了葬礼酒宴,因为如果奥瑞斯特斯不想让其母彻底蒙羞的话,他就得埋葬埃吉斯托斯。恰在这一天,墨涅拉奥斯满载而归。涅斯托尔开始做了巧合性的假设之后,就在

---

① [译按]此处译法与英文原文有出入,按字面应译为"因为他(埃吉斯托斯)图谋了一件大事情"。

现实中把他故事里的这两条线拉在了一起。涅斯托尔暗示,假如墨涅拉奥斯及时归来,克吕泰墨涅斯特拉就不会被处死。海伦的丈夫(即指墨涅拉奥斯)不会把弑母当作对通奸罪和谋杀罪的恰当惩罚而予以宽恕。照此看来,涅斯托尔在某种意义上就是正确的:正如涅斯托尔所说,诸神坚持不懈要做的,不是把不义与正义区分开来,而是要把阿伽门农与任何可以救他的人隔离开来,这种隔离其实是由那些遵从葬礼与献祭这一神律的人带来的。墨涅拉奥斯没能及时赶回家挽救克吕泰墨涅斯特拉,并惩罚罪有应得的埃吉斯托斯,是因为他在埃及的归期被延误了三天,直到他献上原已忘掉的牺牲,而这是他同涅斯托尔一起离开特洛亚时所许的愿(4.356)。

涅斯托尔把自己的话分成了两半。一半的焦点是特洛亚,另一半是迈锡尼。如果我们把整个故事重新统一起来,让各个事件前后相续,那么,克吕泰墨涅斯特拉的红杏出墙和阿开奥斯人在特洛亚的痛苦征战就是同时发生的,接下来就是发生在特洛亚和特涅多斯的争吵,紧接着就是墨涅拉奥斯与涅斯托尔一起航行到了苏尼昂。尽管涅斯托尔安全回到家里,但墨涅拉奥斯却踏上了埃及之旅,而埃吉斯托斯谋害了阿伽门农。那么,很明显,关键的事情不是这两次争吵中的任何一次,而是墨涅拉奥斯因虔诚而被迫滞留苏尼昂,没有与涅斯托尔一起坐船回家。涅斯托尔意识到诸神要对阿伽门农下手了,但他不承认阿伽门农遭"谋杀"就是诸神下手的方式,因为如果是那样,他就不得不勉强承认,两场争吵并没有把有罪的人从无辜的人中挑选出来,承认除了墨涅拉奥斯的不在场而外——墨涅拉奥斯当时正和他在一起——再也不需要更多的东西来完成阿伽门农的被害、埃吉斯托斯的被埋以及儿子的弑母事件。决定阿伽门农命运的并非那些留下来与他待在一起的人,而是那些离开他的人。虽然特勒马科斯曾在第一场和第二场谈话前请涅斯托尔讲讲真相,但涅斯托尔在第二场谈话中才答应(3.101,247,254)。

[24]特勒马科斯怎样看待涅斯托尔的故事,我们无从知晓,但他后来的沉默表明,他放弃了所有要仿效奥瑞斯特斯的想法。这并不是说奥瑞斯特斯的故事没有在特勒马科斯心中引起反响。当面对涅斯托尔所述中暗含的另一种选择时——即杀死母亲并埋掉她的情夫,或者把情夫扔去喂狗并饶恕母亲,特勒马科斯的选择是绞死了女仆,并把牧羊奴墨兰提奥斯(Melanthius)扔给了狗吃。这是后话。眼下,雅典娜插手了。她首先决定向波塞冬和其他神明酹酒致祭,然后,她又煞有其事、欲盖弥彰地借故离开,此地无银似地表明自己在场,并以此提醒涅斯托尔给她献上特别的祭礼(3.380-385)。在这场献祭之前,涅斯托尔在祷告中只提到他的妻儿,并未提及他的人民,至于对奥德修斯和特勒马科斯更是只字未提。涅斯托尔回到王宫后,又一次向雅典娜酹酒致祭,并诚恳地向她祈祷(3.386-394)。本卷开头处提到的全国性节日转变为家中的庆祝:涅斯托尔的女儿和儿媳也成了故事的一员(3.450-452,464-465)。就像在伊塔卡那样,雅典娜在皮洛斯也同样使政治生活转向私人领域。第二天,涅斯托尔提到了雅典娜头一天的"显圣"(enargēs,3.420)。这种"显圣"与她在特洛亚公开(anaphanda)出现大相径庭(3.221-222)。这介于她以前公开出现与后来在祭礼上现身的方式之间,在叙事的意义上说,她在祭礼上出现的方式与其他每个人都相同。雅典娜再次也是最后一次单独来到特勒马科斯那里,她站在他身旁并指点他,而荷马却未曾说明特勒马科斯是否看见了她(15.9-43;另参24.516-520)。雅典娜成了一种声音。因此,特勒马科斯也许意识到雅典娜彻底欺骗了他,于是他就对涅斯托尔的故事缄口不语了。

海伦与墨涅拉奥斯

卷三开头是一场献祭和一场关于人民普遍需要神明的讨论,卷四的开头却是两对新人的一场婚礼和关于有死者与不死者之区别的一场讨论。① 墨涅拉奥斯家里既没奉献祭品又未酹酒致祭(另参4.590-592)。就好像涅斯托尔向雅典娜精心献祭弥补他自己在特洛亚战争结束时遗漏了的愿望那样,墨涅拉奥斯之女赫尔弥奥涅(Hermione)与阿基琉斯之子的婚姻,也是为了兑现墨涅拉奥斯在特洛亚就已许下的诺言(4.6-7)。如果不终结往昔,《奥德赛》就不会有新的开端。② 荷马在卷四开头处说,[25]一旦海伦生下赫尔弥奥涅,神明就不让她再生育了。在结尾处墨涅拉奥斯又借老海神普罗透斯(Proteus)的预言说,墨涅拉奥斯和海伦将来不会死亡,会在这片神圣的岛屿上得享永生(4.12-14,561-569)。这就标志着过去已然过去。斯巴达"生成"(becoming)的结束,对卷五中潜藏的奥德修斯所选择的"生成"来说,是一种绝佳的序幕。

卷四的主题就是"容貌"。阿佛罗狄忒首次出现时就定下了容貌的标准:可爱的赫尔弥奥涅具有阿佛罗狄忒的金玉之容(4.14),这也是恰到好处。③ 阿佛罗狄忒之后,紧接着就是宙斯。墨涅拉奥斯的侍臣禀报了特勒马科斯和涅斯托尔之子佩西斯特拉托斯(Peisistratus)的到来,他说,他们的仪容像是伟大天神宙斯的后代(4.27)。结果,容貌仅仅是愚人耳目的形似而已:佩西斯特拉托斯将自己的血统追溯到波塞冬,而特勒马科斯和宙斯并没有任何谱系渊源(另参4.63-64,207-210)。墨涅拉奥斯为儿子和女儿举办双喜临门的婚礼,忙得不可开交,但他还是怒斥了那位侍臣,尽管那侍臣问是否要把这两位客人送往他人住处不无道理:"埃特奥纽斯,你过去不是一个糊涂人,但你现在说话却像一个傻孩子。"(4.31-

---

① 关于墨涅拉奥斯在《奥德赛》中的作用,参看 Uvo Hölscher,《论〈奥德赛〉》(*Die Odyssee*, Munich: Beck, 1988),页 95-100。
② 另参《注疏》E 之 3.248。
③ "可爱的"(*erateinon*)与"容貌"(*eidos*)在这里也是第一次出现。

32)①佩西斯特拉托斯和特勒马科斯带着快乐和惊羡参观了墨涅拉奥斯的王宫,因为如荷马所说,这里好似与日月同光,到处熠熠生辉(4.45)。难怪特勒马科斯对佩西斯特拉托斯耳语说,奥林波斯山上宙斯的宫殿无疑也不过如此(4.64)。墨涅拉奥斯正好听到了他的话,尖锐地驳斥了他这种比附:"凡人不可与宙斯相比拟,因为宙斯的宫殿和财富永存不朽,尽管凡人也许能和我比富。"

这个说法引发了墨涅拉奥斯的长篇大论,最后煽起了特勒马科斯对父亲的悲切悼念(4.113)。因为墨涅拉奥斯已确保可安享永生,那么,他的话语对他人来说无论多么富有教益,其间也掺杂着不真诚。如果不考虑这种我们尚不了解的不真诚,墨涅拉奥斯暗示到,以宙斯不死的财富作为标准,会有损于人们本可以在自己的财富中所享受到的快乐。在利比亚(Libya)这个地方,母羊一年生三胎,羊羔突然生犄角,也只有这种生育方式才能够接近神明的不朽。凡人的财富需要付出沉重的代价。假如那些已阵亡于特洛亚的人能够平安返回,墨涅拉奥斯愿意只拥有三分之一他曾经分到的财富。墨涅拉奥斯几乎后悔打了特洛亚战争,一如阿基琉斯后来悔恨自己的抉择。墨涅拉奥斯接着说,他在悲悼所有这些死者中所获得的快乐很快[26]就餍腻了。但他回想起奥德修斯时,就食不甘寝不宁,因为他不知道奥德修斯命运如何。人间事物转瞬即逝、了无价值,还有不确定性这一重负。涅斯托尔在命定事物展开的过程中把一切都看清楚了,与此相对的是,墨涅拉奥斯隐约表示出对时间和变易的怨恨,他女儿和(已故的)阿基琉斯的儿子成婚就惹出这种怨恨,而他的私生子取名"墨伽彭特斯"(Megapenthes,意即"巨恸")也恰恰强化了这种怨恨。因此,为何墨涅拉奥斯在这样的情况下没有责怪宙斯,这值得玩味。鉴于是在长生不死者的陪衬下,此处对终有一死者的描述实在是太中立了。然而特别值得一提的是,尽管太阳和月亮只是计时工具,但荷马对墨涅拉奥斯金碧辉煌的宫殿的

---

① [译按]此处译文据原文和杨宪益译本略有变动。

比喻,本来不会唤起墨涅拉奥斯这种回忆,只是在特勒马科斯把墨涅拉奥斯的宫殿比作宙斯的宫殿时,墨涅拉奥斯的确这样回忆。

人们是否会说,海伦像女神阿尔特弥斯(Artemis)一样的入场表明外表符合实际,这是可疑的(另参 4.122)。但海伦却丝毫没有墨涅拉奥斯的那种犹豫就宣称特勒马科斯同乃父长得一模一样。一旦佩西斯特拉托斯证实这一点,并说明自己的身份之后,墨涅拉奥斯就回想起宙斯曾阻挠让他重新安置奥德修斯及其属下臣民到与自己邻近之处的意愿。为了实现这个心愿,墨涅拉奥斯已准备好将自己所辖的一座城市夷为平地:"我们将相亲相爱,没有任何东西可以使我们分离,直到死亡的黑雾笼罩我们。我想天神是嫉妒我们,才单单不让那个不幸的人回来。"(4.178 - 182)墨涅拉奥斯偶然流露出的残忍令人惊异,但每个听到他说话的人都会庆幸宙斯挫败了他的意愿。宙斯自己再也找不到比这更好的例子来说明人们如何在邪恶的计划失败时仍无视自己的邪恶,并且把他所行的善看成是恶。

墨涅拉奥斯的意愿受挫,这使得每个人都想悲悼起来——海伦、特勒马科斯、墨涅拉奥斯和佩西斯特拉托斯。[1] 我们只知道佩西斯特拉托斯为何而哭,他哭的是他的兄长安提洛科斯(Antilochus)亡于黎明女神的英雄儿子门农(Memnon)之手。佩西斯特拉托斯在时间的语境中设定了悲悼的尺度。他说,清晨将至,他在晚饭后的悲伤中感受不到一丝快乐。并不是说他反对别人有哭泣的权利,削发和流泪是可怜的凡人能对任何死者表达的唯一敬意(honors)。佩西斯特拉托斯暗示说,他连这种尊敬他人的权利都没有,因为他从未见过他的兄长,只通过道听途说得知其兄在奔跑和战斗方面出类拔萃(另参 3.111 - 112)。墨涅[27]拉奥斯对佩西斯特拉托斯的言之有理简直赞不绝口,接着他建议大家止住哭泣,因为他明天还要同特勒马科斯谈话。但海伦不仅对外在的容貌很有

---

[1] 另参《注疏》E 之 4.184。

眼光,而且看得见内在的东西,她在酒里下了药。这种药能够解愁消愤,忘却一切不幸的事:"如果有谁喝了她调和的那种酒酿,一整天都不会流泪,即使父母死去,子弟被杀,他也能目睹而不流一滴泪。"也许在整部《奥德赛》中,没有任何一件事情能像海伦用药麻痹人们那样显示出对人类的事如此深刻而直接的理解。海伦不仅可以让人们带着尚未平息的悲伤入眠,还能让人们不再怨愤时间一去不复返、人类的希望无法实现。海伦的魔药似乎就相当于缪斯的歌声,据赫西俄德说,缪斯在歌颂神明和长者的时候,就可以让人们忘掉邪恶的想法,忘记悲伤。① 海伦也会歌唱:"日后我们(帕里斯和她)将成为后世歌唱的对象。"这就是《伊利亚特》中她对特洛亚战争的目的所作的可怕评价(VI.358)。

海伦的药只能暂时慰藉软弱。这种药物引出的漠然,只不过是对奥德修斯真正的坚毅的摹仿,海伦在一个为自己开脱而编造的故事中提到了这一点,而她的听众心平气和地接受了事物存在的方式(4.235-264)。特勒马科斯颇得这一故事的要领,他也领会了墨涅拉奥斯紧接着所讲的故事。特勒马科斯后来否认了这对夫妇对奥德修斯性格的归纳,说"尽管他[奥德修斯]心如铁石",也没能救得了自己(4.293)。荷马就这样首次转向了后来具有决定性意义的问题。特勒马科斯的否认让人想起他对涅斯托尔所说的话,即使诸神愿意,这些神明也难以实现特勒马科斯的愿望(3.227-228)。诸神以及铁石般的心都无法战胜特勒马科斯认为不可能的那些东西,但不论他是否正确地划定了"可能"的界限,他的确在两个不同的场合谈到了两种方式,即神明和心灵(heart),可以说《奥德赛》将两者结合了起来。但区分对待这两者也许会更有启发性,正如当佩涅洛佩问传令官墨冬(Modon)特勒马科斯为何离家出走时,墨冬回答说:"我不知道是某位神明鼓励他这样做,还是他自己的心灵(heart/thumos)驱使着他。"(4.712-713)恰是"容貌"(appearance)这个概

---

① 赫西俄德,《神谱》(Theogony),98-103。

念引出了没有"出现"(appear)的东西,并且那种没有出现的东西主要在因果关系的层面,不论那是神意抑或人意。神明出现的次数只比心灵稍多一点儿。"你们的用心(ho humeteros thumos)和卑劣行径已暴露无遗,"佩涅洛佩对墨冬如是说,尽管她错误地把墨冬也算成了[28]求婚人(4.694-695)。如果神明不仅能够潜入人的意愿来指挥它,而且还能够探察到人心中未曾言明的想法的话,那么墨冬所作的那种区分就会站不住脚。若神明真能探察人心中未曾言明的想法,原则上没有什么东西能躲得过神明的法眼,不管它如雅典娜所说,是大地隐藏(kuthe)奥德修斯的地方,还是涅斯托尔心中一直藏(kekeuthe)着的想法(mētis)。宙斯的全知,以及海伦在讲故事之初断言的宙斯的全能(4.237,另参379;5.170),部分在于他是否能够深入人的心灵之中。如果宙斯为凡人的生活所设计并兑现的计划不包括人们对这些计划的经验,那么这些计划也就并非无所不包。涅斯托尔的神义论已暗中将经验排除在外。这足以让人了解事物的范型。

海伦一讲到关于奥德修斯强大灵魂的某个故事时,事情就变得神秘了。奥德修斯在潜入特洛亚前伪装成了一个乞丐。海伦说他彻底变成了别的什么人,完全不像他在阿开奥斯舰队中的同类。的确,他把自己打得遍体鳞伤,人们也许会加上一句:就像他以前拿权杖打士兵忒尔西特斯(Thersites)的后背和肩膀之前威胁要做的那样(Il.261-266)。没有任何一个特洛亚人注意到奥德修斯,只有海伦认出了他。难道雅典娜在皮洛斯离开特勒马科斯就是因为海伦能够直接看破任何伪装吗?海伦似乎具有家犬阿尔戈斯的那种能力,也许还具有其他狗的能力,就像阿尔戈斯在雅典娜降临的时候轻声尖叫,但是特勒马科斯却看不见雅典娜(17.301-302;16.160-163)。无论如何,奥德修斯无法回避海伦提出的问题,当她给奥德修斯沐浴穿衣并发了一个重誓之后,奥德修斯才开始相信海伦,向她透露了阿开奥斯人的全盘计划(noos)。从墨涅拉奥斯接着所讲的故事来看,海伦似乎早就知道特洛亚木马的秘密,奥德修斯把阿开奥斯人的性命交与海伦手中,让她成为欺骗特洛亚人计划的一枚棋子。奥德修斯特意让特洛亚人知道他曾来过特洛亚,因为海伦说到,奥德修斯收集到大量情报后杀死了许多特洛亚人。海伦接着说:"特洛亚妇女放声痛哭,我却心中窃喜,因为我已回心转意,希望回归家园,悔恨自己为阿佛罗狄忒所迷惑而离开亲爱的故乡,丢下我的女儿和才貌双全的丈夫。"(4.259-264)海伦把她识破奥德修斯的伪装与她自己伪装的喜悦相提并论:她窃喜于特洛亚人的死亡,她曾与他们一起生活了长达十年的时间啊,她的窃喜就暴露了她的变心,而除了她自己以外,显然无人知晓这一秘密。[29]毫无疑问,海伦所投的药可能会让墨涅拉奥斯漠然地听她说话,听她称自己为"无耻的贱货"(shameless bitch),听她暗示如若墨涅拉奥斯有哪怕一丝缺点,她都可能不后悔来到特洛亚。显然,奥德修斯肯定回来向阿开奥斯人报告说海伦改变了主意([译按]指海伦回心转意,又想离开特洛亚回归故里),并让大家相信这一点,否则就不会有人胆敢钻进木马之中。海伦发誓在奥德修斯返回舰队之前不揭露他的身份,这显然说明奥德修斯杀死了特洛亚人,印证了海伦的故事。而且,特洛亚人也必定像奥德修斯那样信任海伦,否则,特洛亚人也就不会把海伦当作诱饵,以探测木马中是否藏有人。

再来听听墨涅拉奥斯的故事(4.26-89)。当他们藏身于木马腹中时,海伦曾绕行三周,摸遍了木马,并呼唤阿开奥斯英雄的名字,模仿他们妻子的声音。阿尔戈斯王子狄奥墨得斯(Diomedes)和墨涅拉奥斯或是很想走出木马,或是很想在里面回答她,但奥德修斯拦住了他们,并且在将军安提克洛斯(Anticlus)要答话的时候,奥德修斯用手捂住他的嘴,挽救了阿开奥斯人。只有奥德修斯一人不会被妖术所迷惑。海伦不仅展示出对心灵的超常直觉,投出洞穿任何隐匿的目光,而且她还让安提克洛斯明明知道并非如此却依旧相信他的妻子就在外面的特洛亚城中。海伦似乎具备了荷马这位诗人的所有特点,能异常冷静地描述最恐怖的事物,有让一切栩栩如生的模仿力,洞察所有隐匿之处。她唯一可能的对手就是奥德修斯,后者是那种即便心中怜惜妻子佩涅洛佩眼睛也决绝如牛角铁铸(19.209–212)、能把谎言说得如真事的人(19.203)。奥德修斯甚至不需要奶妈欧律克勒娅(Eurycleia)的帮助,就能知道哪些女仆对他不敬,哪些无过(19.496–501)。海伦的德行似乎不如奥德修斯,后者至少在别人那里还有忠诚不渝的口碑。奥德修斯本人从未让其父担心过他在女人方面的问题(1.433)。无论如何,奥德修斯似乎从未被阿佛罗狄忒迷住(22.444)。暂且不论这一可能的区别,若问奥德修斯是否真的不同于海伦,因为奥德修斯如涅斯托尔一样有着神义论思想,而海伦根本就没有这种思想,那么我们就会面临一个更大的问题,即荷马,可能还有奥德修斯,如何能够将我们可能简称为"海伦"和"涅斯托尔"的这两种人和谐一致地联系起来,以及这种综合——如果毕竟可能的话——是否只能有一种组合方式。不管答案究竟是什么,荷马只是在海伦而非涅斯托尔身上提出这个问题,所以说他更赞赏海伦。特勒马科斯愿意待在斯巴达就是一种迹象,表明海伦已让他相信,如果他某个时候要与父亲相会,那么就必定是他父亲[30]找到他,而不是他找到他父亲。奥德修斯太过神秘,要是他不愿意的话,别人很难找到他。

墨涅拉奥斯从未解释过,他为什么要故意带着那五艘船漂泊了八年。墨涅拉奥斯似乎也不满足于从特洛亚的战利品中分得的那点儿东西。但人们也会想,就像在奥德修斯那里一样,斯巴达是否也需要一些时间来消弥人们对海伦的敌意呢?① 欧迈奥斯,这位从未经历过战争的牧猪奴,在二十年后还希望海伦及其全家彻底毁灭(14.68–69)。墨涅拉奥斯从他的漂泊即将结束之时开始讲他的故事,那时诸神把他阻留在埃及海岸附近的法罗斯(Pharos)岛上。海

---

① 另参 Jan van Leeuwen,《奥德赛》(*Odyssea*, Leyden: A. W. Sijthhoff, 1917),讨论了 4.95:"当他在外四处漂泊时,他谈到了昔日的家乡,它已遭洗劫,到底是谁洗劫了它?或许就是城邦里的显贵们,一如伊塔卡的显贵们趁奥德修斯不在时一起挥霍了他的财富。"

伦的药现在就是抹去人们悲伤记忆的解毒剂,但墨涅拉奥斯在埃及了解到的是,遗忘是一种罪过:神明们希望人们总是牢记他们的命令(4.353)。① 埃伊多特娅(Eidothea)这位"美貌女神"和"知识女神",对墨涅拉奥斯动了怜悯之心,他告诉女神:他滞留岛上不是因为他以受苦为乐,而肯定是因为冒犯了神明,他自己却浑然不知。接着,埃伊多特娅指点他,如何才能骗住她父亲老海神普罗透斯并逼迫他说出真相。这个骗计就是先把他和三个同伴藏在这位女神亲手杀死剥下的海豹皮下面,然后在普罗透斯不断幻化变形的时候,牢牢抓住他不松手,直到他变回睡觉时的那个模样。因此,这位神明就展示了所有变化无非是表象,他自己却未能看穿表象,错把死的当活的。生成是一种意志本身就可克服的幻象。普罗透斯告诉墨涅拉奥斯,他和海伦会永远生活在一个没有季节变化的地方(4.566-568)。墨涅拉奥斯和海伦两人似乎相辅相成:妻子能够看透外表,而丈夫能超越表象。妻子能理解人们对变易和时间的怨恨,而丈夫能够让变易消失,让时间停止。这两者的核心就是"心灵"。对海伦来说,她回心转意,也就埋葬了过去,而对墨涅拉奥斯来说,正是他的罪感赢得了诸神的奖赏,向他透露了他的罪业并为他终止了时间。

墨涅拉奥斯晓得,尽管雅典娜愤怒异常,波塞冬还是先救了小埃阿斯(Ajax),天后赫拉救了阿伽门农。但小埃阿斯口出狂言,说他违背了天意神旨却还是逃出了大海的漩涡,此后就送了命,而埃吉斯托斯在席间杀害了在他附近海岸登陆的阿伽门农,"简直就是瓮中捉鳖"。墨涅拉奥斯没有为阿伽门农之死做出任何与神意有关的解释,他绝对接受神的意志,就好像接受自己的意志一样。不过,神明要求的是一种外在的遵从,不管这种遵从是表现为虔敬的言语

---

① 参看 Calvert Watkins,《论 $\mu\nu\iota\varsigma$》(A propos de $\mu\nu\iota\varsigma$),载于《语言学学会会刊》(Bulletin de la Société de Linguistique),72(1977),页 207-208,对这一行诗进行了结构性的辩解。

还是虔敬的行为。墨涅拉奥斯似乎[31]意识到——也许普罗透斯的比喻向他暗示了这点——埃吉斯托斯没有安葬阿伽门农(11.424-426)。墨涅拉奥斯来到埃及后,为阿伽门农建造了一座衣冠冢,"使他流芳百世"(4.584)。那座衣冠冢让我们想起骗过普罗透斯的海豹皮。然而,如果外表总是幻象的话,那么普罗透斯在某种意义上就没有被骗到。也许真正具有欺骗意味的,是海豹皮下居然还有生命。不管我们是否会年代错植地想到毕达戈拉斯的灵魂转世说(metempsychosis),希罗多德把这种学说追溯到了古埃及(2.123.2),①或者如希罗多德就那种古埃及的教义——神明并不是他们被表现成的那种存在(2.46.2)——所说的,很清楚的是,墨涅拉奥斯获得了一种对事物的理解,这一理解涉及两种极端的分裂,即存在与生成的分裂与实在与外表的分裂,这两者一起对奥德修斯的智慧提出了潜在的挑战。如果奥德修斯反对墨涅拉奥斯被赋予永生,奥德修斯的智慧就应另当别论。②

---

① 品达(Pindar)在《奥林匹亚凯歌第二》(Olympian)中似乎认为,宙斯推翻了克罗诺斯(Kronos)或时间(Chronos),也就通过引入灵魂转世,克服了人类对行为不可逆性的怨恨(另参15-17及76),不管这是不是正义的;另参塞涅卡,《赫拉克勒斯》(Hercules),290-293。[译按]塞涅卡(Seneca, Lucius Annaeus,4BC—65AD),古罗马哲学家、政治家和剧作家。哲学著作有《论天命》《论幸福》《论愤怒》等,悲剧有《美狄亚》《俄狄浦斯》等。

② 在4.451-453,墨涅拉奥斯似乎说了一个双关语,他说普罗透斯清点(lekto)海豹的数目,他把墨涅拉奥斯和他的三个同伴算(lege)成了那种海洋生物,然后自己也躺下(lekto)了。他这是在暗示,如果没有休息的话,点数是不可能的。

三　奥德修斯的抉择

[33]神明即使没有掌控着事件,也似乎掌握着事件发生的时间。对于墨涅拉奥斯来说,在埃吉斯托斯和克吕泰墨涅斯特拉葬礼的当天返回,一定使他在心中产生了全然无助的感觉,那要经过更长的时间才会消除。① 宙斯安排奥德修斯要花二十天才能从卡吕普索的驻岛到费埃克斯人的国土,在第十八天的时候波塞冬从他的领地埃塞俄比亚(Ethiopian)返回。如果雅典娜去找特勒马科斯的同时,神使赫耳墨斯(Hermes)就去卡吕普索那里,其他事情照旧的话,那之后的第五天,特勒马科斯正与墨涅拉奥斯在一起之时,奥德修斯就可以乘筏出发,在第二十五天到达阿尔基诺奥斯那里;而波塞冬到第二十九天才回来,那么奥德修斯就可在波塞冬兴起风暴、毁掉费埃克斯人的船之前回到家里。然而,宙斯想让其兄波塞冬有机会一箭双雕,既代表儿子([译按]指独目巨人)又代表自己惩罚费埃克斯人——他自己的后裔。对宙斯来说,再想不出比这更合适的方法,既可以教训某个神明,又可以重申自己的统治地位。宙斯也是运用灵巧手法(light touch)的高手。

雅典娜发起了诸神的第二次集会。雅典娜的发言主要由门托

---

① 为了理解《奥瑞斯忒亚》(Oresteia)中的时间问题,以及埃斯库罗斯在此剧中对《奥德赛》的借用,我们必须牢记,既然埃斯库罗斯决定让阿伽门农和墨涅拉奥斯并肩统治阿尔戈斯(Argos),他就使阿伽门农的被害(而不管埃吉斯托斯会说什么),和卡珊德拉的被害一样,变得不可能是一种最后关头的安排。因为墨涅拉奥斯如果与阿伽门农一同归来,埃吉斯托斯既不会篡位,克吕泰墨涅斯特拉也不会逃脱杀害阿伽门农的罪行。

尔和普罗透斯口中的只言片语组成(2.230-234;4.557-560)。门托尔曾泛泛地批评人们忘记了对奥德修斯的温和统治表示感恩,并对人们面对为数不多的求婚人时保持沉默而不以言相劝的做法表示特别义愤。雅典娜没有提到求婚人。这样,雅典娜给人的印象是:那些要杀死特勒马科斯的人是伊塔卡人(5.18)。但既然宙斯知晓真相,可以说雅典娜不假思索就默然拒绝了门托尔的建议,而这个建议原本可以在民主的基础上使奥德修斯之治的温和永远延续。雅典娜[34]在实施严厉的君主统治这个建议与特勒马科斯有生命危险之间,插入了卡吕普索绊住奥德修斯这件事,这当然就意味着,如果人们对奥德修斯的记忆还历历在目,奥德修斯现在就没有必要返回家园了。① 雅典娜只字不提她亲自逼迫求婚人对特勒马科斯的威胁做出反应这件事。宙斯没有被她愚弄,他反问,这难道不是雅典娜的安排,让奥德修斯归返报复那些人。宙斯在开始的时候也没说"那些人"是谁(5.27)。要说伊塔卡的每个人都在遭受切身之痛,这兴许有点夸张(另参 2.166-167),但很清楚的是,恐怖将成为新秩序的基础,恐怖将影响到每个人。至于这种恐怖的记忆是否比感恩戴德的记忆延续得更久远,那是另外一个问题。

《奥德赛》的情节以宙斯想起埃吉斯托斯以及他怎样派遣神使赫耳墨斯去警告埃吉斯托斯为开端。宙斯现在派赫耳墨斯去卡吕普索那里,卡吕普索不情愿地遵从了赫耳墨斯宣谕的神旨。赫耳墨斯几乎不需要提醒她违背旨意的后果(5.146-147)。那么,这似乎就意味着,宙斯已决定只与神明打交道,以后他只是赐给人们各种征兆(2.146;20.102[另参 121];24.539)。在《奥德赛》中,到目前为止还没有哪件事情与宙斯曾经应太阳神的请求而掀起风暴相似。也许,只有在奥德修斯不再像其人民的父亲时,宙斯才能保住凡人

---

① 欧里庇得斯笔下的赫拉克勒斯(Heracles)准备杀掉所有忒拜人,因为他们先是忘恩负义,继而没能保护他的家庭免受暴政。天后赫拉只有让赫拉克勒斯发疯来阻止这一切(《疯狂的赫拉克勒斯》[*Hercules Furens*],568-572)。

之父的地位。雅典娜肯定说服了宙斯,不管是宣示神谕还是诉诸羞耻,甚至连直接命令,都已不起作用了。

在赫耳墨斯向卡吕普索传达宙斯的神旨前,荷马从两个方面进行了铺垫。荷马勾画了赫耳墨斯飞过海面的景象,他也向我们描述了卡吕普索的岛穴及其周围的景色(5.51-54,59-74)。这就为我们理解奥德修斯的拒绝提供了两层含义。① 奥德修斯既不愿意像海鸥那样掠过波涛,捕捉游鱼,让海水沾湿翅膀,也未在岛上的风光中体会到多少快乐,虽然连赫耳墨斯都觉得这种风光美不胜收,在进洞宣谕之前亦要流连观赏。奥德修斯拒绝这一切,望大海流泪不止(5.155-158)。荷马写到,想象天堂,还有不朽所能带来的权力!但这正是奥德修斯对之说"不"的东西,即便再加上连奥德修斯也承认的卡吕普索比佩涅洛佩更甚的美貌(5.215-218)。② 荷马描绘了一幅图景,最好地展现了奥德修斯不言自明的愚蠢,这幅图景意在激起我们心中脱离真实与可能的渴望,这样一幅图景就是墨涅拉奥斯在平静中所向往的。在不大重视[35]表象的卷四之后,荷马就给我们提供了一种彻底掩饰经验的表象。荷马肯定是要把我们吸引到奥德修斯所憎恶的事情上,并让我们在没有亲身经历的情况下去理解奥德修斯的经历。遥望天国与身居天国截然不同。岛上绿树成荫、鸟语花香、清泉奔泻、松杨吐芳,还有卡吕普索美妙的歌声,这里似乎不是凡人能待的地方。

对赫耳墨斯来说,这种美景不过是瞬息即逝的诱惑,这里没有凡人敬献祭礼和辉煌的百牲祭(hecatomb)(5.101-102)。赫耳墨斯似乎认为,要有政治生活,祭礼云云才有可能。但奥德修斯是什

---

① 另参 J. A. Scott,《荷马的统一性》(*The Unity of Homer*, Berkeley: California University Press,1921),页256。

② 另参《注疏》HPQT 之 5.81;Jordan,《荷马的艺术法则》(*Das Kunstgesetz Homers*),页36-37。亦见于 K. F. Ameis - C. Hentze,《荷马史诗〈奥德赛〉补遗》(*Anhang zu Homers Odyssee*[4], Leipzig: Teubner, 1890),页130。

么想法？如果凡人所能得的与祭礼相当的荣耀是被奉若神明并得到大量礼物——这正是宙斯应许奥德修斯能从费埃克斯人那里得到的东西(5.36-40)，被奉若神明和得到礼物是否足以解释奥德修斯为何要拒绝卡吕普索呢？奥德修斯本人从来没有把佩涅洛佩看成他急欲回家的唯一理由(另参9.29-36；13.42-43)。① 当卡吕普索假设佩涅洛佩就是奥德修斯拒绝留下来的唯一原因时，奥德修斯用泛泛的"想家"来转移卡吕普索的话题，这是奥德修斯的特性(5.209-211,219-220)。奥德修斯在附和卡吕普索时，承认"万分审慎的佩涅洛佩"作为一个凡人，在容貌和身材上都比不上卡吕普索(5.216-217；另参18.248-249；19.325-326)，我们很难知道佩涅洛佩这里被冠上的periphron[心思缜密的]一词究竟有多大的分量。安提诺奥斯也颇有些荒唐地说，尽管佩涅洛佩不正义，但也正是她的心智(mind)使她如此有魅力(2.116-122)。鉴于奥德修斯在战前与佩涅洛佩共同生活的时间很短，他回来后会与她相聚的时光甚至更短暂——肯定比同卡吕普索一起生活的七年要短暂得多，人们也许应该总结说，正是因为在卡吕普索岛上滞留时心智(mind)的缺位，奥德修斯才过得乏味。

奥德修斯的抉择之所以让人困惑，很大程度上是因为他讲故事的顺序。我们到现在为止对奥德修斯的过去还知之不多，而如果允许奥德修斯自己来讲述的话，那么他就不会按照恰当的时间先后顺序来讲他过去的经历。荷马让奥德修斯自己讲述自己的故事，这才导致了这种困惑。自我反思必定要打乱时间顺序，所以，除非荷马

---

① 另参《注疏》HPQ之5.220；尤斯塔修斯，1578,7-11,对7.224-225的注解："诗人表明，如果人们有这样的财产，他们就会爱祖国，否则祖国也就不是什么了不起的玩意，恰如有谚所云：'安乐之处就是家。'奥德修斯此处没有提及妻子，是因为阿尔基诺奥斯嘱意招奥德修斯做他的女婿，奥德修斯为免引起他的不快，而且也是由于这对幸福来说不是太重要，因为甚至普通人都有妻子。"

让奥德修斯从头到尾讲述整个《奥德赛》,否则就会出现两种叙述界面的接痕,一个叙述界面是雅典娜为奥德修斯的回归所安排的前期准备,另一个界面把奥德修斯的回返与费埃克斯人对他的接待这两件事同时(en bloc)并置。(我们可能顺便注意到,奥德修斯第二次对佩涅洛佩的谈话在某些细节上同他的[36]第一次谈话有差异,我们已知道第二次谈话的梗概[23.310 – 341]。)如果荷马代表奥德修斯来讲述他的故事,其直接后果就是,如果把奥德修斯的故事和特勒马科斯的故事联系起来的话,卷五的重点必定就是奥德修斯对求婚人的惩罚,而不是强调导致奥德修斯做出这种抉择的经历。惩罚求婚人与奥德修斯的抉择是两件不同的事,即便奥德修斯的抉择乃是命中注定,因为那样奥德修斯就可以表达对自己抉择的后悔,一如卡吕普索所预言的,奥德修斯一旦离开那座岛屿就会后悔。结果卡吕普索并没有说错,尽管并不是以她所推测的那种方式。奥德修斯的正义决定了他此刻获释,但我们并不知道他获释的同时,是否恰好获得对人的智慧的如下理解——人的智慧不同于神的知识,如果奥德修斯接受卡吕普索的建议,他就可以永久拥有神的知识。奥德修斯永远地放弃了卡吕普索临别时传授给他的那种知识——毁灭奥德修斯最后一条船的不是普通风浪,也不是波塞冬在幕后指使(12.389 – 390)。奥德修斯清楚,如果不是由于间接从卡吕普索那儿获得的知识,他自己的故事就会有全然不同的结局。

对于奥德修斯在卡吕普索岛上生活的七年,至少有三种理解。如果求婚人在第四年来到佩涅洛佩家里,而特勒马科斯在最后一年长大的话,那七年正好就是必须打发掉的一段空白时光。从太阳神因奥德修斯的手下吃掉他的牛而遭受的损失来说,这段空白乃是合适的惩罚。正如亚里士多德认为的那样(残篇157R),既然这350头牛和350头羊组成了太阳神的七群牲口,这似乎就象征着一个太阳年所有的白天和黑夜(12.127 – 131)。由于这些牛羊永远不会生育,也不会死亡,那么奥德修斯的手下所造成的时间上的一处裂痕,就得由奥德修斯本人被迫闲居来补偿。此外,还有一段必不可少的空白,在这段空白中,伊塔卡人对奥德修斯所怀有的任何敌对感情,不管正当与否,都必须得到平息。奥德修斯得为丧失六百弟兄受点儿难。特勒马科斯年岁增长而成长为一位首领所造成的危机,决定了奥德修斯那段空白的长短,但奥德修斯对特勒马科斯却一无所知。所以,照经验看来,奥德修斯所消磨掉的时间并不受这种"自然"长度的影响。

还有另外一个因素。盲预言家特瑞西阿斯没有对奥德修斯说,那些求婚人何时会来纠缠佩涅洛佩。一种不确定因素刻意地介入奥德修斯的前途中。既构思了苦难,又想在苦难中揭示教化意义,这对波塞冬也有吸引力吧(5.290,379)。我们不得不假设,奥德修斯在第二十年来临之前,一直在计算时间,但他并不知道要与卡吕普索度过这么长时间。奥德修斯与卡吕普索同床共枕,开始的时候是欢愉,继之则是被迫,开头四年他都在无谓的空想中度过,那时求婚人还没有来到;虽然[37]对于最后三年来说,奥德修斯自己的描绘符合现实,但他并不知道其间的区别。神明给了奥德修斯足够的时间,让他变得对每个人生疑,他对其妻佩涅洛佩的怀疑,不亚于对父亲拉埃尔特斯的怀疑(24.239-240)。奥德修斯素有的谨慎似乎发生了根本的变化,我们只是在这种变化完成之后看到了这一点,而不是在发生过程中。这对我们来说,才真是一段空白。然而,这可能才是奥德修斯经历的时间,尽管他说不出来,因为时间的效果对他来说会是缓慢而不能感知的。我们知道奥德修斯一直都耿耿于怀,而且全部的泪水和叹息都在撕扯他的心(5.82-83)。卡吕普索称奥德修斯"狡猾"(5.182;另参18.139-140)。波塞冬的野蛮在其后裔的残暴上得到体现,波塞冬是不是有可能在一个更大的教化意义上向其他神明提供机会建立一个感化所,即柏拉图所谓的sophronistērion[思想所],而那种感化所甚至对奥德修斯也有效果呢?① 如果情况真是那样,那么波塞冬因奥德修斯弄瞎了独目巨人

---

① Aulus Gellius,《阿提卡的夜晚》(*Noctes Atticae*),15.21;柏拉图,《法义》,908a4。

而惩罚他,就可以理解为波塞冬是在教训奥德修斯,告诫他人也应该目盲,不应该为了亲眼看看而四处游荡。"卡吕普索"（Καλυψώ）意为"隐藏者",它的词形好像是"独目巨人"（Κύκλωψ）的变形。

在赫耳墨斯与卡吕普索的谈话中,他们谁都没有指名道姓提到奥德修斯。在赫耳墨斯眼中,奥德修斯在所有特洛亚参战人员中是最不幸的,至少宙斯说他是。虽然赫耳墨斯的话语极度克制,但他还是说雅典娜应为奥德修斯同伴的丧命负责（5.105 – 110）,是阿开奥斯人在回家途中得罪了雅典娜。如果不只是叙述上的切分转换（natrative syncopation）,雅典娜就是把波塞冬的愤怒纳入了自己的计划中,赫耳墨斯和卡吕普索都没有提到波塞冬。雅典娜不是在七年前就开始把奥德修斯做筏子所需的树木变干吗（5.240）？她当然使得奥德修斯反思,被神明遗弃意味着什么。奥德修斯相信,一洗劫完特洛亚,雅典娜就抛弃了他。雅典娜借口说她不愿意和波塞冬费力争斗,但这个借口无法解释奥德修斯遭遇基科涅斯人和独目巨人波吕斐摩斯这中间的空白（13.316 – 319,341 – 343）。如果为雅典娜辩护,就可以说,既然奥德修斯选择了记忆,而又还没有达到心智的高度,她就没有必要保护奥德修斯。无论如何,卡吕普索要么出于他人的授意,要么出于自己的原因,都证实了奥德修斯的被弃感。卡吕普索虽在某种程度上告诉奥德修斯赫耳墨斯曾光临过,但她没有告诉奥德修斯她是奉命让他走的（7.262 – 263）。那么,在离家几近二十年空白的命运中,奥德修斯历尽艰辛,损失了所有的同伴,逐渐缩小范围,最终呈现的就是雅典娜的愤怒——奥德修斯和所有阿开奥斯人承受了这种愤怒、波塞冬的愤怒和[38]太阳神的愤怒。正是太阳神的愤怒让奥德修斯最终与世隔绝,卡吕普索这位阻滞女神负责这场囚禁,她把奥德修斯从世界中藏起来,也给神明披上了一层面纱。

卡吕普索把宙斯让她释放奥德修斯的命令诠释成神明嫉妒凡人同女神公开通婚的又一实例（5.118 – 128;另参 15.250 – 251）。卡吕普索提到的那两个实例,即奥里昂（Orion）和伊阿西昂（Iasion）这两位凡夫的下场,当然就意味着如果奥德修斯接受了卡吕普索的建议,他就会立即遭杀害。奥德修斯是否知道这一点,尚不明了,但在太阳神的牛群事件后,奥德修斯的确把卡吕普索的建议当作了最后的诱惑。陷于神明的离弃与本人有成为神明的可能性之间,这当然是一种微妙的处境。如果谁拒绝了那种致命的选择,他就会得到对敌人的惩罚这种临时的奖赏。《奥德赛》核心部分的不透明性让读者如坠云雾之中。

表达那种不透明性需要考虑到如下的情况。照柏拉图笔下的阿尔喀比亚德(Alcibiades)看来,我们可以对观伯拉西达(Brasidas)与阿基琉斯,也可把伯利克勒斯(Pericles)与涅斯托尔和安提诺尔(Antenor)相提并论,但阿尔喀比亚德补充到,没有任何一个传奇人物可以和苏格拉底相比,除非人们诉诸森林之神西勒诺斯(Silenus)和萨图尔(Satyr)。① 阿尔喀比亚德所提及的做法可以追溯到荷马那里。雅典娜把奥瑞斯特斯树立为特勒马科斯的榜样,而安提诺奥斯认为提罗(Tyro)、阿尔克墨涅(Alcmene)和米克涅(Mycene)都不如佩涅洛佩工于心计(2.116–122)。荷马后来在拉皮泰人(Lapith)和马人(Centaur)②的故事中提到了佯醉的奥德修斯(21.293–304)。佩涅洛佩两次发现自己与潘达瑞奥斯(Pandareos)的女儿③有相似之处(19.518–524;20.66–79),在我们目前讨论的这一段中,卡吕普索

---

① 柏拉图,《会饮》,221c4–d6。阿尔喀比亚德从《奥德赛》中引用了一行诗(4.242,271),含蓄地把苏格拉底比作了奥德修斯(220c2),不应该拿这一点来责难阿尔喀比亚德,因为柏拉图在某个场合曾让苏格拉底自比为阿基琉斯(《苏格拉底的申辩》,28b9–d6)。苏格拉底不是阿基琉斯或奥德修斯所能囊括得了的(另参《泰阿泰德》,169a9–b4)。[译按]西勒诺斯,酒神狄奥尼索斯(Dionysus)的养父和师傅,也是森林诸神的领袖。萨图尔,旧译即尼采笔下的萨忒尔,森林之神,具人形而有羊的尾、耳、角等,性好嬉戏。

② [译按]马人是一种人首马身的怪物,传说中的一族。

③ [译按]潘达瑞奥斯是米利都人,其女儿艾冬嫉妒夫兄育有六子六女,而想杀死其中的小儿子,黑暗中误杀了自己的儿子。宙斯知道后,把她变成夜莺,永远啼鸣,哀伤自己的罪过。

认为自己像黎明女神(Dawn)和德墨特尔(Demeter)那样受到管制。没有谁把奥德修斯同过去的任何人相比较,奥德修斯本人也从未引述过神话中的榜样。当奥德修斯想指明某种真谛时,他就编一个以自己亲身经历为线索的故事(另参 18.138 – 142;19.75 – 84)。为了传达奥德修斯的独特性,荷马把他放在一个到处都是死胡同的迷宫中,迷宫里的每一条路开始时似乎都通向自由,但到了核心关卡却有了双重神秘,即与卡吕普索相谐而失踪的七年,以及第二次航行到那个从未见过大海的民族的旅程。一种经历基于过去,另一种基于未来,两者都无法表述,而正是这两种经验规定着奥德修斯和《奥德赛》的含义。

从卡吕普索的驻岛奥古吉埃(Ogygia)到斯克里埃(Scheria,[译按]指传说中的费埃克斯人的领土)的旅程第一次显示出奥德修斯和荷马之间的区别。奥德修斯对费埃克斯王后阿瑞塔(Arete)讲,他是如何穿着阿瑞塔亲手缝制的衣服来到那里(7.241 – 297),以此暗示,他要讲的事情要么在他看来值得一讲,要么对于王后来说值得一听,这样,奥德修斯就简化了荷马的解释。奥德修斯略去的第一段话是关于他如何据星座而行的(5.272 – 277),[39]因为卡吕普索告诉他要始终让大熊星座在自己的左边。而且,在整个概述中,奥德修斯始终没有提到他从神明那里获得的各种助佑。在他的叙述中,甚至连波塞冬鼓动了十八天的风浪,看起来也不过是司空见惯的现象,而不是由于神女伊诺(Ino)所告诉他的原因(5.339)。当时,奥德修斯认为宙斯才是始作俑者(5.304)。荷马在为数不多的几段话中告诉了我们他对诗歌的理解,而奥德修斯第一次省略的正是这几段中的一段,因此被省略的这一段显得更加重要。奥德修斯一直盯着昴星团(Pleiades)、牧夫星座(Boötes)和大熊星座,"人们也把大熊星座叫作'北斗',它以自我为中心运转,遥望(dokeuei)猎户座(Orion)"。荷马对群星进行了中立的和奥林波斯式的解释。中立的解释就是下降为纯粹的名称,而奥林波斯式的解释则是在字面意义上理解为"猎户"和"大熊",使 dokeuei[遥望]一词颇为传神。弱化猎户和大熊中的任何一个都会弱化 dokeuei［遥望］,这就把一件可能的真事变成一种幻象(另参 7.93)。据奥德修斯说,猎户奥里昂(Orion)的魂影还在地狱里打猎(11.572 – 575)。在《奥德赛》中,黎明女神经常宣布一天的开始,但只是到了卷五开头,黎明女神才接替了太阳神,把阳光带给神明和凡人(另参 3.1 – 3),而且也只在此处,黎明女神才从提托诺斯(Tithonus)①身旁起床(5.1 – 2)。黎明女神亦非仅会宣告消息的等闲之辈,这可以从卡吕普索对她的谈论,以及从雅典娜要为奥德修斯和佩涅洛佩延长黑夜而制止黎明女神去给神马兰波斯(Lampos)和法埃同(Phaethon)套轭中,得到验证,因为她"为世间凡人送来光明"(23.241 – 246)。史诗假定雅典娜首先终止了时间,然后又逆转了时间:《奥德赛》以拉埃尔特斯重燃青春活力而终(24.367 – 382)。②

奥德修斯在讲述自己航海经历中所做的第二种省略,就是不提及任何他自言自语或心中暗祷的情形。卷五中有六次自言自语,而整个《奥德赛》其他部分仅有四次。③ 既然荷马通过墨涅拉奥斯和海伦而设置了内与外的区别,荷马就深入内部,并用语言把那些东西表达出来,如果说话者与自己的内心没有分裂,所表达的这些东西就仅仅是一种意见。这样一种分裂就成了柏拉图理解灵魂的重中之重,由于柏拉图从荷马那里借用了表达"内心"的一个旧词(thumos［血气］),而且还引用了《奥德赛》中的一段诗来证明他用thumoeidetic［血气方刚］所意指的东西,因此对我们来说尤其重要

---

① ［译按］提托诺斯,特洛亚国王的兄弟,为黎明女神所爱,被掳到天上,长生不死。

② 在《伊利亚特》中,从卷二到卷七中的大部分,时间似乎停滞了,以一种类似的方式,阿开奥斯和特洛亚阵亡将士的葬礼使时间得以回来(VII.421,433,465),黎明女神在卷八开头把阳光洒遍整个大地:这一行诗在赫克托尔的葬礼开始时又重复了一遍(XXIV.695)。

③ 奥德修斯对自己说话的段落的首行数如下:5.298,355,407,464;13.198;20.17。

的就是,充分考虑荷马本人所认为的这种自言自语具有何种意义。① 在《伊利亚特》里,是奥德修斯最先自言自语,当时他在战场上完全孤立(XI. 401 – 410),但在此处是波塞冬在从埃塞俄比亚回来的途中看到了海上的奥德修斯(5.286 – 290)。波塞冬马上意识到,奥德修斯[40]的苦难差不多要到尽头了,于是决定对他实施最后一击。虽然波塞冬也要像卡吕普索那样服从诸神的决定,但他有力量在奥德修斯身上泄愤。当神明不能随心所欲时,凡人就成了他们随意踢打的出气筒。愿望受挫就会引起自言自语。似乎在墨涅拉奥斯讲到除了愿望别无一物时,自言自语才首次在《奥德赛》中出现。

奥德修斯曾让卡吕普索相信,他能够承受神明降赐的任何东西,他在海上和战场上的丰富经历让他拥有了这一确定的知识(5.221 – 224)。然而当风暴已聚合拢而来,他的木筏就要遭殃时,他却说道:

> 我真不幸,我最终将遭遇什么灾难?我担心女神所说的一切全部成真,她曾说我在返抵故土家园之前,会在海上受折磨,这一切现在正应验。……现在我必遭悲惨的毁灭。那些达那奥斯人要幸运三四倍,他们为阿特柔斯(Atreidae)之子战死在辽阔的特洛亚。我也该在那一天丧生,接受命运的安排,当时无数特洛亚人举着锐利的铜枪,围着阿基琉斯的遗体攻击我;阿开奥斯人会把我礼葬,传我的英名,可现在我却注定要遭受悲惨的毁灭。(5.299 – 312)②

波塞冬逼得奥德修斯承认自己彻底失败。奥德修斯并没有为拒绝卡吕普索的建议而懊悔。他放弃自己的整个生命,那让他富有兴味

---

① 在《王制》441b6,苏格拉底引述了《奥德赛》的 20.17。这是苏格拉底在《王制》中引用荷马史诗时,为数不多的带有赞许意味的地方。

② 另参 Franz Stürmer,《〈奥德赛〉狂想曲》(*Die Rhapsodien des Odyssee*, Würzburg: Becker, 1921),页 118 注释 5。

的一生,只是为一具尸体的虚无而战,为一桩不属于他自己的事业而死,以便让阿开奥斯人能礼葬他。① 奥德修斯在生命中最空白的时间里设想着生命中最空白的日子,说他更愿意死在海上。特勒马科斯也说过,他也宁愿奥德修斯已战死在特洛亚,因为那样一来阿开奥斯人就会为父亲建造坟茔,给他这个儿子以荣光(1.236 - 240)。但奥德修斯到过地狱,并从阿基琉斯口中知道,没有什么东西能比得上最卑贱的生命。奥德修斯建造的精美木筏和三思而来的抉择,都不足以让他对付他所面对的偶然性。奥德修斯拒绝了卡吕普索,但他不知道也不可能知道:他这样做可能是在接受一种不可预料的经验,这种经验无法由以前任何经验推导而来。奥德修斯选择了有死者的不确定性,也就选择了自我的不透明性。在神明与意志暗含的对立中——这种对立表现为"涅斯托尔"与"墨涅拉奥斯"之间的区别,神明和意志都具有绝对的确定性,两人都没有谈到恐惧,因此,在涅斯托尔那里有对经验的压制,而在墨涅拉奥斯那里则取消了时间。② 这两者现在突然重现。

[41]现在奥德修斯知道了一些关于自己的东西,而他以前对此懵然不知。我们不晓得诸神是否也获得了关于他的这种知识。对神明来说,知道这点似乎尤其重要,因为奥德修斯的愿望是把葬礼的神律放在自己选择的核心。奥德修斯并没有选择当这样的凡人。他选择的是当那种没有神明就没有凡人的凡人。葬礼问题充斥在涅斯托尔的第二场谈话中,连同祭礼问题一起出现在墨涅拉奥斯故

---

① 在《伊利亚特》中,紧接着奥德修斯的自言自语的,就是他对一具死尸讲话(他是第一个这样做的人),说特洛亚人索科斯(Socus)会被猛禽拖走并吃掉,而如果他本人死了的话,阿开奥斯人会给他举行合适的葬礼(XI.455)。

② 涅斯托尔和墨涅拉奥斯都没有在叙述中使用过带有怀疑意味的介词 $που$,但墨涅拉奥斯在对话中却用过两次(4.110,181);而且两人也没有在别处说过"我认为"这类话,即 $οίω$ 或者 $οίομαι$。

事的结尾处,奥德修斯此刻把葬礼问题作为其抉择的核心。① 他的抉择并不是前途未卜的将来,而是一个完整的过去,这个"过去"至少可以让奥德修斯在神的帮助下成为一个人物(somebody),而不是一个无名小卒(nothing),如果没有神明,奥德修斯相信他注定会变成一个无名之辈。既然奥德修斯与事实相反的愿望涉及他自己的生存,那么他的愿望就会把他一分为二,这样他才能够描述自己死后的景象(另参 24.87 - 94)。我们就得根据他的抉择,对那些导致他做出该抉择的一切东西进行修正,奥德修斯会把这一切原原本本对费埃克斯人道来。因而,荷马就暗示,奥德修斯的一生并不完全是奥德修斯本人自述故事的主题。奥德修斯控制不了的主题,不仅仅包括讲故事时的添油加醋和任意篡改,还包括对故事本身的全盘颠覆。可以说,奥德修斯表达了一种无法实现的愿望,这只是一次跑题,无非是要表明奥德修斯并非如铁石般坚毅。但如果我们想想奥德修斯曾表达过的其他所有悔恨,诸如"我妻子不会合上我的双眼","我再也看不到儿子长大成人","拉埃尔特斯会像安提克勒娅(Anticleia,奥德修斯之母)那样为我忧伤憔悴"(11.424 - 432)②,其中没有哪一个会要他的命,也没有哪一个说法谈到神明,那么这个愿望似乎就不仅

---

① 维吉尔让埃涅阿斯引用了奥德修斯的部分话语,作为对主人公的介绍,也让埃涅阿斯谈到了人死后随意抛诸沟壑,而不让死者入土为安的风俗(《埃涅阿斯纪》,1.94 - 101)。维吉尔没有谈到神明。假设埃涅阿斯处在奥德修斯那样的境地,那么埃涅阿斯就要离开狄多,而且他的懊悔对我们来说更能得到直接的理解。另参 Wendell Clausen,《〈埃涅阿斯纪〉阐释》(An Interpretation of the *Aeneid*),载于《哈佛古典语文学研究》(*Harvard Studies in Classical Philology*),69(1964),页 147 注释 1。[译按]埃涅阿斯,见第一章第一节译注。狄多(Dido),迦太基(Garthage)的建国者及女王,维吉尔史诗中说她落入了埃涅阿斯的情网,后因埃涅阿斯与她分手而失望自杀。《埃涅阿斯纪》,旧译《伊尼特》,维吉尔用拉丁文写的一部史诗,叙述埃涅阿斯在特洛亚陷落以后的经历。

② [译按]此处的内容和标码与《奥德赛》原文不符。

仅是个简单的失误。对自己的未来,奥德修斯毕竟比其他任何拒绝不朽的人所能想象的更有信心。

在奥德修斯两场自言自语中间,插入了女神伊诺(5.333－353)。伊诺以前是凡人,后来成了女神。奥德修斯不知道这一点,因为伊诺甚至没有向奥德修斯说起过自己的芳名。既然荷马对她的同情似乎就在于她以前曾是凡人,那么,我们在奥德修斯拒绝不朽这件事情上所得出的最直接的推论,就是奥德修斯拒绝怜悯。①奥德修斯从此不愿意再帮助任何人。的确,尽管他在远离伊塔卡的日子里常常恳求别人的怜悯(5.340;6.175,327),但他一返家就绝不再恳求,即便他应该扮演乞丐的角色。求婚人对奥德修斯的同情,不能算作求婚人的恩典(17.367)。奥德修斯拒绝那些力不从心却还要帮助别人的做法。奥德修斯要将求婚人绳之以法的严厉性似乎阻止了别人对他的怜悯。甚至连奥德修斯一度对佩涅洛佩的怜惜,也没有显示出来(19.209－212)。这种[42]怜悯并没有使他向妻子表明身份并把她纳入密谋中。多疑与奥德修斯对正义的理解一致,从未消减。尽管被伊诺发现时,奥德修斯已身陷绝境,但他对伊诺的说法和指点仍然谨慎应对。奥德修斯还是不相信波塞冬是幕后指使,但他承认斯克里埃有可能是他脱难的地方,因为他已亲眼看到了那个地方(5.359)。然而,奥德修斯却认为,伊诺要他放弃木筏、游到陆地的建议,可能是一个陷阱。相反,奥德修斯决定先等一等,看看在试图靠岸以前木筏是否会彻底碎裂。奥德修斯在自言自语中没有提到伊诺要他穿上的 krēdemnon,或曰"浮衣"(water-wings),尽管奥德修斯知道他必须脱掉衣服,因为他先前被抛离木筏时,湿重的衣服使他下沉(5.321)。一旦波塞冬真的击碎木筏,奥德修斯只好采纳伊诺的建议,此时他只得放弃靠木头漂浮,尽管靠木头漂浮是他在前一次海难中保命的办法(5.371;12.422－425,

---

① 另参《注疏》Q 之 5.333。

444；另参 14.310 – 313）。① 搞不清楚是什么说服了奥德修斯完全依赖于一种未经检验的神助,他并没有等到那块木头最终被撞碎。但在下一次自言自语时,奥德修斯承认自己的厄运乃源于波塞冬难以消弥的仇恨(5.424),而我们知道,此时波塞冬早就离开现场,已没有兴趣伤害奥德修斯。波塞冬看到奥德修斯不再打算依赖他自己的任何机巧,似乎就心满意足了(另参 4.499 – 510)。无论如何,眼下的情形已让波塞冬想象得到奥德修斯将来的痛苦,对于这些痛苦,波塞冬不必亲手安排,也不必目睹(另参 7.330 – 331)。波塞冬的第二次自言自语其实是对奥德修斯而言的:"你已忍受过许多苦难,现在就这样在海上漂泊吧,直到你到达神明的近族,我想你大概不会不满于所遭受的苦难。"(5.377 – 379)波塞冬并没有深入奥德修斯的内心,他迫使奥德修斯深入自己的内心,自己解释自己的经历。

在第三次自言自语中(5.408 – 423),奥德修斯准确地说明了两个可能发生的事件:如果他靠岸,海浪会把他撕碎在礁石上;如果他游开,要么会被风浪卷走,要么会遭到海怪的攻击。就在这个时候,雅典娜接手了。荷马写道,雅典娜让他先攀住岩石,然后游开,在别处找一个安全的地方登陆(5.426 – 440)。奥德修斯自己意识到所面临的两种危险,但雅典娜在他脑袋中赋予了正确的反应次序。奥德修斯现在不知道这一点,以后也不会知道。正如荷马所写,奥德修斯在两种情况下都别无选择,因为一个浪头已经把他向岩石推去,在退潮的时候又把他卷走。荷马似乎在暗示[43],如果没有雅典娜暗中建议,奥德修斯在两种情况下都会向着海浪相反的方向殊死挣扎。然而,我们会想,荷马是否并没有给我们两种说法,一种从内,另一种从外——一方面是心智,另一方面是神明,而对雅典娜两个建议的描写,是否出于奥德修斯那看不透的无言深思。这种可能

---

① 另参 Ulrich von Wilamowitz – Moellendorf,《荷马研究》(*Homerische Untersuchungen*, Berlin: Weidmann, 1884),页 136。

性当然符合奥德修斯自己的讲述(7.278-282),但他默默的祷告却似乎使得那种可能性不值得考虑。奥德修斯向一个不知尊号的河神说话,说起波塞冬的威胁,并祈求保护,还说甚至连神明都尊重流浪而来的乞援人(5.445-450)。河神立即阻住了水流。因而可以说,神明是无所不知的,除非默默的祷告和静默的思想有着本质区别。但更稳妥地说,奥德修斯的抉择包含了部分不透明的自我,这就使得诸神有可能在这种不透明中起作用。因此,宙斯的安排让波塞冬看到了海上的奥德修斯,此外还有更深远的目标,即为了逼迫奥德修斯承认,拒绝不朽的同时,并没有连带拒绝神性。

奥德修斯一踏上干燥的土地就有了另一个深思熟虑的想法,而这次雅典娜没有指点他(5.465-473)。奥德修斯要么选择待在海滩上等待随之而来的危险,因为精疲力竭,只得经受晨霜和朝露;要么在内陆找一个藏身之所,但那又可能成为野兽的猎物。奥德修斯选择了后者,他选择至多是被吃掉。到目前为止,这是奥德修斯唯一没有提及神明的自言自语,而他的抉择与诸神的缺位是一致的。奥德修斯本已拒绝了生命中的奥德修斯式成分[指机巧],并把葬礼的神律当作至关重要的东西,但他最终却接受了对远征特洛亚的勇士们来说最为恐怖的、表示了阿基琉斯的残暴(inhumanity)的那种东西。我们再次产生困惑,是否应该把奥德修斯最后的抉择当作他最终的抉择,或者荷马是否意在向我们表明,在奥德修斯明显具有凡人特征的抉择中,其实只是神性和兽性?而且一旦奥德修斯逃离大海,不管那种抉择对奥德修斯未来同野兽打交道来说具有多大的意义,凡人的真理本身只在于两个极端的选择。没有第三个。①

---

① 凡人只能要么是野兽,要么是神明,这在柏拉图《拉克斯》(*Laches*)中拉克斯(Laches)和尼西亚斯(Nicias)的对立之中表现得最明显,在解释男子气(*andreia*)时,拉克斯倾向于兽性,而尼西亚斯倾向于神性(另参 196a4-7,197a1-5);还可参看《斐德若》(*Phaedrus*),230a3-6。

奥德修斯第一次从伊诺那里听说了自己名字的双关含义(5.340),而我们几乎一开始就晓得(1.62)。伊诺问奥德修斯,为什么波塞冬会对他如此"怒不可遏"(odusato),奥德修斯后来自语波塞冬对他根深蒂固的愤怒时又用上了这个词(ododustai,5.423;另参19.275)。荷马仅用 odussomai 这个动词指神明的愤怒,唯一的例外[44]是奥托吕科斯(Autolycus)给自己的外孙起名为"奥德修斯",奥托吕科斯说:"因为我来此之时,曾经对许多男男女女怒不可遏(odussamenos)。"(19.407-408)① 如果把 odussamenos 一词翻译成中动态,它的意思就会是"我这个满怀愤怒的人",但奥托吕科斯的意思似乎是要把它理解成被动态,即"我是对那些满怀愤怒的人感到愤怒"。不管它究竟是哪种意思,"奥德修斯"一词既体现为愤怒,又体现为愤怒的普遍对象,奥德修斯居然明显有着阿基琉斯的某些特征,这倒值得玩味。《伊利亚特》开篇所用的 mēnis [愤怒]一词,如果不是说阿基琉斯的话,就仅用来指神明的暴怒。阿基琉斯的愤怒不是建立在他的名字之上,而正如所假定的那样,阿基琉斯的愤怒可以放下或平息,但奥德修斯的愤怒却与他是谁分不开,不管"奥德修斯的"(of odysseus)这个词是宾语属格还是主语属格。odussomai 这个动词更加符合奥德修斯的实际情况,甚于 menis 这个名词符合阿基琉斯的实情。由于荷马没有解释他为何要把奥德修斯如何得名与他的伤疤是怎样来的这两件事情连在一块(19.392-466),奥德修斯的名字就成了一个谜。伤疤系野猪所咬,野猪突然从巢穴中蹿出,那巢穴"潮湿的风吹不透,明亮的阳光照射不到,连雨也渗不进去"(19.440-442)。荷马用同样的诗行来描述奥德修斯[上岸后]爬进的那片树丛(5.476-482)。奥德修斯作了宁可被野兽吃掉的选择后,爬进了可能是兽穴的地方。卷五在结束的时候把奥德修斯的未来和过去联系起来了,无论奥德修斯现在如何认为他懂得自己的抉择,我们都知道,他已

---

① VI.138;VIII.37,468;XVIII.292;1.62;5.340,423;19.275,407。

不记得自己的往昔了。在奶妈欧律克勒娅开始给他洗脚的时候,不仅奥德修斯自己有些麻痹大意,雅典娜也同样如此:尽管雅典娜把奥德修斯伪装得足够巧妙,让他不会被认出,她也不知道或者没想起奥德修斯身上还有一处伤疤。

四　费埃克斯人

羞　耻

[45]奥德修斯在费埃克斯人那里待的两天时间似乎太短了，不足以匹配荷马叙述的长度。在奥德修斯碰到瑙西卡娅以前，费埃克斯人给我们的印象乃是一个自由随和的民族，不会拒绝奥德修斯的求助，会像往常一样送他踏上返乡的路，他们过去就这样帮助每一个来这里的人(8.31-33)。如此一来，雅典娜周密的计划似乎有点多余。奥德修斯为什么必须借助瑙西卡娅才能谒见其父王阿尔基诺奥斯？奥德修斯确实需要衣装才能体面地登门。但就我们所知，伊诺赠给他的 krēdemnon[浮衣]丝毫没起作用。浮衣似乎成了奥德修斯一上岸就被剥得赤条条的装置，而且让他看起来彻底无助无遮。① 然而，我们还不太理解的是，雅典娜告诉奥德修斯说，费埃克斯人不是一个友善的民族(7.32-33)，她还让他们看不到奥德修斯，直到他突然出现在王后阿瑞塔膝前(7.142-145)。然后，奥德修斯在斯克里埃碰到了一件对他来说命运攸关的神秘大事，那不可能是与瑙西卡娅成婚这件事——这是阿尔基诺奥斯向奥德修斯提起而且瑙西卡娅也巴望不得的事，因为奥德修斯甚至没有明确拒绝(6.244-245;7.311-315)。如果我们观察到奥德修斯灵巧地避开阿瑞塔的问题，又过了两卷之后才又有人想起来问奥德修斯的名讳

---

①　另参 Carl Rothe,《作为诗歌创作的〈奥德赛〉与〈伊利亚特〉的关系》，前揭，页105。

(8.550),我们才更靠近那件神秘大事及其结果。① 在阿尔基诺奥斯的好奇心占上风之前,奥德修斯已情不自禁当众流泪(8.521 – 522,531 – 534)。

与奥德修斯最终的发现相比,我们更了解费埃克斯人。尽管雅典娜向奥德修斯透露了一些信息,但他在某种程度上仍是在黑暗中摸索。我们所知而奥德修斯不知的是,他所来到的这个城邦的历史还不到一代人之久。在费埃克斯人迁徙到这个遥远的岛屿之前,他们与库克洛普斯人(独目巨人族)相邻而居,这个[46]强大的恶邻持续不断地伤害他们(6.1 – 12)。奥德修斯知道费埃克斯人不是一个尚武的民族,但他不知道费埃克斯人几乎一夜之间就丧失了战斗精神。阿尔基诺奥斯的父亲在建造城池的时候,在周围用栅栏搭了一道城墙,但城墙上没有哨兵,瑙西卡娅对她的侍女说,不要害怕奥德修斯:"这里并没有好战之徒,现在没有,将来也不会有这样的人给我们带来灾祸,因为我们受众神明眷顾。我们僻居遥远,在喧嚣不息的大海中,远离其他种族,从没有凡人来这里。"(6.200 – 205)瑙西卡娅也许需要雅典娜赋予的勇气才能免除少女的羞涩,但要克服对外乡人的怀疑,瑙西卡娅就无需勇气了。瑙西卡娅没有带护卫就出城了,阿尔基诺奥斯也没想着要派兵护送她。因此,奥德修斯就来到了一个没有武装且解除了戒备的城邦,很显然,战争的可能性也就随着战争记忆的消失而消失了。

斯克里埃就是科西拉岛(Corcyra,[译按]指伊奥尼亚七岛中最大的一个岛,即今天的科孚岛)在古代的称谓,在对科西拉和科林斯(Corinthian)冲突的解释中,修昔底德基于他的考古学——荷马乃是其考古学的主要见证人——改变了这个岛的称谓,使其成为所谓的伯罗奔半岛战争的起因。修昔底德在解释过程中提到了科西拉人,那是当时最富有的民族,战备充分,时常为他们的舰队而自豪,

---

① 另参《注疏》HPQ 之 7.16;另参 A. Kirchhoff,《荷马史诗〈奥德赛〉》,前揭,页 277 – 278。

因为以前在科西拉岛上生活的费埃克斯人的海军如此闻名遐迩(1.25.4)。① 科西拉在与科林斯作战的时候发现自己处于下风。利西拉没有与其他国家缔结任何战略或防御同盟,正如科西拉人在雅典所说:"我们表现得中庸温和,不会因一个国家对我们指手画脚而冒险与另一个国家联盟。这种中庸温和现已转向它的对立面,变得懦弱和没有章法。"(1.32.4)科西拉人似乎是说,他们所保持的费埃克斯传统不仅仅是海军的荣耀。的确,科林斯人反击说,科西拉人的中庸温和乃是一种烟幕,"他们奉行中庸温和,其目的是为了作恶,而不是为了美德,他们不想有人加盟他们的不义行径,更不想落下把柄"(1.37.2),科林斯人的反诉与费埃克斯人极为相似,后者在阿尔基诺奥斯统治时期至少干过一次海盗式的劫掠(7.7 - 11)。阿瑞塔暗示,费埃克斯人一旦远离家园就偷窃成性(8.443 - 445)。② 瑙西卡娅亲口说该民族"傲慢无礼"(huperphialoi),这个形容词在《奥德赛》中反复用来形容求婚人,也有一次用在没有法律(lawless)的库克洛普斯人身上(6.274;9.106)。如果我们回过头去看看雅典娜的建议,"你不要注视任何人,也不要向人询问,因为这里的居民一向难容外来人,从不热情接待由他乡前来的游客,他们信赖迅疾的快船"(7.321 - 326),我们就会意识到,费埃克斯人不与任何人有互惠关系,因为他们的快船日行万里(7.321 - 326)。③

[47]在别人眼里,费埃克斯人从来没有当过外乡人,也不会举止失措。他们的船知道每一处地方,从未偏离过航线(8.559 -

---

① 科西拉岛的这一幕是为了与从前的时光关联,这体现在短语 κατὰ δὴ τὸν παλαιὸν νόμον[按照古老的习俗]上(1.24.2)——δή一词在 1.128.1 有结构上的对应词也同样体现在 κλέος[传言]的用法上,该词只在 1.10.2 再次以恰当含义出现,而在 2.45.2 却误变了词形。

② 另参希罗多德,1.24.2。

③ 另参《注疏》HA(引述 Heraclides Ponticus)之 13.119;柏拉图,《法义》,705a4 - 7。[译按]"日行万里",直译应为"在一天之内就能够完成最长的航程"。

563)。这些船从不犯错,也未遭难。既然费埃克斯人除了神明以外不需要他人相助,当然就没有必要建立赊欠关系,所有的债务都巴望着偿本付息(另参 24. 283 – 286)。据我们所知,费埃克斯人在被迫抚慰奥德修斯并敬之若神明以前,从未向任何客人赠送过礼物。费埃克斯叙事的长度主要取决于宙斯给奥德修斯设定的任务,就是把费埃克斯人对诸神的仰赖,转向对另一个凡人的关注。阿尔基诺奥斯承认,奥德修斯很可能就是其父所预言的那个外乡人,此人会招致一条快船的损失,引来一座大山把城邦包围。但考虑到未来的不确定性,阿尔基诺奥斯还是没有遵从预言,而是走上了奥德修斯为自己所选的那条道路(8. 564 – 571),这样一来,他们对神明的仰赖最终就崩溃了。奥德修斯单枪匹马就让费埃克斯人皈依到凡间来了。① 这种皈依似乎对他们自身不利。

奥德修斯七年之后首次碰到的另一个凡人涉及的就是羞耻。羞耻也属于奥德修斯的抉择,但似乎不值得故意去讨受。荷马在奥德修斯与瑙西卡娅面面相对时,把奥德修斯比喻成饥饿的狮子。这头雄狮根本不欲闯入羊栏,但困窘(need)迫使他克服自己的恐惧,而不是如奥德修斯要克服羞耻:奥德修斯用树枝遮住了阳具(6. 127 – 136)。奥德修斯是穿着缠腰布的"雄狮"。人决然地分成了神明与野兽,于是,凡人本身就立即呈现为有缺陷的。这些缺陷欲盖弥彰。羞耻就是一种透明的隐藏。雅典娜在给瑙西卡娅托梦时表达了她对羞耻的理解,梦中瑙西卡娅的同龄人([译按]即雅典娜)说瑙西卡娅的婚期已临近,要她洗涤自己的嫁衣和随嫁者的衣裳(6. 22 – 40)。瑙西卡娅因为羞耻,没有向其父说起梦中的婚事,而是说父亲和尚未婚配的兄长需要穿新洗的干净衣服,但阿尔基诺奥斯对女儿了如指掌。雅典娜决定迂回行动,她知道瑙西卡娅会隐

---

① 另参 Carl Rothe,《作为诗歌创作的〈奥德赛〉与〈伊利亚特〉的关系》,前揭,页 109。Rothe 也认为费埃克斯人要在夜间把奥德修斯送走,就是为了不让波塞冬发现(页 109 注释 1)。

藏真相,而且阿尔基诺奥斯自会察觉到。父女俩都没有发现,瑙西卡娅为自己的动机所找的借口,其实包含了真正的原因:瑙西卡娅必须把男人穿的衣服,送到漂洗的地方去。两个凡人相互交谈,其中一个人能把另一个人的话转译成其藏匿着的欲望,但这种透过现象看本质的做法,却掩饰了雅典娜的意图,而这个意图就在表面上,与雅典娜所利用的东西毫不相关。很显然,神明的计划藏而不露。

凡人的羞耻与雅典娜[48]让奥德修斯能有衣裳穿巧合了。卷六第 12 行,mēdea 意为"理解",而在第 219 行,它的意思却成了"阳具"。① 阿尔基诺奥斯的理解来自神明,他看出了瑙西卡娅的羞耻。奥德修斯则不能让自己赤身裸体地显露出来。奥德修斯自己和妻子身上都有缺陷,这种缺陷不只是指选择把自己暴露于外在于自己且无法掌控之事,就像遭遇海上的风暴那样,而且是指要把缺陷本身遮掩起来。人们就得在不奢望绝对完满的前提下,编织些东西来弥补人的不完满性。如希罗多德所说,那个东西似乎就是法律。② 法律并没有在奥德修斯钻进兽穴时给他庇护,而只为瑙西卡娅提供遮蔽自己欲望的幕纱。结果证明,法律就好像来自人们对缺陷的内在理解。因此,法律可能就与诸神的隐退有关,因为神明的消失现在就与幕纱([译按]指法律)相一致了,而不是强加于其上的范式。阿尔基诺奥斯怀疑奥德修斯是幻化了的神明,但不管奥德修斯是不是神明,那些神明往日总是以原形出现——φαίνονται ἐναργεῖς[完全可见],也不管这些神明是结伴而来还是单独前来享用祭品,诸神都不是要与费埃克斯人缔结其他什么关系,尽管费埃克斯人像库克洛普斯人和众巨灵(Giants)一样,与神明很接近(7.199 - 206)。阿尔基诺奥斯错把奥德修斯当作了神明,这并非说他将其误认为神明的

---

① 另参拙文《第一哲学的首次危机》(The First Crisis in First Philosophy),载于《研究院哲学杂志》(Graduate Faculty Philosophy Journal), 18 (1995),页 247 - 248。

② 希罗多德,1.8.3 - 4。

化形。奥德修斯并没有说他不是神,他只说自己看起来不像神明(7.208-209;另参16.187)。后来,就在荷马为费埃克斯人的前途蒙上一层面纱时,费埃克斯人刚好才给波塞冬献祭了十二头牛,而且阿尔基诺奥斯显然不想要奥德修斯参加祭礼(13.181-187)。

《奥德赛》着力要说明的是神明的封闭,此封闭通过缪斯而让诗人成为神明的唯一权威。当瑙西卡娅在与侍女们玩抛球游戏时,荷马把她比作那位与山林女神一起玩耍的阿尔特弥斯(6.102-109)。当荷马用未知的东西来比拟另一未知的东西时,他假设我们已看到阿尔特弥斯在透革托斯山(Taygetus)和埃律曼托斯山(Erymanthus,[译按]指伯罗奔半岛的两座山)上,那么瑙西卡娅就会在我们眼前更加活灵活现。奥德修斯把瑙西卡娅比作阿尔特弥斯(如果阿尔特弥斯是女神[6.150-152]),奥德修斯就是在暗示,他没有见过阿尔特弥斯,但阿尔特弥斯一定长得像瑙西卡娅。奥德修斯没有详细说明,但如果瑙西卡娅是凡人,那么她就像奥德修斯在得洛斯岛(Delos,[译按]在爱琴海中)上所看到的一棵棕榈树那样,那座岛正是阿尔特弥斯的兄长阿波罗的供奉地。在这种情况下,奥德修斯就像荷马那样仔细地描绘了阿尔特弥斯(6.160-163)。荷马因此要我们注意奥林波斯诸神的特性,虽然神明们总是不可见的,但他们总要通过言辞,使自己具有一定的可见性。他们在言辞中是可见的:歌人得摩多科斯(Demodocus)[49]则是盲人(8.64)。由于后世绘画和雕塑的发展,奥林波斯诸神的这种特殊性质,就不再像它本来那么精妙了。鉴于荷马的言辞是可见摹本,我们就会忘记荷马的刻画能力。① 荷马在卷六的末尾告诉我们,雅典娜虽然听到了奥德修斯的祈祷,还是没有在他面前现身(phaineto),因为她在伯父

---

① 关于言辞和视觉的区别,参见雅典娜神庙里的讨论(603E-4B),开俄斯(Chios,爱琴海东部岛屿)的伊翁借索福克勒斯之口评论道,诗人可以说"金发的阿波罗",但如果在绘画中,头发不是画成黑色,而是画成金色,那就糟糕之极。

(6.328—331,指波塞冬)面前有些羞怯。雅典娜没有直接显现,而是以一个手捧水罐的年轻少女的形象出现(7.19—20)。奥德修斯知道那就是雅典娜(13.322—323),但波塞冬显然没看出来。波塞冬与普罗透斯一样,不能看穿事物的表象。

天　堂

雅典娜对凡人的羞耻和欲望的操纵,使她引导瑙西卡娅犯了一个错误。虽然瑙西卡娅已答应给奥德修斯指示进城的路(6.194),但雅典娜还是决定精心打造奥德修斯的外形气质,结果瑙西卡娅自然认为奥德修斯的到来并非没有神的旨意。既然奥德修斯现在看上去像个神明,也就难怪瑙西卡娅之前认为他不美,现在却对他想入非非,把梦境和这种突变联系起来,希望奥德修斯留下来做她的夫君(6.239—246)。瑙西卡娅相信,她在现实和梦境之间找到了匹配,尤其还因为奥德修斯刚才表达了一通令人信服的独到见解,他说夫妻情投意合就会家庭和睦(6.180—185)。这可能是对神的眷顾的另一种例证,而费埃克斯人一直受到神的眷顾。然而,瑙西卡娅误解了事件的顺序,也许阿尔基诺奥斯也有所误解,因为他希望奥德修斯能留下来当他的女婿,哪怕那时阿尔基诺奥斯甚至还不知道奥德修斯究竟姓甚名谁(7.311—315)。阿尔基诺奥斯轻而易举就看出了瑙西卡娅的羞耻,也就自然产生了招婿的愿望。无论如何,瑙西卡娅探查出一个貌似有理而实则与真理不符的事物的范式。粗略一看,这种范式似乎是雅典娜一丝无端的残酷。但透过瑙西卡娅的误解,瑙西卡娅就把她的人民的真实本性透露给了奥德修斯。在少女的稳重范围内,瑙西卡娅向奥德修斯提起了亲事。她把这门亲事交给费埃克斯人讨论,以掩饰自己主动提亲之事,如果费埃克斯人看到她和奥德修斯在一起,他们就会幽怨地推想,奥德修斯不管是外乡人还是神明,都会是她的丈夫,因为没有哪一个费埃克斯本地人配得上她(6.273-286)。① 甚至就在雅典娜确认以前，奥德修斯就得知费埃克斯人不喜欢外邦人。瑙西卡娅暗示，如果费埃克斯人是战士或猎手而[50]不是水手的话，奥德修斯的麻烦可能就会少些(6.27-72)。瑙西卡娅所抱的这种愿望迫使她把心愿藏起来，并同时显露出其他情况下不会显露的东西。奥德修斯懂得瑙西卡娅话语中的意思，他向雅典娜祈祷，让他获得费埃克斯人的友善和怜悯(6.327)。费埃克斯人隐秘的敌意让我们想起了伊塔卡人。雅典娜似乎给了奥德修斯一次大显身手的机会。

雅典娜对奥德修斯说，费埃克斯的创始人瑙西托奥斯(Nausithous)，从母亲这一系来说，乃是巨灵族末代帝王的孙子，这位帝王毁灭了邪恶的臣民，也毁灭了自己(7.56-60)。瑙西托奥斯先后生了两个儿子阿尔基诺奥斯和瑞克塞诺尔(Rhexenor)，如果按词意翻译的话，就是"智囊"(Brains)和"肉囊"(Brawn)。瑞克塞诺尔之死似乎给阿尔基诺奥斯的统治原则带来了不平衡：用柏拉图式的话来说，就是中庸温和有余而刚毅勇猛不足，这种统治原则随着阿尔基诺奥斯与瑞克塞诺尔的女儿阿瑞塔的结合而加强。阿尔基诺奥斯对阿瑞塔的敬重，超过世上其他任何一个女人所受到的敬重：她的地位远比佩涅洛佩高。人民也敬重阿瑞塔，视她如神明，因为她知道如何调解她所喜欢的那些人的纠纷(7.63-77)。天堂中也有敌意。奥德修斯两次被告知，如果他要返回家园的话，就必须获得王后的青睐。奥德修斯借女儿而入，又借母亲而出，这说明在费埃克斯人对入侵者的抵挡中，女人是一个薄弱环节。奥德修斯必须打败反对他的男人，还必须引诱女人。奥德修斯必须软硬兼施。

奥德修斯所到的第二处天堂（[译按]第一处天堂指卡吕普索的岛屿）可以从两方面来概括。一方面，黄金白银浇铸的狗蹲守在

---

① 鉴于在柏拉图的《智术师》(*Sophist*)的开头，苏格拉底认为"外乡人"并不是"神明"的另一称谓，瑙西卡娅似乎就在不经意间表达了雅典娜的计划所提出以及奥德修斯自己具体表现出来的问题。

阿尔基诺奥斯的宫门前,赫菲斯托斯(Hephaestus)亲手制作了它们,并给予它们理解力,使其"永远不会死亡,也永远不会衰朽"。另一方面,那儿有一座果园,各种果木枝繁叶茂,一年之中果实累累,了无间歇(7.84-132)。奥德修斯在做出抉择并经历了抉择带来的事情后,有两种方式可以理解他所拒绝的东西:"不死"要么是一种精巧的人工制品,要么是不会腐败的永恒生成(另参 XVIII. 417-420)。奥德修斯选择了生成,在斗转星移中渐渐消失,他拒绝不会犯错的知识。可以说,奥德修斯选择了他与卡吕普索一起度过的那段空白时光来作为间歇,好让特勒马科斯长大,也可以把它理解为像冬天那样的蛰伏期,其中没有什么事情显而易见地发生,但如果没有它,就什么都不会发生。命运把奥德修斯被领到斯克里埃,是不是为了让他能看到他所接受的东西,并因此而真正接受他曾被迫忍受的无比巨大的"噪音"? 在[51]柏拉图的《智术师》中,爱利亚的外乡人(Eleatic Stranger)赞许泰阿泰德(Theaetetus)接受如下观点的自然倾向:把一切有形之物带入存在之中的并非自然,而是造物主的理性思想。但那位爱利亚人对这个观点略而不论,他知道泰阿泰德的天性本身会走向这个观点,那位爱利亚人说:"否则,时间就会是多余的。"① 因此,奥德修斯就置身于一种显然乖戾的次序中,因为他在做出抉择之后才知道抉择的理由,但事实上这个次序是正确的,因为任何知识都无法超越时间。

　　这种考虑会让人猜想,奥德修斯讲述的他在海上的经历,是不是代表了他现在对自己的抉择倾向有了更深刻的理解。在他的讲述中,他提到了波塞冬的敌意,但除了神明的一次帮助外(7.286),他没有提及其他任何神助。正是他自言自语的次序暗示,他在海上有所反思,有一定程度的悔恨,即与卡吕普索长时间的相处曾诱使他浑若无事地经受事情,还暗示了,一重新回到陆地上,他就恢复了在特洛亚战后的历险中所得出的理解。首先,我们听到他那正在逐

---

① 柏拉图,《智术师》,265e2。

渐消失的改变心意的回音,最后听到了他独自果断地战胜了绝望。如果神明要一劳永逸地打垮奥德修斯,那么他的第二次旅程就毫无必要了。无论如何,奥德修斯目前走投无路,这迫使他不能过分炫耀神明的帮助,从而平添神明的敌意,那么他选择当凡人的抉择就不仅更加显而易见,而且他还让费埃克斯人为接受神明的离开做好了准备。奥德修斯"凡人化的"(humanized)叙述象征着费埃克斯人的未来。然而,我们得在这种可能性与奥德修斯现在说谎有如说真话这一明显事实之间寻找平衡,奥德修斯说谎有如说真话,由此修复人性的裂痕,这种裂痕表现在奥德修斯的自言自语中,尤其是第一次和最后一次自言自语。对羞耻的发现,以及与之相伴的对凡人的居间性(in-betweenness)并没有穷尽人的本性这一点的认识,是否帮助他修复了这种裂痕呢?

奥德修斯一讲完话,阿尔基诺奥斯就找瑙西卡娅的茬:她应该直接把奥德修斯带到家里来,奥德修斯也只好撒一个谎来掩饰瑙西卡娅的羞耻。为了给他所谎称的自己的恐惧和羞耻找理由,奥德修斯提出了一个有关"我们"的说法(7.302-307)。无论在《伊利亚特》还是《奥德赛》里,这都是唯一一次有人说"我们世间凡人"。奥德修斯说:"我们世间凡人生性心中好恼怨(duszēloi)。"我们发无名之火,极尽吹毛求疵之能事,我们不接受错误,易于相信别人的不义。奥德修斯把瑙西卡娅所说的费埃克斯人的特点概括了一下,[52]而且奥德修斯只得对此事的真相撒谎,好让阿尔基诺奥斯让步并否认他自己是那种随意恼怨的人:"最好让一切保持分寸。"(7.310)阿尔基诺奥斯因一个谎言而对奥德修斯更友善,对自己的女儿也更公正。阿尔基诺奥斯羞于成为自己所声称的那种随意恼怨的人。只有羞耻和恐惧,或毋宁说假装羞耻和恐惧,才能够避免人们的自以为是和敌意。阿尔基诺奥斯只好提议让奥德修斯做他的女婿来反证奥德修斯对人性的概括,这只表明,如果瑙西卡娅真的把奥德修斯直接带回家,那他肯定会做出相反的举措。奥德修斯的准则或判决当然很适合特勒马科斯,后者看到门槛前全副武装的雅典娜时,恰恰就是这样反应的(1.119);奥德修斯本人也不得不以此来衡量(另参13.209-214)。但此刻更重要的是强调,奥德修斯尽可能地断言了,他的名字的含义([译按]指愤怒)适用于每一个人。① 每个人既是又不是奥德修斯。

骄 傲

阿尔基诺奥斯一发话说要送奥德修斯回家,奥德修斯就喜出望外:"天父宙斯! 请让阿尔基诺奥斯实现他所说的一切,愿他的声名在生长五谷的大地上永不泯灭,愿我能顺利回返家园。"(6.331-333)费埃克斯人以快船(6.22)、百牲祭(7.202)、房屋(7.3)、礼物(8.417)、服装(6.58)和歌人(8.83)闻名,但谁也没有听说过他们,他们倒是听说过奥德修斯。奥德修斯暗示,如果他能返家,阿尔基诺奥斯肯定得享荣耀,并且荷马用以形容他的人民的那些词就不再只是装饰了。奥德修斯以荣耀诱惑阿尔基诺奥斯。奥德修斯在特洛亚时也对那些人撒下了同样的诱饵,他们也乐于接受,因为那时他们发现自己是在孤军奋战,而且诸神对两边都撒手不管了(Ⅵ.1)。他们一旦意识到自己终有一死,就转向了真正的不朽的欺骗性意象:不朽的荣耀。阿尔基诺奥斯觉察到奥德修斯的到来所触发的日益临近的宿命,这种宿命与神明可能的封闭相关联,而他们过去曾傲慢地依赖于神明,且这种宿命把奥德修斯置于他们通往外界的最后渠道。如果没有奥德修斯,他们费埃克斯人只是一个绝迹了的民族(另参8.101-103)。

贯穿卷八的主线是"歌唱"。盲歌人得摩多科斯在情节的推进过程中唱了三首歌。第一首和第三首只有一个概要,第二首则很完

---

① 《注疏》PT 在 7.305 处说:"非同凡响的是(*daimoniōs*),他把自己也算作了这种错误中。"

整:大部分通过引语的方式来讲述,其中有一个比喻(8.280)。奥德修斯听第一首时流了泪,又试图掩饰,他与费埃克斯人分享了[53]第二首歌的快乐,最后在听第三首时公开哭了起来。第一首和第二首歌,都是在缪斯女神或得摩多科斯一时的兴致下唱出来的,在得摩多科斯唱第三首歌中的特洛亚战争时,奥德修斯让他停了下来,他已经为自己的故事做好了准备,但奥德修斯让我们意识到,对费埃克斯人而言,他就是"特洛亚木马"。① 到得摩多科斯唱完那天的最后一首歌的时候,奥德修斯已经打破了费埃克斯人的所有幻想,并形成一个具有永恒威胁的外乡人形象。奥德修斯散布着不安。荷马在卷八开头就给奥德修斯起了一个新的别称,第一次把他叫作"攻掠城市的人"(8.3)。② 同时,雅典娜让那种新型关系——即费埃克斯人会坚信神明——起作用,但阿尔基诺奥斯却怀疑这种关系。雅典娜幻化成阿尔基诺奥斯的传令官,逐一通知费埃克斯人去参加公民大会,好让他们见识新来的那位外乡人,"样子像不死的神明"(8.7-14)。在这种意象中,人神不分了。然后雅典娜开始美化奥德修斯,在他的头和肩上播撒神韵,"令全体费埃克斯人对他产生好感,对他更钦羡敬畏"(deinos t' aidoios te,8.22)。就在头一天,奥德修斯为了保护瑙西卡娅并赢得阿尔基诺奥斯的好感,曾装出羞耻和害怕,但现在局势逆转了,费埃克斯人只有在畏惧和尊敬中才能赢得[奥德修斯的]友善。如果卷七的主题是讲韬光养晦的必要性,那么卷八的主题就是讲那种必要的韬光养晦所产生的怨恨。这种怨恨直指奥德修斯在家中的行为。

这一天开局大利。阿尔基诺奥斯安排船只准备运送这位陌

---

① 另参《注疏》HA(引述 Heraclides Ponticus)之 13.119:"费埃克斯人有理由害怕奥德修斯,因为就奥德修斯的本性和他在特洛亚的战争经历来说,一旦发生战争,他就是世间凡人中最可怕的人。"

② 另参 Eduard Schwartz,《论〈奥德赛〉》(*Die Odyssee*, Munich: M. Hueber, 1924),页193。

生的外乡人回家,他还邀请费埃克斯的王公贵族到他的宅邸来,"热情招待这外乡来客[表示我们的友好]"(8.42)。这种友好似乎完全由得摩多科斯所要吟唱的歌组成。阿尔基诺奥斯丝毫无意于用任何更实在的东西来招待奥德修斯。得摩多科斯唱的第一首歌和第三首歌一样,只是特洛亚战争系列传说的只言片语(8.74,499-500)。① 特洛亚的故事是以一个人独白的方式告诉我们的,它讲述了特洛亚人和达那奥斯人"因为伟大宙斯的安排"而遭受"苦难"的开端。这与《伊利亚特》截然不同,《伊利亚特》既没有从开端讲起,也没有一开始就认可特洛亚人的苦难,更不用说宙斯独自统管着这一切。② 在《伊利亚特》里,阿波罗的愤怒与宙斯的安排之间模糊的关系,在得摩多科斯的歌唱中,换成了阿波罗的预言绝对地服从宙斯的安排。这是有意要让我们想起《伊利亚特》,因为得摩多科斯唱阿开奥斯人中最优秀者阿基琉斯和奥德修斯之间的争吵——尤斯塔修斯所说的"智囊"和"肉囊"之间的争吵——正如《伊利亚特》以阿伽门农[54]和阿基琉斯的争吵即祖先权利和自然权利之间的争吵开始。③ 荷马把阿基琉斯与奥德修斯分开来,并为两人分别谱写了诗章。得摩多科斯让阿基琉斯和奥德修斯不和,这很可能让阿伽门农非常得意,虽然他没有表现出来,因为这就让他处于统治地位。得摩多科斯唱歌的时候,奥德修斯遮住了脸庞,"因为他怕费埃克斯人看到他眼中流泪"(8.86)。当得摩多科斯停止演唱时,奥德修斯抹去眼泪,把袍襟从头部掀开,并且酹

---

① 对得摩多科斯所唱的第一首和第三首歌的论述,参见 E-R Schwinge,《〈奥德赛〉之后的〈奥德赛〉》(*Die Odyssee - nach den Odysseen*, Göttingen: Vandenhoeck & Ruprecht, 1993),页139-149。

② 另参 Ameis-Hentze,《荷马史诗〈奥德赛〉补遗》,前揭,卷二,页25。

③ 这种区别就好像莱辛(Lessing)在《拉奥孔》(*Laokoon*)第十六章的反思中展示的阿基琉斯权杖(I. 234-239)和阿伽门农权杖(II. 101-109)的区别,阿基琉斯的权杖是通过自己的话语在他挥舞它并以之起誓时展现给我们的,而阿伽门农的权杖不得不经荷马描述给我们,它是阿伽门农拄着走路的。

酒祭神。显然没有人注意到这一切，只有得摩多科斯继续演唱时，阿尔基诺奥斯才听到了奥德修斯低声叹息。那些费埃克斯人除了沉浸在歌唱所带来的欢愉外，什么也没感受到，他们太过投入，乃至没能发现眼皮底下的东西。但我们不知道奥德修斯为什么要哭泣。奥德修斯后来暗示说，他发现得摩多科斯好似感同身受(8.489 - 491)，但他在对歌人的赞扬中，没有提到特洛亚人；他单单赞美了达那奥斯人的命运：他们的苦难、他们的辛劳以及他们的行动。正如奥德修斯和阿基琉斯之间的争吵无论怎样都不如它作为一种标志更重要，这场争吵标志着神明的计划开始相互冲突了，所以这种冲突本身的正义性质已渐渐消失。阿尔基诺奥斯完全是基于得摩多科斯的吟唱来理解特洛亚战争，阿尔基诺奥斯只是把那场战争的神圣意图理解为歌咏的主题(8.577 - 580)。费埃克斯人是十年战争的唯一受益者。那么，奥德修斯的眼泪就是为他全然浪费自己的生命而流。奥德修斯的确大名鼎鼎，但代价超过了他能够想象的。就好像奥德修斯面对风暴时曾一时恨不得自己已经死去，因为战争毫无真理可言，他曾描绘过的葬礼所带来的慰藉和附带的荣耀，就是战争的目的。

　　奥德修斯听着一首让他无法认识自我的歌曲。得摩多科斯的目盲，并没有就此妨碍他在时间面前揭露真相，但是却产生了这样的问题：假设得摩多科斯没有瞎，他是否能够在奥德修斯身上认出他所赞颂的那个奥德修斯来。① 为了转移奥德修斯的注意力，阿尔基诺奥斯提议不再听得摩多科斯歌唱，改为在拳击、角力、跳远和赛跑上展示费埃克斯人。但得摩多科斯被带着与大家同行。这样，我们就知道了很多费埃克斯人的名字，比奥德修斯同伴的名字还多。费埃克斯人的竞技没有奖赏。这种竞赛是纯粹的。阿尔基诺奥斯之子拉奥达马斯(Laodamas)提议大家去问问奥德修斯擅长哪种竞技，他注意到奥德修斯充满力量的外表，但他怀疑奥德修斯外强中

---

① 另参《注疏》EV 之 8.63。

干,因为他相信没有什么比大海更折磨人。拉奥达马斯对战争一无所知,即便间接通过得摩多科斯的歌唱,他也不了解战争。地位仅次于[55]他的欧律阿洛斯(Euryalus)被称为"和战神阿瑞斯(Ares)一样嗜杀成性"(8.115)。拉奥达马斯力劝奥德修斯屈尊俯就地参加竞赛,"须知人生在世,任何英名都莫过于他靠自己的双手双脚赢得的荣誉"。也许,带得摩多科斯来就是为了歌颂胜利者。无论如何,奥德修斯都婉言谢绝了,欧律阿洛斯在戏谑中高明地将了奥德修斯一军:"客人,虽然世人中这样的竞技花样颇多,我看你不像是精于竞赛之人,你倒像是一群经常乘坐多桨船往来航行于海上的贾货之人的首领,心里只想运货,保护船上的装载和你向往的获益,与竞技家毫不相干。"(8.159-164)这对欧律阿洛斯来说也许仅仅是误打误撞,却与雅典娜对奥德修斯的描述部分一致(13.291-295)。它甚至与奥德修斯对牧猪奴欧迈奥斯所讲的有关自己的假故事相合(14.192-359),更不用说他向佩涅洛佩所刻画的自己(19.283-286)。

　　奥德修斯对欧律阿洛斯话语的反应,就好像欧律阿洛斯也许已经知道他是谁一样。奥德修斯不为人知与他好像在伪装之中,这两者毫无区别。奥德修斯把侮辱问题,或对男人尊严的攻击,看成不义之尤。"侮辱"确立了错误的绝对标准,因为任何受到侮辱的人,都会觉得自己彻底降低为微不足道的东西,所以他所实施的报复也就没有限度。在面对欧律阿洛斯"让人伤心气愤的话语"时(8.185),奥德修斯一切的羞耻似乎都烟消云散了。奥德修斯抓住了欧律阿洛斯最后一句话"与竞技家毫不相干",用自己的说法予以反击:"你像个莽撞的恶人。"(8.166)在其他人认为是年少轻狂的地方,奥德修斯却认为是罪恶。奥德修斯此后的言辞变得难以继续。人们以为他会说,神明不会同时赐予一个人所有的好处,但他却反过来说,神明并不把优美或魅力的成分赐给每个人,无论是容貌、头脑还是辞令:"从而有的人看起来容貌(eidos)较他人丑陋,但神明却使他言辞优美(morphē),富有力量,人们满怀欣悦地凝望着他,他演说动人,为人虚心严谨,卓越超群,当他在城里走过,人们敬他如神明。另有人容貌(eidos)如同不死的神明一般,但神明却没有赐给他优美的谈吐,就像你外表(eidos)华丽得天神也无法使你更完美,但你的思想却糊涂。"(8.169 – 177)欧律阿洛斯就是明证,有的人缺少魅力,因为魅力只在言辞中体现,就在于言辞能补容貌之不足,即便貌如天神,如果言辞不优美,人们在这种呆板的神一样的容貌中也得不到任何愉悦,或者人们不会把他当神明看。奥德修斯的愤怒可能会使他夸大言辞的力量——我们也许肯定要想起荷马魔法般的用言辞展示美的那种力量——但奥德修斯并没有[56]在费埃克斯人面前夸大语言的作用。阿尔基诺奥斯说奥德修斯言辞优美(morphē,11.367)。

奥德修斯在费埃克斯人的游戏中加入了一种新的竞赛项目。这种竞赛比费埃克斯人所经历过的任何东西都更严肃,谁一赢,就全赢。当然,奥德修斯的雄辩还需要一项行动来支持,只需一项,而不是雅典娜为了让他赢而为他设计好的多项行动(8.22 – 23)。奥德修斯现在必须做的就是向费埃克斯人挑战,根本不进入竞技场而使费埃克斯人对自己让步。奥德修斯愿意参加竞赛,就足以表明他的魄力(8.237;另参 XXIII.884 – 897)。在费埃克斯人眼中,奥德修斯就是愤怒的神明的模子。费埃克斯人对神明还不了解:神明对人们颁布命令,要他们贬损自己所设计的表象。奥德修斯不过是把欧律阿洛斯粗鲁无礼的话语当真了,奥德修斯的确不如往昔那样像一个竞技家(8.179 – 183;另参 4.341 – 345)。的确,如果雅典娜没有增强奥德修斯的力量,他也许会干得更糟。在抛掷石饼时,奥德修斯小心翼翼地掩藏了自己的真实力量(8.187)。欧律阿洛斯的侮辱不会得到谅解,因为他眼前的这个人,与雅典娜有着隐蔽的同盟关系。奥德修斯放出话来,说那不完全是他的本事,并坚称要他们把他伪装的东西当成真相。奥德修斯还以一种更为轻松的口吻对费埃克斯人说,在特洛亚时他的箭术仅次于菲洛克特特斯①,而在投掷长枪方面则无人能比(8.215 - 229)。奥德修斯尽可能把话说得平淡无奇,好似在说如果他全副武装,就会把费埃克斯人全部消灭。奥德修斯的话肯定在费埃克斯人中间引起了恐惧和敬畏,奥德修斯已把他们震得噤若寒蝉,我们可以从阿尔基诺奥斯努力抚慰奥德修斯的话中猜测到这种恐惧和敬畏。阿尔基诺奥斯承认奥德修斯的话不无魅力,且收回了刚刚夸下的海口,说费埃克斯人在拳击和角力方面并不出色。既然他刚听奥德修斯说不如以前善跑,他就用那一星半点儿尊严来为费埃克斯人遮丑,又说他们除航海技艺超群之外,在舞蹈、饮宴、百变的服装、温暖的沐浴和嬉戏方面也高人一等(8.246 - 249;另参 6.286 - 288)。② 紧接着,歌人就唱起了有关阿瑞斯和阿佛罗狄忒的歌。

我们知道,雅典娜对羞耻有完美的理解,因为对于一个完美的存在来说,即便除去她在波塞冬面前的羞耻,要懂得缺陷意味着什么,以及亲自体察到这种缺陷,也并不是什么难事。不过雅典娜似乎不懂得一个人的自尊受到蔑视意味着什么,因为我们怎么会去大肆侮辱一位神或存在,说他像人一样满是缺陷呢?雅典娜当然会理解无需神助的夸口之词(4.499 - 510),奥德修斯小心地说自己超群的[57]箭术只是相对于他的同辈人(8.223 - 228),但雅典娜能否懂得凡人那种不与神相争的骄傲? 这个问题很重要,因为宙斯早就安排好奥德修斯从费埃克斯人那里获得礼物,但奥德修斯却似乎是凭一己之力设法得到的。阿尔基诺奥斯完美地践行了自己的夸口之词,奥德修斯对此大加赞扬,这似乎激发了阿尔基诺奥斯效仿波

---

① [译按]菲洛克特特斯,著名箭手,得到了宙斯之子赫拉克勒斯死后遗传的弓箭,在特洛亚战争的第十年时,奥德修斯等把他请去,射死了特洛亚王子、名箭手帕里斯。

② 另参尤斯塔修斯,1594,35 - 36。正如柏拉图笔下的雅典外乡人在谈论"伽倪墨得斯(Ganymedes,[译按]众神的俊美酒童)之谜"时所说的,有关神的故事,不过是反映并维护了凡人的行动(《法义》,636c7 - d4)。

塞冬在阿瑞斯和阿佛罗狄忒故事中的做法,用礼物来平息奥德修斯的愤怒(8.389),就像赫菲斯托斯因尊严受辱而受赠抚慰。赫菲斯托斯说,妻子阿佛罗狄忒因他的缺陷而轻视他(8.308 – 311)。所以,竟连神明也有类似的体验。① 这样一来,如果雅典娜明白奥德修斯要怎样搞定费埃克斯人,那她就肯定知道得摩多科斯会唱一首让奥德修斯潜然泪下的歌,知道阿尔基诺奥斯会提议进行比赛,以及有个人会向奥德修斯挑战,而另一个人会侮辱他,还知道最后为了抚慰奥德修斯,就需唱一首特意用来暗示阿尔基诺奥斯要奉献礼物的歌。那张赫菲斯托斯编来捉拿阿瑞斯和阿佛罗狄忒的看不见的网,并不比雅典娜的计划更巧妙(另参 13.302 – 305)。那么,对于神明来说,凡人那里到处都是漏洞。神明们,至少雅典娜,可以进入任何地方,人没有地方可以隐藏。凡人一方面分裂成了野兽与神明,另一方面分裂成了羞耻与骄傲。奥德修斯也许选择了自我隐藏,但他在雅典娜面前却一览无余。②

奥德修斯收到的第一件礼物是欧律阿洛斯送的一把精美宝剑,奥德修斯希望欧律阿洛斯以后不需要用到那把宝剑。然后奥德修斯背上宝剑,其他礼物鱼贯而来。阿瑞塔装满一箱子华丽的衣裳后,要奥德修斯捆好箱子并打个结,奥德修斯用魔女基尔克(Circe)曾教过的方法打了一个复杂的巧结(8.433 – 448)。这要么是由于费埃克斯人之间突然蔓延开的不信任感,阿瑞塔认为,就像她所说的,在奥德修斯返家的途中,水手们会窃取他的财物;要么是因为阿瑞塔从奥德修斯的举止中看出他

---

① 当雅典娜幻化成门托尔时受到了侮辱,她因此而发怒,把怒火发向了奥德修斯(22.224 – 235)。

② 8.22 – 23 有误导性,这并不比欧里庇得斯在序言中的错误预言更重要(《酒神的伴侣》[*Bacchae*],50 – 52;《希波吕托斯》(*Hippolytus*,42)。[译按]"酒神的伴侣"或译"酒神的女信徒",指酒神巴克科斯(罗马神话人物,常混同于希腊神话中的狄奥尼索斯)的女信徒,常举行疯狂宗教仪式。

不相信任何人,所以最好满足他的多疑本性。奥德修斯现在没有,以后也没有感谢费埃克斯人赠给他礼物,尽管奥德修斯在离去时承认他早就想得到这些礼物(13.40-41)。瑙西卡娅提醒奥德修斯说他还欠她的人情时,奥德修斯倒还是谢了瑙西卡娅,但我们不清楚,如果他能够返家,会怎样去兑现他的诺言:"我将会像敬奉神明那样敬奉你,直到永远。"(8.467-468)既然奥德修斯已彻底安全,又凌驾于费埃克斯人之上,他就让得摩多科斯唱一首木马之歌:"那是埃佩奥斯(Epeius)在雅典娜帮助下制造的,神样的奥德修斯把那匹计谋马送进城,里面藏着许多英雄,摧毁了特洛亚。"(8.493-495)奥德修斯在听歌时公开流泪,其自信表露无遗,他在费埃克斯人面前不再羞羞答答。① 奥德修斯似乎希望那些"攻掠城市的人"不再[58]光顾费埃克斯人,就像欧律阿洛斯所说,这些攻城者有着"和战神阿瑞斯一样嗜杀成性"的雅号。不清楚奥德修斯在这一点上是否成功了。费埃克斯人在听故事时,显然与奥德修斯听阿瑞斯和阿佛罗狄忒的故事一样快乐,有如他们在听奥德修斯与阿基琉斯争吵的故事时的快乐。其结果显然就是让阿尔基诺奥斯对奥德修斯惊讶万分:听歌怎么可能会流泪? 毕竟,世间多有伤心事。如果费埃克斯人还要应付未来,他们必须从歌的迷醉中清醒过来。

　　荷马特意不告诉我们奥德修斯流泪的原因。荷马用一个比喻来代替那些原因,对奥德修斯来说,为了恰当得体,这个比喻还需要转译一下:"有如妇人悲恸地扑向自己的丈夫,他在自己的城池和人民面前倒下,保卫城市和孩子们免遭残忍的苦难;妇人看见他正在做死前最后的挣扎,不由得抱住他放声哭诉;在她身后,敌人用长枪拍打她的后背和肩头,要把她带去奴役,忍受劳苦和忧愁,巨大的悲痛使她顿然面颊憔悴;奥德

---

① 另参 Kammer in Ameis-Hentze,《荷马史诗〈奥德赛〉补遗》,前揭,卷二,页49。

修斯的眼中也流出忧伤的泪水。"(8.523 – 531)得摩多科斯似乎在一个重要方面顺从了奥德修斯的要求,得摩多科斯并没有在歌中吟唱特洛亚人的痛苦,因为如果把特洛亚人纳入进来,那么荷马的比喻就是多余的,而且阿尔基诺奥斯的惊讶就变得莫名其妙了。① 荷马的比喻说的是任何一座被攻陷的城池、任何一位为国战死的丈夫以及面临奴役的妻子。这个比喻适合基科涅斯城,奥德修斯洗劫了该城,而他的手下则抢掠了该城的妇女,这丝毫不亚于他们在特洛亚的所作所为(9.39 – 42)。这个比喻让特洛亚城的陷落所代表的那种胜利具有的正当性成了问题。该比喻并不为特洛亚人辩护,但它却把火红的光芒投射到了奥德修斯身上。在得摩多科斯口中,奥德修斯"有如阿瑞斯",同墨涅拉奥斯一起冲向了得伊福波斯(Deiphobus)的宫邸。根据[兄终弟继的]习俗,帕里斯死后,得伊福波斯就成了海伦的丈夫。奥德修斯现在踏上了回家去见佩涅洛佩的道路。与奥德修斯所有的损失相比,过去的虚空和未来的正义使他体会到了与安德洛马刻(Andromache,[译按]特洛亚王子赫克托尔的妻子)同等的命运。奥德修斯战胜了所有人和所有困难,但那是为了什么?

得摩多科斯这三首歌的安排容易让人忽略中间的那一首。那似乎是夹在第一首和最后一首纯悲剧情景中的一幕谐剧([译按]旧译"喜剧")。然而,阿瑞斯和阿佛罗狄忒的结合是故意编造还是故久相

---

① 埃斯库罗斯在《阿伽门农》中让克吕泰墨涅斯特拉两次谈到特洛亚的陷落,第一次唇齿生辉,第二次沮丧气馁(281 – 316, 320 – 350)。第一次谈论让歌队惊讶万状,急于听听另一种解释。第二次谈话说的是特洛亚人和阿开奥斯人的共同苦难,使歌队为克吕泰墨涅斯特拉的外柔内刚而赞叹不已(351)。尽管克吕泰墨涅斯特拉开始的时候好像是要用阿开奥斯人胜利的欢呼来抵消特洛亚人的哀号(324 – 326),她最终没有这样做:这就留给歌队来补足了(355 – 361)。

传的,它似乎都象征着《伊利亚特》。① 海伦的通奸可与阿佛罗狄忒的通奸相比拟,而且赫菲斯托斯就丈夫权利所进行的辩护,也完全适合墨涅拉奥斯对自己权利的声称和要求。阿佛罗狄忒[事后]急趋帕福斯(Paphos,[译按]塞浦路斯城市,阿佛罗狄忒的驻地)也提醒我们,海伦还恋着斯巴达的家。赫菲斯托斯[59]智胜阿瑞斯,就好像奥德修斯智胜容忍了通奸行为的特洛亚人。但是在诸神那里,是否有什么东西能等价于奥德修斯为权利的后果所流的眼泪呢? 诸神笑过两次:第一次是看见苟且之事没有得逞,赫菲斯托斯的技艺弥补了他腿脚的不灵便,抓住了神明中最善跑的那位;第二次发笑是在赫耳墨斯回答阿波罗的话时,赫耳墨斯说纵然有比缚住阿瑞斯和阿佛罗狄忒的罗网牢固三倍的网缚住自己,就算全体男女诸神俱注目观望,他也愿意睡在黄金的阿佛罗狄忒身旁。神明首先为权利(right)战胜武力(might)而发笑,但他们再次发笑表达的却是对权利的漠视。奥德修斯的眼泪中蕴含着什么? 是一个响亮的"不"字,他将不再重蹈覆辙? 还是说奥德修斯的眼泪与赫耳墨斯的愿望类似,即便现在面对特洛亚的毁灭也还是会说"是"? 既然赫菲斯托斯也承认,阿瑞斯和阿佛罗狄忒是"自然地"结合,那么这首歌吟唱的就是法律权利对自然权利的胜利,而且诸神的第二次哄笑则是立刻认可了爱若斯神反法律的自然权利,

---

① 在埃斯库罗斯《阿伽门农》的第一肃立歌中,阿瑞斯和阿佛罗狄忒也象征着特洛亚战争。其中,就在第一诗节声明了战争结果的正义性之后,继阿佛罗狄忒绝对权利(墨涅拉奥斯的经历)之后而来的,是阿瑞斯的绝对权利(阿尔戈斯人的经历):他们的结合可以在美丽(eumorphoi)的虚假意象中找到(416,454)。在《爱经》(Amores)的 1.9,奥维德(Ovid)一开始调侃性地将武士和情人连在了一起,但一旦他放弃了严格的平行论——杀死手无寸铁且在睡梦中的人(21-22),他就在故事中借鉴了《伊利亚特》卷十中的瑞索斯(Rhesus,[译按]色雷斯王),继而借鉴了卷一中的阿基琉斯和布里塞伊斯(Briseis,[译按]阿波罗祭司之女),又借鉴了卷六中的赫克托尔和他的妻子安德洛马刻,最后借鉴了《奥德赛》卷八中的阿瑞斯和阿佛罗狄忒来作结:开始仅是一点点辞令上的爱慕,最后证明是通过技艺必然的结合。

也认可了除阿瑞斯之外任何人染指阿佛罗狄忒的荒谬。那么,奥德修斯的眼泪,就可以等同于是在为墨涅拉奥斯的法律权利辩护,并拒绝帕里斯对海伦的"自然"要求。特洛亚的老人们在战争的第九年看到城墙上的海伦时,一开始也承认双方进行这场战争是对的,但他们还有第二种想法(III. 156 – 160)。①

奥德修斯出现在两首歌里。在得摩多科斯的歌里,奥德修斯像阿瑞斯,而在荷马的诗歌里,奥德修斯则像个妇人。但在他形如妇人的那首诗里,奥德修斯以另外的方式阐释着得摩多科斯唱的第二首歌。貌似阿瑞斯的欧律阿洛斯侮辱了奥德修斯,就好像奥德修斯便是那个跛脚的赫菲斯托斯。但奥德修斯证明了优美的谈吐胜于徒有其表的姣好容貌,由此印证了他与赫菲斯托斯的相似。接着,奥德修斯又证明他的确像赫菲斯托斯,并且得摩多科斯在第三首歌里又印证了这一点。我们是否可以由此认为,奥德修斯既是阿瑞斯,又是赫菲斯托斯,而《伊利亚特》中的张力在《奥德赛》里得到了解决?如果说这种解决自然权利与法律权利之间紧张关系的极端方式有什么问题的话,那就是我们得承认,阿佛罗狄忒无用武之地。也许奥德修斯已经懂得这一点。

第二首歌与第一首和第三首的彻底分离,似乎说明了欢笑与眼泪,或者远离与参与的根本区别。虽然赫菲斯托斯的技艺让诸神笑了两次,但赫菲斯托斯认为那绝非可笑的事情。赫菲斯托斯讲了一大段话后,说"要是没有生下我就好了"(8. 311 – 312)。赫菲斯托斯让宙斯和赫拉为他的痛苦负全部责任。权利的巧胜,无法掩饰赫

---

① 在《伊利亚特》中,与诸神的这两次哄笑相对应的,就是天后赫拉试图勾引宙斯(XIV. 153 – 351)。赫拉先试着用赫菲斯托斯制作的黄金座椅和搁脚凳贿赂睡眠神(Sleep),但随后提出要把美惠三女神之一给他才成功地说服了睡眠神。她因此承认"自然"比技艺更有效,并在无意之中预示了她无法把宙斯锁在她的卧室里,那卧室乃赫菲斯托斯所建,并配了一把秘密的锁,其他神明都无法打开。

菲斯托斯不愿存在的愿望,因为假如他[60]有兄弟阿瑞斯那样俊美,那他也就不需要靠权利来获胜,我们还可以补充说,他也没有必要让技艺来这样做:得摩多科斯本是盲人。可笑和不可笑就这样并存于同一个故事里,它们之所以能够并存,是因为不止有一个叙述者:有作为旁观者的诸神和作为受害者的赫菲斯托斯。当且仅当没有那些经历让受害者事后恨不得自我毁灭时,事情才不再可笑。我们此刻就成了某种既可笑又可怕的事情的旁观者。费埃克斯人在做正确的事情:送奥德修斯回家,但他们所做的事情可能会以自我的毁灭为代价。只有当他们不是自己的时候,他们才能避免厄运。在这种情况下,阿尔基诺奥斯希望知道奥德修斯是否值得一送,就再自然不过了。

第二首歌把一个宇宙神和一个奥林波斯神联系了起来。太阳神(按指赫利奥斯)先向赫菲斯托斯通报阿佛罗狄忒的奸情,后来又报信说阿瑞斯来了,好让赫菲斯托斯能赶回布网。歌里没说太阳神在结局的时候是否在场哄笑。因此我们无从知晓太阳神第一次报信背后是否有什么道德目的,但即便太阳神可能对观看惩罚不感兴趣,他的第二次报信似乎说明他对道德并非漠不关心。① 阿尔基诺奥斯对奥德修斯的好奇心,似乎一开始并未被激发出来。阿尔基诺奥斯承认:他的船能读懂人们的想法(8.559),就算奥德修斯不愿透露姓名,也能带他回家,"因为它们洞悉一切部族的城邦和所有世人"。② 即便那只船只能读懂费埃克斯人的想法,奥德修斯的名讳也无须透露;但那只船的知识的这种局限并不合情合理,因为虽然

---

① 希罗多德说,Massagetae 人虽然实行一夫一妻制,但妇女却是公有的,他们敬奉唯一的神明:太阳神(1.216;1.4)。

② 费埃克斯人的智能船延续到后来,就成了雅典人的两条神船:Paralus 号和 Salaminia 号,据修昔底德说,它们在伊奥尼亚(Ionia)海岸自行($αὐτάγγελοι...ἰδοῦσαι...ἔδρασαν$)侦察和报告伯罗奔尼撒人的行踪(修昔底德,3.33.2;对参33.1):$αὐτάγγελος$是一个诗性词汇。

没有人告诉"她",但"她"还是把奥德修斯送到了伊塔卡的某个偏僻之处。那么,阿尔基诺奥斯对奥德修斯有他自己的兴趣,他想了解其他凡人,了解他们的虔敬和对外乡人的友善,他们的凶暴和不义(8.575 – 576)。费埃克斯人现在属于凡人一族,阿尔基诺奥斯想知道其他凡人是什么样子。也许阿尔基诺奥斯不得不与其他凡人打交道。即便阿尔基诺奥斯的船有这样的知识,他以前也从来没有关心过。单纯的终结——如果这没有招致费埃克斯人的灭顶之灾的话,就要求重新认识这个世界。这位带来厄运的外乡人,也必须以知识的形式来予以补偿。①

阿尔基诺奥斯想知道这位外乡人的名字:"请你告诉我,你在家乡时你的父母亲以及本城和临近的人们如何称呼你。任何人都不可能完全没有名字,无论卑微与尊贵,因为自他出生以后,父母都要给出生的孩子起个名字。"(8.550 – 554)《奥德赛》和《伊利亚特》中,没有哪个人这样煞费苦心地问一个[61]外乡人的名字。"你是谁"的问题通常会伴以出身门第的问题(1.170;14.187;19.162;24.298),但阿尔基诺奥斯并不想知道奥德修斯父母的名讳。阿尔基诺奥斯看重的是孩子,把所问的那个孩子特殊化,这不过是通常的做法。对我们来说,奥德修斯的回答引起一连串反应:一方面,如我们所知,是他的祖父而非他的父母给他起名为"奥德修斯",这既意味深长又独一无二;另一方面,奥德修斯给自己起了一个不是名字的名字,这同样意味深长且独一无二。然而,荷马在向我们介绍奥德修斯时没有提及他的名字,只是说"那个人"。那么,奥德修斯让阿尔基诺奥斯刮目相看就在于,奥德修斯是个无名之辈,但却自称是一个大人物,而且已经让他们相信他就是个大人物。不管他是

---

① 索福克勒斯笔下的俄狄浦斯让科罗诺斯人遭遇了这种毁灭,俄狄浦斯给他们知识以作补偿。歌队对这种礼物的反应就是,表达了一种但愿自己未曾降生的愿望,因为知识的代价就是受难(《科罗诺斯的俄狄浦斯》[*Oedipus Coloneus*],1224 – 1235)。

谁,他都不是拉达曼提斯(7.323)①这样的确是个大人物的人。② 奥德修斯对佩涅洛佩说谎话有如说真话,说自己是宙斯的曾孙(19.178-180)。当奥德修斯说他在特洛亚待过而且箭术仅次于菲洛克特特斯,我们就会认为奥德修斯露出了自己的真面目,但得摩多科斯关于奥德修斯的歌曲却没有或不能使他本人被识破。得摩多科斯的确疏忽了奥德修斯究竟是谁这个问题。只有当奥德修斯不再是拉埃尔特斯的儿子后,才变成现在这个样子。

---

① [译按]宙斯和欧罗巴之子,克里特国王米诺斯的兄弟,因生前主持正义,死后成为冥府三判官之一。

② 柏拉图笔下的雅典外乡人用"拉达曼提斯"来指称某种时刻,此时人们在阳光($ἐναργῶς$)的辉耀中相信神明的存在(《法义》,948b3-7)。

五　奥德修斯自己的故事

记忆与心智

[63]费埃克斯人以前亲眼见过神明,也听说过奥德修斯。现在他们要直接听奥德修斯讲话,还要听他说神明不在场意味着什么。奥德修斯讲了九个故事。中间是有关基尔克的故事,这个故事把奥德修斯的经历分成两部分:前面四个故事中,奥德修斯尚不知前途如何;后面四个故事可以有双重解释,别人告诉他将要发生的与实际发生了的。① 关于哈得斯的故事也可以分作两半:一半是奥德修斯自己主动说的,另一半是应阿尔基诺奥斯的请求说的。中间插入阿瑞塔的话,说奥德修斯是她的特别嘉宾(11.336-341)。奥德修斯讲了一个故事,说他花了七年的时间来反思,并终有所成。这不是奥德修斯的直接经验,而是他对自己经验的理解。至少可以认为,奥德修斯说他如何来到斯克里埃的故事与荷马所讲的故事大有区别。奥德修斯在这里也没有引述他可能对自己说的话。在这个意义上,奥德修斯所讲的这个故事就是针对当下而言的,并且接上了《奥德赛》的时间主线。然而,奥德修斯原则上有可能把自己的最终理解降格为自己的初始经验。但随着其故事的开展,其行动所具有的不同性

---

① 准确地说,基科涅斯人的插曲不属于奥德修斯的历险范围,这不仅因为它毫无传奇色彩可言,还因为它一开始就在计划之中,不过是特洛亚战争的余波而已。另参 P. D. Ch. Hennings,《荷马史诗〈奥德赛〉评注》(*Homers Odyssee Ein Critischer Kommentar*, Berlin: Weidmann, 1903),页273。

质表明,不管奥德修斯最终的理解是什么,都没有用来抹去他当时在行动中展示出的理解。奥德修斯的行为无非是用以更正事后认识中几乎不可避免的歪曲。从另一方面来说,奥德修斯的经历并没有结束于他自己的故事,他将要体验的以及他将对那种体验作出的理解,都会再次成为荷马史诗的故事。我们现在还不知道,这是否代表着荷马深化奥德修斯的理解,抑或仅仅证实奥德修斯的理解。奥德修斯所讲的故事并非[64]他本人故事的终结,这就是一个标志性的证据。奥德修斯在自己所讲故事的开头,表扬了那位歌人,并接着说他救过一个祭司,但靠近《奥德赛》的结尾处,奥德修斯却救了一个歌人而杀了一个祭司。奥德修斯在一场行动中救了祭司马戎(Maron),这表明奥德修斯的确是城市的劫掠者,虽然审慎,却显然不义。奥德修斯杀了祭司勒奥得斯(Leodes),虽然荷马告诉我们勒奥得斯本人在求婚人之中,唯有他对种种恶行心生厌烦,对所有求婚人的行为感到不满(21. 146 – 147)。从智慧和审慎的观点来看,正义和虔敬的关系问题阐述得再明白不过了。这是荷马给自己规定的一个问题,他没有把它交给奥德修斯来解决。

维吉尔把《奥德赛》转换到罗马的背景中,并由此把神话变成历史,让埃涅阿斯讲述特洛亚覆灭的故事,讲述他漂流到迦太基人(Carthaginian)而不是传说中的费埃克斯人那里。由于迦太基人出自腓尼基人——如果采用叠音的手法(parechesis),腓尼基人乍一听上去就是"费埃克斯人"(Phaeacian),维吉尔似乎认可了腓尼基人在奥德修斯撒谎讲述的故事中所起的作用。在奥德修斯的谎言中,似乎一切都是真实的,而当他说真话时,似乎又没有什么东西是真实的。阿尔基诺奥斯赞誉奥德修斯的真诚,这还不足以说明费埃克斯人容易上当受骗,也不足以说明奥德修斯用荒诞不经的故事弄晕了费埃克斯人(11. 363 – 366)。想一想苏格拉底在《王制》中的辩护可能对我们会更有帮助,苏格拉底编造了一个意象来解释哲人在处理与城邦的关系时所必须经历的体验。① 苏格拉底说这种体验独一无二,且无物相似;相应地,人们就必须借助意象把各种要素汇聚起来,就像画家在画羊鹿(goat - stag)时要把各种动物的意象拼凑起来。如果要理解这种独一无二的东西,我们就不可避免地创造出怪物,或者说把那些本不属于一类的东西堆在一起。奥德修斯是唯一的,这表明我们不应在任何旧范式的基础上来理解他,这种唯一性产生的进一步后果就是:我们只能以这种不真实的方式来理解他。这种不可能性是进入无先例可循的唯一入口。

奥德修斯说他会给费埃克斯人报上姓名,"以便我在远方仍可做你们的宾朋"(9.18),这就标志着费埃克斯人与以前同外乡人打交道的方式相决裂。外乡人(xeinos)变成了朋友(xeinos)。费埃克斯人并不需要把奥德修斯当成女婿来接纳也能建立互惠关系。奥德修斯现在可以身居家中,并仍与费埃克斯人保持联系。一开始,奥德修斯竭尽所能比较了美妙和甜美。没有比在酒宴的款待之间听得摩多科斯这样的歌人吟唱更美妙的事情了,但没有[65]比亲眼见到自己的家园更甜美的事情,而最为甜美者莫过于家邦之中父母健在(9.2 - 36)。奥德修斯为了父亲拉埃尔特斯而拒绝神女基尔克和女神卡吕普索:他早就知道母亲已亡(11.84 - 86)。奥德修斯没有说自己就是伊塔卡的国王,也没有说他的父亲在特洛亚战争之前的很多年以前就下了台。《奥德赛》直到卷二才开始提到奥德修斯的国王身份(2.231),而且奥德修斯直到最后才又重新获得国王的头衔,这时宙斯命令大家消泯仇怨,并钦授奥德修斯以王权(24.483)。拉埃尔特斯此时已重新焕发青春活力(24.367 - 369)。奥德修斯闭口不谈自己的统治,相应地也没有提到自己的帝国:伊塔卡只不过是紧相毗邻的四个岛屿中的一个。奥德修斯倒是说过,伊塔卡适宜养育孩子,所以

---

① 柏拉图,《王制》,488a1 - 7。

未来同过去一样令人向往。但奥德修斯没有提到佩涅洛佩。同伴埃尔佩诺尔（Elpenor）在哈得斯以奥德修斯的父亲、妻子和儿子的名义请求奥德修斯（11.66 - 68）。佩涅洛佩没有出现在奥德修斯描述的背景中，这让人意识到，对奥德修斯来说，甚至对于一个身处他乡、远离父母而且无意归返的人来说，家都起着一种更为甜美的作用（另参 14.137 - 144）。故乡让人回味无穷。

佩涅洛佩并非奥德修斯故事中唯一被略去的人。当读到奥德修斯不断遭受的损失时，我们很难想起奥德修斯曾说他们洗劫过伊斯马罗斯（Ismaros），掳走了该城的妇女，如果我们照奥德修斯所说的字面意思去理解，那么奥德修斯也分得了一名妇女（9.41 - 42）。奥德修斯的十二条船可能会安顿在世界上任何地方，但奥德修斯注定只能孤身回返。奥德修斯是否也注定了要损失五百二十八个女人呢？如果考虑到伊斯马罗斯溃败后，死者的女人会在奥德修斯的手下重新分配而不是放掉，那么损失的女人可能更多。很难想象他们会放弃同伴以前分得的其他战利品。一洗劫完伊斯马罗斯，奥德修斯就控制不住手下了。① 奥德修斯无法劝说同伴们不要同快马战车一较高下，尽管他们在特洛亚时就已熟悉这种战法（另参 18.263 - 264）。奥德修斯说他们愚不可及，但在他们被打败后，奥德修斯却没有责怪他们（另参 12.392）。奥德修斯抱怨了一通同伴们的愚蠢，紧接着就把责任归结到了宙斯身上（9.52）。奥德修斯的做法，恰恰就是宙斯所抱怨的凡人常见的做法。奥德修斯不说宙斯是因为他们的不义而惩罚他们，即便宙斯紧

---

① 另参《注疏》Q 之 9.44：" 荷马自相矛盾。在《伊利亚特》中，荷马说奥德修斯鞭打那些甚至并非自己麾下的士兵（II.198 - 199, 189），他以这样的方式劝服了对方。然而，奥德修斯在这里甚至管不住自己人……这是受人鄙夷的坏将军的特征。那么，他就既不是一个训练有素的演说家（否则他就可以劝服别人），也不是德高望重的人，因为他内心恐惧。所以奥德修斯并不是好人，因为是他们选了他。然而，我们（在答复这些指控时）却要说，就在他们胜利之后，奥德修斯的同伴们因他们的好运而自豪。"

接着就唤起一场狂风暴雨,他们在风雨中虽担心性命有虞,结果却损失甚微。奥德修斯在费埃克斯人不知道基科涅斯人可能犯有战争罪行的情况下,让费埃克斯人得出了以上结论。相反,奥德修斯说,宙斯的恶愿降临在他们左右,让他们遭受无数的苦难(9.53)。奥德修斯在所讲故事的其余部分再也没谈到过苦难(paskhein)。的确,荷马在这段史诗中并没有说到他受苦难。① 可以说,paskhein[苦难]的"客观性"[66]要让位于一种更"主观"的模式,这种模式不像公开的战争状态,它没有什么好表现的。这种更大的内在性的标志就在于,尽管他们的损失还在不断增加,但奥德修斯的同伴们再也不以向死者呼唤三声的仪式来表示悼念(9.65),更不用说像墨涅拉奥斯为阿伽门农那样立一座碑。② 埃尔佩诺尔得提醒奥德修斯为他修一座坟(11.53–54)。

奥德修斯在没有神明的帮助下就开始了冒险的历程。绕马勒亚海角航行时,风把奥德修斯吹得偏离了路线,他那时是靠自己。奥德修斯开始做出抉择。洛托法戈伊人并没有攻击奥德修斯派出的使节,相反,他们请奥德修斯的使节品尝洛托斯花([译按]即忘忧花),"他们一吃下这种甜美的洛托斯花就不想回来报告消息,也不想归返,只希望留在那里同洛托法戈伊人一起,享用洛托斯花,完

---

① 荷马6次提到苦难(1.4;5.395[比喻];13.90、92[对苦难的忘却];14.32[与事实相反的苦难];15.232[墨兰波斯(Melampous)];19.464[奥德修斯受伤])。用来形容奥德修斯苦难的典型字眼是 kēdos(焦虑、悲伤):这个词出现了27次,其中有19次说的是奥德修斯,最重要的是23.306。"疼痛"(algos)出现了56次,奥德修斯身上只用了21次。品达说他怀疑由于荷马舌灿莲花,奥德修斯的故事不仅仅只是关于苦难(《涅墨亚赛会》[Nemean],7.21–24[译按]品达现存作品《竞技胜利者颂》是对全希腊四大竞技赛会胜利者的颂歌,即奥林匹亚凯歌、皮托凯歌、涅墨亚凯歌和伊斯特摩斯凯歌,本书第二章注释中曾提到过《奥林匹亚凯歌》)。关于 pēmata paschein 的论述,参阅 Ameis–hentze,《荷马史诗〈奥德赛〉补遗》,前揭,卷一,页26–27。

② 另参《注疏》HA 之 11.51。

全忘却回家乡"(9.94-97)。① 洛托斯花不只是一种让人失忆的药物,还会让人乐不思蜀。就在他讲述下一段关于心智的无名([译按]指欺骗独目巨人的故事)之前,奥德修斯宁可选择记忆,或者选择自身传统的有限性。奥德修斯用来鼓励同伴又给自己壮胆的最大成功(12.209-212;20.18-21),在于他宣称自己既不来自任何地方,也不来自任何往昔,但这发生在他用武力束缚住同伴以免他们以为可以四海为家之后。奥德修斯所使用的武力,与洛托斯花的非暴力形成鲜明的对比。奥德修斯不要再失去特殊性,也不要再温和处事。整个船队出现可能的反叛的蔓延(9.102),这一苗头在伊斯马罗斯出现失控之后尤为明显,奥德修斯要将这一苗头扼杀在萌芽状态,并且他以选择回到父亲身边开始讲述。奥德修斯由此把传统作为心智的条件。这似乎就使得"没有强制就没有自由"这一主题更加激进,或者说在什么都有可能发生的地方,不可能发生大事情。这甚至比诗人主张众缪斯女神的智慧源自她们的母亲记忆女神(Memory)还要深刻。如果我们以柏拉图的观点来看库克洛普斯人这一段插曲,似乎就要否认有任何逃离洞穴的可能性,除非存在纯粹的心智。但之前的一段插曲似乎已经证实了不可能面对逃离洞穴的问题,除非是有人选择了洞穴,而不仅仅是发现自己身处其中。人们只有先走进洞穴的微光(twilight),才能进入太阳的光芒之中。奥德修斯在这里选择了必然性,就已经预示他会拒绝不朽。

我们将这两段插曲进行对照,不得不发现这两段插曲之间缺乏内在的可感时间(9.105-107)。库克洛普斯人似乎刚好就是洛托法戈伊人的邻居。因此我们就可以把他们当作两组对象,他们的重要性并不取决于他们出现的先后顺序,而仅仅在于他们是奥德修斯编的故事的组成部分。这里[67]有奥德修斯的"过去",他并未试图把它抹去;这里还有"心智",它超越了本地的时间和空间。但

---

① 荷马在其他地方把"啃吃"(ἐρεπτόμενοι)一词只用在马(III.776;V.196 = VIII.564)、鱼和鳗(XXI.204)以及鹅(19.553)身上。

"过去"和"心智"却是某种秩序的组成部分,这种秩序独立于"过去"和"心智"已被描述的时间秩序之外。我们由此也可以说,奥德修斯给予我们的是他自己的分解图,此图可以逐一回复为一张完整的图,而这张完整的图完全不受时间之矢的影响。随着分解图的增多,整个图景看上去就越来越合理。然而,仍然应该有一张关键的分解图,能指点我们怎样去重新拼装各个部分,而且这张关键图除了让我们一点一点地理解各个部分之外,还会给它自身带来变化。那么,奥德修斯所讲故事的结构中,至少有三个因素可能起了作用:(1)各部分的时间顺序,(2)各部分本身,(3)各部分组成的整体。尽管最后一个因素目前是最不可见的,但最终必定会支配另外两个因素,因为它既回答了阿尔基诺奥斯的问题,也就是为什么奥德修斯听了得摩多科斯的两首歌后要哭泣,也回答了我们的问题,即奥德修斯为什么要选择终有一死。这两个问题可表述为一个问题:他在恶中发现了怎样的善?

奥德修斯并不是按照他对库克洛普斯人和波吕斐摩斯了解的先后顺序来安排他的故事顺序。奥德修斯在碰到波吕斐摩斯以前的故事,可以清晰地分为九个部分:(1)库克洛普斯人(106-115);(2)库克洛普斯人的土地所在的岛屿(116-141);(3)到达岛屿(142-151);(4)猎捕羊群(152-169);(5)奥德修斯的建议与执行(170-180);(6)波吕斐摩斯和他的洞穴(181-192);(7)马戎馈赠的美酒(193-215);(8)波吕斐摩斯的洞穴(216-223);(9)同伴们的建议(224-230)。

库克洛普斯人有一个共同的生活方式,那就是没有什么东西是共同的。奥德修斯刚开始的时候说他们"没有法律"(athemistoi),我们认为奥德修斯的意思是说库克洛普斯人是违反法律的人(另参17.363),而奥德修斯的意思也的确如此。奥德修斯接着说,他们既没有议事的集会,也没有法律(themistes),但他们为妻子儿女制订规矩(themisteuei),而且互相之间各不关心。奥德修斯遇到了一种前政治状态(prepolitical)的生活方式,这种方式不适合用政治语汇或否定性的政治语汇来表述。① 相互孤立的家庭所践行的家法（law）与法律相抵触。奥德修斯暗示，每一个家庭内部都有某种形式的乱伦。库克洛普斯人生活在高山顶部的洞穴中，或生活在山峰中，结果他们之间的联系甚至不如"山脉"一词所表示的山峰之间的关系那样紧密。库克洛普斯人既不种植，也不耕耘：宙斯降雨露让小麦、大麦和葡萄自行生长。语言是奥林波斯诸神所使用的语言，但神明却是宇宙神。"没有法律"（lawless）的双重意义表现在"不死的神明"与"宙斯的雨露"之间的区别和同一[68]之中。库克洛普斯人身份含混，既能用标准的语言范畴来描绘，又无法如此，波吕斐摩斯就是这种含混身份的代表，他是波塞冬的儿子，但他的母亲却是老海神福尔库斯（Phorcys）的女儿，要么福尔库斯还在当政，要么波塞冬篡了他的位（1.71 – 73）。"波吕斐摩斯"可以译作"有多种声音的人"。在奥林波斯诸神中，波吕斐摩斯是第一个闯入库克洛普斯人所生活的前奥林波斯世界的人（另参 9.411 – 412），奥德修斯是第二个。

　　奥德修斯最先到达的那座岛屿，是他理解库克洛普斯人最主要的信息来源。奥德修斯对这个岛的描绘，使得费埃克斯人在阿尔基诺奥斯父亲的率领下举国迁徙的事显得极为奇怪。既然他们在那里都能与库克洛普斯人相安无事，那么，库克洛普斯人始终代表的危险本该让他们保持着尚武精神，而费埃克斯人的存在也本该反过

---

① 柏拉图的《治邦者》讨论了"没有法律"（lawless/anomos）的双重含义。《智术师》中对这一点的讨论开始于爱利亚外乡人说他拒绝满足听众的做法"不适合于外乡人"，或从字面上讲"非 – 外乡人"（strangerless/axenos）和野蛮（217e5 – 7）。在《法义》中（679e6 – 680a7），那位雅典外乡人认为库克洛普斯人那样的民族没必要拥有法律（laws/nomoi）或立法者，又说他们依靠习惯和所谓的"祖传之法"（ancestral laws/nomoi）过日子。亚里士多德在为法律的强制力辩护时，甚至认为，大多数城邦由于普遍忽视教育而导致了一种库克洛普斯人的生活方式（κυκλωπικῶς θεμιστεύων παίδων ἠδ' ἀλόκου），因为每个人都可以按自己的意愿生活（《尼各马可伦理学》[Nicomachean Ethics]，1180a26 – 29）。

来逐渐让库克洛普斯人更好相处(social)。人们无法排除这种可能性,即奥德修斯甚至在为时已晚的时候还建议费埃克斯人去这座岛屿殖民,因为他们如果接受政治生活的条件,就可以破除那个威胁他们未来的神谕。① 认为奥德修斯自己想留在这个岛屿,这也许是阿尔基诺奥斯一时的想法。岛上无处不在的舒适——港口、淡水、土地、牧场、森林和野味(另参 13.242 - 247)——告诉奥德修斯,库克洛普斯人在技艺方面进展甚微,对奥德修斯以及后来的修昔底德来说,造船就是库克洛普斯人技艺进展缓慢的主要标志;由于技术的发展需要专业化,库克洛普斯人又不可能生活在城市之中。丛林中没有任何足迹,这就使奥德修斯清楚地知道,猎人们从未用木筏渡河,而且由此可知,库克洛普斯人连基本的木工知识也不懂。因而,奥德修斯想要亲眼看到库克洛普斯人的兴趣就让人难以理解。难道奥德修斯不相信我们假定他根据岛上的状态就能得出的推论吗?还是说,奥德修斯是后来才意识到他早就该懂得的东西?第二种可能因他带上了马戎赠的酒而被排除,"因为我心里预感可能会碰到一个非常勇敢又非常野蛮、不知正义和法规的对手"(9.213 - 215)。由是,奥德修斯只是想知道,在没有城邦的地方,人们是否可能正义,或者说如果城邦对奥林波斯诸神的倚赖有如对技艺的倚赖,那么宇宙神是不是就足以为凡人设定一个边界。奥德修斯已然知道,凡人也可以是完全无害的,但洛托法戈伊人只能吸纳外乡人,并让外乡人成为本族的一员,因此,他们不能既接待外乡人又把外乡人送走。

奥德修斯对库克洛普斯人毫无杂念的调查——就好像他可以随便进行试验一样,清楚地表明,他把自己与心智等同了起来,他心下很快就会笑出声来②(9.413 - 414)。奥德修斯还没有[69]丧失自我。奥德修斯既不需要指点,也不需要援助。奥德修斯对道德持

---

① 另参 P. D. Ch. Hennings,《荷马史诗〈奥德赛〉评注》,前揭,页 279 (Jordan);F. Focke,《论〈奥德赛〉》,页 179 - 180。

② [译按]王焕生译为"心中暗喜"。

有中立的好奇心,这一点虽早就为我们熟知,但也似乎是前所未有的。作为商人和海盗出行是一回事,而据说像费埃克斯人那样为了娱乐出行,则是另外一回事。但为了知识而冒险则涉及彻底的重新定位。奥德修斯的这一面,但丁(Dante)是间接知道的,鉴于它以虚构的元素预示了它在希罗多德这样一个人笔下的实在,它变得尤其令人惊异。① 诗人在我们所知道的某种灵魂存在之前就构想了这样一种灵魂。因此,当我们观察希罗多德处理这一奥德修斯式的主题时,我们就有了一条途径来理解荷马如何构思了奥德修斯的出现。② 在开场白里,希罗多德首先就摆出波斯人就希波之间敌意的根源所做的理解,然后又把这一理解撇在一旁。这些波斯人说,特洛亚战争把希腊人推向了错误的一方,因为特洛亚人所受到的惩罚与他们所犯的罪行极不相称。希腊人从一个非希腊城邦组建了一支庞大的舰队,漂洋过海去实施正义行动。奥德修斯参与了一个必然会使正义与法律或不同的生活方式之间的关系成问题的行动。芝诺多德(Zenodotus,[译按]亚历山大里亚图书馆第一任馆长,荷马专家)把《奥德赛》[开篇]第三行读作"法律"(nomos),而不是[通行本中的]"思想"(noos),这种理解不必为了真实而真实。③ 相应地,奥德修斯的好奇心似乎可以直接追溯到他在特洛亚的经历。在这个意义上,《伊利亚特》的含意可以在《奥德赛》中找到。待在故乡的佩涅洛佩似乎知道这一点。佩涅洛佩不止一次谈到,奥德修

---

① 但丁,《地狱》(Inferno),26.94-99。希罗多德本人记载了一个利比亚人的故事,他们有些人从青年时代起就很狂傲(hybristic),于是抽签选出几人,让他们去亲眼看看利比亚(Libya)的废墟(2.32.3);另参 Eduard Fraenkel,《贺拉斯》(Horace, Oxford, 1957),页 270-272;另参贺拉斯,3.53-56。

② 希罗多德,1.1-5。波斯人徒劳地试图以去神话的方式来找寻正当性,希罗多德据此得出结论,表明他相信人类的幸福必然要包含不义在内(1.5.3-4)。

③ 另参 Reinhold Merkelbach,《〈奥德赛〉研究》(Untersuchungen zur Odyssee, Munich: Beck, 1951),页 158 注释 3。

斯离家远去就是为了看看她所说的"可憎的恶地"(Evilium,[译按]指特洛亚,19. 260,597;23. 19)。

奥德修斯对他们登陆小岛的简短描述,把我们领入了库克洛普斯插曲中弥漫着的一系列令人惊异的巧合之中。奥德修斯说他们有神明引导,船只周围有浓浓的雾气,月色穿不透厚厚的云层,在船只靠岸以前,他们谁也没有看见岛屿或浪涛(9. 142 – 148)。在这些巧合中,最惊人的一次发生在山洞中,也许正因为奥德修斯对此未置一词,这次巧合才更惊人。奥德修斯在所选的同伴中,通过抓阄再次选出四个人,此后波吕斐摩斯又吃掉了两个同伴,既然奥德修斯那时身边只剩下八个同伴,那么偶然的运气似乎更偏向于奥德修斯,就好像那位未知的神明那样有实效,奥德修斯承认在无日月之光的时候得到过神明的帮助。① 在那段插曲中,心智自身走到了前面,机遇也同样显著,哪一方会胜出完全要看运气。因此,人们也许会倾向于看低心智的因素,而几乎把一切都归因于神明或机遇。这里是我们最缺少荷马的叙述的地方,他的叙述原本会告诉[70]我们,哪些是奥德修斯自己做到的,哪些是雅典娜帮助的(另参9. 317)。荷马可能会告诉我们,是雅典娜让奥德修斯给自己起名为"无人"。然而,荷马一旦把故事转给奥德修斯,就再也无法回头。奥德修斯完全控制着自己,不管是否存在更高的因由。

第四段插曲使这一谜题变得更加深奥。第二天,当他们满怀惊奇地在岛上信步漫游时,宙斯的女儿、山林女神们(Nymph)唤起山野的羊群,"好让我的同伴们能饱餐一顿"(9. 155)。奥德修斯刚才曾说过岛上的野羊数不胜数,从来就没人猎杀过它们,因此无需赘言,人们就可以想象得到捕杀这些羊群有多容易。让奥德修斯难以忘怀的,不是那场捕杀有如瓮中捉鳖一样容易,而是他们如此迅速就捕到了一百零九头,每条船九头,多余的一头归他自己。事实上把所剩的这一头给奥德修斯,是为了表示对他的尊敬,这似乎表示

---

① 另参 R. Merkelbach,《〈奥德赛〉研究》,前揭,页 213 注释 2。

有位神明在掌管着这场狩猎。奥德修斯似乎是在说,这座岛屿与大陆极不相同,它已经在奥林波斯诸神的保护之下。奥德修斯在伊斯马罗斯失去了权威,而且他用武力把部分同伴带离洛托法戈伊人那里,权威的丧失原本会每况愈下,但权威现在似乎完全恢复了。他们从伊斯马罗斯那里带来的美酒正好用来佐餐。谁都没有质疑或反对奥德修斯有十二坛(amphora)特殊藏酒。奥德修斯没有把这些酒分给十二条船的同伴们。第二天首次召集会议时,奥德修斯只是下达了大家都要遵从的命令。奥德修斯的手下不再梦想着离开他单独航行。

似乎每个人都对陆地充满了好奇。在吃饭的时候,他们也老是不停地打量这块土地,他们注意到了岛上人家的袅袅炊烟和羊群的叫声。奥德修斯显然没有与同伴们分享自己早就得出的推论,他不想过多地检验同伴们的忠诚。他们一踏上陆地,就看到海边有一个高大的山洞,庭院外有高高的石墙,这就告诉他们,里面一定有人居住。岛上所有东西的尺寸——奥德修斯对此却未着一词——应该暗示出他们将对付怎样的东西;而奥德修斯却在这个时候插入了一段对波吕斐摩斯的体形、他独居的生活和不知法规状态的描述。奥德修斯在叙述的顺序中,把猜测当成了事实,他越强调自己的敏锐似乎就越显得鲁莽。羊群之中没有人声,无疑就告诉奥德修斯,波吕斐摩斯没有妻室。也许是那个山洞与他目光所及的其余山洞的距离向奥德修斯说明,波吕斐摩斯孑然独居。然而,奥德修斯所说的"他(波吕斐摩斯)不知法规",也许[71]只能从他的身材来推断。奥德修斯得出的第一原则必定就是"强权即公理"(Might makes for right)。波吕斐摩斯的离群独居与其身材之间的关系表现在一个比喻中:"(他)看起来不像是食谷物的凡人,倒像是林木繁茂的高峰,在峻峭的群山间,独自突兀于群峰之上。"(9.190 – 192)波吕斐摩斯真正属于那种不可貌相(against appearances)的一类。就好比我们区分高山与山脉,并把前者用来指称个体而把后者用来指称团体一样,波吕斐摩斯似乎与凡人如此隔离,以至于正义问题(the issue of right)完全不相关。因此,我们就会想,奥德修斯是否认为杀掉波吕斐摩斯的威风,使其安分乃是自己的使命。奥德修斯告诉波吕斐摩斯,他和他的同伴都是阿伽门农的属下,曾洗劫过一个强大的城邦,杀戮了无数居民。这表明对奥德修斯来说,那次远征的惩罚性目的仍然具有相当的意义(9.263-266)。① 岛上的野羊可能终究变得温驯了(9.119;另参292)。波吕斐摩斯是不是一样野蛮,而奥德修斯正好是那个驯化他的人?奥德修斯在这段插曲中是否因此就像波吕斐摩斯那样带着一种显著的特性出现,这一特性也把他置于正义问题之外?

奥德修斯讲故事用的倒叙法,似乎就是对纯粹心智的自足性进行的反思和确证。纯粹心智不需要任何经验。第七部分最清楚地表现了奥德修斯叙述的倒溯性质。奥德修斯在结尾的时候解释了他为什么要带上马戎所赠的酒:"我心里立即预感我会遇到一个非常勇敢又非常野蛮、不知正义和法规的对手。"(9.213-215)我们知道,奥德修斯的预感的确应验了。奥德修斯用一皮囊酒来武装自己,给自己一个决定性的优势。奥德修斯从马戎那里得到的酒和其他礼物,是马戎为了感激奥德修斯没有杀死他和他的家人而赠。奥德修斯敬马戎为阿波罗神的祭司而饶恕了他一家,而阿波罗曾一度保护过伊斯马罗斯。奥德修斯对自己的正义闭口不谈,而是强调自己的虔敬。那么奥德修斯是否处在他们在特洛亚事件中的虚拟身份(virtual identity)的魔力控制中?据《伊利亚特》,正是特洛亚人容忍潘达罗斯(Pandarus,[译按]特洛亚将领)违背一个庄严的誓言,才使帕里斯的罪行殃及所有人,致他们灭亡(Ⅳ.155-168)。无论如何,奥德修斯很幸运地饶恕了马戎,因为只有马戎、他的妻子和一名管家知道有此酒贮藏。这种酒需要用二十倍的水来稀释之后才能喝。奥德修斯对波吕斐摩斯体形的猜测是准确的:如果波吕斐摩斯的身体再稍稍大一点儿,那种酒就无法把他醉倒。然而,人们就会想,奥德修斯为什么没有马上把酒献给波吕斐摩斯,好让他饶了他们(另参9.349-350)。奥德修斯似乎[72]处在马戎的位置,而

---

① 另参《注疏》Q及V之9.263。

波吕斐摩斯则相当于奥德修斯的那支军队。显然,奥德修斯相信,只有神明在表示他们的仁慈之前会得到抚慰。但对凡人来说,感激之情产生在恩典之后,不会产生在恩典之前。那就是阿基琉斯必须吸取的教训(另参 I. 472 – 474; IX. 300 – 303)。

当终于进入空无一人的山洞后,奥德修斯发现了某种既不像他的直觉也不像他的叙述所预料的东西。"洞里贮存着筐筐奶酪,绵羊和山羊的厩紧挨着排列,全都按大小归栏:早生、晚生和新生的一圈圈分开饲养,互不相混。洞里各种桶罐也齐整,件件容器盈盈装满新鲜的奶液。"(9. 219 – 223)奥德修斯因完美的秩序而心下欢喜。一切都按年龄和种类各安其位。奥德修斯似乎得出结论:哪里有秩序,哪里就有正义(另参 14. 13 – 16, 433 – 438),但他又发现法律和秩序可以互相分离。① 用来修饰"法律"的那个词 themistes 产生了误导性的结果。尽管它从词源学上似乎假定了秩序与正义之间的必然联系,但在行动中却不是这样:希罗多德说 theoi[神明]一词被认为是用来指那些将一切整理(thentes)得秩序井然(kosmos)者。② 所以奥德修斯决定留下来,而不像他的同伴们建议的那样去盗窃波吕斐摩斯的东西,如果杂乱无章不是正义的条件的话,奥德修斯的决定就并非完全没有道理。然而,奥德修斯心里的正义却是交换的正义,这种正义在任何特定的时间里都很少处

---

① 另参《注疏》Q 之 9. 218。此处,秩序与正义并不同时存在,似乎非偶然的是,这一点所引起的问题也出现在柏拉图《法义》中,在饮宴的场合可能出现无序与善的一致(640d9 – e4)。

② 希罗多德, 2. 52. 1;另参色诺芬,《齐家》(*Oeconomicus*), viii – ix. 10。古波斯语 *arta* 一词的显著特征就是,正义、秩序和真理(Avestan: *aša*; Sanskrit: *ritá*)完全等同,参阅 Wilhelm Brandenstein – Manfred Mayrhofer,《古波斯语词典》(*Handbuch der Altpersischen*, Wiesbaden: Otto Harrassowitz, 1964),页 97 – 98。另参希罗多德, 1. 136. 1, 137. 2 – 138. 1。希罗多德先让美地亚人(Mede)戴奥凯斯(Deioces)首先"按照正义"来审判(κατὰ τὸ ὀρθόν),然后又让他的同胞知道他的判决是出于"与本质相符"(κατὰ τὸ ἐόν)。

于平衡(另参 21.31 – 36),因为"外乡人"这个概念恰恰涉及错位。仅当不存在外乡人——就像诸神所在的天国那样(5.79 – 80),或者假设每个人都各得其所,而且变化完全可以与秩序相符,奥德修斯的假设才能成立。奥德修斯因此选择家而非不朽:除非他曾经远离家园,否则他不会选择家,这就好比如果他不是处在一个遗忘的境遇里,他也就不会选择记忆。因此,奥德修斯在开头和结尾都选择了随着他对自己所拒绝的东西的认识而极大地改变了的东西,或者说选择了那种如果他不曾与其疏离则根本就不存在的东西。"外乡人"就是人类用以标识他者的符号,而且对奥德修斯而言,他的外乡人身份就植根于流浪汉的身份,错误和无序就形成于其中。"流浪"(alaomai)这个动词的许多词形,与"真理"(alēthēs)一词无法区分,而荷马让牧猪奴欧迈奥斯指责奥德修斯,说他像所有"流浪汉"(alētai)一样是在撒谎而他那时恰恰在说部分真话时,似乎并不是在暗示以上这种联系。[1]

奥德修斯的手下极力劝他搬走奶酪,把羊羔赶到船上,奥德修斯没有采纳,而同伴们也服从了。奥德修斯现在承认,如果他那时离开,情况本会更好一点儿。奥德修斯没有承认,[73]如果他在向波吕斐摩斯通报自己的姓名时,不曾再次嘲笑他,情况本来会更好。的确,奥德修斯在自己所讲的整个故事中,再也没有承认过其他错误,尽管有好几次他在用人上或者省略上明显有些问题。但奥德修斯唯一一次承认错误,已经很有价值了:奥德修斯暗示说,如果他不知道秩序与正义之间根本不存在任何必然的联系,那么情况本来会

---

[1] 14.120 – 128、362 – 365、378 – 381;比照对 4.83 的不同解读;另参柏拉图,《克拉提洛斯》,421b1 – 3。在希罗多德笔下(1.30.2),克洛伊索斯(Croesus)在赞美梭伦(Solon)时,并用了"智慧"与"流浪"($\sigma o \phi i \eta \varsigma \ e \tilde{i} \nu \varepsilon \kappa \varepsilon \nu \ \tau \tilde{\eta} \varsigma \ \sigma \tilde{\eta} \varsigma \ \kappa \alpha i \ \pi \lambda \acute{\alpha} \nu \eta \varsigma$),好似在拆解"哲思"一词,克洛伊索斯紧接着就用"哲思"($\varphi \iota \lambda o \sigma o \varphi \acute{\varepsilon} \omega \nu$)一词来概括梭伦,别处就再也没有用过这个词了。

更好。奥德修斯为留下来等候一事提出了两条理由:他想见见波吕斐摩斯,以及他想知道波吕斐摩斯会不会因为他们是外乡人(xenia)而赠送一些礼物。奥德修斯当然看得出,对他来说,洞中没有哪样东西他不能从岛上取得。① 奥德修斯是不是因为自己没有偷波吕斐摩斯的东西而想得到他的奖赏? 波吕斐摩斯懂得海盗行径。奥德修斯想见见他。奥德修斯已经把他的所见告诉了我们,但就其所见而言,他还无法完全描绘出波吕斐摩斯的形象来。奥德修斯知道波吕斐摩斯是喝奶的,而且如果到处都没有血迹的话,那波吕斐摩斯也许还茹素呢。② 奥德修斯应该意识到,即便波吕斐摩斯的羊群有多余的,如果那些绵羊和山羊要被杀掉,波吕斐摩斯是不会把它们送给奥德修斯的。莫非奥德修斯想知道在杀牲献祭和礼敬神明之间是否存在某种联系? 尽管山林女神曾为他们唤醒过羊群,而且某个神明也曾让他们很快就获得了令人欣喜的猎物,此后奥德修斯也没有说起曾在岛上献祭或酹酒,但现在奥德修斯说他们还是焚烧了奶酪以献给神明。在离开山洞之后,奥德修斯会再次焚烧腿骨奉献给神明(9.551 – 555),但后来不管是在他充满真话的讲述中,还是回到家园以后,他再也没有向宙斯或前面提到的神明奉献过祭礼(另参24.215)。③ 在《奥德赛》开头处,雅典娜提醒宙斯说,奥德修斯曾在特洛亚对他慷慨献祭,而且宙斯也承认奥德修斯在心智和献

---

① 另参《注疏》Q 之 9.229。

② 荷马曾说希佩摩尔戈斯人(Hippemolgoe)要喝马奶,而且,如果ἄβιοι[阿比奥斯]不是一个部族的名称的话,那么希佩摩尔戈斯人就是最公正无私的人(XIII.5 – 6;另参尤斯塔修斯有关 XIII.6 的论述)。斯特拉博在 7.3(279)旁征博引地讨论"ἄβιος"时,认为我们很难找到那种远离女人独处而又"笃信宗教的"的男人。[译按]阿比奥斯人,和希佩摩尔戈斯人都是黑海北岸斯基泰人的部落。斯特拉博(Strabo,64BC? —23AD),古希腊地理学家和历史学家,著有《地理学》和《历史概览》,对区域地理和希腊文化传统的研究有突出贡献。

③ 在《伊利亚特》中,尽管奥德修斯和狄奥墨得斯在夜晚出征前都向雅典娜祈祷过,但只有狄奥墨得斯起誓要献祭还愿(X.277 – 295)。

祭方面最为突出(1.59-63,66-67)。接近《奥德赛》的结尾处,在求婚人惨遭杀戮的过程中,费弥奥斯考虑是该逃出去,到宙斯的祭坛上寻求庇护,因为奥德修斯战前经常在这圣坛向宙斯献祭,还是直接哀求奥德修斯。费弥奥斯选择了奔向奥德修斯,并告诉奥德修斯,他能在奥德修斯身边像对神明那样对他歌唱(22.333-349)。

波吕斐摩斯不是那种先吃后问的人,他是个散漫的食人族。波吕斐摩斯的日常杂活干得井井有条,有如他洞中的摆设(9.245,309,342)。奥德修斯只有用什么办法搅乱那种秩序,才有可能逃生。就像涅斯托尔曾问特勒马科斯那样(3.71-74),波吕斐摩斯也问奥德修斯,他究竟是生意人还是海盗。在回话的时候,奥德修斯夸口说他是阿伽门农大军的一员,而且还有宙斯作后盾,宙斯是乞援人和外乡人的保护神。波吕斐摩斯不以为然。奥德修斯没能直接答复波吕斐摩斯的问题,这或许就让波吕斐摩斯推断出,特洛亚[74]远征不过是对海盗行径的美化。波吕斐摩斯似乎对阿伽门农一无所知,他还说更为强大的库克洛普斯人不理睬宙斯和其他常乐的神明。是否要放奥德修斯和他的手下离开就在波吕斐摩斯一念之间。然后,波吕斐摩斯问奥德修斯的船停泊在何处。奥德修斯在向费埃克斯人作自我介绍时,说自己以诡计多端而闻名,他这时认为波吕斐摩斯是在试探他。但见多识广的奥德修斯立即就识破了波吕斐摩斯的伎俩,于是就撒了谎。奥德修斯说波塞冬打碎了他的船只。奥德修斯的同伴先准备偷东西走,奥德修斯现在又撒了谎。但奥德修斯撒谎的方式,却是要告诉波吕斐摩斯,他在撒谎,因为假如奥德修斯不能全身而退的话,他索要礼物的请求也就没有道理(另参9.349-350)。奥德修斯太过老练,无法理解库克洛普斯人的单纯。奥德修斯以为,波吕斐摩斯有胆量跟他这个人中之人比头脑(wits),所以波吕斐摩斯不可能是在问一个幼稚的问题。① 事实并不是好像波吕斐摩斯会偷偷到他的船上,让他的同伴们没有足够的时间解缆收锚(9.315)。波吕斐摩斯没有理会奥德修斯的谎话,而是吃掉了奥德修斯的两个同伴。奥德修斯把某种错事想得如此理所当然——比如吃波吕斐摩斯的奶酪——结果波吕斐摩斯对他撒谎施行的严厉报复对奥德修斯而言,似乎已不成其为报复了。奥德修斯也没有想到,如果波吕斐摩斯认为他们逃不掉,那么要保证洞里秩序不被破坏,就得以某种方式处理他们。这里没有久滞不归的外乡人的容身之地。吃人就是库克洛普斯人爱整洁的严重后果:波吕斐摩斯把奥德修斯的同伴们整齐地分成几块,而且吃得干干净净。整个故事没有说吃人肉只不过是波吕斐摩斯日常饮食偶然的一次补充。库克洛普斯人过去常常欺凌那时还住在附近的费埃克斯人(6.4-6),但我们不知道他们是否经常吃费埃克斯人。如果他们经常吃,那也是一代人以前的事情了,很难相信这段时间还有人像奥德修斯那样胆大包天,竟然冒险要去见见这些食人族(另参9.351-352)。在对待外乡人上,库克洛普斯人似乎就成了比费埃克斯人更为残暴的翻版。这两种人都是要尽快地赶走外乡人,但由于有神赐的快船,费埃克斯人不必采用波吕斐摩斯那种保持秩序的方式。

奥德修斯和他的同伴伸出双手向宙斯求助之后,奥德修斯想把他的剑刺进波吕斐摩斯的胸膛。奥德修斯已经拔出了利刃,这时"另一个念头"(thumos)阻止了他(9.302):他意识到即便想法干掉了这个库克洛普斯人,他们也绝对无法挪开堵在洞口的那块巨石。这段插曲让我们想起了另一个没有完成的行动:在《伊利亚特》卷一里,阿基琉斯被阿伽门农激得火冒三丈,他在想,究竟是杀死阿伽

---

① 柏拉图笔下的雅典外乡人引用了9.112-115中的诗行,以作为他所谓"王朝政治"生活方式的论据(《法义》,680b1-c1),而且他还提到了像库克洛普斯人那样的人,说他们太幼稚,不会怀疑不实之词,而我们现在由于有了智慧,已懂得如何说谎(679c2-5)。

门农,还是压住自己的怒气(thumos),在他正要拔剑出[75]鞘的时候,雅典娜站在了他身后,按住他的头发,"只对他显圣,其他的人看不见她"(I.188-198)。阿基琉斯如果真的杀人得逞,他就必定是罪恶滔天而且卑鄙下流的人。阿基琉斯需要雅典娜来制止他去做那些就其本性而必定要做的事情,甚至《伊利亚特》后面的部分都是在证明他需要神明。① 离开神明,阿基琉斯就不可能是阿基琉斯。与此相反,奥德修斯在对自己行为的控制中似乎显示出他不需要神明,奥德修斯自己想出了更好的第二种想法。那么,《奥德赛》的余下部分似乎向奥德修斯本人证明,他不需要神明,因为证据和由证据而来的推论并非一回事。然而,还有另外一种可能性:奥德修斯的自制不过是第一人称叙述给人的幻觉。荷马对奥德修斯从卡吕普索那里归返这段航程的解释,与奥德修斯自己的说法有区别,这种区别现在就具有了决定性的意义,从它本身来看,这种区别倾向于表明,奥德修斯正是一个更难以捉摸的阿基琉斯。人们是否都需要神明,不管他们之间会有多大差异,这个问题已经由涅斯托尔之子解决了(3.47-48),当然他后来与特勒马科斯相识也没有改变他的信念。

假设奥德修斯成功地干掉了波吕斐摩斯,自己又因陷在洞中而死掉,我们才更有理由把这叫作英勇而无谓的复仇行动。一旦奥德修斯的"另一个念头"改变了整个事件的格局,而且如何逃出洞穴又成为一个实际的问题,必然性就超越了正当性,那么奥德修斯凭一己之力所做的事情中,没有哪一件可以解释为是正当的。当奥德

---

① 柏拉图让阿尔喀比亚德和苏格拉底两人都谈到过玛息阿和奥林波斯的笛声,说这种笛声对那些需要神明的人来说具有激励和启示的力量(《会饮》,215c2-6;《米诺斯》,318b1-c1;另参亚里士多德《政治学》,1340a8-12)。荷马得以通过诗歌把这种非理性的体验带入逻各斯(logos)。在柏拉图看来,这主要是通过把作为旋律的 nomos 翻译成作为法律的 nomos 来实现。[译按]玛息阿(Marsyas),希腊神话人物,据说他发明了笛子。他与阿波罗约定,他吹笛子,阿波罗弹竖琴,输者将被剥皮,结果玛息阿输了这场比赛。

修斯真想起要复仇(tisis)时,他把那种想法同雅典娜有可能相助联系了起来(9.317)。奥德修斯告诉波吕斐摩斯说,宙斯和其他神明会因他吃人肉而惩罚他。这仅仅是用来恐吓波吕斐摩斯的,使他屈服于奥林波斯诸神(9.475-479)。在这段话里,奥德修斯只字未提自己;他第二次向波吕斐摩斯呼喊的时候——尽管他的同伴反对他[在尚未脱离险境的时候]呼喊,他说他只是弄瞎他的眼睛而已(9.502-505)。只有在奥德修斯第三次向独目巨人喊话时,才透露出正义已经得到伸张的信念。波吕斐摩斯说自己是波塞冬的儿子,还说"只要他愿意,他还会治好我的眼睛"(9.520),奥德修斯回答道:"我真希望能夺去你的灵魂和生命,把你送往哈得斯的居所,那时即便是震地之神([译按]指波塞冬)也无法医治你的眼睛。"(9.523-525)奥德修斯因此承认,只有波吕斐摩斯的死这一不可能才足以构成对他的惩罚,而波吕斐摩斯的永久失明必定会让奥德修斯感到满意,但他的永久失明却不像奥德修斯声称的那么保准(另参3.228)。这段话揭示了一种强烈的要求,应该把必然性重新阐释为正当性。① [76]因此奥德修斯是否清楚地看出了必然性和正当性的区别,这一问题无法通过解释库克洛普斯人这段插曲来解决。只有当荷马再次介入,我们看到奥德修斯在家里面对同样的问题时,这个问题才可能得到解决。因此,看起来《奥德赛》的情节与奥德修斯的性格看似融为一体,但一方面在惩罚与神明可能的联系上融合,另一方面在必然性与凡人对神明的需要可能的联系上分离,而在后一种关系上的分离,奥德修斯可能理解,也可能不理解。

奥德修斯想出的计划本身不可能使他逃离洞穴,因为假如波吕斐摩斯没有把所有的羊群赶进洞里,"(波吕斐摩斯)或是有什

---

① 奥德修斯有可能把波吕斐摩斯所受的不幸和痛苦,看成必然性对他的惩罚(9.440),因为奥德修斯用来形容刺瞎眼睛的两个比喻,给一个乱招以精确的意味(9.384-394)。

么预感,或是受神明启迪",那么该计划的实施也许可以快意恩仇,但是否大家都能逃离波吕斐摩斯用巨石堵住的洞穴,仍是未定之数。因此,将计划的意图转变成现实可行性的,似乎正是超出波吕斐摩斯生活规律的一次反常行为。然而,那叫"反常"吗?奥德修斯已经观察波吕斐摩斯两个晚上和一个早上,而且波吕斐摩斯那只宝贝公羊显然之前就一直在洞里。无论究竟是怎么回事,足够多的巧合已对奥德修斯十分有利,以至于出现了一种似乎有利于无序的模式,超出了波吕斐摩斯所懂得的秩序,这种无序的模式恰好与心智合作。机遇和心智在缺乏正义的秩序面前结盟(9.352)。因此,奥德修斯关于 outis[无人]和 mētis[心智]的双关语,一方面作为双关例证了这一原理,同时似乎通过心智彻底的无家可归性将心智与任意性(randomness)合为一体。那么,奥德修斯所讲的这个故事,不是关于理性和非理性奇迹般的结合,而是关于心智与失序(out-of-place)的必然结合。[①] 正是在这位外乡人身上——他无名无姓,就好似他不是父母所生,这种带有巧合性质的必然性才会发生。奥德修斯不是这位外乡人,而是这位外乡人的化身。因此,奥德修斯也许讲了一个连他自己都不完全懂其含义的故事。

奥德修斯在献酒给波吕斐摩斯时,居然训斥了他,如果不考虑波吕斐摩斯的生活习惯是很有规律的,那么这种大胆之举着实让人吃惊(9.350-352)。波吕斐摩斯只有在吃饭的时候杀生,而且一用完餐,就不再伤人。波吕斐摩斯是一个怪物但却不残暴。波吕斐摩斯的井井有条,是理解奥德修斯 outis[无人]这一名字的背景。奥德修斯并没有给波吕斐摩斯讲自己的真名,这又是一个幸运的转折点,因为波吕斐摩斯晓得一个叫作奥德修斯的人注定要来弄瞎他(9.507-512)。但那似乎是奥德修斯给自己起的那个假名的额外

---

① 柏拉图的《斐勒布》(*Philebus*)就是讨论心智与非心智的东西(non-mind)的必要合作,如果会存在任何善的话。

收获,而不是奥德修斯的主要意图。奥德修斯似乎早就料到了这个名字在一句话中的用途,他这个名字在句法中就不成其为一个名字。因而奥德修斯通过心智而停止在场,即使他实际是在场的。这种出奇的未卜先知,让作为辅助[77]的机遇变得相对不重要。这也很容易让人们忽视这样的问题:奥德修斯是如何算定波吕斐摩斯会被他的同伴误解。并非每一个含有 outis 的句子都是模棱两可的,尤其是假如奥德修斯如某些古文法学家所指出的那样变换了重音,把两个音节连成一体(用οὔτις来代替οὔ τις)。① 因此,那个故事就仅仅是象征性的——象征着心智的无名,而且它出现在它所出现的这个背景中纯粹是它的一个偶然特征,即库克洛普斯人的离群索居和波吕斐摩斯秩序井然的生活。正如洞中事物的分门别类反映出波吕斐摩斯与其他人的离群索居一样,相互交流的失败导致了共同体的缺乏。

在某种意义上来说,库克洛普斯人互不关心,现在对奥德修斯的成功来说具有决定性的意义,因为这些库克洛普斯人一听说波吕斐摩斯遭受了宙斯所赐的病患,就掉头而去,并建议波吕斐摩斯向波塞冬祈祷,他们没有想到要移开洞口的石头,也没有想到要去帮助他。然而,这些库克洛普斯人见死不救,也是波吕斐摩斯的回答所导致的。这些人在听到波吕斐摩斯痛苦的叫喊时,毕竟都从四面八方赶到他的洞穴边,即便他们之所以前来,只是因为波吕斐摩斯打搅了他们的清梦。最后一个走出洞穴的公羊是波吕斐摩斯最喜欢的,而它下面抓附着的就是奥德修斯:λάχνῳ στεινόμενος καὶ ἐμοὶ πυκινὰ φρονέοντι["还有多谋的我给他添载负",9.445]。分开来看,每个短语都有自己特定的意思:公羊长着浓密的羊毛,也载着奥德修斯,而奥德修斯身负敏锐的思想。但由于πυκινά的字面意思是"浓密的",而στεινόμενος[负载着的]字面意思是"紧包着的",这些词汇组合起来就有了另外一层意

---

① 如果我们考虑到荷马有可能不知道οὔτιν(9.366)是宾格οὔτις更古老的形式,那么这种观点就会得到加强:假如奥德修斯的诡计要得逞的话,那个名字就必须是某个句子的主格主语。

思:"紧密的羊毛和我缜密的思想交织着压在公羊身上。"(另参1.436,438)这无疑是一个非常牵强的笑话,但如果波吕斐摩斯不能越过字面意思的话,那就表明他察觉不到奥德修斯(就在羊肚子底下)。奥德修斯诈取(fleeces)波吕斐摩斯的时候,就在一个披着羊毛(fleece)的东西身上。①

奥德修斯似乎已对语言作为表达和交流方式以及它们相互干扰而生模糊的双重性进行过全面的思考。② 在表达中能够相互区分开来的东西,即便能共存,也不能通约。波吕斐摩斯想知道奥德修斯的名字,好按照对外乡人的礼节送他礼物。奥德修斯的名字会把他区分出来,让他与众不同。然而,如果那个礼物不是奥德修斯真正喜欢的,那么,奥德修斯还是就当外乡人的好。奥德修斯因此在自称为"无人"或"无任何人"时,就把"外乡人"变成了专名。奥德修斯把自己归为一种否定存在,这是必然属于"外乡人"的含义,即"非我们中的一员"。"无人"命名着他者(the other)。"他者"乃是库克洛普斯人所不承认的原则。对他们来说,别人是不存在的。③ 奥德修斯把[78]他对波吕斐摩斯吃人现象背后的原则所做

————

① [译按]伯纳德特在这里也用了双关语:fleece 同时具有"诈取"和"羊毛"的意思。

② 赫拉克里特似乎是第一个系统阐述和运用这种语言的双面性的人(残篇1)。柏拉图又在赫拉克里特式的《克拉提洛斯》中讨论了这种现象:苏格拉底开头的时候,打算讨论名称中同时存在的辨别功能和教学功能(388b10-11)。

③ 希罗多德在论埃及的一卷里,用下述方式表达过这种思想。他说埃及人拒不接受任何外来的风俗习惯(2.91.1),而且整个第二卷中埃及人随便说什么,除了他们对外来的东西表示出的恐惧外,都是用转述的方法来说的(2.114.2,173.2,181.3)。伊索克拉底(Isocrates)赞美埃及暴君布西里斯(Busiris)在埃及建立了不变的阶级秩序,他似乎暗示,那是与波吕克拉底(Polycrates)赞美布里西斯杀害并吃外乡人一举大体相当的颂词(《布里西斯》[*Busiris*],5,15,31)。据柏拉图笔下的墨吉鲁斯(Megillus)说,吃人风俗只是古时人们相互隔绝状态的神话版(《法义》,680d2-3)。

的理解,融入自己所起的名字中。如果库克洛普斯人试着互相交流的话,奥德修斯就注定要消失。他们以外的东西是不能为他们所分享的。①

从某人变成无人,是通过一个问句产生的。那些库克洛普斯人聚拢来后,问波吕斐摩斯(9.405-406):

> ἦ μή τις σευ μῆλα βροτῶν ἀέκοντος ἐλαύνει;
> ἦ μή τις σ' αὐτὸν κτείνει δόλῳ ἠὲ βίηφιν;
> [是不是有人想强行赶走你的羊群,
> 还是有人想用阴谋或暴力伤害你?]

ἦ μή 引导一个疑问句,要求得到否定的回答(另参6.200):"肯定不会,会吗,有人(τις)想强行赶走你的羊群? 肯定不会,会吗,有人(τις)想用阴谋或暴力伤害你?"然后波吕斐摩斯回答道:"朋友们,无人用阴谋或暴力杀害我(ὦ φίλοι, οὔ τίς με κτείνει δόλῳ οὐδὲ βίηφιν)。"这个回答完全在意料之中。正是那些库克洛普斯人对自己和波吕斐摩斯自足能力的信任,使他们不可能把他者设想为一种危险,从而使得他们没能懂得波吕斐摩斯的意思。这帮人已经晓得了答案。他们的问题已或多或少预设了"心智"一词的双关意思:"心智真的要杀你?"然后,他们在回答波吕斐摩斯时又证实了那个双关语:"既然没有人(μῆ τις)对你用暴力,因为你独居洞中",或可说,"既然心智(μῆ τις)……"只有在问题或假设中,outis 和 mētis 之间的联系才能建立起来,这倒值得深思。那个问句是修辞性的,而那个假设又是以这样的方式为框架,即条件从句用的是陈述语气,带着否定词 mē,放在了结果从句之前,这在荷马史诗中是仅有的一次。②

---

① 我们不免猜想,正如某些语言学家所相信的,荷马是否认为在ἀλέγω[关心]和λέγω[说话]之间存在某种关联。

② Pierre Chantraine,《荷马史诗的语法》(*Grammaire homerique*, Paris: Klinchksieck, 1953),卷2,页333-334。

当且仅当那种情况肯定不会发生或语言不规范时,"无人"才会被看成"心智"。

　　奥德修斯心中暗喜的那个双关语引发了这个问题。尽管这个双关语事实上把"无人"等同于"心智",但波吕斐摩斯似乎是以另外的方式来理解 outis。波吕斐摩斯把奥德修斯称作 outidanos outis,即"无名的无人"(9.460)。也许波吕斐摩斯把 outis 当作了一个绰号,相当于 outidanos,即"那个叫作'无人'的无名之辈"。然而,奥德修斯倒是与无名之辈相反,他显然大有来头。当奥德修斯给波吕斐摩斯讲了自己的名字后,波吕斐摩斯承认自己完全被愚弄了,因为他一直认为预言中的奥德修斯会是一个魁梧俊美而又身强力壮的人,不是眼下这个无名之辈(outidanos)(9.513-515)。奥德修斯的真名——"愤怒"或"敌视"——指向的是,他自己承认的愤怒迫使他声称刺瞎眼睛是他亲手所为:奥德修斯在把自己的名字告诉给波吕斐摩斯的同时,也把自己叫作"攻掠城市的人"(9.504)。"愤怒"(奥德修斯)[79]假作了"心智"(Outis),这是自我牺牲的非凡之举。"愤怒"一开始想要的是惩罚。"理性"渐渐占了优势,而且还设计了一套逃跑的计划,并在这个计划中宣告了自己的本质。但这个计划一旦成功,"愤怒"就变成无视死亡的自我肯定而回归。奥德修斯没有解释他为何不满意于让波吕斐摩斯相信是神明惩罚了他。似乎他觉得如果神明抢了所有功劳,他就会依然默默无闻。当奥德修斯把必然性阐释为神的惩罚时,他对将来只字未提,但当他对波吕斐摩斯讲自己的名字时,他假定将来有人会问弄瞎波吕斐摩斯眼睛一事。奥德修斯假设,波吕斐摩斯已受了一定程度的教化,到那个时候,外乡人也会受到库克洛普斯人的热烈欢迎(另参9.351-352)。库克洛普斯人现在知道,奥德修斯是一个危险分子,只有他们不再分开居住,将来他们才可能保护自己不受奥德修斯的伤害。奥德修斯可能太乐观了,但奇怪的是,波吕斐摩斯知道奥德修斯的名字后,向自己的父亲波塞冬求助。波吕斐摩斯意识到,至少有一位奥林波斯神比自己厉害(9.518–521)。从这个观点来看,奥德修斯的自豪似乎还有更高的目的,以他自身的痛苦为代价,延伸着神明的统治。

听到波吕斐摩斯的祷告后,奥德修斯向宙斯奉献了祭礼(9.551–555)。尽管奥德修斯说波塞冬听到了吕斐摩斯的祈祷,但在盲预言者特瑞西阿斯告诉他以前,他不知道此祷告会应验(11.101–103)。而且从经验上来说,直到奥德修斯离开卡吕普索之后,波塞冬才现身。而且即便在那个时候,奥德修斯也是通过伊诺才知道的(5.339–340)。奥德修斯要失去所有的同伴,这虽然是波吕斐摩斯所祈求的,但那是奥德修斯已经知道的他命运的一部分(2.171–176)。眼下,奥德修斯把它归因于宙斯:"但宙斯没有接受献祭,仍然谋划着如何倾覆我所有的船只。"(9.553–555)不管奥德修斯以前信仰什么——也许神明在认可了他的理由具有不言而喻的正义性之后,以非凡的巧合支持了奥德修斯自己的聪明才智(另参9.381)——他现在都已经放弃了那种信仰。在给费埃克斯人讲故事的时候,奥德修斯肯定认为宙斯是恶毒的。然而,奥德修斯以前就有这种信念,或者说他至少希望把这种信念或它的一种形式塞进他的叙述中,这可由从卷十开始就再也没出现"宙斯"而得知:只有卷十开头提到过一次"克罗诺斯(Cronus)之子"(10.21)。由于对史诗各卷的分法只是一种粗略的指南,因此如果我们不去管奥德修斯给别人所说的,那么更为准确地说,奥德修斯在上千行诗歌里都对宙斯闭口不谈。奥德修斯在讲述阿伽门农在哈得斯的故事时这样说道:"雷声远震的宙斯显然从一开始便利用女人的计划,憎恨阿特柔斯(Atreus)的后代。"(11.436–437)①

---

① 奥德修斯在卷九的叙述中,七次提到宙斯是他的亲身经历的中介(38,52,67,111,154,294,551–555),在卷十二中三次提到(399,415,416)。后者似乎是来自卡吕普索的告知。

自　然

[80]奥德修斯波澜不惊地离开了秩序井然的地方后,又来到了一个秩序井然的浮岛上(10.1-13)。艾奥洛斯(Aeolus)的名字显然意味着"快捷",他统治着只有一家人的城邦。艾奥洛斯把六个女儿嫁给了他的六个儿子,儿女们也总是陪同他和妻子饮宴。在家家户户隔绝的库克洛普斯人中还只是模糊存在的乱伦现象,现在却显露为另一种有序的存在方式。在永恒的运动中保持有序,这种能力应归诸神明。艾奥洛斯是神明们的朋友,宙斯让他做群风的总管(10.21)。由于艾奥洛斯不像库克洛普斯人那样完全依赖于神明,而是神明秩序的能动参与者,所以他对奥德修斯很友善,招待了奥德修斯一个月。在奥德修斯要求回家时,艾奥洛斯把除泽费罗斯([译按]即西风)以外的所有风都装进了一个皮囊里,送奥德修斯踏上了回家的路。当艾奥洛斯向奥德修斯询问特洛亚、阿开奥斯人和他们的归返之事时,我们不知道奥德修斯是否也说到了自己的历险(10.14-15)。如果奥德修斯说了,那么艾奥洛斯就没有把波吕斐摩斯的祷告看成正当的或注定要实现的。那种祷告只不过是失败者徒然的狂怒。奥德修斯接受礼物之后却用人不善且有所疏忽。奥德修斯没有给他的同伴们说明那个礼物是什么,而且还坚持亲自掌舵,"为了能尽快返抵乡土"(10.33)。我们后来知道奥德修斯手下原来还有一个能干的舵手(12.217),但发生了一些事情使奥德修斯不相信任何人,而且,他对其他人的完全不信任同时还因为他过分自信。① 奥德修斯以为,无论回家之旅要多长时间,自己也不会打瞌睡,而且他还以为,要么他无需就这段轻而易举的航程对手下

---

① 尤斯塔修斯(1621,3-8)说,奥德修斯在基科涅斯和洛托法戈伊人之后,就不再信任自己的手下了。另参《注疏》H之9.173。

解释些什么,要么就算他对同伴们讲了真相,他们也不会相信。①奥德修斯战胜波吕斐摩斯一事似乎让他过分夸大了自己的能力,他现在既然已经是神明的朋友的朋友,也就不必与别人分享什么,而且他压根儿就不知道,他自己对礼物的兴趣已经损害了同伴们的利益。他们中有六个人知道,奥德修斯从马戎那里得了美酒。当奥德修斯试图保持清醒,好尽快返回故土时,同伴们却以为他是为了看紧从艾奥洛斯那里得到的礼物。

奥德修斯在这里第一次引述了他根本就没听到的话(10.38-45)。奥德修斯即便在睡觉时,也知道手下的坏主意(12.339)。假如奥德修斯对他们的话还原得准确的话,那么对伊斯马罗斯的劫掠——实际很不成功——主要是为了减少他与手下们在特洛亚所得战利品分配不均的现象;假如奥德修斯还原得不准确,它就代表了奥德修斯对手下人的怨恨的理解,奥德修斯说,[81]虽然他们完成的航行与奥德修斯相同,回家时却两手空空。奥德修斯的同伴愿意礼敬他——他们逃出波吕斐摩斯的洞穴之后,特别把那只公羊分给他一个人(9.550-551)——但他们不愿意让这种礼敬纵使他独吞果实。奥德修斯现在揭示出,如果他的同伴们毕竟得以回返家园,他一定会发现难以再待他们如孩童。无论是好是坏,他们的经历已经使他们更加聪明了。奥德修斯刚刚离开了一个"城邦",艾奥洛斯在该城邦中不是作为一个父亲统治,他才是父亲。在伊塔卡,即使不从字面意义上理解,父权统治的时代也已成为过去。一个独立的平民阶级(demos)已在孕育形成之中。奥德修斯把他们叫作"坏人"(10.68)。②

---

① 另参《注疏》T 之 10.34:"奥德修斯为什么没有告诉他们? 奥德修斯没料到他们会可耻地怀疑他,因为奥德修斯把伊斯马罗斯的战利品,以及野山羊和波吕斐摩斯的羊群都平分给了他们。"

② F. Focke,《论〈奥德赛〉》,前揭,页 183,把同伴的话描绘为"几乎可以称作一次社会革命的抗议"。埃斯库罗斯让《阿伽门农》中的歌队转述了阿尔戈斯平民中类似的不断增长的怨恨(449-451,456-457)。

这段插曲发生十年后,雅典娜告诉宙斯,当时奥德修斯还困在卡吕普索的岛上时,只要能遥见从故乡升起的袅袅炊烟,奥德修斯唯愿一死(1.57-59)。现在那种夸饰的真相在奥德修斯讲述他从艾奥洛斯的浮岛归返的历程中得到了证实。那时雅典娜似乎已看出了奥德修斯的心思。奥德修斯的确已靠近伊塔卡,已看得到人们添柴生火(10.30)。当同伴们解开皮囊放出狂风时,奥德修斯醒了,心里思忖着是否跳海自杀(10.51)。奥德修斯没有说他为什么选择活下去,他也没有说这种挫折为什么让他如此绝望。奥德修斯是否相信,与库克洛普斯人遭遇的插曲中机遇与心智的完美结合,其最终回报就是牢牢地把握住机遇?奥德修斯不仅怪罪同伴,也痛斥睡眠误事(10.68-69;另参12.372)。奥德修斯没有责怪自己,而是责怪凡人的局限。"无人"和"心智"的双关,对奥德修斯来说不仅仅是一个双关。奥德修斯似乎把它当作了自己不受局限(unconditionality)的标志。心智与意志融合,摒弃了身体和它的有限性。无论什么阻碍了奥德修斯、迫使他忍受,他都默默地忍受了:他放弃了对船队和手下的控制。奥德修斯没问什么,也没有斥责谁,他把自己裹起来,然后掩面躺在船里。奥德修斯让一切顺其自然。他变得漠然。与其说他选择生,不如说他选择了放手。不管事情是与己相干还是与人相干,他都不会插手了。他选择了冷眼旁观,其结果远比他手下人的好奇心所产生的恶果还要可怕。

尽管奥德修斯把风暴称作可恶的,船队还是毫无损伤地被吹回了艾奥洛斯的浮岛。他们正好回到原先出发的地方。他们现在要从经验中吸取教训了。不过,当奥德修斯乞求再要一次机遇时,被断然回绝。艾奥洛斯对他说:"赶快离开这岛屿(Ἐλέγχιστε ζωόντων)!所有活着的东西中,你是最不值得一活的人。[82]我不能接待,也不能帮助遣送一个受到常乐的神明们憎恶的人。你快离开吧,你返回表明神明憎恶你。"(10.72-75)艾奥洛斯从他们虽拥有万无一失的方法却仍未能到达目的地中推断出这一点。人们也许会说,西绪福斯式的行动使得自杀成为必要。① 似乎是奥德修斯自己率先得出了艾奥洛斯的结论。除非奥德修斯本人是完美的,或是能要求他的手下完全相信他,否则他就不值得存在于世间。而除非一代的混乱通过乱伦得以消除,否则奥德修斯也无法要求这样的信任。艾奥洛斯的孩子们在父亲的家中没什么地位。当且仅当不存在尝试或犯错的余地时,艾奥洛斯的推论才成立。艾奥洛斯没有总结出,他在赋予容易犯错的存在物(beings)以完美的方式时,他是在干错事。难免犯错,是生命最大的耻辱。

荷马在总结奥德修斯复述的冒险经历时,没有提到奥德修斯曾第二次踏上艾奥洛斯的岛屿(23.314 - 317)。这种缄默,与奥德修斯对基科涅斯人的成功反击闭口不谈是一致的,也与他仅仅把从库克洛普斯人那里逃命出来表达成一种惩罚相一致。因此,那种复述就忽略了艾奥洛斯不容分说的拒绝所标志的决定性变化。奥德修斯得知,他现在只有靠自己了,也别指望神明的任何帮助。现在转向了彻底的自力更生,他的手下必须连续向前划六天的船(10.78 - 80)。它让我们想起古话"第二次起航"(second sailing),这句谚语适用于那些不能利用可能的最好办法,而只得满足于任何可用办法的人。现在可用的,就是他们的力气。"现实的"代替了"理想的"。

这种替代整个地改变了奥德修斯叙事的特征。莱斯特律戈涅斯人(Laestrygonian)的城邦是一个吃人的城邦,而且莱斯特律戈涅斯人不像波吕斐摩斯那样,他们不问青红皂白就动起手来。奥德修斯派出去的先遣队,从国王的女儿那里知道了莱斯特律戈涅斯人,这位公主身材普通,这使先遣队误以为这一住在城邦中的民族是正常人。奥德修斯没有对当地缺乏农耕引起警觉(10.98)。这个女儿要么是诱饵,要么是无关紧要的人。她指

---

① 另参巴喀里德斯(Bacchylides,[译按]希腊抒情诗人,大约生于公元前6世纪,死于公元前5世纪中叶)5.160 - 164。

点先遣队到了她父王的宫邸,那里的王后魁梧得像座高大的山峰,王后从集会(assembly)①叫回了丈夫。库克洛普斯人所缺乏从而让他们不开化的一切东西,在莱斯特律戈涅斯人那里都具备,但莱斯特律戈涅斯人比波吕斐摩斯更加野蛮。这里丝毫没有波吕斐摩斯的粗笨玩乐和适度的鲸吞牛饮。莱斯特律戈涅斯人直接砸毁了港口的所有船只,他们就好像叉鱼一样,吃掉了现场所有的男男女女。他们显然不是吃素的(10.82 – 85)。他们形似巨灵族,却没有遭受巨灵族的厄运。奥德修斯没有对他们的不义或恶行评说一个字,[83]他甚至没有祈求让莱斯特律戈涅斯人遭灭顶之灾。奥德修斯的说法就像荷马描写战争中的大屠杀那样中立(另参 XVI. 404 – 410)。

这种中立说明两个方面的问题。十一艘人员配备基本整齐的外来船只停泊在港口,看起来就好像一支入侵的武装,根本就不像一支友好的小舰队。该城邦有必要进入战备状态,每个人若非朋友,便是敌人。来意虽然清白,却与先入为主的敌意互相凿枘。由于奥德修斯采用了这种荷马式(Homeric)的叙述,以至于我们不知道莱斯特律戈涅斯人的反应是否有那么一点儿道理。这种可能性导向了第二个问题。奥德修斯把他的船停泊在港口外边,这显示了他惯常的谨慎,但这也就同样表明他放弃了对同伴的统治。他甚至没有建议同伴们效仿他的做法。因而我们就会猜想,奥德修斯自始至终采用的这种中立的语气,是否出自他对手下的怨恨,以及对他们受到的"惩罚"感到相应的满足。他不得不把怒气发泄在别人身上,而不是发泄在那帮解开了风袋绳子的自己的船员身上,只不过是由于奥德修斯还用得着这些船员,以便逃离此地。奥德修斯因此就是在采用艾奥洛斯的原则,为少数人犯的错而谴责所有人。

---

① [译按]希腊文为 agora,王焕生译作"广场",似更贴切。

如果有人得以保住性命，就能在回到家园后为奥德修斯的疏忽或失职辩解，这是不可想象的。对奥德修斯的控诉就会是："足智多谋的奥德修斯，进入库克洛普斯人的洞穴后，两眼圆睁，却突然什么都警觉不到了啊，这位攻掠城市的人！"只需想想，如果欧佩特斯（Eupeithes，[译按]求婚人安提诺奥斯的父亲）知晓这回事的话，他会如何让这段控诉派上用场（24.426-428）。这个控诉当中根本不需要有一个字是真的，以便能让人们承认，奥德修斯解决了一个很重大的问题，他自己在重新组织手下人的议论时已经注意到这个问题。荷马在《奥德赛》开篇说到他们邪恶的蠢事，奥德修斯也救不了他们，与奥德修斯已经遭受的损失比起来，似乎微不足道；而一想到荷马史诗在开头就支持了宙斯对人类责任的总体评论，这就更加让人吃惊。莱斯特律戈涅斯人所居住的地方白昼相续，白昼之间只有短暂的夜晚，他们好像生活在奥林波斯诸神统治不到的地方。奥德修斯派出传令官陪着两个同伴，这对他们来说就会毫无意义（10.102）。那么，若不是神明的不在场，他们的影响力没有延伸至奥德修斯所想的那么远，奥德修斯是不会对神明感到如此大的仇恨的，奥德修斯现在似乎认为，"统治一切"的宙斯谋划让他的船队遭毁灭（9.551-555）。但奥德修斯自己的说法——其中不再提及神明，不管[84]是指名道姓还是隐匿其名，并不支持他认为宙斯谋划毁灭其船队的说法。宙斯曾被祈求要对奥德修斯大败于基科涅斯人做出解释，尽管这完全是多余的。而且在库克洛普斯人的洞穴里，当奥德修斯用话激励同伴之后，有个神明（daimon）赐予了他们无比的勇气和力量（9.376,381）。所以，并非奥德修斯好像不愿陷于过于命定的解释（overdetermined causal accounts）。因此，奥德修斯责怪宙斯，似乎就是想掩盖自己的责任，而宙斯却以一种恐怖的方式再一次被证明是对的。①

莱斯特律戈涅斯灾难改变了奥德修斯,他第一次称同伴们为"朋友们"(10.174)。② 奥德修斯的船还剩下最后一条,他知道他必须与同伴们同舟共济。奥德修斯打了一只巨鹿,主动送给了同伴们,而同伴们也选择了友善对待。然后奥德修斯把手下四十四人平均分成两队,指定欧律洛科斯(Eurylochus)为一队的首领,自己为另一队的首领。奥德修斯用抓阄的办法划分了两队的职责,欧律洛科斯那一队就被派出去探路。奥德修斯没有说抓阄的结果正合他意,尽管故事的发展有理由让他这么说。这些民主性的让步,或多或少是奥德修斯被迫的。但它们与另外两个不是被迫的东西有关联。一是言说方式,二是行为方式。现在奥德修斯第一次给我们说了他某个手下的名字,而且在即将离开基尔克之时,他还提到无名小卒埃尔佩诺尔的名字,并礼敬了他(10.552-553;12.8-15)。奥德修斯以前没有提到一个更为重要的矛兵安提福斯(Antiphus)(2.17-20)。③ 欧律洛科斯是第一个有名有姓的手下,第二个是波利特斯(Polites),意即"公民"或"同胞"(10.224)。然而,当欧律洛科斯孤身一人跑回来,报告说他的人都没了踪影,尽管欧律洛科斯拒绝给奥德修斯领路并请求大家赶紧逃命,但奥德修斯还是决定去解救失陷了的同伴们,正如奥

---

① 如果这种阐释是针对这几行诗的,对莱斯特律戈涅斯这段插曲明显的缩略,就不需要假定以前有一个更完整的故事。另参 Karl Meuli,《〈奥德赛〉与〈阿尔戈英雄纪〉》(Odyssee und Argonautika, Berlin: Weidmann, 1921),页 58。读者诸君还可比较维吉尔就埃涅阿斯请求并接受伊特鲁里亚人(Etruscan,意大利中西部古国居民)的帮助给出的一个简短得有悖常理的叙述,好像他是在概括自己(《埃涅阿斯纪》,10.148-156)。[译按]《阿尔戈英雄纪》,是公元前 2 世纪希腊史诗作家阿波罗尼奥斯(Apollonius)的作品,记述了伊阿宋(Iason)带领五十五位英雄乘阿尔戈号船去海外寻找金羊毛的故事。

② 波吕斐摩斯被刺瞎双眼后,称赶来的库克洛普斯人为"朋友们"(9.408)。

③ 另参 P. D. Ch. Hennings,《荷马史诗〈奥德赛〉评注》,前揭,页 380;F. Focke,《论〈奥德赛〉》,前揭,页 193-195。

德修斯所说,"因为我重任在肩"(10.273)。这是奥德修斯第一次做与自身利益毫不相关的事情。奥德修斯为"可恶"的同伴们冒生命危险,也充分相信那些留守的同伴不会抛下他,其中就有不可靠的欧律洛科斯在内。

这件大义凛然的大胆行动,马上就得到了回报,奥德修斯在这件行动中含蓄地承认了他要与凡人朋友同甘共苦。赫耳墨斯启发他说物各有自然性(things have natures)。从里里外外各个方面来看,这一启示都是《奥德赛》的顶峰。在碰到一系列的人,这些人阐明了人的组成部分中的兽性特征,并由此得出政治生活的条件之后,这个顶峰就到来了。奥德修斯的同伴变成猪,就成了这一系列遭遇的终结。继基尔克之后,奥德修斯只碰到过各种各样的神明:哈得斯、塞壬(Siren)、斯库拉(Scylla)和卡律布狄斯(Charybdis),以及太阳神的牛。因此,奥德修斯的叙述说的是[85]他离开卡吕普索之后的海上经历。他首先选择了神性,最终选择了兽性。奥德修斯选择回家和终有一死的抉择中出现了断裂,这在他对故事轮廓的安排中早就预定了。① 奥德修斯的故事同时包含着"涅斯托尔"和"墨涅拉奥斯"的说法,涅斯托尔把特洛亚陷落后所发生的一切事情都

---

① 奥德修斯把基尔克放在他自己叙述的九次历险的中心,而荷马把"哈得斯"之行放在奥德修斯十一次历险的中心,这就可以看出奥德修斯和荷马之间的区别来(另参 Fredrich Eichorn,《荷马史诗〈奥德赛〉:诗歌创作分析》[*Homers Odyssee, Ein Fuuhrer durch die Dichtung*, Göttingen: Vandenhoeck & Ruprecht, 1965],页64)。如果把"哈得斯"之行当作故事的中心,那么在从洛托法戈伊人到基尔克这个系列与从塞壬到费埃克斯人这个系列之间,就有一种对应:第一个和最后一个都是乌有之乡("never-never lands"),库克洛普斯人和卡吕普索之间的关联是,一个是看不见,另一个是不被看见,艾奥洛斯和太阳神的联系在于打破事物的"自然"秩序,莱斯特律戈涅斯人与斯库拉-卡律布狄斯同是食人生番,而基尔克与塞壬分享着两种知识。另一方面,有三个故事各分布在卷九、卷十和卷十二里,就评论中经常说起的,两个短故事后有一个长故事,库克洛普斯人、基尔克和太阳神的故事。"心智""自然"和"宇宙神"——如果那些长故事能如此概括的话,让我们想起了荷马的开场白。

纳入一种神义的范式,墨涅拉奥斯和海伦则各自提出了生成和意志的观念。墨涅拉奥斯最接近于暗示一种对生成的全面理解,而海伦认为所有现象背后都有一个不可思议的内心(heart),这深化了墨涅拉奥斯的看法。然而,赫耳墨斯所展示的摩吕草(moly)的药性,却似乎属于不同的秩序(order)。这种草可以让奥德修斯不具有神的本质(being)而享有神的知识。

亚里士多德在《政治学》中谈到人天生就是政治动物,因为人是"理性的动物",一种有理性和语言的动物。但他又谈到了人类另外还需要法律,人的兽性要得到控制,不管这种兽性是以性欲的形式还是以其他无法无天的形式出现,这几乎立即削弱了理性和政治之间的联系(或正义作为共同的好)(1253a1 – 37)。① 迄今为止,奥德修斯历险的展开方式好像就是为了阐释亚里士多德的思想。不仅奥德修斯在政治性和非政治性的环境里遇到了吃人和乱伦的现象,而且法律和理性之间问题丛生的关系也正处在奥德修斯对记忆的选择与心智无私性之间的张力的中心。不必再次强调心智如何在语言的含糊性中展现出来。奥德修斯经历中所有这些亚里士多德式的因素,都不是基于亚里士多德对自然的理解。这些因素在莱斯特律戈涅斯人那里达到顶点,他们粉碎了奥德修斯现在对政治生活所必需的正义也许还保留着的最后一丝希望。② 库克洛普斯人已经让奥德修斯对正义和秩序的联系不抱任何幻想,而莱斯特律戈涅斯人又让他对正义和共同体的联系不抱希望。国王加议事会

---

① 亚里士多德在《尼各马可伦理学》卷七的开头,把兽性与英雄的美德——赫克托尔即为这种美德的榜样——对立起来(1145a2 – 22),而在1148b15 – 1149a20,亚里士多德又谈到各种各样的兽性,以同类相食居兽性之首。

② 柏拉图让普罗塔戈拉(Protagoras)否认奥德修斯在莱斯特律戈涅斯人那里的经历的真实性。柏拉图借普罗塔戈拉之口说,即使那种最不正义的人,如果他住在城邦中,与那些远离政治生活的野蛮人相比而言,也是正义的(《普罗塔戈拉》[Protagoras],327c4 – d4)。

的统治方式,比离群索居而又离奇古怪的波吕斐摩斯还要糟糕千万倍。发现自然的路径现在似乎已经在两个方面做好了决定性的准备,一是没有外力相助而仅凭人力就到达了莱斯特律戈涅斯人的国土,二是奥德修斯未受强迫就选择了正义。

  关于基尔克和她的行为有两段叙述。第一段叙述,从卷十行210到卷十行243,包括欧律洛科斯所见到的和没有见到的,这段诗歌讲述了奥德修斯那些同伴的遭遇,欧律洛科斯留在门外,其余的人接受了基尔克的邀请。第二段叙述,从卷十行274至卷十行347,包括赫耳墨斯报信,说了基尔克的迷药和他自己的解药。[86]在这两段叙述中,基尔克的行为大体相同,但奥德修斯与欧律洛科斯不一样,他在基尔克的住所周围没有看到中了魔、像家犬一样对人摇尾乞怜的狼和狮子(10.212–219;另参433)。尽管奥德修斯的同伴们看到这些让人毛骨悚然的野兽时也有些害怕,奥德修斯却没有任何反应,他既不害怕也不漠然,他没有看到任何让他心潮起伏的事物(10.309)。不清楚这些野兽实际消失了,还是在故事中隐去了。但如果这些野兽实际消失了,那么赫耳墨斯的介入似乎就与它们的消失有关:赫耳墨斯也没有提到它们。尽管赫耳墨斯对奥德修斯讲,要他把摩吕草带在身边,但基尔克显然没有看到那种药草,否则她立即就会知道奥德修斯能够抵抗她的迷药,她也立即就会知道他就是奥德修斯,赫耳墨斯已经通知过她奥德修斯就要到了。如果是那样的话,奥德修斯就没有携带摩吕草,他可能要么吞下了它,要么把它像药膏一样擦在了身上([译按]这是根据后面情节的发展,说奥德修斯要与基尔克交欢,就无法把摩吕草藏起来,另参10.392)。① 两种办法都不可能,赫耳墨斯当时就地拔出了摩吕草。赫耳墨斯对摩吕草所做的就是向奥德修斯展示摩吕草的自然性(phusis):"那药草根呈黑色,花呈奶白色。神明们称这种草为摩吕,有死的凡人很难挖到它,因为神明们

---

  ① 我这样来表述这个问题有赖于Jacob Stern,我经常和他讨论摩吕草(*moly*)。

无所不能。"如果具有决定意义的行为是展示它的自然性,而不是披露它神圣的名字,就好像它是一个具有魔力的符咒,那么摩吕草本身就是无关的东西。重要的是它具有某种自然性,而且神明的力量就在于他们知晓摩吕草及所有其他事物的自然性。① 把摩吕草挖起来,是要揭示它的花和根,花和根尽管颜色相反却同属一物。对事物自然性的这种揭示和理解对凡人来说很难,但并非不可能。奥德修斯因此就有了知识作为武装。这种知识使他免遭基尔克的魔法。基尔克的魔法要把人变成猪,头、声、毛和形体都成猪样,但心智(noos)仍和从前一样。因此,奥德修斯的知识就是:人的心智和身体同属一物。身心一体,有如摩吕草的根与花。如果一个部分不产生变化,那么另一个也就相应地不可能产生变化。墨涅拉奥斯所碰到的不断的生成,其间没有自然性可言,那种生成也就必定是一种幻象。基尔克告诉奥德修斯:"可你胸中的思想却丝毫没有受迷惑。"(10.329)②

人们常说,前哲学时代指称整体的字眼是"天地"(heaven and earth),哲学家们把它叫作"宇宙"(kosmos),一个有序的复合体,其结构只有心智才能理解,而对眼睛来说却不明显,同时"宇宙"也不能超出它最显眼的两个边界([译按]指"天"和"地")。③ 有"日夜"之说,也有"日"之说,日包含着[87]白天和黑夜,且再也不可见。赫拉克里

---

① 在 10.306,有一种古老的变体,"但神明无所不知",可能是基于对 4.379 的联想。

② 阿里斯塔克斯(Aristarchus)以仅身体变化了而灵魂却保持不变为理由,对这几行诗歌做了非神话的处理(athetize)。但 thelgō[迷惑]正常来说并不是指改变身体,而且《注疏》V 在 10.291 把"迷惑"一词注疏为"改变心智"。《注疏》T 在疏 10.305 时写道,对奥德修斯来说,拿到摩吕草,就意味着拿到了整个逻各斯(logos)。[译按]阿里斯塔克斯(公元前 217?—前 145?),古希腊语法学家和文献校勘家,当过亚历山大城图书馆馆长,以校订和研究荷马史诗著称。

③ 另参希波克拉底,《论生活》(de victu),他模仿赫拉克里特的口吻说(1.4):"人们相信眼睛,更甚于相信他们的理解力(gnōmē),尽管眼睛甚至不足以判断究竟看到了什么。"

特以此为例,指出了赫西俄德所不知道的东西,因为白天和黑夜是一体的(辑语57)。逻各斯所发现的整体性当然能够成立,却不能没有歧义,因为白天和黑夜毕竟还是两回事。① 赫拉克利特说,"向上的路和向下的路,是同一条路"(辑语60),但它们仍然是两条相反的路,人们即便知道它们是一条路,却只能要么走这条路,要么走那条路。② 现在看来,荷马是我们所知的第一个开始理解这一哲学原理的人,他把这种原理称作"自然"。③ 在发现这一原理前必须先有一些经历,这些经历标示着发现这一原理的难度。不清楚奥德修斯是否把这个原理扩展到了这一洞见之外,但他的确印证了该原理。在哈得斯时,奥德修斯知道了男男女女都有可以认识的魂影(images),但却没有心智,只有特瑞西阿斯例外(10.492-495)。奥德修斯自己曾说过他只是心智,他因而否认了哈得斯的鬼魂。在"库克洛普斯人"的故事和"哈得斯"的故事之间,奥德修斯得知了摩吕草的自然性,他看到同伴们时已认不出他们的模样,但他们的心智还保持原样。所以奥德修斯

---

① 柏拉图和亚里士多德都相似地用"天"取代"天地",见柏拉图《治邦者》,269d7-8;《厄庇诺米斯》(*Epinomis*,[译按]该篇是否为柏拉图原作,学术界对此尚有争议),977b2;另见亚里士多德《论天》(*de caelo*),280a21。蒂迈欧(Timaeus)开始谈话的时候把"天"和"宇宙"等同起来,得出结论说,它得以存在,是因它肉眼可见(《蒂迈欧》,28b2-c2),但准确地说,它恰恰不是可见的(另参《王制》,509d1-4)。然而,只有这样一个可理解的整体性率先得以成立,才可以提出原因问题:脱离日照来看待日蚀,那么这两者的原因都不可能找到。苏格拉底似乎曾提说,这样的整体性本身就是原因。荷马在史诗中只走了第一步,也许他觉得根本就没有第二步。

② 赫拉克里特也认为无序("上下"意味着乱七八糟)和有序是一回事。

③ Émile Benveniste,《印欧语系中的施动名词与行为名词》(*Noms d'agent et noms d'action en indo-européen*, Paris: Adrien Maissonneuve, 1984)页80论述希腊语 φύσις 中的后缀时,说它"把抽象的概念过程看成了一种客观实在";而在论述荷马所使用的 φύσις 时,他做了这样的概括(页78):"(完成了的)构造,实在的自然:如此重要的一个词却被定义成了变化过程的完成之类的范畴,因此也就被看成已经现实化了的自然,并具有自然的所有属性。"

后来必会意识到,卡吕普索要让他不死不老的这个恩惠不可能是真实的。① 奥德修斯的身体和心智,使他成为现在这样的有死者,只有牺牲掉身心的统一性,他才能够逃脱变猪之灾。② 卡吕普索也许不懂得这一点(5.170),但基尔克懂得:基尔克虽然也想让奥德修斯做自己的丈夫,但她没有提议把奥德修斯变成不死者。

奥德修斯目睹了人可能的残暴之后,也许会相信,只有像基尔克手中那种威力强大的药物才能够充分驯化人类。③ 这个代价就是丧失语言能力(另参 10.408 – 420)。奥德修斯采取民主化的统治,并且不仅容忍了他暂时能够压得住的一时的反叛,也容忍了他因同伴多数不愿忍受饥困而失掉理性所遭受的失败,此后,奥德修斯就看到了这种"猪的城邦"(city of pigs)的可能性(10.428 – 448;12.278 – 297)。④ 荷马因此就将两种似乎具有不同秩序的政治观念并列。兽性的主题两度达到高潮,第一次是在莱斯特律戈涅斯人那里,然后是在基尔克的猪那里。相较之下,后者指向了一种人性,这种人性虽然是人之为人的基本属性,却不是对每个人都敞开,因为他并非必然是他之为人所必需是的,除非他知道那就是他之为人所必是的。⑤ 没有那种知识,人就会受迷惑,只好臣服于完美的统治。但我们不清楚,奥德修斯的大胆行为和他被赋予的洞见([译

---

① 另参《集注》T 之 9.33。
② 另参柏拉图,《斐德若》,246c5 – d3。
③ 就从莱斯特律戈涅斯人到基尔克这一顺序而言,也许值得重提贺拉斯的观点,他说俄耳甫斯(Orpheus,[译按]乐师、诗人,著名的俄耳甫斯教[Orphism]的创立者)驯服凶猛的老虎和狮子的故事,象征着俄耳甫斯要吓阻(deterruit)人类,使人类放弃吃人的风俗(《诗艺》[Ars Poetica],391 – 393)。
④ [译按]作者此处运用了典故,典出柏拉图《王制》。柏拉图反对民主,认为民主政治就是将一切拉平的猪猡政治,民主之邦就是猪的城邦。此处也是一语双关,表面上指奥德修斯民主化以后,手下就被基尔克变成了猪。
⑤ 在柏拉图《斐德若》里苏格拉底所讲的神话中,人可以选择去当兽类,但如果还能言语的话,那就只能使用超凡(hyperuranian,或译超天)存在的一部分视力。

按]赫耳墨斯所授的对自然性的洞见)似乎暗示了的那种正义与知识之间的明显联系,是否如同无知与兽性之间的关系那么紧密。那种洞见也许隐含在行动中,但[88]行动却并非由洞见所引导。奥德修斯承认自己受必然性的制约而去救他的同伴,但这种必然性与有关外形和心智必须融为一体的知识,最终相同吗?

如果人无法离开政治而存活,他就必须同别人一起生活,而这些人如果不懂得人是由什么构成的,那他们对于人是由什么构成的这个问题就必定有另一种知识,那是一种并不保存人的自然性的知识,不管它可能在何种程度上反映了人的自然性。荷马指出,此知识最有力的例子可以通过"哈得斯"一词得以概括。"哈得斯"用一种特别的方式把人的肉体和灵魂分裂开来:灵魂还保持着肉体的外观,而心智则彻底消失了。哈得斯把人同其他一切事物区别开来。人还可以去哈得斯,所有其他动物则仅仅是死亡而已(10.174 – 175)。人的这种特殊性,不管是否有所夸大,都给人强加了某种限制。不许吃人这一禁令采取了普遍禁令的形式,人死后不管是土葬还是火葬,都是为了避免人被任何野兽吃掉。① 哈得斯

---

① 库克洛普斯人这段故事现在也许就有了更深的含义。波吕斐摩斯与奥德修斯正好相对立。波吕斐摩斯基本上是没有法律的(athemistos),因为他触犯了不许吃人的禁令。该禁令表明了法律本身建立的边界,如果人要成为人的话。法律从否定性的方面规定了那个边界。作为一种否定性的规定,法律必然以多样性的形式出现。法律的多样性包含在波吕斐摩斯的名字中,"有多种声音的人"。另外,前来的奥德修斯只是心智,他把自己叫作"无人":作为人类的肯定性规定,心智不允许它自己具有合法的声音。无论如何,柏拉图笔下的雅典外乡人,要求立法者把人的四种善转变成肯定性的法律条款时,在有关婚姻的法律中发现了还说得过去的与节制相等的东西,在有关教育的法律中发现了与勇气相等的东西,在有关私有财产和契约的法律中发现了与正义相等的东西,但他除了有关埋葬的法律外,找不到其他任何东西可以和心智或智慧相比配(《法义》,631c5 – 32c4;828c6 – d5)。在《厄庇诺米斯》中,当那位雅典外乡人在规定智慧是什么的时候,他这样开始,他否认那种禁止吃人并规定合法食物的举措是智慧,至少不是最高的智慧(975a5 – b1)。

是人的否定性规定,如此一来,哈得斯又合法地等同于奥德修斯对自己本性的认识。哈得斯的不可见性,似乎包含在它的名字(Aïdēs,或"看不见的",V.846)中,好像拿走了人性中看不见的边界。哈得斯因此并不是从对那种边界的知识演绎而来。埃尔佩诺尔只得提醒奥德修斯别忘了埋葬他,还威胁奥德修斯说否则就要惩罚他(11.71-73)。①

奥德修斯对自然的认识并没有超越一般人的知识。他的这一认识仍然不能使他免于这样的可能性:一旦他与基尔克同床共枕,基尔克就可能夺去他的男子汉气概(anēnōr)。在人类的可理解的外形(anthrōpos / eidos)与男人(anēr)和女人(gunē)可见的种类之

---

① 埃涅阿斯在下到冥府(Orcus,[译按]罗马神话中原意指冥王,相当于希腊神话中的哈得斯)以前,发现了金枝(golden bough),并违背金枝的意愿、违背指示地折断了它(《埃涅阿斯纪》,6.146-148,210-211)。如果金枝纯然的非自然属性意味着与摩吕草相反的对应,那么维吉尔就好像是沿着我们的路线来理解摩吕草:安基塞斯(Anchises,[译按]埃涅阿斯的父亲,与阿佛罗狄忒生埃涅阿斯)不承认罗马人在自然研究方面杰出(6.849-850)。在佩特罗尼乌斯(Petronius)笔下,恩科尔皮乌斯(Encolpius)和他的队伍遭遇海难后,到达了克罗托纳(Croton,意大利东岸的城市)海滨,他们得知,当地的居民要么是行尸,要么就是鸦雀(116.9;另参141.2,11)。如果克罗托纳人让我们想起了莱斯特律戈涅斯人,而恩科尔皮乌斯在"基尔克"面前失去男子汉气概与基尔克具有能力夺去奥德修斯的男子气概相呼应,那么恩科尔皮乌斯恰在碰到"基尔克"以前,他对那些生活在法律之外的人的良心谴责所进行的反思,就非比寻常了(125.4)。恩科尔皮乌斯以前反思过葬礼上的虚荣(115.17-19),但他后来又恢复到了"诚实"之上,这要归因于神使墨丘利(Mercury,[译按]相当于希腊神话中的赫耳墨斯),墨丘利"善于引导亡灵的往返"(140.12):尽管恩科尔皮乌斯对葬礼多有苛评,他毕竟还是帮忙埋葬了他的敌人 Lichas(115.20-116.1)。[译按]佩特罗尼乌斯(?—66),古罗马作家,著有欧洲第一部谐剧式传奇小说《萨蒂利孔》,描写当时罗马社会的享乐生活和习俗,现仅存部分残篇。

间,似乎暗示了某种区别。① 如果奥德修斯赤身裸体,就无法抗拒基尔克加害于他,除非先让她起誓不用其他祸殃来害他(10.296 – 301)。"赤身裸体"也许有两层意思:一丝不挂和赤手空拳。基尔克把性爱看作他们摆脱互相猜忌的一种方式(10.334 – 335),但奥德修斯曾被告知她仍然会占他的上风。男人内在具有的某种抵抗能力,比如"灵魂的力量"或不论我们称呼它为何种东西,不论有没有知识,这种能力都可能会丧失或减弱。这种抵抗能力似乎不只包含着羞耻和弱点,在凡人身上,这种羞耻和弱点可能会被认为与性相伴:作为一位女神同时又是太阳神的女儿,基尔克没有什么可失去,也没有什么好遮掩。② 基尔克发了誓后,奥德修斯的确同她上了床,但沐浴之后,尽管奥德修斯重新恢复了活力,却拒绝吃东西:"我坐着另有思虑,心中思忖着不幸。"(10.374)基尔克不知道,也无法搞明白究竟什么事情让奥德修斯郁郁寡欢。她实际上猜错了,以为他还怀疑她另有图谋。奥德修斯只好解释道:"你想有哪个 [89] 知理明义之人(enaisimos)会亲眼见到同伴们获释之前先想到让自己享用食品和饮料?"(10.383 – 385)奥德修斯向基尔克讲了她不知道的东西:有些东西是他和他的凡人同胞所共有的,而基尔克却没有。对她来说,奥德修斯的同伴们与驯服的畜生没有什么两

---

① 在奥维德《变形记》(Metamorphoses)里,人一开始被赋予了人类的外形和心智(1.76 – 88),但在丢卡利翁(Deucalion)和皮拉(Pyrrha)的故事以前,无论在特征上还是在起源上,男人和女人的区别都还没有产生(1.322 – 323, 411 – 415)。柏拉图《蒂迈欧》里已有相似的区分,更不要说在《创世记》1.27 和 2.7、21 – 24 里了。[译按]丢卡利翁是普罗米修斯的儿子,皮拉的丈夫,亦即《圣经》中的诺亚。丢卡利翁和皮拉尊奉预言家忒弥斯的神谕,在他们走过的地方往身后扔下大地母亲的骨骸(即地上的石头)。结果丢卡利翁扔的石头变成了男人,皮拉扔的石头变成了女人,他们就这样重新创造了人类。

② 既然老海神普罗透斯只有在睡着时才显出原形($τοῖος\ ἐὼν\ οἷόν\ ἑ\ κατευνηθέντα\ ἴδησθε$ 4.421),那种状态就与清醒时身心统一的自然是相反的,那么夺走奥德修斯的男子汉气概可能与睡眠而非与性相关。

样(10.283)。奥德修斯对他们有恻隐之心,基尔克则没有。只有当她看到同伴们个个都紧握奥德修斯的手,整座房子都充斥着渴望相见的悲恸时,她才不禁动了怜悯之心(10.399)。这是一件意义非凡的事情:神明向凡人学习。赫耳墨斯没有给奥德修斯讲,他如何或何时能够让他的同伴获释。甚至是奥德修斯,一旦被赐予神明所具有的那种知识,如果同时还让他能接近一位女神的床笫,或许也会丧失人性,如果基尔克所发的那个对神明来说很特别的誓言没有让奥德修斯联想到他自己的道义。没有那个誓言,奥德修斯也许就会遭受另一种形式的迷惑,让他如他的同伴所遭受的那样无能为力。也许奥德修斯就再也没有心胸或男子气概来抵挡另一个卡吕普索之类的诱惑了。我们晓得,墨涅拉奥斯,这位"渺小的枪手"(XVII.588)就没有抵挡住。

在基尔克的要求下,奥德修斯回到船上,带来了留守的二十二名同伴。奥德修斯描述同伴们欢迎他的方式,会使我们认为奥德修斯有些瞧不起他们:"有如被圈在栏里的牛犊看见母牛吃饱了鲜嫩的牧草,从牧场随群归来,众牛犊一起蹦跳相迎,冲出圈栏,兴奋地哞叫着围着母亲欢快地狂奔;我的同伴们当时亲眼看见我前来,也这样热泪盈眶围住我,心情激奋,如同已经返回到生养哺育他们的故乡土地和山丘崎岖的伊塔卡都城。"(10.410-417)奥德修斯把人类独特的反应转变成了一幅家牛欢腾图,他在其间已不再是同伴们的父亲,而是他们的母亲。奥德修斯把他自己对同伴的描绘,同他们的想象区分开来。实际上的确是同伴们的想象而非他自己的描绘把奥德修斯回到他们中间与他们自己返回到家园联系起来,这再清楚不过了(10.419-420)。奥德修斯不会没有发觉,他们只有在想象之中才能重返家园(另参23.233-240)。奥德修斯优越感十足,这让我们想起欧律洛科斯和奥德修斯都曾用来描述基尔克房子周围已着魔的狼群和狮子的那个比喻:"如同家犬对宴毕归来的主人摆尾,因为主人常带回食物令它们欢悦。"(10.216-217)然而,奥德修斯生动描绘的那种完美的统治,顷刻间土崩瓦解。欧律洛科斯强烈要求奥德修斯留下来守船的同伴们不要去基尔克那里。即便欧律洛科斯是奥德修斯的姻亲,奥德修斯也打算砍下他的脑袋。欧律洛科斯指责奥德[90]修斯,说他会冒失地把他们引入一个陷阱中,他们最终会在那里变成猪或温顺的狼和狮子,用来看守基尔克的房子。欧律洛科斯必定推断出,他所见到的狼和狮子以前都是人,因为他假定只有人才是温顺的。① 奥德修斯怒火中烧,不仅是转移大家的注意力,让大家不要在意欧律洛科斯机灵的猜测,他猜测到他的同伴已经变成猪,如果船上这些人知道这一点的话,肯定就不会跟着奥德修斯前去;奥德修斯的怒火还因为欧律洛科斯又说,同伴们在库克洛普斯人的洞穴里丧了命,乃是拜奥德修斯的罪恶所赐。这种指责把罪过的根源归结为知道的欲望,这倒是太接近真相,以至于难以有效辩驳。这让我们想起了欧佩特斯的指控,而这种指控的答案只能是他自己的死亡。奥德修斯肯定曾不惜一切代价阻止欧律洛科斯强占那条船,也不让欧律洛科斯离开他身边,而其他的同伴只能搁浅在岸。奥德修斯知道他刚才的比喻还不足以对抗恐怖与控诉结合起来的力量,这不是不顾他们的错误,而正是由他们的错误所致。

对自然性的发现显然与统治问题有关联。不仅有了奥德修斯的屈尊俯就——他称手下为朋友,并且一度让欧律洛科斯统领一半人,而且随着他的臣民具有了畜群(herdlike)性质,也就有了对个人自然性的尖锐刻画。欧律洛科斯受到指责,但波利特斯却是奥德修斯同伴中最讨人喜欢也最有头脑的人(10.225),而埃尔佩诺尔这位"有希望的人",是最年轻的同伴,头脑和四肢都最不发达(10.552 – 553)。② 奥德修斯最终还是败给了欧律洛科斯。在欧律洛科斯第二次抗命

---

① 另参柏拉图,《智术师》,222b5 – c2。

② "埃尔佩诺尔"的意思也可以是"大家期待的人"。另参 Ferdinand Sommer,《古希腊语主格构成史》(*Zur Geschichte der griechischen Nominalkomposita*, Munich: Bayerischen Akademie der Wissenschaften, 1948),页175。

的时候,奥德修斯找到了比用武力威胁更好的办法(12.297)。同时,奥德修斯的手下渐渐不那么团结了。奥德修斯在基尔克那里失去了对手下的控制。尽管基尔克极力要求他多待一段时间,直到大家的精神完全恢复到他们离开伊塔卡时的状态(10.460-465),但一年后,奥德修斯的同伴还是要求回家。① 奥德修斯向基尔克承认,同伴们执意要走,都已经让他心碎神离了(10.484-486)。可以肯定地说,奥德修斯并不是不情愿回家,但回家的决定却不是他做出的。也许他的同伴不得不阻止他杀掉欧律洛科斯的时候,他就失去了对手下的控制。如果没有人阻拦,奥德修斯也许能够救得了余下大多数人的性命。欧律洛科斯代表的障碍直接指向了那些求婚人。

哈得斯

基尔克是太阳神的女儿。她把自己算作宇宙神,但她却扮演着把奥德修斯引向奥林波斯诸神的向导这一角色,[91]哈得斯可以说就是奥林波斯神明最有说服力的象征。能看见阳光就是活着,因为太阳照耀不到哈得斯(10.498;12.383)。原来,基尔克知晓奥德修斯回家的路,但她不知道奥德修斯的前程。这中间的区别让我们想起了克洛伊索斯(Croesus)在德尔斐(Delphi)神庙测试预言时所犯的错误。② 克洛伊索斯安排他的使者们去问那个女祭司:就在使者们问卜的那一天,克洛伊索斯正在干什么? 但使者们只问克洛伊索

---

① 基尔克在这里(10.456-465)所表现出的对奥德修斯的痛苦的理解,似乎比雅典娜所表达过的任何东西(另参1.49,190;13.310)都远为深刻和广博。基尔克好像知道艾奥洛斯这段故事,假如她由此而教奥德修斯打复杂的巧结的话(8.447-448)。

② 希罗多德,1.47-48。

斯次日会干什么,以确证阿波罗既知现在又知将来。奥德修斯即将遭遇自己的命运(另参 11.139)。他一旦去了哈得斯,就别无选择。那时,奥德修斯已开始知道他命运的两个主要因素:另一个是他的正义;另一个是他的虔敬。如果要搭救妻儿,他就必须回家,而如果要与波塞冬和解,他就必须离开家园。《奥德赛》之谜很大程度上就围绕着这个双重任务的分分合合展开。一旦特瑞西阿斯为奥德修斯揭开未来的图景,奥德修斯的生命就开始有了意义。但我们不清楚的是,未来所赋予其生命的那种意义,是不是毫不含糊的,是不是还包括他所经历过的一切,以及他在完成生命的过程中将要体验的一切。人们经常说,当阿基琉斯凝视赫菲斯托斯为他打造的盾牌时,他懂得他看到的盾牌上面所描绘出来的一切。但是当埃涅阿斯凝视伏尔坎(Vulcan,[译按]罗马神话中的火神与冶炼之神,相当于希腊神话中的赫菲斯托斯)为他打造的盾牌时,盾牌上面雕刻着阿克兴战役,他完全不懂,而且尽管对图像一无所知,他还是在图像中得到了欢乐,把子孙的名誉与命运扛在了肩上。[1] 奥德修斯在这方面更像埃涅阿斯,而非阿基琉斯。奥德修斯的生命被赋予了一种形像,这种形像既适合于又不适合于他的生命。只有当奥德修斯见过并遭遇了他所见和所遭遇的这一切,他才为演绎他的命运做好了准备。但人们不禁要猜想,他的命运就好像在命运中指点他的那个灵魂,都不过是其生命的一个意象罢了。

我们在理解哈得斯时所面临的困难,可以通过奥德修斯本人反映出来。当奥德修斯得知自己必须去哈得斯与令人畏惧的冥后佩

---

[1] 维吉尔,《埃涅阿斯纪》,8.730–731。《埃涅阿斯纪》曾经一度在过去的共和制与未来的帝制之间寻求一种平衡,该书的第一批读者知道,共和制已一去不返,而他们又听说早逝的马塞卢斯(Marcellus)已经取消了帝制。现在的《奥德赛》还以自己的方式在两者之间寻求平衡。[译按]马塞卢斯(公元前268—前208),罗马名将,曾两度任执政官,绰号"罗马之剑",第二次布匿战争时攻克叙拉古,迎战汉尼拔,后阵亡。

尔塞福涅(Persephone)的居所时,他哭了,"我的内心简直不想再继续活下去看见太阳的灿烂光辉"(10.497－498)。奥德修斯这样说,就好像去哈得斯与看不见太阳的光辉不是一回事一样(另参12.21－22)。两种都仅仅是说法而已,单独来看都没有任何意义,但一旦并置,它们就会用各自的字面意思相互补足,并且使原本简单明白的意义变得模棱两可起来。紧接着,奥德修斯就谈起了埃尔佩诺尔的不幸。埃尔佩诺尔"为求凉爽(psukhos)",爬上了基尔克的屋顶想以睡解酒。埃尔佩诺尔听到同伴们准备离去的忙乱声,忘了要沿着梯子逐级下来,结果跌断了颈子,"灵魂(psukhē)就堕入了哈得斯"(10.560)。在埃尔佩诺尔之前,《奥德赛》里还没有谁的灵魂去了哈得斯,而且奥德修斯再也没有这样[92]说过。荷马才是哈得斯的见证人。奥德修斯所讲的故事中唯一一个被荷马重复了的故事是:求婚人的灵魂去了哈得斯。然而,奥德修斯自己似乎认为,灵魂只不过就是呼吸(anapsukhein)这回事,而把灵魂看作某种可以分离的东西以及灵魂本身,只不过是愚蠢的"有希望的人"埃尔佩诺尔的希望。① 因此,在他意识到人的身体和心智必须统一之后,当他被告知,神明可以分开身体和心智,而在特瑞西阿斯身上,神明又可以让身体和心智统一起来,却让它们远离生命和太阳的光辉,奥德修斯就生起了绝望。奥德修斯在两件事上被恰当地领进了神明的力量之中。基尔克在没有让人看见的情况下就把奥德修斯祭奠哈得斯所需的牲牢带到了船上,"只要神明不愿意,有哪个凡人能见到来往的神祇"(10.573－574);在哈得斯之旅结束时,奥德修斯碰到了一个奥克阿诺斯(Ocean,意即绕地长河)边沿的民族,不管太阳是升起还是落下,都照耀不到他们(11.13－19)。活着与看见阳光不是一回事(另参24.263－264)。夜晚属于神明。②

奥德修斯对哈得斯的讲述可分成四个部分:第一部分包括埃尔

---

① 另参柏拉图,《克拉底鲁》,399d10－e3。
② 赫西俄德,《工作与时日》(*Works and Days*),730。

佩诺尔、特瑞西阿斯和奥德修斯之母安提克勒娅;第二部分是一群以前的女英雄;第三部分是奥德修斯以前在特洛亚的战友;最后是以前的男性英雄。从第二部分来看,正如某些古人所说,幽冥世界的故事无疑尤其适合女人。① 不管怎样,奥德修斯在谈到这些女英雄之后,就赢得阿瑞塔的支持,获得了许多礼物,此后,在阿尔基诺奥斯的请求下,他又谈到了克吕泰墨涅斯特拉的变节。② 通过提到可恨的埃里费勒(Eriphyle)③,奥德修斯审慎地停住了有关女人的故事(11.326-327)。严格按照简洁的原则来看,对哈得斯的描述本不应该包括后面三个部分。一旦同埃尔佩诺尔、特瑞西阿斯和他的母亲谈完话,奥德修斯就应该返回基尔克那里。奥德修斯从埃尔佩诺尔那里知道了他对这个无名小辈所负有的神圣责任;从特瑞西阿斯那里,他知道了自己的未来;从母亲那里,奥德修斯知道了冥府里无法拥抱。最后这一点是阿伽门农所不知道的(11.392-393)。一旦奥德修斯和佩涅洛佩都故去,他们夫妇就将永远分离。④ 奥德修斯在哈得斯的第一程和最后一程经历都是对怕的体验(11.43,633)。奥德修斯虽然克服了最初的恐惧,却没能克服最后的恐惧。奥德修斯似乎让自己接受了一次最终没能通过的考验,即便他知道此后将看到的一切同他已经看到的一切一样,都是幻影。没有哪个神明曾托梦给奥德修斯。哈得斯就是他的梦魇。需要解释一下奥德修斯在哈得斯中持续不断的好奇心。这让人想起他拒绝离开库克洛普斯人的洞穴。

---

① 另参普鲁塔克,《青年人应如何鉴赏诗歌》(*quomodo adulescens poetas audire debeat*),16F。

② 另参 Wilhelm Büchner,《荷马史诗的冥府之旅问题》(Probleme der homerischen Nekyia),载于 *Hermes*,72(1937),页107-108。[译按]《奥德赛》卷十一因描写冥府鬼魂,素有"鬼魂篇"之称。

③ [译按]阿尔戈斯的一位王后,因收受黄金而出卖自己的丈夫,后被儿子为报父仇而杀死。

④ 维吉尔描写了狄多和她的丈夫西凯奥斯(Sychaeus)在阴间破镜重圆,由此而彻底改变了荷马赋予冥府的意义(6.472-474)。

如果要说奥德修斯讲述第二部分纯为图利,而第三部分又是在阿尔基[93]诺奥斯询问之下不可回避的话,那么严格来说,只有第四部分才是奥德修斯愿意讲的。奥德修斯并不满足于截至那时所了解到的情况,而他后来所了解到的情况又引得他进一步打听,要把新打听到的事继续讲下去让他无法忍受。人们也许会假设,奥德修斯从阿基琉斯那里了解到的情况已足以让他赶紧离开此地;即便阿基琉斯所说的话没有逆转奥德修斯对命运的接受,但也至少让卡吕普索的恩赐更有吸引力了,而不同于他当初对待这一恩赐的态度。现在看来,奥德修斯的选择,似乎既不是返回家园,也不是终有一死,而是哈得斯。

就像基尔克比奥德修斯先到船上一样,埃尔佩诺尔也比奥德修斯先到哈得斯。埃尔佩诺尔没有对奥德修斯就自己的殒命所做的解释再补充说点什么,只说这是神明注定的(11.61)。奥德修斯把埃尔佩诺尔的死看作没有脑筋的结果。埃尔佩诺尔请求把他的铠甲和他葬在一起,在海边为他修一座坟(sēma),并把他生前使用过的船桨插在坟头(11.74-78)。我们很容易明白埃尔佩诺尔的所想。埃尔佩诺尔想让以后的人把他看成一个大人物,即便他对后人来说并不是一个重要人物。后人会从埃尔佩诺尔的所作所为中了解他。虽然没有什么了不起,但总算是一段事迹。① 坟茔的标志是不会被误解的。另外,奥德修斯第二次出海远航的时候,会碰到一个从未见过大海也从不吃盐的民族,他们就没听说过船或桨。当一位旅人遇见他,看见他肩上扛的特瑞西阿斯嘱咐他扛着的船桨,并把他所扛的称作"扬谷的大铲"(winnowingfan)时,那就是奥德修斯到达目的地的明显标志(sēma, 11.121-131)。② 在碰到这位旅人的时候,奥德修斯要把船桨插进地里,并向

---

① 在《奥德赛》里,只有12.10才把"尸体"(nekros)一词用作一个专名("埃尔佩诺尔")的同位语。在《伊利亚特》里,这个同位语只用在了帕特罗克洛斯(Patroclus)和赫克托尔身上(XXII.386;XXIV.423;另参XVII.127)。

② sēma同时具有"坟茔"和"标志"的意思,可参考柏拉图,《克拉提洛斯》,400c1-4。

波塞冬献祭。祭品包括一头公羊、一头公牛和一头公猪,这对奥德修斯来说太过丰盛,不能随身携带。奥德修斯得向居民们解释他想做什么。"有一位神明,"他会说,"掌管着你们看不见的东西。"奥德修斯被选定了在回家的途中经过费埃克斯人的国土,让他们知道神明已不再向他们现身,并且根本上是不可见的。这样一个奥德修斯也注定了要将奥林波斯诸神的威名传扬到一个指示神明存在的标志已经不再指示他们的存在的地方。[①] 他将切断同那些宇宙神的联系,这些宇宙神仍然游荡在奥林波斯诸神中间,存在于转喻(metonymy)的要素中。船桨将会是一种改变了意义的象征。它的意义将是焕然一新的。特瑞西阿斯说,那个内陆民族不知道船桨乃是"船只飞行的翅膀"。"翅膀"可用来比拟"船桨",使特瑞西阿斯能够诗意地言说,但表示"扬谷的大铲"的那个词(athērēloigos)——其字面意思为"谷壳消灭者"——所暗含的诗意,却没有提供一种理解船桨的方法。船桨不会区分善恶。[94]把它插进地里,它就指向了它本来并不指向的东西,它本来指向何物则不得而知。在某种程度上,"船桨"起着前面那个专名Outis[无人]所起的那种作用。当把Outis告诉给[波吕斐摩斯之外的]其他库克洛普斯人的时候,它表示的是"无人",但在表示"无人"的时候,它就指示了"心智"。所以,在恰当的环境里代表水手的坟墓或波塞冬的"船桨"一词,其意义会发生变化,要么代表"无人",要么有新的称号。

似乎完全讲得通的是,在幽冥世界里,奥德修斯知道了有必要埋葬死者,学会了做奥林波斯诸神的信使。在这两种形式的虔敬之间——一种就在当前,另一种在遥远的未来——奥德修斯知道了波吕斐摩斯祈祷的内容,后者说奥德修斯在家中遭到这样的祸殃:傲慢

---

① 另参《注疏》V 之 11.130;尤斯塔修斯说(1675, 32-34):"显然是为了让波塞冬在陆地上、他的名字还未到达的那些地方也能得到礼敬,因为这里面还包藏着一种野心:要让那些不知道的人也能礼敬自己。"另参 Franz Dornsheiff,《奥德修斯最后的航行》(*Odysseus's letzte Fahrt*),载于 *Hermes* 72(1937),页 351-355。

无礼的人会吃光他的家财,还会纠缠他的老婆。这是一种新的苦难。这与奥德修斯将要忍受的那种可见的伤痛无关。这种苦难不像他在卡吕普索岛上流的泪那样清晰明白,奥德修斯的生命在那里是一种明显的空虚;这种苦难也不像在战争中和海上的蹉磨那样显明可见,费埃克斯人对此就一无所知了。那种与波吕斐摩斯所体验到的疼痛相似的苦难,其实更加深切,而且也完全取决于奥德修斯如何对待它。特瑞西阿斯所谈到的暴行,与奥德修斯将要进行的报复原来是一回事:安提诺奥斯用搁脚凳打了奥德修斯。结果,奥德修斯在用一种象征来抚慰埃尔佩诺尔和用一种象征来抚慰波塞冬这两件事情之间,会体验到另一种象征,即为了能够有所报复,需要杀死一百零八名求婚人。特瑞西阿斯具体谈到了一种象征性的行为,奥德修斯似乎可能无法正确地阐释。与我们从特瑞西阿斯的意图中所了解到的东西相比较而言,具有双重意义的船桨这一象征算是简单的。

那些求婚人受到的惩罚与他们的罪行显然极不相称,特瑞西阿斯用来形容他们白吃白喝的语言更加突出了这种不相称:"他们耗费你的家财(biotos)。"我们以前就听说过这回事(1.160;2.123),但奥德修斯亲眼见过库克洛普斯人和莱斯特律戈涅斯人吃掉他的同伴们,这对他来说,必定要么是一个绞尽脑汁的隐喻(exhausted metaphor),要么就毫无意义。然而,奥德修斯的报复,似乎需要他从字面上来理解"家财",换句话说,就好像 biotos([译按]家财,又译"生计")意味着"生命"(有时它的确有这种意思),他要在求婚人身上发泄他无法强行在波吕斐摩斯身上发泄的怒气。① 如果 biotos 仅仅意味着他的财

---

① 还应该考虑另外一个表达法,"吞噬血气"(thumon edmenai):奥德修斯人在库克洛普斯人的故事前后,都把这个说法用在了他自己和手下身上(9.75;10.143,379)。它的意思似乎是表示对人世生活的普通利益漠不关心(另参 XXIV.128–130),并因此一方面与求婚人的漠然相联系,即无视他人的权益,把特勒马科斯吃得离家出走;另一方面又与波吕斐摩斯对人之为人的特殊性毫无兴趣相联系。正如基尔克所说的,奥德修斯如同哑巴静坐(10.378),这种特殊性就存在于言辞中。

产,那就很难说清楚安菲诺摩斯(Amphinomus,[译按]求婚人之一,但根据原文,那个赔偿建议是欧律马科斯提出的)最后关头的建议为什么不可采纳——他的建议是求婚人赔偿他们吃喝掉的,再加上所损坏的(22.55-60)。① 因此,求婚人似乎必须为他们吞掉奥德修斯的财产背后的想法而受惩罚。他们当奥德修斯好像已经不在人世了(14.89-92;22.38-40)。对求婚人来说,不在人世就意味着[95]没有外援。求婚人不相信有哈得斯。每当他们威胁谁的时候,他们就说起了骇人听闻的国王埃克托斯(Echetus),所有凡人(brotoi)的摧残者,这位暴君会割下人的耳朵和鼻子,切下阳物喂狗(18.85,116;23.308[译按]原文出处有误,应为18.85,116;21.308)。埃克托斯是前一奥林波斯的冥王,他没有给人类设定边界。求婚人在其他地方再也没有说起过brotoi,该词在这几段中似乎恢复了它的词源brotos的某些意思,brotos的意思是"血污"(另参11.41)。② 更为重要的是,这些求婚人根本就没有把人说成"有死者"(thnētoi),但奥德修斯自己却用过约31次。这些求婚人不相信人是由"不死"(athanatos)和"有死"(thnētos)这一对矛盾物构成的。因此,他们也就不承认"有死"一词乃是这对矛盾的标志性术语,背后以"哈得斯"及其所预设的一切为支撑。埃尔佩诺尔这位小人物威胁奥德修斯说,如果奥德修斯不把他埋葬,他就要报复,这正好说明虽然埃尔佩诺尔已死,却并非无力无助。他有他的分量。

虽然听了基尔克和特瑞西阿斯所讲的,奥德修斯还是没有理解哈得斯。奥德修斯从基尔克那里懂得了灵魂就是影子(10.495),他自己就把埃尔佩诺尔的灵魂称作魂影(eidōlon,11.83)。特瑞西阿斯解释说,如果灵魂饮了牲血就能看见奥德修斯,并能同他讲话。但奥德修斯没有料到,能看和能说还不足以让他拥抱母亲。奥德修斯认为,很可能是冥后佩尔塞福涅给他遣来了一个幻影(eidōlon)。

---

① 另参修昔底德,3.46.2。

② 另参Manu Leumann,《荷马的语词》(*Homerische Wörter*, Basel: F. Reinhardt, 1950),页124-127。

母亲安提克勒娅告诉奥德修斯说,她不是一个幻象,只不过魂灵有如梦幻一样飘忽不定。这没有东西可附着。母亲敦促奥德修斯赶快返回阳世(seek the light),把她所讲的一切述说给他的妻子听。安提克勒娅所讲的,除了佩涅洛佩的忠贞、特勒马科斯安好的消息和他父亲在乡间困苦的生活之外,就是她因思念儿子以及思念他的智慧和爱而去世(11.181-203)。奥德修斯立即意识到了母亲与父亲的区别:奥德修斯的离家对母亲产生的影响比对父亲拉埃尔特斯产生的影响要大。母亲的愿望受挫,最终要了她的命。奥德修斯没有尊奉母亲的建议马上离开,似乎是受到他想验证一个猜测的促动:哈得斯是一个永远受挫的地方。

奥德修斯最先看到的魂灵大多是早夭的短命鬼:战士、新婚的女子、未婚的少年和年轻的姑娘(11.36-39)。那些过去的女英雄就好像是同一个阶层烙印着同一个特点:奥德修斯从来没有见过她们。奥德修斯只好询问她们的身世(11.233-234),他却不必询问那些男性英雄的名讳。没有哪一个女人的名字是为世人所知的(1.308,310)。奥德修斯特意给了这些女人一定分量的荣光。她们的死后生活(afterlife)依赖于奥德修斯。奥德修斯成了女人们的缪斯。事实上,波塞冬的确是涅琉斯(Neleus,[译按]涅斯托尔的父亲)的父亲,安提奥佩(Antiope)的确曾同宙斯交欢,[96]宙斯的确是赫拉克勒斯之父,而埃皮卡斯特(Epicaste)确实在不明真相的情况下嫁给了自己的儿子俄狄浦斯。然而,奥德修斯没有让这些女人说自己的事情。① 这些故事大多数还真不是

---

① 这让人想起欧里庇得斯的《美狄亚》(Medea)。在《美狄亚》里,女人组成的歌队虽不赞同美狄亚杀死自己孩子的想法,却为了能让她逃到雅典,容忍了她杀死自己的孩子,在雅典,有一个女诗人最后会吟唱着妇女们的痛苦,会真正安慰她们(410-445;另参190-204)。她们受到神启的抑扬诗行(anapaest)不顶用(1081-1090),而准确地说,欧里庇得斯也不是她们所祈祷的救主。[译按]美狄亚,科尔基斯公主,基尔克的侄女,精通巫术。她帮助伊阿宋取得了金羊毛。为了和伊阿宋成婚,她害死了情敌格劳克(Glauce)。被伊阿宋遗弃后,又将他们的两个孩子杀死,逃到了雅典,与雅典王埃勾斯(Aegeus)结婚。最后因嫉妒而回到科尔基斯。

说她们自己的,而是说她们的丈夫、情人和孩子们的(另参11.227)。唯一不那么被动的两个人是埃皮卡斯特(又名伊奥卡斯忒[Jocasta])——她自缢了,和埃里费勒——她背叛了丈夫,奥德修斯在讲到她时就打住了。奥德修斯没有提起埃里费勒的儿子杀了她。哈得斯是一个男女严格隔离的地方。只有在那里才能看到这些妇女本来的样子,但正是由于这个原因,她们也就无法充分成为自身。奥德修斯应该早就知道,一旦特勒马科斯长大成人,而奥德修斯又回到家里,佩涅洛佩就完成了使命。从荷马的概述来判断,奥德修斯没有给佩涅洛佩讲,他曾经碰到过这些女英雄(23.322-325)。

这些女英雄的故事共有九组,除最后一组外,都与神明相关,而阿伽门农和阿基琉斯都没有提到神明的作用。① 阿伽门农仅仅因为一个邪恶女人的意愿就丢了性命(11.384)。男人和女人的这种区别,也许就解释了为什么在第四组中([译按]指埃皮卡斯特那一组)没有哪个女人受到惩罚。她们未曾受审。我们就会猜想,这样的纵容是否会完结,而哈得斯是否注定要变成性别中立的地方。克吕泰墨涅斯特拉将属于哪一组? 另一个奥德修斯是否会在将来某个时候知晓她那一边的故事? 不管怎样,奥德修斯似乎把阿伽门农的建议记在了心里:"你以后对女人不要过分温存,不要把知道的一切全部告诉女人,只说一部分,隐瞒另一部分。"(11.441-443)奥德修斯采纳了这个建议,这让他回家后的任务变得极其困难。安菲墨冬(Amphimedon)是求婚人之一,曾客居阿伽门农家。安菲墨冬后来在哈得斯给阿伽门农讲了另一个版本的《奥德赛》,在他的讲述中,一切都为了屠杀求婚人这个阴谋而平稳地进行着,因为安菲墨冬假定佩涅洛佩从一开始就在策划这场阴谋(24.127,167-169)。奥德修斯听了阿伽门农的故事后,不相信任何事也不相信任何人似乎成了他的一种根深蒂固的

---

① 这九组是按照奥德修斯所用的"我见到"一词来划分的。

信念。奥德修斯自己对某些正义问题的冷漠,在他向阿伽门农提出问题时的中立语气中显露无遗:"你是被波塞冬掀起的狂烈风暴、带来的凶猛气流制服在航行的船舶里,还是在劫掠牛群或肥美的羊群时被心怀敌意的人们杀死在陆地上,或者是为了保卫城市和妇女们而战?"(11.399 – 403)奥德修斯自己在伊斯马罗斯所做的事情和所遭遇的痛苦,可能在阿伽门农身上变本加厉,他将在其他地方一一遭受。阿伽门农的故事,把埃吉斯托斯置于克吕泰墨涅斯特拉支配之下。克吕泰墨涅斯特拉是阿伽门农的恶妻,她杀了卡珊德拉(Cassandra)。这个淫妇在阿伽门农去哈得斯(指死去)之时,还拒绝合上他的唇齿和双眼:"没有什么比女人更狠毒、更无耻。"(11.427)克吕泰墨涅斯特拉注定了要玷污后世的妇女们,即使有人行为良善(11.432 – 434)。阿伽门农因此控诉了所有妇女,虽然他对佩涅洛佩网开一面。[97]他的控诉似乎让奥德修斯下定决心,以后的事情要暗中进行。① 同甘共苦的日子已过去,城邦也分崩离析,佩涅洛佩已变得不可预测。奥德修斯的同伴们已然表达出来的怨恨,与佩涅洛佩可能的心怀不满相比,可谓不足挂齿。

基尔克这段插曲以同一句话勾勒了两边的情况:"他们哭泣又哀伤,却不可能有任何成就(prēxis)。"(10.202,568)在哈得斯,阿伽门农哭泣(11.466),阿基琉斯哀伤(11.472),其他人则悲痛不已(11.542)。哈得斯以"无所成就"为特征(另参11.464)。阿伽门农最遗憾的是,克吕泰墨涅斯特拉在他还没有看到并拥抱孩子之前,就杀死了他(11.452 – 453)。哈得斯被满足正义(themis)这一要求支配着。阿基琉斯生前声称是阿开奥斯人当之无愧的领袖,这一主

---

① 不管11.454 – 456是真是假,这都成立。对这方面的辩护,参见 Kjeld Matthiessen,《奥德修斯的冥府之旅问题》(Probleme der Unterweltsfahrt des Odysseus),载《格拉茨文汇——古典文史研究杂志》(*Grazer Beiträge*, *Zeitschrift für die klassische Altertumswissenschaft*),15(1988),页34 – 35。

张乃是史诗《伊利亚特》得以成立的支架,现在阿基琉斯在哈得斯中发现这一主张得以实现——所有的阿尔戈斯英雄都跟随着他——但他还不满足:他还想哪怕再活片刻,好惩罚那些不敬重他父亲的人(11.494–503)。① 生前随便什么愤怒,如果还没有得到发泄,都会游荡在哈得斯里。米诺斯(Minos)正在判的案子(dikē),必定是原告们来到哈得斯后提交的(11.569–571)。哈得斯里的每个人都还有牵挂(11.542),还有问题要解决。如果奥德修斯的命运就是要惩罚所有那些不尊重他和他家庭的人,那么人们就会想,奥德修斯是否相信自己不会进哈得斯。奥德修斯选择回家,这给了他机会,来完成阿基琉斯的选择所无法完成的事情。也许奥德修斯因此而相信,上天注定给他完满的生命,让他不会留下任何未竟的事情。奥德修斯似乎实在自信唯独自己从不做徒劳的事情,以至于当他面对沉默的埃阿斯(Ajax),当时还在因为阿基琉斯那副"该死的铠甲"余怒未消,他自信地说,埃阿斯迟早会回答他(11.553–565)。奥德修斯似乎把曾经到过哈得斯当成了一种特权,就好像他以后不会再到哈得斯一样。我们无法肯定荷马是否赞同奥德修斯这一点。埃尔佩诺尔似乎就代表了哈得斯里的真相。"不死的东西"不过是没有根据和毫无意义的期盼,不管是对善的还是恶的:"我们总是满怀希望。"② 然而,如果奥德修斯确信他的生命将得到完满,这就足以解释为何他在卡吕普索岛上因挫败而流泪,仿佛诸神决意要打破他这种信念,这也就更能解释他为什么要拒绝卡吕普索的恩赐。

正是由于见到了赫拉克勒斯,才让人明白了为何奥德修斯决定拒绝卡吕普索(11.601–626)。赫拉克勒斯是奥德修斯最急于见到的英雄中的最后一个,以至于奥德修斯等不及听埃阿斯的答话。其中有三位英雄描绘了哈得斯的徒劳特征,他们是提梯奥斯、坦塔洛

---

① 另参欧里庇得斯,《酒神的伴侣》,前揭,1316–1322。
② 柏拉图,《斐勒布》,39e5–6。

斯和西绪福斯。① 赫拉克勒斯描绘了哈得斯的虚幻：谁都不[98]可能把作为 eidōlon(魂影)的赫拉克勒斯与那个被如此精心描绘的、披在他肩上的黄金绶带区别开来。正如其他魂灵在赫拉克勒斯面前都还要恐慌地逃匿一样——赫拉克勒斯形如黑夜，好似随时准备射箭——奥德修斯也被各种野兽的图景和"搏斗、战争和杀戮"的情景吓着了。② 赫拉克勒斯在哈得斯里把好的缺失和真的缺失统一了起来。赫拉克勒斯还在抱怨他生前曾臣服于一个比他低等的人。奥德修斯没有同赫拉克勒斯讲话，他说赫拉克勒斯自己(autos)处于诸神之中。③ 奥德修斯的沉默也许是由于他想起了他的朋友伊菲托斯(Iphitus)，奥德修斯用伊菲托斯赠送的弓杀死了求婚人，也正是赫拉克勒斯把客居在自己家里的伊菲托斯杀死了(21.11–14)。神明用不死来回报不义。奥德修斯为之奋斗了十年的那个原则，结果却同哈得斯里的其余所有东西一样，都毫无价值：阿伽门农死去而赫拉克勒斯永生。这是奥德修斯所讲故事的低谷。如果奥德修斯想知道正义的人是否在受惩罚，那么他想见见其他人也并非毫无道理。但在他探个究竟以前，冥后佩尔塞福涅就把他吓跑了。也许奥德修斯怕见到伊菲托斯。

---

① 索福克勒斯在《菲洛克特特斯》(Philoctetes)里暗示了，西绪福斯即 phusis[自然]倒过来拼写(1310–1311)：τὴν φύσιν δ' ἔδειξας, ὦ τέκνον, ἐξ ἧς ἔβλαστες, οὐχὶ Σισύφου πατρός (即奥德修斯)。[译按]提梯奥斯(Tityus)是宙斯和地母盖娅之子，为天后赫拉所嫉妒，赫拉煽动他追求勒托(Leto，与宙斯生阿波罗和阿尔特弥斯)，欲行非礼，被宙斯用雷电打入冥府。坦塔洛斯(Tantalus)，阿尔戈斯人的祖先，因泄露天机，被打入冥河之中受罚，渴而饮水时，水退，饿而摘果时，果飞。西绪福斯(Sisyphus)，生前为科林斯王，因多重罪孽被罚推石上山，至山顶时石头滚回，如此周而复始。

② 这是把 11.613 行诗理解为奥德修斯希望那个制作了这条令人生畏(11.609)的绶带的匠人，既未曾制作这条绶带，也不会再制作出另外的绶带。

③ 另参 Wilhelm Büchner,《荷马史诗的冥府之旅问题》，前揭, 72(1937)，页 116–118。

命 运

特瑞西阿斯给奥德修斯讲的,是从太阳神的岛屿一直到奥德修斯的双重未来。基尔克给他讲的,是从女妖塞壬一直到太阳神那里。但他们两人都没有给奥德修斯说卡吕普索的事情。卡吕普索隐藏在视野之外。卡吕普索是奥德修斯生命中最神秘的部分。她代表着奥德修斯身上我们所不知的一切。她从奥德修斯和荷马所讲的故事之中溜出了人们的视线。卡吕普索似乎是故事与生活之区别的化身,是躲避荷马对因果关系的表述和奥德修斯对自己经历的理解的一切的化身。卡吕普索不仅是诗歌的谎言,必须把任何不能光明正大显现出来的东西藏起来,而且也可能是灵魂里的谎言,它无论具有什么实际上都是假的,也并不纯粹是言辞的谎言。① 卡吕普索没能让奥德修斯对必然做出让步,即动摇他对自己的生命或人的自然性的选择,但这并不意味着组成他的知识的这两部分就融合得天衣无缝,中间没有一点儿灰色地带。奥德修斯第二天拒绝对阿尔基诺奥斯和阿瑞塔再讲一遍卡吕普索的故事,他说因为头天已经讲过一遍,这就让我们注意到有可能存在这种不明不白的中间地带。奥德修斯说他不爱重复那些业已说清楚的种种,他这样说只是让卡吕普索显得更加朦胧隐秘(12.450 – 454)。

[99]特瑞西阿斯再次提到奥德修斯的命运问题,认为奥德修斯和他的同伴是虔敬抑或渎神,将决定他是否能够乘他自己的船回家。特瑞西阿斯并没有重视奥德修斯从离开基尔克的岛屿到接近太阳神的岛屿这段时间所发生的一切,就好似奥德修斯直到那时肯定会活着,奥德修斯不用做选择。基尔克起初当然好像在给奥德修斯制定航行路线,就好像真的不用做选择,但基尔克刚刚给奥德修

---

① 贺拉斯,《诗艺》,148 – 152;柏拉图,《王制》,382a4 – c1。

斯讲完如何躲避塞壬女妖，就让奥德修斯自己选择，并拒绝指点他（12.55-126）。一条路经由普兰克泰伊（Planctae）①，另一条路需从斯库拉和卡律布狄斯②之间穿过。经过斯库拉和卡律布狄斯中间的这条路，必定要牺牲六个人。而普兰克泰伊这条路前人只成功穿越过一次，那就是伊阿宋和他的"阿尔戈号"（Argo），因为伊阿宋受赫拉宠爱。奥德修斯选择了斯库拉和卡律布狄斯中间的这条路，他拒绝了不能得到的神助。奥德修斯虽然拒绝了神助，但还是向同伴们说起了宙斯，他说，宙斯会让他们躲过灭顶之灾（12.215-216）。从哈得斯出来以后，奥德修斯直言他对同伴们只说了一半真话。他既没对同伴也没对佩涅洛佩讲基尔克曾让他做的选择（23.327-328）。奥德修斯似乎把阿伽门农的建议推而广之，用在了所有人身上。他的这一态度让他对同伴如果吃了太阳神的牛会招致的悲惨轻描淡写，好让欧律洛科斯构想出一种可能性，而这种可能性恰是奥德修斯被告知无法避免的事情（11.112-113；12.275-321，348-349）。奥德修斯不知不觉就开始听天由命，他重提了涅斯托尔说过的一句话："这时我知道，恶神（daimōn）在制造种种祸殃。"（12.295；3.166）奥德修斯对基尔克的话所做的第一次改动，就是把基尔克的建议说成是命令，基尔克让他自己选择听或不听塞壬的歌声，而不是命令他听（12.49，160）。当然没有必要受塞壬诱惑。奥德修斯本来可以很容易就把耳朵塞上，并计算出他们要在海上划行多远才能迈过塞壬。总之，奥德修斯既没有给同伴们说塞壬的魅力，也没有给他们讲塞壬的危险。塞壬向奥德修斯讲话，她们知道奥德修斯的同伴［因塞住了耳朵而］听不见。她们专为奥德修斯设计了一套话语："我们知道在辽阔的特洛亚，

---

① ［译按］意为"会移动的悬崖"，或称"撞岩"，两边的悬崖见有物从中间穿过，便相向移动而夹击。参见王焕生中译本，页249注释1。

② ［译按］斯库拉是一种形如章鱼的巨怪，有十二只脚，六条长颈上长着六个可怕的脑袋。卡律布狄斯是一个吞吐海水和烈火的巨怪。

阿尔戈斯人和特洛亚人按神明的意愿忍受的种种苦难,我们知悉丰饶的大地上的一切事端。"(12.189-191)奥德修斯知道,如果他屈从于塞壬的歌声,他的妻儿将永远无法迎接他归来(12.41-43)。自从知道自己的命运后,奥德修斯发现,他最强烈最深沉的欲望不是返家,而是知识。奥德修斯能够抵挡住卡吕普索让他不朽这一蛊惑人心的言辞,但无法抵挡"全知"的蛊惑,而且为了抓住这样的机遇,他愿意放弃自己的生命。正义不是他本性的核心所在。也许正是出于这个原因,当奥德修斯给佩涅洛佩讲起他的第二次航程时,他给特瑞西阿斯的预言加上了一句话,这句话语恰与荷马的[100]开场白相照应:"他要我前往无数的人间城市漫游。"(23.267-268)奥德修斯的手下又[遵嘱]添加了捆绑他的绳索,这并不是要防止他挣断绳索,而是迫使他回家,因为塞壬的歌声触及他自身的真相,而哈得斯作为受挫的场所却向他隐瞒了这个真相。① 奥德修斯对正义的渴望也许已经得到了充分的满足,但他对知识的欲望还没有。对他来说,无知识,毋宁死。

塞壬们代表着奥德修斯经历到的三种局限中的第一种。第二种牵涉到他在驾船躲过卡律布狄斯时想要打败斯库拉这一愿望。甚至对于神明,奥德修斯也想挑起战争。基尔克警告奥德修斯说,不要和不死的怪物斯库拉战斗,而要召唤那个怪物的母亲。但奥德修斯忘记听取基尔克苦口婆心的劝告。奥德修斯果真无谓地准备战斗,也没有召唤斯库拉的母亲。但结果比起遵照基尔克的指点来说,居然也没有糟糕到哪里去,而且他还可以这样想:他至少做了点儿什么,没有不战而降。斯库拉一下就抓住了六个最强壮的同伴吃

---

① 尤斯塔修斯不无道理地说到,塞壬们代表着那种与行动无关的理论知识(1709,13-31)。另参西塞罗,《论至善与至恶》(de finibus) 5.49:荷马已看出(明白),如果那受到诱惑的人(即奥德修斯)就为这些歌声所征服,那么,传说就不可能得到证实;他渴求知识,因为对智慧的渴望无疑要比祖国更加可爱。

了。奥德修斯没有尽量安排最弱的六个让它抓走。奥德修斯不愿承认,世间必然存在种种恶行,这与求婚人所提出的问题直接相关。总之,渐渐地奥德修斯看上去好像是被迫经受着与冥府中的受挫相等同的活罪。首先,奥德修斯得知自己无法认识;其次,他得知自己无法打败邪恶;最后,他还会得知劝说的局限性:多数人的力量比任何雄辩或神圣的誓言都更厉害。首先是自己,其次是神明,最后是其他同伴,都是他前进路上的万重关山。奥德修斯正被迫认命。

奥德修斯没有说基尔克为他们储备的各种食物耗尽以后,他的同伴们究竟要打几天鱼、捉几天鸟(另参 4.360 – 369)。奥德修斯肯定意识到,无论他们能够坚持多久,神明都会把他们延滞在岛上,直到他们完全屈服为止。那件被荷马视为莽撞罪恶的事情([译按]指杀了太阳神的牛)——奥德修斯开始也这样认为(12.300)——不过是让同伴们变得无助和无辜的必然事件(12.330),尽管欧律洛科斯曾合乎情理地请求中途暂歇,同时警告说夜间航行太冒险(12.279 – 290)。他们原本可以自愿被缚,就像奥德修斯那样,以便让奥德修斯来拯救他们。他们渴望吃肉而奥德修斯渴望知识,这正好显示出他们本性上的差异:奥德修斯凭借自己的意志而得救,但同伴们不能。的确,这可能是因为一点儿宗教顾虑。也许他们为夺去了鱼儿的性命而不安,但又找不到更合适的东西作为祭礼献给奥林波斯神明。① 不管怎么说,欧律洛科斯提议用他们宰杀的牛向神明献祭,而奥德修斯的同伴们还颇费了一番周折来寻找合法的献祭所需要的替代品。欧律洛科斯[101]所许的愿决

---

① 尤利安(Julian)主张彻底禁绝鱼类,他说我们不应该吃那些不献祭给神明的东西。面对可能的反驳,尤利安接着区分了某些用鱼作牲祭的最初的仪式与不用鱼的礼敬神明的献祭。尤利安对这种限制解释说,鱼不像羊和牛那样被我们放牧和照料(《演讲集》[*Oratio*]之五,Spanheim 本,176e – 177a)。Athenaeus 之 325a – d 提起过几种献祭给不同的神明的鱼(赫卡忒、阿波罗和赫耳墨斯);可另参 297d – e、309d – e(Antipanes 本)。荷马唯一曾提到的鱼

定了他们的命运:如果他们能够回到故乡,他们将立即给太阳神建造一座神殿,献上许多贵重的祭品,让太阳神高兴。既然结果证明基尔克才是正确的,而非特瑞西阿斯(11.109;12.131-136,374-375)——即太阳神并非无所不见无所不闻,那么在奥德修斯刚刚被赋予为不可见的奥林波斯神明扩展领地的任务后,太阳神并不知道这一偿谢宇宙神的承诺。但是,当太阳神要求为他死去的牛作出公平的赔偿时,我们不知道太阳神是否已把人们对他的崇拜视为理所当然。①宙斯径自决定毁掉那艘船。宙斯承受着可怕的压力:太阳神

就是鳗鱼,这也许与如下事实有关,即鳗鱼和其他叫不出名字的鱼啄食派奥尼亚人的首领阿斯特罗帕奥斯(Asteropaeus)的肥肉,这是《伊利亚特》中唯一被吃掉的尸首(XXI. 203-204)。另参 D'Arcy W. Thompson,《希腊鱼类词典》(A Glossary of Greek Fishes, London: Oxford University Press, 1947),见相应词条。

①当我们在古代的《注疏》中读到这样的话时,肯定要乐得笑起来,即说奥德修斯的同伴吃掉了太阳神那不会生育也不会死亡的牛(12. 130-131),这背后的意思就是奥林波斯诸神取得了最终的胜利。但品达在《奥林匹亚凯歌》第七首提到了,要把太阳神整合到奥林波斯神的秩序中,还有些困难:品达在叙述中,把雅典娜生于宙斯的事件(思想通过艺术产生思想),放到了罗得生于海洋这个事件之前(太阳神发现罗得[Rhode]的时候,诸神并没注意到太阳神[译按]罗得,波塞冬的女儿,亦为爱琴海中著名岛屿名,因太阳神与罗得相爱得名)。奥维德通过法厄同(Phaeton,[译按]太阳神阿波罗的儿子,执意要驾驶太阳车,结果因不善驾驭,几乎把天地烧毁,最后被宙斯用霹雳击死)的故事从宇宙神过渡到奥林波斯神(《变形记》,1. 742-2. 400):厄帕福斯(Epaphus)这位"埃及人现在终于被相信是朱比特(Jupiter,[译按]罗马神话中的主神,相当于希腊神话中的宙斯)所生",而且与朱比特供奉于同一座神殿中(1. 748-749),他怀疑法厄同的身世,到故事结尾的时候,阿波罗被确立为太阳神(2. 399),并把黎明神与太阳神分割开来(2. 113)。贺拉斯在《世纪之歌》(Carmen saeculare,[译按]贺拉斯受渥大维委托,为公元前17年举办的百年运动会撰写的抒情诗)靠近开头的地方说,太阳神青睐罗马城(Rome),而到结尾的地方说的是阿波罗(12,65):贺拉斯从第一个三节诗的天体时间转到第二个三节

曾威胁说他要沉入哈得斯,去照耀那些死人。

诗的生育时间(generational time),再到第三个三节诗的季节时间(seasonal time),再到第四个三节诗的历史时间(historical time),再到第五个三节诗里时间的取消,最后在第六个三节诗中预报了未来的神圣法令。从宇宙神到奥林波斯神的变迁并不是必然如此的,埃及人对阿蒙神(Amun)的态度表明,阿蒙神最初是"隐藏的神","阿蒙"这个名称来自 *imn*[使不可见],但阿蒙后来被等同于太阳 - 神 Re'。另参 Kurt Sethe,《阿蒙神与赫尔波利斯的八个元神》(Amun und die Acht Urgötter von Hermopolis),载于《柏林普鲁士科学院论文集》(哲学 - 历史卷)(*Abhandlungen der Preussischer Akademie der Wissenschaften zu Berlin, Phil. - hist. KL.*),1929:第 22 部分,页 178 - 196。

六　奥德修斯的谎言

[103]从卷十三开始,《奥德赛》的长度超过了奥德修斯抵家后所需的篇幅:其中四卷讲奥德修斯在欧迈奥斯那里,四卷讲在家中伪装成乞丐,四卷讲杀戮和相认。① 很容易想到,不用那么迂回曲折的方法也能完成同样的结尾。那么我们就会猜想,是否有某种隐藏着的障碍,使得作者不能径直地叙述。第一个障碍似乎就是奥德修斯本人。尽管奥德修斯急切地要回家,但他到家之后是否能一直待在家里尚不确定。这种疏离不仅是因为他必然还要驾船出海,而且还取决于这样一些问题,即他的经历以及他对这些经历的理解是否完全适合于他的归返,是否适合于他重新建立对家庭和城邦的统治。心智无名的奥德修斯立刻对攻掠城市的奥德修斯产生了蔑视。但在赫耳墨斯的指点下,纯粹心智的奥德修斯已变成了凡人。然而,奥德修斯现在似乎要再次把齐家者与"攻掠城市的人"相等同,放弃自己"赫耳墨斯式的"(hermetic)知识。无论如何,荷马认为,奥德修斯在回家的道路上,经受了一次死亡,也实现了一次重生。奥德修斯在费埃克斯人的船板上酣甜的睡眠,酷似死亡,这时船上载着一个像神明一样有思想的人,

---

① 另参 Richard Payne‑Knight,《荷马史诗》(*Carmina Homerica*, Paris: Treuttel & Wurtz, 1820),注释的页104:"奥德修斯回到故国后,诗人没有写引人入胜的奇迹,诗人原本应该采用一种不符合其天赋的创作方法。诗人自身变得了无趣味,显得江郎才尽。的确,故事在清楚的叙述中变得松散无力,过于冗长,而且不时还被言辞或毋宁说被对话所打断,尽管这些言辞是精心锤炼和加工润饰过的,但由于其内容的琐碎和频繁使用,所以也失于拘谨呆板。"

他安稳地睡着,已然忘却了他所遭受的一切苦难(13.79-92)。从"藏匿者"卡吕普索在大海中央的驻岛(1.50),到费埃克斯人的国土"灰土地",再从那里到伊塔卡,奥德修斯一步一步走向光明。但那种光明究竟是太阳的光辉,还是其他什么亮光(illumination),这就不清楚了。虽然奥德修斯在海滩上醒来的时候没有认出那是什么地方,但一开始他还是接受了雅典娜信誓旦旦的说法,即那就是伊塔卡,因为他不知道他所碰到的那个牧羊少年就是雅典娜(13.250-251)。奥德修斯开始时[104]选择了记忆,当他回到家的时候,他没有看到他以前熟知的"家",并且把一个外乡人[雅典娜]说他已经踏上故土的话当成了福音。如果道听途说就这样取代了记忆,奥德修斯又变得无知,就像他无知于人一样,那么荷马所暗示的奥德修斯的新生,几乎就是一种再造(re-invention)。奥德修斯丝毫没有意识到这种再造,当然也就谈不上对它的控制。奥德修斯能自称无人而逃脱,但他记不得自己的伤疤了。

荷马把关于奥德修斯名字的故事和伤疤的故事并置,似乎是要我们看到名字和伤疤的联系,若这种联系像俄狄浦斯的名字和他的残疾之间的关系那样紧密,而且奥德修斯也像俄狄浦斯那样对眼前的事毫不知情,那么奥德修斯就会彻底变成一个悲剧人物。"俄狄浦斯"的双重含义——"通晓地方"(Know Where)和"肿脚"(Swollen Foot)——与奥德修斯自己取的名字"无人"(暗含"心智")和被取的名字"愤怒"相似。如果再加上俄狄浦斯的愤怒,这种相似就很诡异了。在俄狄浦斯那里,"为什么那个破解了斯芬克斯(Sphinx)之谜的人一定要弑父娶母?"这一谜语的答案就在"种"(species)和"源"(genesis)的区别之中。因为俄狄浦斯虽然看到了处于时间中的人,但他无法理解生和死这两个大限,其中一个以神的禁律(prohibition)形式出现,另一个则以神的指令(injunction)形式出现,而这两个大限就是神明有意加在生命之上的。俄狄浦斯无法照自己的愿望倒溯至他所声称的情形,那位驱车外出的人（［译按］指忒拜国王,俄狄浦斯的生父）完全是为了城邦的事务。俄狄浦斯所声称的情形就是弑父和乱伦,或者说是代表城邦的家庭的彻底毁灭。俄狄浦斯的理论倾向表现为他在发现"人"时完全没考虑到自己,而这种理论倾向被用来服务于政治目的,且不得不被迫符合这个目的。为符合政治目的而需要的强力,在俄狄浦斯的愤怒中一览无余。另外,在奥德修斯那里,神明注定要他来发现自然,奥德修斯也命中注定必须以大量的杀戮来维护他的家庭以把王国安全地交到儿子手中。然而,知者奥德修斯和国王奥德修斯之间的匹配也和俄狄浦斯一样是被迫的,奥德修斯也同样展示了愤怒。奥德修斯因心智而成为一个"无人",他体会到了那种无名小卒才能体会到的东西,但他却要求得到一个国王应得的承认。奥德修斯在自己的国家重演了他注定要为波塞冬做的事情。波塞冬虽然不可被凡人认识,但已名满天下。奥德修斯已经在费埃克斯人那里讲述了自己的任务,奥德修斯想在自己藏而不露的情况下得到他被认出时理应得到的承认。但是我们［105］不知道奥德修斯是否能被认出。难道海伦不是暗示过只有她才能认出奥德修斯来吗？

就在奥德修斯安睡于海滩上的时候,宙斯和波塞冬第一次讨论了对费埃克斯人的惩罚,接着波塞冬采纳了宙斯的建议,把运送奥德修斯的那条船变成了石头。宙斯并没有禁止波塞冬表达自己的愤怒,而是改良（refine）了那种愤怒。那条石船就成了波塞冬满心不快的永恒象征:费埃克斯人永远不能忘记,他们不能善待外乡人。宙斯改变了阿尔基诺奥斯从父亲那里听来的预言,这就预示了那个预言的后半截,即一座大山会飞来把他们围住,把他们与大海永远分隔开来,不会应验。威胁远比实际后果更有限制作用。人们会想,我们让费埃克斯人群聚在波塞冬的圣坛周围,这个插曲是不是就象征着宙斯刚制定的新的神人关系。这种新关系的本质就是一种恐怖。从此以后,不尊奉神明的下场就有了可眼见、能耳闻的警示物（另参 24.537－544）。费埃克斯人护送奥德修斯回家,还送了他大量的礼物,这里面所表现出的正义和友善已无关紧要:因为他们在心中公然蔑视了那个预言的明确意图。他们选择了抚慰怒火中烧的奥德修斯,而不是抚慰波塞冬。

费埃克斯人的受罚所建立起来的新原则,似乎与好客之道的神圣义务完全相矛盾,由于没有马上认出伊塔卡岛上的醒目景色,奥德修斯醒来后就诉诸这种好客之道(13.200－216)。由于雅典娜变换了事物的外貌,奥德修斯认为,费埃克斯人没有送他回家,而且还可能窃取了他的财物,所以奥德修斯希望宙斯能够惩处这些费埃克斯人。宙斯似乎预先料到了奥德修斯的愿望,因此也接受了奥德修斯愿望中错误的假定。如果费埃克斯人真的做了奥德修斯所说的那种事,那么对奥德修斯来说,对他们的惩罚就是公正的。但是既然事情的表象不是事情的真相,奥德修斯的愿望就是不义的,但费埃克斯人结果还是遭到了惩罚。费埃克斯人不是为他们的所作所为遭惩罚,而是因他们所作所为的潜在前提而受罚:他们把凡人置于神明之前。这种抹杀显而易见之事的做法,或否认凡人有可能正确认识事物意义的做法,让我们想起了特勒马科斯的两个错误,即相信幻化成门特斯的雅典娜在大门边一直等了很长时间,相信雅典娜所持的正在静静听费弥奥斯歌唱的求婚人是一群极其无礼的狂妄之徒的看法(1.119－120,227－229)。因此,对费埃克斯人的惩罚,似乎直接指向了对求婚人的惩罚:无论他们遭惩罚的原因是什么,[106]都无法用显明的方式予以解释。诸神的迹象就像他们本身的存在那样,已经变得深藏不露。伪装的奥德修斯映射出神明永恒的伪装,这也是其伪装的用意。

神明的封闭有一个不可避免的后果,即必然会使凡人对神明及其意图产生误解。日后奥德修斯扛在肩上的船桨会被误认作一把扬谷的大铲,这不仅仅可能发生在那从未见过大海的民族身上。那种误解将扩散,影响到每一个地方,而且把每一个人都置于恐惧和战栗之中。这种新的"神学"概括在希罗多德的一句名言里。① 希罗多德转述了他从埃及祭司那里听来的关于特洛亚战争的故事。那个埃及人说,海伦从来没有去特洛亚,而是被普罗透斯扣留在了埃及。帕里斯在带海伦回返特洛亚的途中被吹离了航线,海伦就被普罗透斯夺走了。当希腊军队和墨涅拉奥斯出现在特洛亚并要求归还海伦的时候,特洛亚人赌咒发誓不承认海伦曾到过特洛亚。当特洛亚人断言海伦在埃及时,这些希腊人还以为特洛亚人在戏弄他们,于是就围困了特洛亚。当他们占领特洛亚后,发现特洛亚人讲的是真话,于是就派墨涅拉奥斯去埃及,寻找海伦和他的财产。现在,希罗多德用自己的反思支持了埃及人讲的这个故事:特洛亚人根本不必以如此大的痛苦为代价,去为帕里斯而战,就算是国王普里阿摩斯想要享用海伦,也大可不必,因为王国的统治权不会移交给帕里斯,而是会给赫克托尔,而赫克托尔也不会帮助他那不义的弟弟。所以,希罗多德总结说:"特洛亚人不会交还海伦,尽管他们说的是真话,希腊人还是不会相信他们,因为神明已经安排了要让特洛亚彻底毁灭,这就让人们清楚地看到,行为有多不义,神明对它的惩罚就相应地有多大。"特洛亚人完全是无辜的,但还是遭到了惩罚。罪责不在他们身上,但为了让帕里斯所犯的罪行遭到恰当的报应,他们就必须灭亡。单单杀掉帕里斯,还达不到效果。那似乎本该是一场幸运的小灾难(另参 III. 439 – 440)。但要让人们刻骨铭心,就必须灭绝整整一个民族。

基于同样的原则,仅仅杀死求婚人的首恶安提诺奥斯,似乎也还不够。尤为重要的是,安提诺奥斯甚至不知道为什么被害,也不知道谁杀了他。安提诺奥斯到了哈得斯之后,如果有人问起他来,他会说有个乞丐([译按]即奥德修斯)喝醉了,偶然杀死了他,那个

---

① 希罗多德,2.118 – 120。

乞丐拿起了奥德修斯的弓,成功地安上了弓弦,直接射过了斧孔。①奥德修斯屠戮求婚人,其目的就是刻意要建立起这种原则:"要畏惧神明和后世的谴责。"(22.39-40)这样的原则需要[107]宏大的规模来阐释。尤其需要有一个诗人使其众所周知并一再重复。如果宙斯最初因人们责备神明不公而生的怨怒,如我们所推测的那样,真的包含着对歌人的怨怒——因为歌人讲故事的方式会诱使人们因自己的邪恶而责备神明,那么《奥德赛》的意义似乎就是要哄得宙斯对凡人更加仁慈。《奥德赛》展示了荷马的自我审查(self-censorship)。

荷马用了四卷的篇幅让奥德修斯讲述自己的故事。奥德修斯的故事是荷马故事的一部分。既然奥德修斯已经到家了,荷马就让奥德修斯展示出他的其他特征:奥德修斯假冒他人,而且把谎言说得如同真话一般(19.203)。这是荷马没有赋予其他凡人的一种特权:墨涅拉奥斯在行为而非言语上撒谎,海伦虽然模仿他人的声音,但没有当面模仿。然而,神明却经常幻化成他人。② 奥德修斯所声称自己所是的那些不同的人相互之间的区别,还不如我们所知道的同一个奥德修斯在不同的场合所表现出来的区别那么大。奥德修斯在一个又一个可能的世界里表现自己。他可以移动,却不改变。这样一来,似乎就有可能在奥德修斯所说的谎言之中探究出他独特的性格特征,也就是剥开荷马给他设置的那些境况,去揭示他本身。就算没有荷马所写的故事情节,奥德修斯的鲜明特征也一望而知。因此,荷马就给了我们这一机会去拆开他所编织的东西。奥德修斯

---

① 另参 David Daube,《罗马法》(*Roman Law*, Edinburgh University Press, 1969),页 166-167。

② 奥德修斯曾两次在要撒谎的时候说他会说得 ἀτρεκέως [准确] (14.192;24.303)。除了雅典娜以外(1.179),任何人在使用这种说法的时候,都没有说出什么实情。荷马只有一次说过有人不讲真话(*alētheia*),那就是奥德修斯(13.254;另参 18.342)。

在他撒的谎中表现得像一个自由的人,一个被我们想成是在选择另一种生活方式的人。① 这种可能性在奥德修斯对牧猪奴欧迈奥斯粗略叙述生平时表现得最明显,甚至在他一开始向幻化了的雅典娜撒谎时,我们就能清清楚楚地看到他对自己曾经拥有的生活进行的反思和拒绝(13. 257 – 286)。荷马就奥德修斯没能认出自己的祖国作出了一种解释,这个解释不同于雅典娜改变乡土的风貌,好让这片土地对它的国王来说看起来完全不同(13. 189 – 194),两者的区别极像奥德修斯所撒的谎与奥德修斯本人的真相之间的区别。② 荷马写道,奥德修斯没有认出自己的国家,因为他去国太久了。就在奥德修斯还不知道同他谈话的就是雅典娜的这段时间里,他相信了雅典娜的说法:他已身在伊塔卡。奥德修斯把自己未能认出祖国解释为,自他上次见到这片土地起至今已有二十年。那种纯属凡人的想法决定了他未能认出祖国来,也决定了他在欢天喜地确知回到

---

① 另参柏拉图,《王制》,620c3 – d2。伯利克勒斯曾赞美雅典人(修昔底德,2.41.1)说,世界上没有人像雅典人这样,每个人都温文尔雅,无忧无虑。伯利克勒斯的言外之意表现在忒弥斯托克勒(Themistocles)和阿尔喀比亚德(Alciabiades)身上。忒弥斯托克勒和阿尔喀比亚德不像伯利克勒斯,他们可以是并且可以被认为是立于雅典人左右的并被认为有雅典人之外的品质,然而,另外,泡萨尼阿斯(Pausanias)刚一离开家门,一离开斯巴达的生活方式,就垮掉了(另参修昔底德,1.77.6)。正如 Arnaldo Momigliano 所说,传记之所以可能,有赖于人们意识到如果实可能落到离果树很远的地方(另参柏拉图,《法义》642c6 – d1)。[译按]忒弥斯托克勒(公元前527?—前460?),曾任雅典执政官,实行民主改革,扩建海军,指挥萨拉米斯战役,大败波斯舰队,后被指控"叛国",亡命海外。阿尔喀比亚德(公元前450?—前404),雅典将军。泡萨尼阿斯(活动时期为公元前143—前176),希腊地理学家,著有《希腊记事》,详细记述了古希腊的艺术、风俗、宗教和社会生活等。

② Ameiz – Hentze,《荷马史诗〈奥德赛〉补遗》,前揭,卷三,页 16 上引用了 XXIII. 774,相似地把"自然因素"和神的解释并置。这是"看起来"(φαινέσκετο)一词在《奥德赛》中首次意指一种虚假的外表。这也是荷马第一次把奥德修斯称作ἄναξ[大王],但这行诗在语言和韵律方面都颇为难解。

故土后立即做出了谨慎的反应。显然,奥德修斯在从命运和神明的双重压迫中解脱后,可以后退一步看看曾经的自己。荷马曾请求缪斯从中间某个地方开始讲述奥德修斯的故事,这个请求现在有了完全不同的含义。奥德修斯并没有与[108]自己的生活融为一体。奥德修斯是这样一种人:每一个阶段都有一条岔路摆在他面前。

在第一个谎言里,奥德修斯既没有提到神,也没有提到命运。每一个撒谎的人都不会说自己犯了最严重的谋杀罪。奥德修斯似乎是在对一个牧羊少年说——这个牧羊少年正是雅典娜所扮,如果这个牧羊人拿了一丁点儿费埃克斯人放在海滩上而奥德修斯还来不及藏匿的财宝,那么奥德修斯就会毫不犹豫杀死他。① 在一个同伴的帮助下,奥德修斯在一个黑夜里杀死了伊多墨纽斯的儿子。虽然当时没有人看见,但奥德修斯明显不相信他的帮凶,于是登上了腓尼基人的船,由于逆风,腓尼基人把他撇在了这里,而他们继续去了西顿尼亚(Sidonia,[译按]指腓尼基的一个地区,位于地中海海滨)。这个谎言让人产生这样的印象:由于伊多墨纽斯的儿子在克里特人中最善跑,所以奥德修斯需要一个帮凶[帮助自己干掉他]。不管怎样,奥德修斯不想让人觉得他完全不义,他离开的时候,也给儿子留下了一大笔财富,与他带走的财富一样多。而且他在杀人以前,肯定已经同腓尼基人做了一笔交易,悄悄地把财富藏在了腓尼基人的船上。伊多墨纽斯的儿子想夺走奥德修斯在特洛亚历尽艰辛获得的战利品。这个编造出来的克里特人而言,特洛亚战争是一场历时弥长的海盗劫掠,毫无神圣原则可言。奥德修斯随意地去除特洛亚战争的神性色彩,则有过之而无不及。奥德修斯说,伊多墨纽斯的儿子希望奥德修斯让出战利品,就说奥德修斯没有服务于其父伊多墨纽斯,只是统率着自己的同伴。奥德修斯没有对伊多墨纽斯表示恰当的尊重,奥德修斯拒绝讨好($\chi\alpha\rho\iota\zeta\acute{o}\mu\varepsilon\nu o\varsigma$)他。修昔底德试图把《伊利亚特》里包含的诗歌的成分与历史切分开来,他认为

---

① 另参《注疏》V 之 13.267。

阿伽门农具有势不可当的势力,能够聚集一支如此大的队伍远征特洛亚,而且阿伽门农成功做到这一点,"与其说是靠恐吓,不如说是靠恩惠($\chi\acute\alpha\varrho\iota\varsigma$)"。① 奥德修斯在这里反抗了那种甚至连阿基琉斯都得承认的权威原则(I.158-160;另参14.70)。奥德修斯拒绝臣服于任何人之下,而且不像阿基琉斯面对的情况,这里没有雅典娜出面来按住奥德修斯的头发,阻止他去谋杀伊多墨纽斯的儿子。奥德修斯重新设想了《伊利亚特》开端的情景,让阿基琉斯略胜一筹。奥德修斯现在仅仅强调他所遭受的苦难,而没有强调他的那些丰功伟绩,以作为他应得奖赏的依据,这或许有些主动地透露了他对同伴的某种同情,同伴们要纷纷抱怨说,虽然完成的航行与奥德修斯相同,返回家园时却两手空空(10.41-42)。

在雅典娜、欧迈奥斯和特勒马科斯给他讲家中的情况前,奥德修斯在第一个谎言中说,他的尊严和财产连在一起不可分割,任何试图侮慢他或攫夺[109]他财产的人都会被杀死,奥德修斯已准备好杀人并且不被追纠。然而,虽然一直在说求婚人耗费了他的财产,此时化装成乞丐的他却承认,这是一个欺骗性的说法,他的行为完全源于求婚人没能看穿他,认不出他真实的身份。安提诺奥斯用搁脚凳打了他以后,奥德修斯向求婚人讲了他的心声:"一个人不会因捍卫自己的财产而痛苦忧伤,不管这些财产是牛群还是羊群。安提诺奥斯打击我却是因为这可憎的肚皮,它实在可恶,给人们造成许多不幸。"(17.470-474)这是非同寻常的自白。在某种意义上,这种供认与他对欧迈奥斯所撒的谎含义相近,他在安提诺奥斯击打之前向安提诺奥斯乞讨食物时,曾对此简略地概述道(17.415-445):这些求婚人不过是一群鲁莽而又懦弱的强盗。他们偷盗的时候没有安排合适的人放哨,他们劫掠别人的财产时还不知道是在拿自己的生命去冒险(另参2.237-238),他们在杀人以前还花天酒

---

① 修昔底德,1.9.3。

地。不过,奥德修斯现在所承认的就更多了。所有财富都是偷来的,如果别人又要把它拿走,那也没什么好抱怨的;但安提诺奥斯([译按]原文为 Alcinous[阿尔基诺奥斯],为安提诺奥斯之误)打他是因为他饿了而去讨吃的。奥德修斯取消了所有求婚人都明显所受的指控,代之以另一种从其表述形式来看完全是空口编造的指控。其他求婚人随便给他一点点吃的,奥德修斯当然都不会挨饿。他的儿子特勒马科斯也会供给他食物,尽其胃口所需。奥德修斯差不多是在用肚皮来掩饰他的尊严。奥德修斯与柏拉图笔下的格劳孔(Glaucon)处于相同的境地,格劳孔拒绝苏格拉底的"真正的城邦"之说,反而把这种城邦称为猪的城邦,表面上是因为城邦里没有肉食,而他又饥肠辘辘,但真正的原因却在于,他无法想象自己在没有桌椅的情况下趴在地上吃食,而且根本没有出人头地的机会。①奥德修斯自称为小人物,并祈求掌管乞丐的神明——如果有这种神明的话,在安提诺奥斯尚未婚配的时候就杀死他。但奥德修斯不是乞丐,言谈举止也根本不像乞丐。指责安提诺奥斯的那个年轻的求婚人,似乎察觉到奥德修斯真有来头:"他也许是一位上天的神明。神明们常常幻化成各种外乡来客,装扮成各种模样,巡游许多城市,探察哪些人狂妄,哪些人遵守法度。"(17.484 - 487)这位求婚人似乎在说奥德修斯,他的确就是人们所能想到的那种神明,正在执行明察人间善恶的使命。奥德修斯给他的印象如此深刻,以至于他用上了 ἄνϑρωπος[凡人]这样的字眼来概括人类的总体特征。求婚人共有两次使用过该字眼,这是第一次(21.364)。为了维护人类的尊严本身,最高者中的最高者如此这般地装扮成了最低者中的最低者。

[110]奥德修斯对雅典娜说:"即使聪明绝伦之人遇见你,也很难把你认出,因为你善于变幻。"(13.312 - 313)的确,在伊塔卡海

---

① 柏拉图,《王制》,372c2 - e2。另参拙著,《苏格拉底的"第二次起航"》(*Socrates' Second Sailing*, Chicago: University of Chicago Press, 1984),页51 - 53。

滩上的这场邂逅，似乎是雅典娜唯一一次彻底地欺骗奥德修斯。当雅典娜从一个牧羊少年变回高挑美丽的女人时，奥德修斯反倒不再相信他已经回到故土了。不清楚雅典娜为什么要变换大地的景色，但她似乎是要确认奥德修斯不会相信任何人，不管是雅典娜自己还是他的妻子佩涅洛佩（另参 13.335-338），确认他不要把眼见之事当真，而是要相信雅典娜有能力把他变得让别人认不出来。① 假如雅典娜没有把家中的情形讲给他听，奥德修斯相信，他也会遭到阿伽门农在家中的厄运（13.383-385）。把伊塔卡变成了别处，增强了他天生的疑心，任何人想要通过奥德修斯所设计的忠贞考验也就更加困难。虽然欧迈奥斯告诉奥德修斯说，奴性会减去人的一半德性（17.322-323），但是那十二个现在与求婚人鬼混的女仆却没有因为抵挡求婚人的追求长达三年而受到半点儿称赞。如果这些求婚人从她们任何一个那里得知佩涅洛佩晚上会把白天为拉埃尔特斯织好的寿衣拆掉（19.154-155），那么他们一开始就不会对佩涅洛佩做出让步。我们还可以再加上这样一个合理的假设：求婚人追求那些年轻的女仆，而这十二个屈从的年轻女仆都没有听说过奥德修斯，她们却会因为对那个长年不在家的主人的不忠而遭到惩罚（22.497-501）。这样，奥德修斯指控求婚人犯了强奸罪就可以撇在一边，其实他显然是想激起特勒马科斯去争风吃醋（sexual jealousy, 16.105-109; 20.315-319; 22.37）：奥德修斯一定知道拉埃尔特斯对女管家欧律克勒娅动过心（1.433）。那么，如果奥德修斯对女仆们都要规以如此高标准的忠贞，他岂会降低对佩涅洛佩的要求（19.45）？当然，阿伽门农曾认为佩涅洛佩与众不同，但如果仆人都可以与她匹敌（另参 18.324），那么神明们不经常幻化成外乡人的模样倒是一件好事。严格来说，雅典娜唯一一次幻化成外乡人时，她凭借眼前的证据一下就看穿了求婚人的本质（1.227-229）。如果正义并非局限于光天化日之下，反过来还要试图理解夜晚的秘密

---

① 13.190-193 有损。

勾当，那么正义就必然是不可宽恕的。① 佩涅洛佩对仆人们所受到的惩罚毫不知晓，如果她知道，那么她可能会把最糟的仆人严厉谴责一顿后就放过她(19.89－95)。这些年轻的女仆毕竟是她的奴仆的孩子，而不是奥德修斯的奴仆的孩子(4.735－737)②。佩涅洛佩拒绝马上承认那就是奥德修斯本人——连她的儿子都发现母亲太过绝情绝义，可能是基于这样的怨怼：她这个为丈夫流泪心碎了二十年的人，最后都还要接受丈夫的考验。

[111]奥德修斯在给牧猪奴欧迈奥斯讲他自己的"身世"之前，发誓说奥德修斯很快就会回来。在讲完"身世"后，奥德修斯又打了一个赌，说如果奥德修斯不能回来，那么欧迈奥斯就可以把他从高高的悬崖上扔下，以"告诫其他乞援者不要再撒谎蒙骗人"(14.151－164，393－400)。奥德修斯实际上是在告诉欧迈奥斯，如果他撒谎的话，不必等待宙斯的惩罚，欧迈奥斯就可以亲手惩罚他，把奥德修斯变成威慑手段。欧迈奥斯婉言谢绝执掌正义的审判权，他还没有做好准备要像自己的狗那样凶神恶煞，那些狗就像野兽，若非向它们扔石头的话，还制不住它们(14.21，35－36)。欧迈奥斯似乎并不适合做奥德修斯报仇雪恨的工具。对求婚人的惩罚向后拖延的原因之一，就是奥德修斯在争取欧迈奥斯协助的过程中费时太久。奥德修斯直到最后关头才对欧迈奥斯亮出自己的身份(21.207)，而且也是在他得知牧牛奴菲诺提奥斯(Philoitius)愿意相

---

① 另参柏拉图，《克拉提洛斯》，413b3－c1。据希罗多德所说(1.99－100)，一旦戴奥凯斯获得君权后，他就不允许任何人看到他，还在全国遍撒耳目，严酷地维护着他的权力。

② 多利奥斯(Dolius)一名可能同时有三个身份：佩涅洛佩的管家，牧羊奴墨兰提奥斯和女仆墨兰托(Melantho)的父亲，以及拉埃尔特斯的随从，但佩涅洛佩提议给拉埃尔特斯送信时(4.735－738)，很难想象除了多利奥斯最后这个身份外，她指的是"多利奥斯"别的什么身份。另参Harmut Erbse，《论〈奥德赛〉的解读》，前揭，页238－240。多利奥斯是众仆人中与老英雄艾吉普提奥斯对应的人物(2.21)。

助之后(20.235-239)。奥德修斯步步小心。奥德修斯虽已知道自己的命运是什么,但还不知道那意味着什么。他会杀死求婚人,传播波塞冬的名声,最后亡于家中。奥德修斯的第二次出海远游同第一次一样顺利。那也将是某种形式的流放,会让他因杀了同胞所激起的仇恨得以烟消云散。奥德修斯最先试图在他给费埃克斯人所讲的前五个故事中理解自我,但是特瑞西阿斯向他揭示的命运显然与自我理解无关。奥德修斯的自我理解同时包括对政治生活诸要素的理解,但这些要素在其范围内具有普遍意义,无法直接进入他的命运或命运的意义中。奥德修斯第一次试图向自己的命运妥协,这表现在他为自己创造了另外一个人生。在那个人生中,奥德修斯绝不会待在家里。

奥德修斯给欧迈奥斯所讲的故事可分为两部分(14.192-359)。第一部分是讲他在特洛亚战争之前所过的日子,第二部分是讲战后他身上所发生的一切。第一部分说明他是谁,第二部分则把一种神义论强加在他的冒险经历之上。奥德修斯表述的模式,似乎是为了提醒我们注意"墨涅拉奥斯"和"涅斯托尔"之间的区别,同时也注意他所讲故事的第一部分和第二部分的区别。① 这种亚里士多德式的区分人物与情节的方法表明,任何诗人都难以让人物和情节水乳交融。奥德修斯似乎把特洛亚战争当成了一个转折点,特洛亚战争把一个劫掠者的生涯转换成一个神圣正义的例证。在没有自报家门的情况下,奥德修斯告诉欧迈奥斯说,自己是一个富有的克里特人的私生子,但"父亲"对他的恩宠丝毫不亚于他那些合法的兄长。(这句话的意思[112]难道是要我们猜测,正如墨伽彭特斯这位墨涅拉奥斯与女奴所生的儿子所暗示的[4.10-12],在奥

---

① 奥德修斯更多地从其所讲故事的第二部分而非第一部分随意借用话语来撒谎,这与此处的"区别"是一致的:14.256 = 9.78,14.293-294 = 11.294-295,14.302-304 = 12.404,14.305-306 = 12.415-416,14.308-309 = 12.418-419,14.320 = 10.542。

德修斯对女仆们毫不手软的屠戮背后,是不是还有某种审慎的动机?)然而,当他的父亲命丧哈得斯后,那些合法的儿子就瓜分了家产,他几乎没有分到什么东西。但他的德行为他赢得了一个富家女子为妻。此时,奥德修斯就是在考验欧迈奥斯,看欧迈奥斯是否有能力从眼前这个残存的麦秆中看出他昔日的风华。奥德修斯似乎是在检验雅典娜所施伪装的效果,但欧迈奥斯并不是海伦。我们怀疑,是否需要任何形式的伪装。奥德修斯就说他是乞丐不就行了吗?奥德修斯无论如何都不愿意只把自己刻画成一个无名之辈。他要么必须像欧迈奥斯那样是个伪装的君王,要么必须是某个需要正眼看待的人物。奥德修斯不可能是那种谁都可以随意摆布的人,就算为此要冒着被人认出的危险也在所不惜。对奥德修斯来说,为"普通人"(Everyman)辩护不是一件容易的事。

这个故事中的"奥德修斯"把他的美德归于阿瑞斯和雅典娜。①阿瑞斯和雅典娜给予他勇气和 ἐπητνορίη,即冲锋陷阵的能力,ἐπήνωρ[破阵大将]是荷马专门给阿基琉斯起的绰号(4.5;VII.228;IV.324;VI.146,575。[译按]此处有误,《伊利亚特》卷六只有529行)。无论在哪次为敌人带来灾难的埋伏中,"奥德修斯"心里都从来没有想象过死亡会落到自己头上。"敌人"(δυσμενείς)一词在《奥德赛》中凡十五见,但荷马自己却一次都没有用过,而总把它委诸他人之口,在《伊利亚特》中,他自己只亲口说过一次:"宙斯已把赫克托尔的尸体交给了他的敌人,在他的祖国恣意凌辱他。"(XXII.403-404)显然,奥德修斯是在概述一个像阿基琉斯那样的人,其出身并不是他全部的优势。"奥德修斯"说,他在埋伏时英勇无畏,这使我们想起了阿基琉斯谴责阿伽门农的懦弱(I.226-228)。"奥德

---

① 在《奥德赛》中,除了在得摩多科斯的歌曲中曾出现过,"阿瑞斯"一词只在荷马的口中出现过一次:荷马把恃强凌弱的欧律阿洛斯比喻成阿瑞斯(8.115)。此外,就只有奥德修斯和雅典娜说起过阿瑞斯(11.537;16.269;20.50)。

修斯"接着说,他不喜欢干农活,也不喜欢干那些能够增加家庭财富的事情(他的意思是,干那些通常认为是靠正当途径增加财富之事)。战船、战斗、兵器以及一切能令他人恐惧的事情才是他唯一的兴趣,"但无疑是神明使我心中喜爱这一切:不同的人总在不同的事情中找到乐子"。"奥德修斯"并没有为其装扮辩护,他就是一个海盗,而且还精于此道。在特洛亚战争之前,他成功劫掠外族达九次之多,其结果就是让克里特人既害怕他,又崇敬他。神明让他成就了自身,但打那以后,他的生活就掌握在自己手中了([译按]指与神明无关)。"奥德修斯"认为,他未能在分割父亲的遗产时获得公平的一份以及在婚姻和海上劫掠中屡屡成功,这都只是他自己或别人的所为。直到宙斯安排了那场不幸的特洛亚远征后,一切就都变了。起初,特洛亚似乎把他推到了事业的顶点:克里特人委任"奥德修斯"和伊多墨纽斯联合率领[113]克里特舰队。他根本不可能推卸:"国人的严命难辞。"(14.239)这是奥德修斯唯一一次给出暗示,说他前往特洛亚其实不完全是自愿的。① 此外,这表明他所假想的人物并不完全以阿基琉斯为原型。阿基琉斯迫不及待要抓住机会在战斗中显示自己,而"奥德修斯"却对利益更感兴趣。甚至在欧律阿洛斯面前,他也不隐讳他的这种特征(8.159 – 164)。不管怎么说,"奥德修斯"发现自己是神明的计划的一部分。就我们所知,神明的那个计划旨在维护正义。然而,"奥德修斯"并不是为自己在特洛亚战争之后的生活作开场白,好像他认可了那种生活似的。当一位神明把阿开奥斯人打散以后,宙斯又为"奥德修斯"安排了不幸。"奥德修斯"试图重新过他以前的生活。他在家逗留了一个月,享受孩子、妻子和财富所带来的快乐。奥德修斯似乎是渴望能够在再次外出冒险之前在伊塔卡作短暂停留。但如果奥德修

---

① 奥德修斯对安菲诺摩斯忏悔说,自己"强横地做过许多狂妄的事情",倚仗自己的权力和武力。这个忏悔只是说他假扮的这个人物,还是在说特洛亚战争?(18.139 – 140)

斯真有这么多时间,那么在他杀死求婚人之后,雅典娜就不会[在奥德修斯与佩涅洛佩重归婚床后]被迫唤来黎明。我们怀疑,佩涅洛佩是不是只能和奥德修斯在家团聚一天。

在前往埃及之前,"奥德修斯"同他为九条船所配备的船员们宴饮了六天,并且向神明做了献祭。在某种程度上,劫掠埃及这一故事是以奥德修斯劫掠伊斯马罗斯的故事为原型的(9.39-61)。同伴们也同样缺乏远见,而且在两个故事中,据说都是宙斯安排了他们的失败,这就充分说明与奥德修斯本人无关。插入"宙斯",似乎是为了消除丝毫成功的可能性,这种成功总是面临最大确定性的结果。然而,这次"奥德修斯"也没能逃脱。许多同伴被杀死,一些同伴被生擒为奴。而且与第一次冒险不同,那时奥德修斯恨不得早死,免得在海上遭受死亡的厄运(5.299-312),"奥德修斯"现在说他当时就该死去,免得遭遇未来的不幸。投降也不是什么丢脸的事情。到目前为止,奥德修斯的故事一直都与道德无关,但从这时开始就出现了两个主题:君王比臣民更虔敬,以及神明对恶人的阻挠。当"奥德修斯"跪在埃及国王面前时,埃及国王心软了:"他害怕激怒宙斯,这位外乡人的保护神会对各种恶行都严加惩处"(14.283-284),于是就把他从那些在盛怒之下想要杀他的人手中解救了出来。我们是否可以设想:如果那些求婚人抱着奥德修斯的双膝求饶,奥德修斯是否会饶过他们? 求婚人勒奥得斯抱膝求饶,还是被杀了(22.310-311)。奥德修斯想象了以下的情景,同伴们蹂躏埃及人的良田,奴役妇女和孩子,杀死他们的男丁,即便这样,他还要谴责那些要杀他的人怀有恶意。有罪的奥德修斯还要求照顾客游人的宙斯的保护,这有悖常理。我们为此甚至[114]找不到什么可以辩解的道理。再者,就算埃及人不正义,那么奥德修斯的正义又可能是什么呢? 奥德修斯当然不会认为求婚人所犯的罪行与他在想象中归结到同伴们身上的那些罪行属于同一等级。尽管可能有些奇怪,不过奥德修斯自己在莱斯特律戈涅斯人那里犯了罪大恶极的疏忽,导致了灾难,这的确可以与他的同伴们对埃及人的攻击等同,而那些求婚人不能与他的同伴们类比,而是与那些想杀死他的埃及人类比。他们每个人都干了一些事情——或者说得好一点儿,他们中的有些人,但其行为在任何可以想到的刑律条款中都无法理解。我们所面对的是一种新的不法行为。

"奥德修斯"在埃及的时间和墨涅拉奥斯在埃及停留的时间一样长。他聚集了大量财富之后,被一个腓尼基人诱骗到了腓尼基。在腓尼基待了一年后,又与那个腓尼基人一起航行,那人想把"奥德修斯"卖为奴隶,以获得一大笔收入。但宙斯却为那人安排了灭顶之灾,当时宙斯在克里特附近唤起了暴风雨。宙斯打起响雷,抛下霹雳,宙斯的雷电把船击碎,神明们让那些腓尼基人不得重返家乡,宙斯又亲自把一根桅杆送到了奥德修斯手中,让他得救。为了一次简单的海上风暴,神明们就大动干戈,这着实让人惊讶。在史诗《奥德赛》的其他地方,"宙斯"和"诸神"不可能像此处一样如此集中地出现:在奥德修斯的叙述中,"宙斯"和"诸神"分别出现了十八次。奥德修斯让自己看起来像是得到了宙斯的天宠,并把其他每个人的死亡归结为神明的惩罚。如果不是"奥德修斯"假定他知道那个腓尼基人未遂的阴谋的话,那么这就会是涅斯托尔型的神义论的极端例子。从叙述的顺序看,"奥德修斯"在回过头去解释腓尼基人的阴谋之前,就知道了腓尼基人的计划:"奥德修斯"并没有从那个人的死亡中反推其死有余辜,而是用死亡来确认自己的猜测。奥德修斯的故事就这样把"涅斯托尔"和"海伦"联合了起来:奥德修斯对内心和意志的认识,与海伦同样敏锐,但用这种认识来叙述,其最终目的却是为了在各种事件中发现道德。奥德修斯似乎是在异国他乡预演了一场以后在自己家中真正会发生的事情。荷马是否认同奥德修斯对求婚人的洞见,并因那种洞见就必然要求置求婚人于死地? 或者,这是不是奥德修斯为了让自己干的事情看起来像是在替天行道而需要的那类故事?

我们可以说,奥德修斯的故事不过是一个谎言,这也远远不是一场背诵,它包括奥德修斯事实上拒绝的一切东西。然而,如果我们不承认奥德修斯身上有这位虚构的奥德修斯的任何要素,那么这个故事也许仅仅旨在迎合欧迈奥斯的口味。欧迈奥斯径直听信了这个故事,显然是赞许故事的道德意蕴。这当然呼应了欧迈奥斯本人对腓尼基人[115]的低评价(15.416),而且当欧迈奥斯的腓尼基女仆——被阿尔特弥斯杀死——命丧黄泉并被扔进海里成为海豹和游鱼的食物后(15.478-481),他所表达出的满足感与奥德修斯所讲故事的大意是一致的。① 如果奥德修斯那时只是想引欧迈奥斯上钩,让他相信自己已得神助——毕竟神明亲自给奥德修斯解开了绳结(14.348-349),那么问题就会转变为:究竟欧迈奥斯在奥德修斯以后的计划安排中,会占有多重要的位置。如果欧迈奥斯只是一时的工具,一旦事情完成,就会"鸟兽尽,良弓藏",那么奥德修斯给他提供怎样的信息都没有任何区别。然而,假设这位伪装的君主([译按]指欧迈奥斯,详见下文)会[像奥德修斯许诺的那样]成为特勒马科斯的兄弟,而且有妻子有财产,与奥德修斯比邻而居(21.213-216)——假设欧迈奥斯住在城里他就不再当牧猪奴,那么欧迈奥斯现在所听到的故事,就会成为奥德修斯历史的权威版本,至少如佩涅洛佩决定公开的程度那样广为人知。在这一版本中,奥德修斯去多多那(Dodona,[译按]在埃及境内,那里建有著名的宙斯神庙)祈问了宙斯的神谕:他该公开返回,还是秘密归返(14.327-330)。

奥德修斯并没有让欧迈奥斯相信,他讲的是奥德修斯的真事,但故事的其余部分打动了欧迈奥斯,所以欧迈奥斯后来对佩涅洛佩说,这个外乡人就像歌人那样善于让人着迷(17.513-521)。这种让人着迷的要旨,是奥德修斯给他经历了特洛亚战争的磨难后的故事增加的道德维度。然而,故事出奇地转向道德,其目的是要说明:一方面,作为乞援人保护神的宙斯高于任何对正义的普通理解;另一方面,内心的邪恶同任何实际行动一样都应该遭到惩罚。故事的

---

① 另参《注疏》Q 之 13.288。

这一转向迫使我们怀疑奥德修斯究竟会在何种程度上利用他的故事。这种怀疑在他的下一个故事里还会加深(14.459-506)。下一个故事与前一个故事有所不同,因为荷马告诉了我们下一个故事的目的。下一个故事旨在考验欧迈奥斯是否会把自己身上穿的衣衫脱下来,让一个完全陌生的人穿。从这个意义上来讲,这个考验没有成功,欧迈奥斯说他们对客人只能提供有限的帮助。这个回答向奥德修斯表明,尽管欧迈奥斯对神圣义务非常虔诚,但也不只是一个任人摆布的人(另参14.379-381),如有必要,他也可以变得很刚强。

这个故事还另有目的。欧迈奥斯相信,这个外乡人是奥德修斯的至交。故事本身似乎激发他去同猪睡在一起,以防止小偷趁风雨交加时盗走猪群。即便自己不在家时,欧迈奥斯也能尽心尽力照顾自己的产业,奥德修斯对这感到高兴(14.526-527)。这个克里特人"奥德修斯"讲述道,在一个寒冷的雪夜,他外出伏击,却因粗心大意而没有带上披风,奥德修斯为"奥德修斯"搞到了衣服。我们再一次注意到,[116]当"奥德修斯"对奥德修斯解释说他怕被冻死时,"奥德修斯"的愚蠢被解释成了一个神圣的欺骗。"神明"不过是用来向别人遮掩自身缺乏谨慎的方法:没有人需要呼召神明来解释自己的正确预测。奥德修斯对一个探子说,他做了一个神圣的梦,他们比原计划更深地潜到了敌后,需要有人跑回去请求阿伽门农支援,结果救了"奥德修斯"一命。奥德修斯似乎放松了警惕而对欧迈奥斯说,神圣的因果关系总是靠不住,不管其出于辩解还是诱导。奥德修斯似乎把欧迈奥斯领进了他的思路中,并向他显示自己如何编织一个颇有效果的故事。那么我们就会想,荷马是否让两个不同的奥德修斯肩并肩地出现在我们面前,其中一个奥德修斯似乎与其变成的复仇代理人一致,而另一个奥德修斯则与任何这类角色保持着距离,只把奥德修斯的故事当成一般的修辞。奥德修斯呈现了一个伪装的"奥德修斯",这个"奥德修斯"与史诗后来的奥德修斯特别相符,但并不是那个发现可以轻松编造神明故事的奥德修斯。

七　非命者

特奥克吕墨诺斯与欧迈奥斯

[117]亚里士多德用《奥德赛》来阐明情节与事件的区别。① 它在荷马史诗中的对应物,是奥德修斯的命运与《奥德赛》所包含的一切东西的区别,奥德修斯的命运既不包含这些东西,也不需要这些东西。在《奥德赛》包含的一切中做进一步的二次区分是有必要的,但不要试图像区分命运与非命(nonfate)那样截然划开。这种二次区分应该把神明所安排的一切放在一边,我们才好把剩下的东西看作纯然凡人的东西,机遇或心智和意志在这些东西中起着作用。② 荷马似乎刻意用晦涩来包裹纯粹属于人的东西,卷十五对此做出了最好的阐释。特勒马科斯还待在墨涅拉奥斯家里,涅斯托尔的儿子睡在他的旁边,对父亲的忧思使得特勒马科斯辗转难眠。雅典娜来了,站在他旁边,建议特勒马科斯绕开集镇去欧迈奥斯那里,这似乎只不过是特勒马科斯自己的想法(15.10 – 42)。③ 这已不新鲜,他与雅典娜第一次相遇时就发生了类似的事情。但颇为新鲜和空前的是,雅典娜没有伪装就来了,她在夜深时分对特勒马科斯讲

---

① 亚里士多德,《政治学》,1455b16 – 23。

② 在《伊利亚特》中,卷六一开始就标示着诸神的抽身离去,其影响在整个卷六和卷七中特别明显,直到波塞冬提醒诸神注意阿开奥斯人不敬神的行为,这些阿开奥斯人在修筑城墙和壕沟时没有给神明奉献著名的百牲祭,他们的意图是要抹去阿波罗和波塞冬建造特洛亚的城墙所赢得的声誉(VII.446 – 453)。

③ 另参 F. Focke,《论〈奥德赛〉》,前揭,页 8 – 9。

话,又不让他看到自己,或者不要他对自己的出现做出任何反应(另参 II. 172[= 15.9] – 182)。我们知道,即便在雅典娜手擎黄金火炬时,特勒马科斯也没有这个天赋察觉到她(19.33 – 43),更不用说欧迈奥斯的狗和奥德修斯直接看到她时,她已经是一个高挑美丽的女人(16.157 – 164)。特勒马科斯觉察不到雅典娜——雅典娜对他而言不过是一种声音,这似乎预告了下一阶段中诸神的撤离。

雅典娜告诉特勒马科斯,那些求婚人密谋在他回返的路上杀死他,她建议特勒马科斯夜间航行,远离那些[118]求婚人设下埋伏的海岛。我们知道特勒马科斯最后的航程,他已经直接驶向了岛屿,心中琢磨着是否会被抓住(15.297 – 300)。我们听说,他的手下已经停靠在了伊塔卡(15.495 – 498)。欧迈奥斯的身世故事填补了航行中的时间,故事的顺序至少合宜,但除了欧迈奥斯女仆的死之外,没有什么事情表现出神明的正义(15.403 – 484)。欧迈奥斯更愿意等待奥德修斯归来,而不愿意以自由之身返回那无人会因病逝世的家园。欧迈奥斯没有想到,那位腓尼基女仆也许并不认为把他当作重获自由的一种手段有什么不义。不管情况如何,关于特勒马科斯归航的其他消息,我们只能是从安提诺奥斯那里得知。安提诺奥斯说,尽管他的手下一刻不停地在瞭望,神明还是把特勒马科斯送回了家(16.364 – 370)。我们并非总得仰赖于敌方的见证才能补上叙述中的空白。荷马似乎是让我们用任何自己想要的方式去圆他的故事(另参 16.355 – 357)。雅典娜确信一位神明会保护特勒马科斯,安提诺奥斯也猜测到,若非如此,特勒马科斯就不可能逃出他的手心,我们可以把这两点看作神明的计划滴水不漏的证据。或者换个说法,我们可以把它记在机遇的账上,看作一个细节,就像雅典娜没有遮住奥德修斯的伤疤、特勒马科斯没有锁上武器库的房门一样,这并不影响故事的结局,而是给预料中的结论增添了一个悬念。①

---

① 另参尤斯塔修斯 1867,12 – 19。

特勒马科斯更多的是神明计划的一部分,而不是奥德修斯命运的一部分,他在后者的各个说法中都没有一席之地。有两个预兆支持这一点:一个在斯巴达,另一个在皮洛斯,它们表明了这两者的区别。当特勒马科斯正准备离开斯巴达时,一只老鹰俯冲下来,从一家宅院抓起一只驯服的白鹅(15.160-162)。海伦用类比的方式阐释道:"如同生养于大山中的鹞鹰抓走被人喂肥的家鹅一样,经历了无数苦难的奥德修斯也会归返报复,或许他早已返抵家园,正在给求婚人谋划灾难。"(15.174-178)这是对奥德修斯注定要返家的一种直白阐释,尽管多少有些凶兆:奥德修斯不属于伊塔卡,他与求婚人的区别有如"野蛮"与"驯服"之间的区别。第二个预兆出现在特勒马科斯快要解缆启航时,一只鹞鹰用双爪抓住了一只鸽子,拔扯着它的羽毛,撒在特勒马科斯登船前经过的地上(15.525-528)。特奥克吕墨诺斯(Theoclymenus,[译按]阿尔戈斯人,预言者)把特勒马科斯叫到一边,握住特勒马科斯的手,说他看到那个景象就意识到那是一个预兆:"在伊塔卡这个地方,没有任何家族比你家更有能力为王,你们会永远兴旺。"(15.533-534)特奥克吕墨诺斯没有解释他是如何看出来的,他后来却对明显相同的[119]预兆做了另外的阐释,①但那个预兆足以说服特勒马科斯改变计划,也足以让他让特奥克吕墨诺斯寄居在他的一个同伴家里,而不是寄居在一个求婚人那里。

　　特奥克吕墨诺斯是整个《奥德赛》中最为神秘的人物。拿他的名字作比照,我们就会想起普罗透斯的女儿埃伊多特娅(Eidothea),她曾经帮助过墨涅拉奥斯脱离困境。她的名字完全可以分解成"容貌"(eidos)和"女神"(thea)。而"特奥克吕墨诺斯"这个名字则意

---

① 17.150-165 在古代的标准本(vulgate)中是反神话的。但对于所谓更公正的版本来说,如果只接受行 160-161 是反神话的内容,那么特奥克吕墨诺斯根本没有凭任何迹象就做出了预言。

味着"听闻或倾听神明的人"(另参 15.271)。① 他似乎象征着神明从可见到道听途说的转变。他是唯一一个对每个人来说都还完全陌生的角色:即便在我们已然知道他的名字后,荷马还是用"外乡人"来称呼他(17.72,73,84),但荷马从未如此称呼过奥德修斯(另参 13.47-48)。我们只知道特奥克吕墨诺斯的名字和他的家族谱系(15.223-256),我们甚至不知道阿波罗是否像对特奥克吕墨诺斯的父亲一样,也把他变成了最好的预言者(15.252-253):特奥克吕墨诺斯怀疑但并不确定他杀死的那个人的亲属在追杀他。甚至后来特奥克吕墨诺斯在向佩涅洛佩和求婚人做预言时,也没有为自己预言的权威性奠定根基(对参 17.154 和 1.200-202)。特勒马科斯所知的一切仅仅是他杀了一个人,荷马和特奥克吕墨诺斯本人都没有说过他此举是否正当。即使我们把特奥克吕墨诺斯从史诗中剔除,也不会有什么影响。特奥克吕墨诺斯置身于《奥德赛》的行动(action)之外,却仍然是它的主题之一。特奥克吕墨诺斯代表着与心智的匿名完全不同的另一种匿名形式。心智为神所有,因此心智就可以"看到"其他人所看不到的。在特奥克吕墨诺斯向求婚人所做的一个预言中,他以一种独特的方式使用了"心智"(noeō)的同根词。这个预言本身就是独特的。雅典娜刚刚引起求婚人大笑了一场,并且转移了他们的注意力。这些求婚人正在吃鲜血淋淋的肉块,他们的双眼笑出了泪,心里预感到了一种悲伤的事情。特奥克吕墨诺斯说:"噢,可怜的人们,你们正在遭受什么灾难?昏冥的黑夜笼罩在你们的头脸至你们的膝盖上,呻吟之声阵阵,两颊挂满了泪珠,墙壁和横梁溅满鲜血,前厅里充满阴魂,又把庭院遍布,

---

① 关于"埃伊多特娅"的词形,另参 Harmut Erbse,《荷马史诗众神功能考》,前揭,页 50。欧里庇得斯《海伦》(*Helen*)中的特奥克吕墨诺斯,似乎是参照了荷马笔下的形象。特奥克吕墨诺斯的妹妹特奥诺厄(Theonoe),原名为埃伊多(Eido),她能够直接了解到神明,而一旦有人怂恿她撒谎,那么特奥克吕墨诺斯对神明的间接信仰就必然会变成标准。

前往昏暗的阴间,太阳的光芒从空中消失,滚滚涌来不祥的暗雾。"(20.351–357)这种类似于《圣经》的预言,把未来拉到了近前:求婚人下地狱之路已备好。① 这是一种看不见的幻像。它把听觉转换成视觉——"呻吟之声阵阵",还把太阳和夜晚变成了隐喻。求婚人开心地嘲笑特奥克吕墨诺斯,欧律马科斯认为,"既然他觉得这里如黑夜",就需要一个护卫把他送走,这时特奥克吕墨诺斯说自己有眼睛有智慧[而无需别人来送他]。特奥克吕墨诺斯的理智(noos)是健全无瑕的:"我感到(noeō)灾难正降临你们,所有的求婚人都难逃脱。"(20.367–368)[120]不管是在《伊利亚特》还是在《奥德赛》中,这是唯一一次用 noeō 来说明未来的场合,它最常见的用法是指通过眼睛辨明事物。②

从更宽泛的角度来看,人们也许会说,特奥克吕墨诺斯在《奥德赛》中,等同于宙斯派去警告埃吉斯托斯的赫耳墨斯。但没有人派遣特奥克吕墨诺斯,而且他对求婚人的警告来得太晚了。特奥克吕墨诺斯置身于情节或命运之外,置身于神的行动或人的行动之外,

---

① 另参 Wilhelm Büchner,《〈奥德赛〉中的佩涅洛佩场景》(Die Penelopeszenen in der Odyssee),载于《赫耳墨斯》(*Hermes*),75(1940),页 135–136。

② 另参 Tacitus,《日尔曼尼亚志》(*Germania*),9.2:唯有在虔敬中,他们方能洞悉那秘密(secretum illud quod sola reverentia vident[*Germani*])。Ameis–Hentze,《荷马史诗〈奥德赛〉补遗》,前揭,卷三,页 47,给出了荷马使用 *νοῶ* 带介词和宾语情况的完整列表(有某些误印)。荷马似乎要通过特奥克吕墨诺斯的言辞,让我们在预言的语言与诗的语言之间做出含蓄的区分,这一区分使我们想起在埃斯库罗斯《阿伽门农》中,卡珊德拉抒情般的想象(1072–1177)与她毫无修饰的和并不费解的言语之间的区别,后者以两个意象为开端,两个意象都由 *δίκην* 引导(1178–1183),继之以卡珊德拉说起复仇女神(Furies)的歌队(1186–1193)——复仇女神在埃斯库罗斯《报仇神》(*Eumenides*)一剧中以真实存在显现,以卡珊德拉要求歌队证实她所说的话结束。卡珊德拉在请求时,在几乎最严格的意义上使用了雅典法庭用语中的两个技术术语(1196–1197)。卡珊德拉所阐释为阿尔戈斯往昔的东西,是通过诗歌与法律的联合预告出来的雅典的未来。卡珊德拉的话语预示了埃斯库罗斯。

他的意义似乎不过是其名字本身而已：他体现了预言者未来的规定，一旦诸神抽身离去，那么预言者就成了神人之间唯一的中介。的确，特奥克吕墨诺斯属于未来，尽管在特奥克吕墨诺斯说出幻像的时候，奥德修斯就在那里，但特奥克吕墨诺斯对他却未置一词。奥德修斯为特奥克吕墨诺斯开辟了道路，但特奥克吕墨诺斯属于另一个故事。特奥克吕墨诺斯到达皮洛斯岸边的时候，特勒马科斯正在向雅典娜祈祷献祭。这种巧合表明，特奥克吕墨诺斯就是那个祈祷的回应，尽管我们不知道特勒马科斯所祈祷的是否是这样一个标志。特奥克吕墨诺斯似乎是雅典娜在特勒马科斯回航中的替身，而在特勒马科斯出航时，雅典娜曾幻化成门托尔。特勒马科斯奇迹般地逃脱了求婚人的埋伏，荷马对此并未作出解释，这让人迷惑，但我们对此可以推测出，特奥克吕墨诺斯就是此处的天意。特奥克吕墨诺斯出现在甲板上，就是雅典娜向特勒马科斯保证，说有某个神明会保护他。与其说特奥克吕墨诺斯是神圣因果关系的代言人，还不如说他是一种"理念"(idea)。特奥克吕墨诺斯是天意的痕迹。雅典娜和宙斯能够在奥德修斯的命运中注入要奥德修斯为他们服务的企图，就此而言，特奥克吕墨诺斯是这一企图的必然结果。特奥克吕墨诺斯是一个论点的推论。

就其重要性而言，特奥克吕墨诺斯处于《奥德赛》的边缘。欧迈奥斯虽处于《奥德赛》的中心，但他的意义是模糊的。荷马大约有十五次直呼其名，这表明欧迈奥斯有某些特殊之处，就好像他[在荷马时代还]仍然活着，而且像《伊利亚特》中的帕特罗克洛斯一样，乃是荷马所青睐的人物。在史诗中，作为唯一一个荷马直接向之发话的人，欧迈奥斯可与特奥克吕墨诺斯相比，对于后者我们只知其名。雅典娜赋予欧迈奥斯的就是谦恭的角色。对奥德修斯和特勒马科斯来说，去欧迈奥斯的驻地秘密相会再方便不过了。但雅典娜赋予欧迈奥斯更大的用途，即向主母佩涅洛佩报信说小主人平安归来，这只不过重复了特勒马科斯的同伴主动去通知其母佩涅洛佩这一举动(16.328–341)：雅典娜或特勒马科斯都没想到要堵住这个漏洞(16.130-134)。柏拉图在《治邦者》中暗示了欧迈奥斯的重要性,他让爱利亚[121]外乡人实施他的分类方法,其目的旨在分离出政治家来,在这种方式中,结果到最后一次划分时,这位牧猪奴欧迈奥斯却是那种可与国王相提并论的人。① 那位爱利亚客人似乎是在暗指欧迈奥斯的常用绰号,"民众的首领",这可以从欧迈奥斯管着四名手下中勉强能得到证实(14.24-28)。

如果欧迈奥斯没有参与对求婚人的杀戮,那么很难想象牧羊奴墨兰提奥斯会在故事中起到什么作用。显然墨兰提奥斯也如特奥克吕墨诺斯一样,置身于明显的重大事件之外。奥德修斯和欧迈奥斯在进城的路上碰到了墨兰提奥斯。很显然,牧猪奴与牧羊奴之间的过节由来已久(17.204-222;22.195-199)。墨兰提奥斯侮辱欧迈奥斯和奥德修斯,用脚踢奥德修斯,并诅咒特勒马科斯丧命。尽管墨兰提奥斯是一个彻头彻尾的坏蛋,但事实却证明他相当有头脑(22.135-141),而不是那种把侮慢的言辞与知识混为一谈的人:他向求婚人报告化装成乞丐的奥德修斯时所用的言辞,乃是简洁精练的范本(17.369-373)。他那个与欧律马科斯鬼混的妹妹也是口不择言(18.325-336;19.65-69)。奥德修斯为什么要建议欧迈奥斯去折磨墨兰提奥斯呢?(22.172-177)他还建议让看家狗吞掉墨兰提奥斯(22.474-477)。奥德修斯特许欧迈奥斯违背神圣的埋葬律令背后的原则:人死恨消。② 阿基琉斯不得不尝尽苦头才学会的东西瞬间就被推翻了(另参 XXIV.406-409)。③ 安提诺奥斯威胁道,他要用船把乞丐伊罗斯(Irus)运往大陆,送给恶煞埃克托斯国王,这位国王会割下伊罗斯的耳鼻,切下他的阳物,当作生肉喂狗(18.

---

① 柏拉图,《治邦者》,266b10-d3。
② 另参亚里士多德,《修辞术》,1380a25-30。
③ 尤斯塔修斯(1694,16-18)用埃阿斯心中仍然存在满腔的怨恨,来解释为什么哈得斯里没有特洛亚人:如果连他的阿开奥斯同胞都不会同他讲话,特洛亚人又焉能看他?

84-87;另参 21.365-365)。但这个威胁应验在了墨兰提奥斯身上。荷马在最后一卷中对哈得斯的描写,其主要目的是重新为哈得斯辩护,反对欧迈奥斯对哈得斯的攻击:与牧牛奴菲诺提奥斯不同,欧迈奥斯从未提起过哈得斯(20.208)。① 这些事情没有哪一件容易理解。除非我们假设暗地里幸灾乐祸会有更坏的结果(另参23.45-47),或者奥德修斯如一贯以来那样出于现实考虑不希望出现什么声响引人戒备,或吵醒佩涅洛佩,否则似乎就违背了奥德修斯给奶妈欧律克勒娅颁布的禁令,即她千万不能公开表达对求婚人之死的喜悦(22.411-412)。② 这些考虑让人对欧迈奥斯感到好奇。既然欧迈奥斯不在神考虑的水平以下,那么他就完全在奥德修斯的掌控之中,既可用之,也可弃之。奥德修斯并没有反对特勒马科斯要武装欧迈奥斯的决定(22.103-104;另参23.368-369):欧迈奥斯参加了与伊塔卡人的最后一战(24.497)。

---

① 奥德修斯两次使用(其他人都没有使用)过 Μελειοτί ταμεῖν[扯碎肢体]这个短语,一次用在波吕斐摩斯准备吃人的时候,另一次用在威胁墨兰托时,说特勒马科斯要把她剁成肉泥(9.291;18.339)。这个威胁吓住了所有的女人,因为她们相信奥德修斯是当真的(18.342)。荷马没有谈到哪个求婚人这样威胁过人。这样一个特勒马科斯的形象,欧迈奥斯只是有所暗示,这里更多地透露了出来(17.188-189)。

② 看起来似乎是,奥德修斯加入比赛是在模仿墨涅拉奥斯,在《伊利亚特》卷三中,墨涅拉奥斯向帕里斯挑战,这不声不响地表明,他必须证明他有权拥有海伦。但奥德修斯也许只是为了在把那把弓转向安提诺奥斯以前确认那弓是没有毛病的。"大事情"(μέγα ἔργον)这个短语在《奥德赛》里共出现了八次,七次出自某个角色之口,并且表示不同意或惊愕(3.275;4.663;11.272;12.373;16.346;19.92;24.458),此处是荷马自己使用的(22.408)。在《伊利亚特》中,奥德修斯请求雅典娜支持一个伟大的行动,这个事情与特洛亚人大有关联(X.282)。而在修昔底德笔下,尼西亚斯(Nicias)把西西里(Sicilian)远征说成是一件伟大的行动(6.8.4)。[译按]尼西亚斯(公元前470—前413),雅典政治家、将军,与斯巴达订立《尼西亚斯和约》,结束伯罗奔尼撒战争的第一阶段,在指挥叙拉古包围战中全军覆没,被俘并被处死。

奥德修斯面临的政治问题,从狭义上来说,就是如何保住特勒马科斯的王位。如果特勒马科斯各个方面都像他的[122]父亲,本质上与乃父属于同一级别,那么奥德修斯就没有回来的必要,而且特勒马科斯在数年前就已经把求婚人处理好了。特勒马科斯也承认这一点(2.58-62;另参4.818)。当奥德修斯还只不过是一个少年的时候,就被父亲和长老们派去向墨塞涅人(Messenian,[译按]指住在伯罗奔半岛东南部地区的人)索回三百头羊以及放牧那些羊群的牧人(21.16-21)。奥德修斯还有一个问题,即他如何才能在杀了求婚人之后不遭流放。奥德修斯向雅典娜承认,这才是他更关注的问题,而不是他显然不可能孤身一人杀死求婚人这一点(20.41-43)。特勒马科斯已经同意奥德修斯的说法,认为如果雅典娜和宙斯站在他们这一边,他们就不会失败,而且奥德修斯还说过,在需要的时候,这两位神明就会现身相助(16.259-269;另参13.389-394)。即便是现在,奥德修斯也坚信,他们是否能成功地干掉求婚人,完全取决于宙斯和雅典娜的意愿(20.42)。雅典娜拐弯抹角地回答他说:"可怕的家伙,人们甚至信赖弱伴侣,仅是有死的凡人,没有如此多谋略,可是我是一位神明,在各种危难中护佑你始终不渝,我可以明白相告,即使有五十队世间凡人预设埋伏,向我们进攻,企图用暴力杀死我们,你仍能夺得他们的牛群和肥壮的羊。"(20.45-51)雅典娜似乎是在谈论对求婚人的杀戮这一事实,她把那场杀戮随随便便地比作劫掠牛群,这暗示了求婚人至少不是全错。雅典娜的保证似乎与奥德修斯的焦虑无关。即便雅典娜是在影射奥德修斯与同胞之间的武装斗争,即在这场杀戮之后,奥德修斯不得不与同胞发生一场武装斗争,但消灭自己的臣民,似乎是奥德修斯避免被流放的极端手段。

我认为,雅典娜话语的关键之处不是说她要提供帮助,而是那段显然很空洞的前言:"可怕的家伙,人们甚至信赖弱伴侣,仅是有死的凡人。"表面上看,这几句话无关紧要。不信任仅是凡人的人,这就让奥德修斯变得寡不敌众。不久以后,牧牛奴菲诺提奥斯来了。菲诺提奥斯对奥德修斯友善的谈话,似乎让奥德修斯下决心把他和欧迈奥斯纳入自己的阴谋中。奥德修斯认为菲诺提奥斯和欧迈奥斯就是雅典娜所指的那种低贱的人。奥德修斯许诺给他们与自由相等的东西:婚配、财富以及同他比邻而居。他们以后会成为特勒马科斯的兄弟和同伴(21.213－216;另参16.115－121)。奥德修斯对政体进行了民主化的改革。他们以及城邦中的任何人,只要证明忠诚,都将得到奖赏,在权力中分得一杯羹。即便他们失去作用之后,奥德修斯想让他们解甲归田,但奥德修斯也势单力薄,而且总得有人去取代奥德修斯所杀掉的那些王公贵族。

[123]当奥德修斯登上基尔克的岛屿时,他也曾被迫放宽自己的统治。其后果尽管命中注定而且也恰到时机,但却是灾难性的。然而,他的手下是自由人。就在奥德修斯向欧迈奥斯说明了自己的身份后不久,欧迈奥斯害怕求婚人的空言恫吓,这似乎证实了他自己的观点,即身入奴籍,就丧失了一半的德性(21.359－367)。我们从《伊利亚特》卷二得知,阿基琉斯破坏了人们对阿伽门农领导权的信任后,阿伽门农就不知道该如何对身处特洛亚的联军讲话了。我们也知道,在这次事件中,奥德修斯对军队中的普通战士讲话时用一种方式,而对国王们讲话时用另一种方式。而且事实证明,在忒尔西特斯说出军队中的秘密情绪时,奥德修斯还发表了一通必不可少的讲话,把他压回了原位。而且我们还知道,赫拉和雅典娜都不具有这种知识(II.110－178)。① 然而,奥德修斯在那种情况下表现出来的政治手腕,并不包含任何对普通人的真正妥协。现在的情形大不一样。奥德修斯现在不是在对付暂时的不满,而是在对付一种正在恶化的怨恨,这种怨恨表现得尤其棘手。奥德修斯王国里所有的王公贵族都是这种怨恨的领头人物,而在他们背后,是那些已经不记得

---

① 也许没有什么能比埃吉斯托斯的邪恶范式更能证明这一流行的转换了,埃吉斯托斯要杀死监视克吕泰墨涅斯特拉的歌人时,是如此小心地要摆脱干系(3.269－271)。奥德修斯,就其小心谨慎而言,可与埃吉斯托斯相比肩。

奥德修斯统治下的好处的人，他们失去了亲人，失去了亲人们本可以带回来抚慰怒火的战利品，他们在小心谨慎地在等待着结果。直到最后时刻，奥德修斯才招募欧迈奥斯和菲诺提奥斯到其麾下，这表明他在把特勒马科斯的统治建立在这种同盟关系上时是多么勉强。欧迈奥斯和菲诺提奥斯应该为其忠诚而得到奖赏，奖品就是墨兰提奥斯。①

这种新秩序在奥德修斯默许下背着他形成，就好像这不是他自己的所为，这种新秩序不仅提升了欧迈奥斯和菲诺提奥斯的地位，还降低了特勒马科斯的地位。② 奥德修斯意识到，那些忠诚的女奴也应该得到奖赏，尤其是欧律克勒娅。当欧律克勒娅认出奥德修斯，并主动提议甄别哪些人侮辱过他、哪些人没有罪愆时，奥德修斯拒绝了她的帮助，说他会亲自做出判断（19.496－501）。但当求婚人被杀死后，奥德修斯允许欧律克勒娅挑选。欧律克勒娅所选出的十二名女仆既不敬重她，也不敬重佩涅洛佩（22.417－425）。与特勒马科斯相似，欧律克勒娅也按自己的标准行事（22.462－464）。特勒马科斯也说那些女仆侮辱过他，尽管我们从未听说过（另参22.426－427），而且特勒马科斯还决定违逆父命，不给她们一个痛快的死法，而是要绞死她们，不是像奥德修斯命令的那样用剑杀死她们。奥德修斯提到阿佛罗狄忒时的鄙夷，使得特勒马科斯悖逆父命不可避免（22.444－445）。奥德修斯早就料到特勒马科斯的悖逆，这并不让

---

① 在希罗多德笔下的波斯人对希腊人和蛮族相互敌意的产生原因的理解中，表明了"报复"（tisis）的故事性特征，因为波斯人只能在一定的距离外平衡各方面的权利：在第一轮的针锋相对中，甚至波斯人都说，那些对他们以前的不义还进行狡辩的希腊人，其实不知道自己的不义。的确，那位波斯人甚至不知道是哪种希腊人结清了宿怨（1.2.1）。可以说，肃剧表达法 pathei mathos 表达了这样一种愿望：经验中的正义要与正义的范式相一致。

② 阿伽门农安排一名歌人来看顾克吕泰墨涅斯特拉，这与他对统治的无知完全是一致的（3.265－268）。

人惊讶。特勒马科斯满手血污,而且参与了对墨兰提奥斯的惩罚。那位牧猪奴现在彻底胜利了。与其说他的[124]绰号"民众的首领",指的是如若他继承他父亲的王国(15.412 – 414)他将获得的身份,不如说它指的是将来。荷马对欧迈奥斯的称呼表明,他是《奥德赛》的主要人物。

奥德修斯在重振家业的过程中,施行了两种不同类型的杀戮。求婚人被杀,奴仆们则是遭到惩罚。在荷马的比喻中,奥德修斯看到所有的求婚人都倒在血泊和尘埃里,就像被网住的鱼,灼烈的太阳要夺走他们性命的时候,在沙滩上苟延残喘(22.383 – 389;另参12.251 – 259),也只有在这个比喻中,他们才受到了侮辱。只有那些模仿其主人侮辱他人的仆人才遭到了报复。他们的遭报,在某种意义上与求婚人的肆心(hubris)相似。但这些求婚人本人却并不注定要经受与他们的残暴行为直接等同的东西。最后由菲诺提奥斯对着已经死去的克特西波斯(Ctesippus)说,他曾用牛蹄打过奥德修斯,作为礼尚往来,现在长矛就插进了他的胸膛(22.285 – 291)。克特西波斯出身并不高贵,只是倚仗自己难以计数的家财来向佩涅洛佩求婚(20.287 – 290)。牧牛人偿付了来自牛蹄的侮辱,这不只是一个有点儿残忍的幽默,而且也是即将到来的权力重组的象征。仅在故事的层面上,求婚人遭到了惩罚。① 他们的死属于我们能看到并为之感到愤慨的类型。但既然惩罚关乎行动,而且受害者可以认为,受到公正判决的人在类型上经受了他所加于他人的,那么只有

---

① 另参亚里士多德,《修辞术》,1380b22 – 25,引述了《奥德赛》9.504。在埃斯库罗斯的《阿伽门农》中,卡珊德拉要求歌队做见证:一个女人将代替另一个女人去死,而一个男人将代替另一个男人倒下(1317 – 1319),她的话例证了,如果我们把这种模式当作惩罚的话,那就是自我欺骗(另参 1323 – 1326)。克吕泰墨涅斯特拉杀死阿伽门农和她杀死卡珊德拉时表达了不同的快乐,这表明不知情的受害者(阿伽门农)所受的惩罚与有自我意识的卡珊德拉受到的惩罚不同(1385 – 1392,1444 – 1447)。

奴隶才遭到了惩罚。他们是故事中首当其冲的人物。①

女　仆

　　欧律克勒娅提议去叫醒佩涅洛佩,她推测佩涅洛佩也会选出女仆中的罪人来,但奥德修斯未允许欧律克勒娅这样做(22.428 - 432)。佩涅洛佩不会成为新政体中的一员。雅典娜和奥德修斯彼此都确信,佩涅洛佩从来没有看到那一她认为乃命中注定的事件的丑陋之处(17.537 - 547)。就我们所知,尽管佩涅洛佩曾下楼来看过,但她从未看到过求婚人的尸体(23.83 - 85)。当佩涅洛佩下楼的时候,求婚人的尸首已经摞叠在院子里,而在特勒马科斯绞死女仆前不久,她们就已把全部的血迹擦洗干净(22.448 - 453)。为了不让佩涅洛佩看到任何不愉快的事情,奥德修斯也完全排除了她在自己计划中的发言权。佩涅洛佩的命运亦非奥德修斯命运的一个部分。特瑞西阿斯曾谈到奥德修斯最终到家,并被欢乐的人群所簇拥,但他丝毫没有提及佩涅洛佩[125](11.136 - 137)。如果说佩涅洛佩也有自己的命运,那就是不幸。奥德修斯不让佩涅洛佩知情,这种得体的安排与他粗暴地处置众女仆一脉相承。在奥德修斯下达死刑命令之前,她们的死刑就已成定局。她们的命运注定如此,其关键似乎在于奥德修斯偶然在黑夜里碰到她们,当时他正偃卧难眠,心中为求婚人谋划着灾殃,那些女仆恰在此时溜出去同求婚人中的相好鬼混,互相嬉戏,一片欢声笑语(20.1 - 8)。这时奥德修斯心中涌起两种想法,是逐个把她们杀死,还是让她们同求婚人

---

① 对 $\mu o\iota$(20.19)来说,有一种古老的变体 $\tau o\iota$("你的东西")。公认的文本认为,奥德修斯与自己内心一致,尽管在两者之间存在分裂。另参 Ulrich von Wilamowitz - Moellendorf,《奥德修斯的还乡》(*Die Heimkehr des Odysseus*, Berlin: Weidmann, 1927),页189 - 190。

最后鬼混一次:"他的心在胸中怒吼。有如雌狗守护着一窝柔弱的狗崽,向陌生的路人吼叫,准备扑过去撕咬;他也这样被秽事激怒,心中咆哮。"(20.13-16)然而,狗对入侵者的邪恶企图也许猜得对,也许猜得不对,奥德修斯却似乎对此毫不怀疑。但他究竟在保卫什么?如果是在维护家庭的完整,又哪里会认不出来者呢?他既然像狗那样敏锐,怎么可能不知道?奥德修斯本人也通过比较对自己的体验有所理解:"继而他捶打胸部,内心自责地说:'心啊,忍耐吧,你忍耐过种种恶行,肆无忌惮的库克洛普斯人曾经吞噬了你勇敢的同伴,你当时竭力忍耐,智慧(mētis)让你逃出了被认为必死的洞穴。'"(20.17-21)①奥德修斯承认他心里把这件事夸大了。女仆们所犯的罪孽还不如波吕斐摩斯。奥德修斯提到,当他看见那个独目巨怪刚开始吃掉他的两个同伴时,立即就有了要杀死那个巨怪的冲动。但奥德修斯忍住了,因为他想到,就算成功杀死了独目巨怪,他也会被困在山洞里(9.299-305)。现在,奥德修斯意识到,即便他杀死了那些女仆,还是无法干掉求婚人,因此他也就冷静了下来。奥德修斯在山洞中的克制,使他的目的从报仇转变成了逃生。奥德修斯压制住杀死女仆的冲动,是因为必须把求婚人赶出家宅,而不致让人们觉得,他是在"惩罚"这些求婚人。对仆人处以极刑也是出于必要。奥德修斯把这件事交给特勒马科斯和他的忠仆,这表明他十分清楚这一点。杀戮女仆能满足他们的正义感。

如此一来,问题就再次变成了奥德修斯如何理解他从库克洛普斯人洞穴中逃生的经历。如果奥德修斯现在把刺瞎波吕斐摩斯仅

---

① 另参塞涅卡,《提埃斯忒斯》(*Thyestes*),245-246。西塞罗在讨论第四种喀提林式阴谋家(Catilinarian,[译按]似指反政府的阴谋,典出古罗马共和国贵族喀提林)时,详细讨论了惩罚和必要性的问题。西塞罗似乎赞同把喀提林式阴谋家处以死刑看作出于必要,而不像恺撒所提出的那样,是一种事关惩罚的问题。西塞罗指出,如果要把死刑看作一种惩罚的话,那么死后的惩罚就是一种必需的信仰(4.8;另参柏拉图,《王制》,610d5-e4)。

仅当作逃命的不可或缺的手段,那么他在此情此景的内心独白就意味着,他承认他从求婚人那里所遭受的侮辱,无论是什么,严格来说,都无关宏旨。求婚人的死亡并不是旨在补偿他。荷马似乎赞赏这种更为理性的对奥德修斯的阐释。紧接着奥德修斯的内心独白,荷马把奥德修斯本人(αὐτός)等同于那个[126]尽管势单力孤却思考着如何干掉求婚人的奥德修斯。而且荷马还把这个纯粹的算计与奥德修斯如何能够免于流放的问题联系起来(20.22–43)。雅典娜是在奥德修斯理智(rational)而非愤怒的时候来到他身边。这就决定了奥德修斯会像冷血动物般地杀戮。奥德修斯回来了,做了他该做的,然后又走了。的确,如果杀掉这些女仆与他最初想杀死波吕斐摩斯的欲望相一致的话,那么奥德修斯就会把流放等同于从山洞逃生。奥德修斯是否能够免于遭流放,这事由不得他。这就需要雅典娜出面来完成最后一场奇迹。然而,在我们尚未搞懂奥德修斯注定还要外出漂泊一次是否就是流放的托词之前,《奥德赛》就完结了。①

如果引述波吕斐摩斯一事乃是奥德修斯解读自身与命运的关系的方式,那么荷马归在他身上而雅典娜仍有意挑起的所有义愤(20.284–286),现在就要消失不见了。奥德修斯现在就会承认,那些义愤是虚假的。当欧迈奥斯问奥德修斯,那些求婚人是否还像以前那样辱骂他(20.166–171),奥德修斯给了他一个含混的回答;此外,在屠杀的那一整天,奥德修斯只是怒目而视,轻蔑地笑过一次(20.183–184,301–302;22.34,60,320)。然而,奥德修斯算计得

---

① 第二个比喻似乎表明,奥德修斯没有把愤怒和理性完全区分开来(20.25–27),因为奥德修斯前面提到波吕斐摩斯的野蛮行径(20.19–20),加强了比喻对吃人与杀人之间关系的暗示。相应地,奥德修斯不知道荷马刚刚把他比作了一条母狗(bitch),当时奥德修斯谈到他要忍受某种比女仆们的寡廉鲜耻还要"恶心的"(bitchier, κύντερον[直译为"更母狗的"])事情。夸张一点说,奥德修斯就是他认为他要经历的那种人。

越多,就变得越恐怖。我们当然能接受那种支配奥德修斯所有行为的政治必要性,但我们也不要因为发现奥德修斯能够给自己找到冠冕堂皇的理由因而显得有些讨厌而变得过分神经质。然而,如此多的证据积累起来,已经足以形成一个冷血的奥德修斯的形象,所以我们也许不该把坦露内心的奥德修斯,与那个主要关心自己是否能够免于流放的奥德修斯联系起来。至少是有可能,荷马把奥德修斯的内心与心智并置,其目的就是要得出我们轻率地归结到奥德修斯本人身上的那个结论;但荷马把奥德修斯一分为二,其意义在于否认奥德修斯看到了他解决眼下问题的方法必须与他设法逃出波吕斐摩斯洞穴的方法保持严格一致。因此奥德修斯暂缓对女仆们的惩罚是为了先惩罚求婚人,而且在这种情况下,奥德修斯还是会在受欺骗中行动,就像他在逃离波吕斐摩斯的过程中所经历的一样。这样一种新的阐释就会强调,愤怒离理智仅一步之遥,而且同时还可以还奥德修斯以正义性(righteousness)的面目,这种正义性激励着他执行正义。这种新的阐释并不是要我们对奥德修斯有更多的好感,而是在我们目不转睛盯着荷马的时候,心理上能够有所缓解,荷马也许是以这种方式把弓与琴区别开来。①

奥德修斯回到伊塔卡以后,有两个插曲似乎[127]对理解奥德修斯十分重要。这两件事情都不在他的命运之中,而且其中一个压根儿就没有神明的介入。第一件事与墨兰提奥斯有关。奥德修斯和欧迈奥斯回城时,在公共泉水边遇到了墨兰提奥斯。墨兰提奥斯与奥德修斯擦身而过的时候,用脚猛踢奥德修斯的臀部。奥德修斯稳稳地站住,思虑着是否要用哪种方式杀死墨兰提奥斯。但奥德修斯忍住了,欧迈奥斯则祈求宁芬女神(Nymph)让奥德修斯归返,并且惩罚墨兰提奥斯(17.233-246)。我们应该不会对奥德修斯所表现出的克制疑惑不解,但他为什么又想到要杀死墨兰提奥斯,而不只是继续保持冷静呢?尽管墨兰提奥斯企图伤害奥德修斯,但这种

---

① 另参《奥德赛》,21.404-411。

伤害还比不上迎面掴他一耳光,很难看出为什么奥德修斯要对墨兰提奥斯之流大动肝火。作为国王,奥德修斯不应该把这件事放在心上,而作为乞丐,他早就应该瑟缩而逃了,或至少也应该倒在地上。荷马并没有说奥德修斯发怒了,荷马把杀与不杀墨兰提奥斯的这两种可能性,表达成好像那仅是奥德修斯一念之间的事。奥德修斯的计划,会在尚未开始实施以前,就成泡影而徒劳无功。奥德修斯似乎忘掉了自己,或者毋宁说把他所是的那个人与他所装扮的那个人融为一体了,不管他是被雅典娜变成的乞丐,还是他向欧迈奥斯吹嘘的曾经叱咤风云的海盗。不管他究竟是谁,奥德修斯对墨兰提奥斯踢打的回应,预示着对求婚人的杀戮。① 这些求婚人也击打过一次奥德修斯。奥德修斯就好像通过墨兰提奥斯,看到了当时还未谋面的那些求婚人。奥德修斯克制自己没有立即杀死墨兰提奥斯,这恰恰就是他推迟杀死那些女仆的方式,以便能够首先处置求婚人。如此一来,墨兰提奥斯就不再重要,而无非是奥德修斯报仇雪恨这一大餐的开胃菜。

伊罗斯似乎是另一个插曲。他是真正的乞丐,正如他的绰号所表明的,一个滑稽的人物(18.1-7)。伊罗斯身材魁梧,但外强中干。奥德修斯知道,尽管伊罗斯大言炎炎,却不过是一个懦夫。伊罗斯应该受乞丐之神保护,这尊神说来话长,奥德修斯似乎受命来证明该神的存在。正是冲着伊罗斯,求婚人首次表现出对神没有丝毫敬意,安提诺奥斯拿国王埃克托斯来威胁伊罗斯(18.83-87,115-116)。奥德修斯在屠杀开始以前,必须打败伊罗斯并赶走他。奥德修斯救了他一命。不过,奥德修斯曾想到过要杀了他,但最终还是对他网开一面,"免得阿开奥斯人认出他[奥德修斯]"(18.90-94)。奥德修斯的审慎丝毫不让人惊讶,但他心里对伊罗斯动

---

① 请注意奥德修斯希望被人看成一个不知疲倦的奴仆时,他是如何把自己的标准称号 $πολύτλας$[坚韧的](凡三十七见)变成了 $πολυτλήμων$[经历艰辛的](18.319)。

了杀机,这却让人有些奇怪。尽管奥德修斯曾警告伊罗斯不要惹怒他,但奥德修斯并没有发怒(18.20)。这并非好像是说,即便在这种鸡毛蒜皮的事情上,奥德修斯也能自制(18.69-70)。奥德修斯打倒伊罗斯并把他拖出门外,实际上是警告他:他之所以遭到惩罚,就因为他自以为是外乡人和乞丐的首领(18.106-107)。奥德修斯曾向欧迈奥斯夸口说[128],没有哪一个凡人比他更会伺候人(15.318-324;但请另参17.20-21)。奥德修斯向欧律马科斯叫阵,比赛看谁更会放牧、犁地和打仗(18.366-380)。奥德修斯还提议接过女仆们的活计,掌管灯具,无论求婚人熬多久的夜,他都会让灯火长明(18.317-319)。奥德修斯似乎是在断言,"我是历来下贱人中的最优秀者","没有哪个凡人能够打败我,不管高贵还是低贱"。① 人的尊严与奥德修斯的傲气同时出现,尊严似乎每个人都有,但傲气却不是其他人所能染指的。任何不承认人的阶级特性与人的最高代表同时发生在一人身上的人,都要遭到惩罚。无名小辈(οὐτιδανός)就是无人(οὔ τις)。

名字与伤疤

尤斯塔修斯提出过这样的问题:在与伊罗斯打斗以前,奥德修斯要露出自己的脚和腿,那么他又是如何掩藏自己的伤疤的(18.3755-56。[译按]原文注《奥德赛》行码误,应为18.67-69)?答案无疑是:尽管他的确露出了腿上的伤疤,但当场没有哪一个人知道那是怎么回事。更为要紧的问题是,为何奥德修斯自己没有注意到这一点,以便阻止欧律克勒娅为他洗脚。奥德修斯和雅典娜两

---

① 另参,比如希罗多德,4.201;西塞罗,《论义务》(de officiis),1.33;Ammianus Marcellinus([译按]安密亚那斯·马赛林那斯[330—395],他是用拉丁语写作的最后一位伟大的罗马历史学家,续写了塔西佗的《历史》),28.1.29。

人对这个记号都有所疏忽。如果没有这个记号,奥德修斯不可能让欧迈奥斯和菲诺提奥斯相信他就是奥德修斯(21.221-222)。奥德修斯和雅典娜的疏忽似乎与荷马所述的语境同样让人迷惑不解。欧律克勒娅以为,奥德修斯拒绝让年轻妇女帮他沐浴是因为她们的傲慢无礼(19.370-374)。但这样假设似乎更为合理:奥德修斯会发现,要下令杀掉那些按照风俗习惯曾对外乡人尽过职责的人,的确很困难。不管究竟是哪种情况,荷马暂时中止了洗脚的故事,而回过头去讲奥德修斯的出生,以便在继续说明奥德修斯的伤疤之前,先解释奥德修斯名字的含义(19.392-466)。

这个故事似乎旨在把我们所知道的那个奥德修斯,与那位的确出生在伊塔卡、由外祖父赐名,并曾经被野猪咬伤的奥德修斯联系起来。似乎随着爱犬阿尔戈斯的死去,就没有任何别的办法让奥德修斯脱去伪装,证明他事实上既不是一个聪明的冒险家,也不是一位神明。我们似乎也需要能证明他身份的信物。貌似真话的谎言比比皆是,必须有种确定的东西,无论怎么伪装,它依然保持不变。在奥德修斯那里,那种记号似乎只为海伦和爱犬阿尔戈斯所知。看家犬阿尔戈斯的知识似乎尤其成了衡量求婚人能否认出自己主人的标准。[129]对那些求婚人的考验背后所要求的绝不仅是狗一般的忠诚。但继阿尔戈斯恰到时机的死亡之后,以知识为基础的忠诚便与秘密合不上,奥德修斯似乎希望出于完美的隐藏的"认不出"与无意中暴露他的"认得出"同时并存。奥德修斯威胁欧律克勒娅说,如果有谁碰巧听到了欧律克勒娅所知道的实情,那么他在成功杀死那些求婚人之后就会杀了她(19.487-490)。奥德修斯不承认自己犯了错,忘记了伤疤。奥德修斯告诉欧律克勒娅说,有一位神明安排她发现他的伤疤(19.485)。因此奥德修斯没有想到,他还需要一点点证据来说服那半信半疑者。奥德修斯太过自信,以至于当他发现,尽管雅典娜把他变成一个英俊的青年,特勒马科斯却不相信奥德修斯所说的身份时,奥德修斯被触怒(16.172-189)。使特勒马科斯最终相信奥德修斯的,是特勒马科斯看了看自己,因为他数度听说自己长得极像奥德修斯(1.208 – 209;3.120 – 125;4.141 – 150)。无论如何,不管究竟是什么东西让特勒马科斯相信奥德修斯所说的,不理会或轻视表象——与雅典娜一同出现在给雅典娜的献祭上——只是强调了伤疤的重要性,在奥德修斯离开伊塔卡的经历和雅典娜的介入联合起来几乎快要抹掉奥德修斯的过去之前,这个伤疤不可挽回地把奥德修斯紧紧系于他的过去。

因此,如果魔法也会给真理留下什么漏洞的话,那么奥德修斯的伤疤就是必不可少的,而荷马把它与奥德修斯如何得名的故事相联结的意图,就变得更难理解。名义上的东西与真实的东西显然同属一物。显而易见,奥德修斯根本就不像他父亲,他像外祖父奥托吕科斯——"本质上是一头狼",外祖父精于盗窃和咒语。那位曾向奥德修斯显示摩吕草本性的神使赫耳墨斯,把盗窃和咒语这两种能力赋予了奥托吕科斯。奥托吕科斯之所以能够成功偷窃而不受惩罚,是因为他表达咒语的方式,即这些咒语按字面来解,与耳闻这些咒语者未表达出的意愿相反,这就赋予了他那种可以随便拿取不是自己的东西的权力。① 这样一来,奥托吕科斯就招致许多男男女女的愤恨。奥德修斯受到如此多的祈求(poluarētos),欧律克勒娅请奥托吕科斯根据这一点给外孙起名,奥托吕科斯却把欧律克勒娅的话理解成"受如此多的诅咒",故而给外孙起名为"奥德修斯"。"奥德修斯"一名似乎不吉利。这个名字没有预示那个离家在外的奥德修斯,尽管在他返回家园的航程中,有足够多的迹象都说明这个名字恰如其分;这个名字预示的是一旦回到家里便实现了自己命运的那个奥德修斯,就好像这意味着[130]他本人必定是愤怒的化身——似乎就是 Autothumos [自己的血气]——他的唯一目的就是为了惩罚。这似乎可以理解成羞耻与骄傲的孪生形式——这也是费埃克斯人通过奥德修斯对人类的理解,有着等同于从说谎的盗贼(奥托吕科斯)到假冒的乞丐(奥德修斯)的谱系。在荷马讲述的故

---

① 另参 Harmut Erbse,《论〈奥德赛〉的解读》,前揭,页140。

事中，奥德修斯自己编的故事消失了，而奥德修斯最初的身份则再次出现，并证实他的名字其实就是他的命运。也许正是这一点而非其他任何原因，让打小就认识奥德修斯的欧迈奥斯，成为《奥德赛》最合适的观众。

八 求婚人与城邦

求婚人

[131]荷马就杀戮求婚人的合法性只给出了一种说法,这似乎远远不够充分。这种说法出现在某个把杀戮比作猎食的段落中,荷马不断地让我们想起奥德修斯历经艰险亲眼所见的吃人行为,他似乎是要说明,非法的东西是如何被吸收并进入正义(right)之中的。① 从经验来说,正义到了极致,就是兽性。② 就像奥德修斯没有给波吕斐摩斯说他的真名,却给他带来了一个无声的好处,这些求婚人没有看穿隐藏着的真相,也就把自己供奉成了奥德修斯吟唱着

---

① 据柏拉图笔下的苏格拉底所说,当勒翁提俄斯(Leontius)看见几具公开处决的尸体时,无法克制自己要去看它们的冲动,于是向它们冲过去,并骂自己的眼睛说:"噢,瞧吧,坏家伙,把这美景瞧个够吧!"(《王制》,439e6 - 440a3)

② 在埃斯库罗斯的《阿伽门农》里,阿伽门农在他称为诸神的开场白中,以神明对正义的支持开始,但就特洛伊的毁灭来说,正义又不能理解为可以同时兼顾交战的双方,最后以阿尔戈兽(Argive)结尾,那种兽是一种狮子,生啖普里阿摩斯的肉并舔食他的血(810 - 829)。在索福克勒斯的《菲洛克特特斯》中,从菲洛克特特斯被弃的那一刻起,特洛亚战争就开始背离正义了。但菲洛克特特斯似乎所代表的正义的纯粹——他注定了要通过射杀帕里斯来恢复正义(1425 - 1427),体现在最终变得与野兽合二为一的彻底的可憎上(226)。甚至菲洛克特特斯也认为,他曾经杀死过的那些飞禽走兽的亲属如果要前来杀死他,也是再公正不过的事情,他对这些飞禽走兽的亲属说:"你们用我闪光的肉体,心满意足地大快了你们报血仇的朵颐,那是一件多么美妙的事情。"(1155 - 1157)生命($βίος$)是一种惠赐($βίος$),而不是一种正义。

的弓的祭品(21.406-411)。然而,如何分别对说谎和对侮慢进行适度的惩罚,这二者之间协调却藏于一个表面的理由之下:"从来不会有任何其他晚餐比女神和强大的英雄即将提供的晚餐更加难以下咽,是他们[即求婚人]首先作恶造孽"(20.390-394;另参21.428-430;22.400-406)。① 这种罪孽不在于他们向一个假定为寡妇的人求婚,因为就连奥德修斯也认为,佩涅洛佩很可能在特洛亚战争后不久就已另嫁他人(11.177-179;另参13.42-43;但与22.35-38相左)。那么荷马所指的罪孽,似乎就是说求婚人计划要杀死特勒马科斯一事,但求婚人只是在他们意识到特勒马科斯企图要干掉他们后,才制订了那个计划(2.325-330;另参17.79-83),②而且我们知道,是雅典娜把那种想法放在特勒马科斯脑袋中的,并让他希望奥德修斯回来,也希望奥德修斯回来后仅仅把求婚人赶走(1.116,295-296)。奥德修斯采取了这种极端的标准是要报复一系列明显微不足道、累加起来还根本构不成犯罪的冒犯,这些小小的冒犯无法使他们遭受惩罚的正当性不证自明。③ 求婚人的卑劣命运与对这种命运的正义渲染不成比例,其程度相当于奥德修斯同伴的命运与他们大多死于莱斯特律戈涅斯人之手那样不协调。特瑞西阿斯在他们向佩涅[132]洛佩求婚的数年前,就已经预

---

① Γεύομαι[品尝]一词在荷马史诗中多作隐喻用法(XX.258;XXI.61;17.413;20.181;21.98),但17.413诗行的上下文却把该词变成其原始含义。这种并不仅仅是语言学的语言考古学,也许就是古代诗歌的特征。比如,可另参在埃斯库罗斯《阿伽门农》699中所发现的 kēdos 一词的双重含义("婚姻联系"和"悲痛")。柏拉图在《法义》卷三中对荷马史诗的用法,也许是最显著地承认了古代诗歌本质上就是考古学的说法([译按]有似国学所谓"六经皆史")。

② 尤斯塔修斯(1918,页50-52)在提到如下问题时提到了这种解释,即为什么奥德修斯不指责求婚人企图谋害特勒马科斯性命(22.36-38)。

③ 另参 John Halverson,《〈奥德赛〉中的社会秩序》(Social Order in the Odyssey),载于 Hermes 113(1985):页142。

言到了求婚人的这种命运。而奥德修斯在特洛亚战争开始之前,就已经知道了同伴的命运,而当同伴们纷纷死于莱斯特律戈涅斯人之手时,奥德修斯并没有试图做点什么来阻止这一切,反而还在某种程度上把它看作对同伴的邪恶莽撞的适当惩罚。然而,如果求婚人不能与奥德修斯的大多数同伴相比,而是与破誓吃了太阳神的牛的那些幸存者相比,那么这些幸存者就与求婚人有所不同,前者是心甘情愿接受自己的命运的。不过,奥德修斯的同伴所感觉到的那种必然性,是否能够免除他们的罪责,倒是不很明显,更不要说奥德修斯并没有拼命地向他们强调他们已确然无疑的命运(12.273-276)。不管怎样,他们的覆灭成了宙斯对他们的惩罚,而不仅仅是一场海难(12.288-290),也不是波塞冬兑现了波吕斐摩斯的诅咒,因为数年后在卡吕普索那里,奥德修斯知道了究竟是什么东西决定了这样的结局。无论如何,这些求婚人被打上了死亡的标记,而究竟发现或者杜撰了什么罪行来掩盖这一必然事件,似乎没有多大的区别。

求婚人在某种程度上清楚知道自己处于荒唐的境地(另参2.205-207;16.387-393;21.249-255)。如果佩涅洛佩最终真的决定嫁给他们中的一个,她就会离开奥德修斯的家宅(18.269-270),而那个真正重要的问题,即谁来统治伊塔卡,就会再次引发抢班夺权之争。如果那位未来的丈夫打算留下来(15.522),他就必须杀死特勒马科斯和拉埃尔特斯,还要像埃吉斯托斯那样篡夺王位。但还看不出为什么有人要在这种事业中帮助他(另参2.335-336)。① 瓜分家产当然不是佩涅洛佩"丈夫"的兴趣所在。如果求婚人中有某个魁首,明显像奥德修斯之于拉埃尔特斯那样杰出,那么他很久以前就会把王位搞到手,而奥德修斯的家庭也就会没落到无足轻重的地位(另参21.91-95,323-329)。也许人们应当把这

---

① 另参《注疏》EHQ之1.389。潘特柔斯之女不幸失手杀死了自己的女儿埃苔露丝,于是变成一只夜莺夜夜为之哭泣,佩涅洛佩把自己与潘特柔斯之女比较,似乎是考虑如果自己再婚,特勒马科斯会冒什么样的危险。

种荒诞性放在一边,即无论谁最终得到天下,他对自己未来的财产在长达三年的时间内一直不断地被消耗竟然泰然视之。向佩涅洛佩求婚是一件西绪福斯式的苦役(Sisyphean labor,另参 16.111,373)。要么把她弄到手,要么把她纠缠得筋疲力尽,最终都不是一劳永逸的成就。求婚人被悬置在一场徒劳的行动中。如果他们清楚地看到了自己的利益所在,他们早就应该组建一个寡头政制,完全不理睬佩涅洛佩。的确,连这伙人中毫不起眼的勒奥克里托斯都可以解散特勒马科斯所召开的集会,这说明他们已经是一个成功的寡头政体,不用也不需要再做什么了(2.257-258)。如果他们还坚持骚扰佩涅洛佩和特勒马科斯,就只会丧失权威(16.375)。佩涅洛佩分散求婚人的注意力,让他们浑浑噩噩不[133]知自己是来干什么的,这是我们可能想象得到的最成功的迷惑。假定佩涅洛佩没有这样一种能力,那么《奥德赛》的前提从根本上说就完全是荒谬的,因为这部史诗就不可能写出来。佩涅洛佩不断织又不断拆毁为拉埃尔特斯织的寿衣,本来已经明白地告诉求婚人,他们已经处在骗局之中了。

因此,如果我们要窥探求婚人的内心,希望找到他们前后一致的动机或行动计划,我们会一无所获,只好把他们持续不断地消耗奥德修斯的家产,当作自身包含着某种独立于求婚人意图之外的意义。在那种情况下,不知不觉他们就会成为伊塔卡丧失的壮丁的抗议者,他们可以在奥德修斯门前抗议,尤其因为现在每个人都知道,奥德修斯本人则早就清楚,他自己会只身归返(2.171-176)。这种政治背景使得求婚人,即城里(除了少数例外)的每一个人,都变成怨恨的恶意化身,奥德修斯的同伴们也这样怨恨过他;但是这一政治背景必须隐藏,代之以一种能重建惩罚求婚人之正义性的说法,尽管似乎毫无正义可言。荷马为自己设定的任务,可以更为准确地表述如下:他必须让我们相信,或至少要让奥德修斯相信,欧迈奥斯的看法事实上应在了求婚人身上。奥德修斯请求宙斯给他一个双重的预兆:一个来自凡人的语言,另一个来自宙斯本人。在宙斯以响雷作为回应之后,十二个磨面女仆中最为身单力薄的那位,单她一人仍在磨她的那份麦子,她祈求当天求婚人会吃到他们最后的晚餐。很显然,奥德修斯当时就已经接受了欧迈奥斯的看法(20.98-121)。奥德修斯听到了那个磨面女仆的祈求,但不知道其原因何在:奥德修斯抽掉了那个祈求的特殊根据,把它理解为普遍的正义。那个祈求本质上表达的是欧迈奥斯的观点,欧迈奥斯固然对奥德修斯的家产所蒙受的损失感到愤怒,但他至少也同样对求婚人强加给他的额外辛劳大为不满(14.415-417)。欧迈奥斯归到奥德修斯名下的牧群财富,无助于他对抗众求婚人(14.91-106;另参20.211-216)。一旦奥德修斯化装进入欧迈奥斯的屋子,那种情形就变得崇高纯洁了。但尽管雅典娜敦促奥德修斯要仔细辨别哪些人奉公守法,哪些人无法无天,他至少有一次未能探察出求婚人的罪行来(17.360-364)。

荷马似乎为求婚人产生的问题给出了两种解决方式。一是让奥德修斯从属于神明的安排——神明的离弃及其结果需要重归虔敬;二是把奥德修斯放在核心位置,并由此让他去发现新的正义。这种正义不再依赖于虔敬,或者说不再与虔敬有着本质的[134]联系。把墨兰提奥斯扔去喂狗指向了第二种方式。但由于奥德修斯没有直接参与,我们只能把墨兰提奥斯的故事看成正义与虔敬彻底分裂的一点儿迹象。奥德修斯有可能认同这个分裂。奥德修斯杀了一个祭司(或预言者)。① 他基于道德的确定性做了这件事(22.321-325),但可能违逆了雅典娜让这个祭司独活的意图,因为荷马只为他的正义作证(17.363-364;21.146-147)。奥德修斯本人并没有忘记:神明也会无视宾主关系的神圣性,这事

---

① 人们可以比较希罗多德笔下处死巫师(magi)的事(3.79.2),这事发生在对最佳政治秩序的讨论之前(3.80-82)。"祭司"一词在希罗多德笔下共出现了五十八次,其中第一次出现在1.140.2,而除了两次例外之外,其余都出现在3.38之前,3.38以希罗多德对品达"法律乃众人之王"的引述而告终。3.38总结了希罗多德从巨吉斯的故事开始的逻各斯(1.8)。那两次例外与斯巴达人克里奥米尼(Cleomenes)有关,他让农奴们(helot)鞭打了一个祭司(6.81)。

发生在赫拉克勒斯身上（［译按］指赫拉克勒斯杀死了客居自己家中的伊菲托斯），并且如果奥德修斯要维护某种形式的宾主关系，他就必须试图在新的基石上重新建立这种关系。这里有一个最明显的区别：那些求婚人并不是外乡人。特洛亚战争中出于同一个原因而共同努力的国际性原则在伊塔卡就不是什么危急的事。

《伊利亚特》似乎表现了正义与美貌同时获胜：阿基琉斯退出，为其他任何人建立不世功勋打开了方便之门。在《奥德赛》里，正义者不再美貌，而且美貌者本身也换了人。《奥德赛》中，如果有谁与海伦相当，那必定就是欧迈奥斯的腓尼基女仆，她曾与一个腓尼基商人干下了苟且之事，受到引诱，背叛了主人（15.419－422）。这个腓尼基女仆，显然就是希罗多德在其《原史》（Histories）开头所说的那个腓尼基人伊俄（Io）的原型（1.1.2－4；5.2）。《奥德赛》除去了《伊利亚特》中的神话因素。佩涅洛佩不是海伦。海伦的故事说明了一个人可以美到让是非对错都无关紧要的地步。得摩多科斯的歌曲就反映了这种理解。但那首歌是在费埃克斯人那里唱的，在伊塔卡没有回音。佩涅洛佩第一次见到奥德修斯时，奥德修斯刚杀完求婚人，浑身沾满了血污（22.401－406）。佩涅洛佩拒绝认他。此后，女管家欧律诺墨为奥德修斯沐浴，雅典娜从他头上往下倾倒绝世容颜，当奥德修斯走出浴室的时候，貌似不死的神明（23.153－156，163）。奥德修斯曾拆散阿瑞斯和阿佛罗狄忒；他们不会在伊塔卡再次结合。雅典娜把阿佛罗狄忒的所有魅力都赋予佩涅洛佩，作为凡夫俗子的求婚人被欲望弄得神魂颠倒，都祈求能与佩涅洛佩共枕席，荷马没有说奥德修斯对这事有什么样的感受（18.190－196，212－213）。① 最后一次提到阿佛罗狄忒的人是奥德修斯

---

① 另参 Theodor Gollwitzer,《论〈奥德赛〉作者的特征》(*Zur Charakteristik des Dichters der Odyssee*, Kaiserslautern: H. Kayser, 1915)，页24。

(22.444),但她已不再是黄金般的了。①

求婚人似乎走上了一条每况愈下的路:他们以计划杀人开始,而以未能得到恰如其分的礼敬告终。安菲诺摩斯是唯一反对杀害特勒马科斯的人,"杀害国王的后代乃是可怕的行为",其他所有求婚人都接受了他的建议,即首先请教神明的计划,唯当大神宙斯的神示同意他们这样做,他们才会前去谋杀特勒马科斯(16.400 - 406;另参[135]20.273)。② 安菲诺摩斯的说法相当隐晦,足以保证他们什么也不会做。因此,在奥德修斯最终跨进自家的门槛以前,这些求婚人早已不再是一种真正的威胁。一种不祥的预兆后来会阻止他们杀害特勒马科斯,并让他们散去宴饮(20.241 - 247)。他们已经打算对即将来临的难题采取逆来顺受的态度,好让他们有借口推迟任何重大的行动,这是由于他们模糊地意识到,特勒马科斯死后,他们中只有一个人能够登上王位,或者换句话说,他们之间会引起一场胜负难料的殊死搏斗。因此,谋杀的现实可能性变得越来越渺茫,只能代之以侮辱。在欧迈奥斯那里碰到父亲时,特勒马科斯不愿意让奥德修斯和他一起回城,免得求婚人侮辱奥德修斯(16.85 - 89)。这种侮辱与其说是落在乞丐奥德修斯身上,还不如说是对特勒马科斯的侮辱,果真如此的话,就会显得他没有保护自己客人的能力。对求婚人来说,侮辱一个乞丐是侮辱特勒马科斯的一种安全方式(16.71 - 72;18.223 - 225),侮辱不是冲着奥德修斯来的。在答复中,奥德修斯把自己放在特勒马科斯或奥德修斯自己的位置上,还说即便要遭杀害,他也不愿忍受无耻的行为(16.99 -

---

① 品达在《涅墨亚凯歌》(前揭,第八首)中,隐秘地将奥德修斯在特洛亚战争之前的那种王权与阿佛罗狄忒的诸多天赋联系了起来(6 - 10)。就在同一首诗中,品达后来又把沉默寡言的埃阿斯与奥德修斯作了比较(24 - 27)。

② "神示"(ordinances,*themistes*)一词似有讹误,可能其古代变体 tomouroi(其意思尚不清楚)才是正确的。斯特拉博(7.7.11)曾讨论过这个异文,并说它指称的是多多那宙斯神庙的祭司,他认为这不是荷马的用法,而说 *themistes* 是词形误变使然。

107)。特勒马科斯没有直接回答奥德修斯,似乎是要通过把责难引向佩涅洛佩来为自己开脱:佩涅洛佩拒绝做出这样或那样的决定,这或多或少束缚了特勒马科斯的手脚(16.126 - 127)。要么是特勒马科斯在撒谎,他认为奥德修斯为了不管什么原则而冒生命危险都是错误的;要么这些求婚人像他们自己所声称的那样,拥有某种含糊的正义(2.123 - 125;20.328 - 332)。

如果特勒马科斯有什么保留的话——不管这些保留是来自求婚人的正义,还是来自自己那份正义的无力,他都承认,家中的局势并不是一场战争,在战争中,人们非常乐于为了正义而冒生命危险(另参18.265 - 266)。现在,奥德修斯也不相信自己的豪言壮语。只有在他自己能够活命而不是只有佩涅洛佩一个人能够活下来的条件下,他才愿意去杀戮那些求婚人。奥德修斯的审慎似乎必然弱化了他对正义的激情。似乎,谁越多地站在正义一边,就越不愿意为正义付出代价。或者反过来说,谁为维护自己的正义付出得越少,谁就越能证明正义在他一边。① 因此,值得注意的是,并不是每一个伊塔卡人都会承认,奥德修斯成功实施了计划就足以让他自己的正义变得不证自明(24.463 - 466)。结果是安提诺奥斯高估了人们对特勒马科斯的善意(16.380 - 382)。他对自己的正义性丝毫没有概念。最后只得由他的父亲来伸张他的正义(24.426 - 429)。

波吕斐摩斯祈愿奥德修斯在家里遭受痛苦(9.535),但这些苦难却具有一种奇怪的非现实性(unreality),就好像奥德修斯与直接针对他而来的谩骂毫不相干,[136]而他为了一个不可能实现的意

---

① 埃斯库罗斯《阿伽门农》中的歌队在进场时就唱出了这个问题。在歌队所唱出的意象中,失去了雏鹫的兀鹫不必做任何事情,只需要祈求神明让事后策报的复仇女神惩罚劫掠者,但阿特柔斯的后代却只能凭自己的力量报复不义者:宙斯派他们远征,是为了要让阿特柔斯的后代遭受不亚于特洛亚人所遭受的灾难(48 - 67)。相应地,歌队在第一肃立歌中希望神明惩罚阿伽门农和墨涅拉奥斯(461 - 462),歌队有人民的支持。

图谴责求婚人。奥德修斯对特勒马科斯说:"这位牧猪奴会带我进城,我仍幻化成一位不幸的老乞丐。要是他们在我们的家中对我不尊重,你要竭力忍耐,尽可眼见我受欺凌,即使他们抓住我的脚跟,把我拖出门,或者投掷枪矢,你见了也须得强忍。你也可劝阻他们,要他们停止作恶,但说话语气要温和,他们不会听从你,因为他们命定的最后时日已来临。"(16.272 – 280)奥德修斯暗示道,如果特勒马科斯发了火,而且严厉叱责求婚人,那么他们就有可能会收手,这样就找不到他们恶行的罪证(另参20.322 – 325)。无论如何,求婚人都注定要完蛋。求婚人做或没做什么,都不会有丝毫区别,但这些求婚人仍然必须表现出他们究竟是怎样的人。然而,他们该向谁表明?难道这种装模作样的把戏是为特勒马科斯而筹划的,好让他杀掉那些与他朝夕相处达三年之久的人(另参18.231 – 232)?特勒马科斯迄今还没有杀过人。他认为弱者(inferior)杀死强者(superior)必定要有一个解释(3.250)。甚至就连特勒马科斯是否打过猎,我们都还搞不清楚(另参17.312 – 319)。如果那就是奥德修斯的意图,那么特勒马科斯关于那个乞丐真正是谁的知识,就会与虐待乞丐的表象融为一体,这样他才能够谴责求婚人犯下了很可能他们自己都不知道的罪孽(另参21.99;22.38;24.159 – 163)。

更为古怪的是,求婚人自己且只有他们自己承认这个围捕可能是神明所为。特勒马科斯知道那个乞丐是他的父亲,但求婚人却相信那个乞丐可能是一位神明(17.483 – 487)。阿尔基诺奥斯怀疑奥德修斯是一位神明,但奥德修斯否认自己看起来像神明(7.208 – 210)。特勒马科斯看到奥德修斯变化成一个年轻人时,说他就是一位神明,奥德修斯否认了,也没有提供任何证据(16.183 – 189)。奥德修斯似乎在暗示,外表不算什么,而他正是隐藏在其外表之下的那个人(16.205)。但奥德修斯也承认,对于他那能看穿表象、知道他就是奥德修斯的爱犬阿尔戈斯,他无法从它漂亮但有些污秽的外表看出,它究竟是一条猎狗,还是仅仅养来观赏的狗(17.306 – 310)。的确,特勒马科斯怀疑他就是一位神明,奥德修斯回答说,自

己就是奥德修斯,这体现了野心的缺席:

οὔ τίς τοι Θεός εἰμι……　　我并不是哪位神祇……
αλλὰ πατήρ τεός εἰμι……　　而是你的父亲……

在相同韵律的位置,τεός[你的]代替了Θεός[神明],似乎强调了神明和奥德修斯明显亲近,但这[137]句话却在奥德修斯和神明之间划定了不可逾越的鸿沟。① 然而,奥德修斯的第一句话,听起来却好像是在说:"你晓得,我就是'无人'神。"奥德修斯的无名原本被证实为心智的特征,现在却有了另外一副面孔,把无名小卒的虚无性作为维持神圣正义的恰当形式。至少有一个佚名的求婚人这样认为,奥德修斯在这种情况下也无法否认。奥德修斯将错就错。求婚人的行为并不表明,好像他们的推测是真的一样,他们的推测也不在这种情况下或是我们所知道的任何情况下是真的。在言辞而非行动中存在一种对奥德修斯的解释,即他是在完成一个与他的第二次远行完全一致的目的,但这又使得对求婚人的惩罚成了一个完全无关的问题。求婚人是被祭献给了某种原则的真理,但这一原则的真理的依据是什么则暂告阙如。②

城　邦

一旦干掉求婚人,奥德修斯就对前途变得异常冷漠。奥德修斯出城到乡下去的时候,既没有为佩涅洛佩提供安全保护——公民们

---

① 在拼写 theodorus 时,很可能搞混了 theta 和 tau,比如柏拉图《泰阿泰德》中的苏格拉底的例子表明,"具有逻各斯的真实的意见"不足以作为知识独一无二的特性(《泰阿泰德》,207e5 – 208a3)。

② 另参 Hubert Schraede,《荷马史诗中的神与人》(*Götter und Menschen Homers*, Sturrgart: Kohlhammer, 1952),页 225 – 228。

很可能要把怒气发泄在她身上,也没有为自己的行动辩护。奥德修斯做的安排是,让城邦看到他准备好杀人的样子。那些不是来自伊塔卡的求婚人的尸首,用船载回了各自的祖国(24.418-420),但(奥德修斯)没有派使节去安抚他们的家人。奥德修斯晓得,肯定会有一场武装斗争,但他对敌人会说什么毫无兴趣。奥德修斯给人的印象是,他同意父亲拉埃尔特斯的看法,拉埃尔特斯虽然把求婚人的死亡看成神明仍然存在的证据,但紧接着表达了以下担忧,即所有伊塔卡人会向他们冲杀而来,而且还会请求所有克法勒涅斯城邦前来支援(24.351-355)。拉埃尔特斯把这样的说法视为当然,即其他人不会把屠杀求婚人看成神明存在的证据。奥德修斯此前曾问特勒马科斯该怎么办,他们杀死的不是一两个普通人,而是城邦的栋梁,这时特勒马科斯把这个难题又交给了奥德修斯,因为奥德修斯的智计(mētis)被誉为举世无双(23.117-122)。奥德修斯知道如何暂时延缓人们发现对求婚人的杀戮,他放过歌人和传令官不杀,就是为了这个目的。但奥德修斯在他们到达乡间后却没有给出任何提议:"我们到那里以后,再考虑奥林波斯的宙斯会给我们什么好主意。"(23.139-140)很可能奥德修斯头脑中已经有什么想法,只是暂时还不想说给特勒马科斯听。但到了最后,奥德修斯却只是[138]横冲直撞地杀人,要宙斯和雅典娜联手才把他挡住(24.537-545)。雅典娜要他们停止战斗、重修旧好,奥德修斯并不理解雅典娜对伊塔卡人的呼喊对他本人会起效果(24.528-536)。① 因此,对于一旦他再次离家远走后,他的父亲和儿子将要面临的政治问题,奥德修斯似乎并没有考虑过如何解决。奥德修斯已经听天由命了。

在城邦中重修旧好的任务,既不是奥德修斯料到的,也不是他命令的,这只好留待他的同党来完成了(24.439-464;另参 22.

---

① 另参 P. D. Ch. Hennings,《荷马史诗〈奥德赛〉评注》,前揭,页 596(Liesegang)。

372—380)。奥德修斯的同党没有完全成功,但他们的确设法赢得了半数以上公民的支持,所以奥德修斯的残军不至于在人数上太处于劣势,无法把敌人杀尽(24.528)。因此,政治解决方案似乎就分成了两部分:一为内在的,二为外在的。奥德修斯只参与了外在的解决方式——哪怕我们会想到城邦内部特别需要他的雄辩口才,而且在特勒马科斯的帮助下,重燃青春火焰的拉埃尔特斯轻而易举就能解决战场上的事情。欧佩特斯说出了对奥德修斯的控诉,简洁有力,即便不能说驳倒了《奥德赛》,也至少让整部《奥德赛》显得无力(24.426—437)。欧佩特斯说,如果不为他们的儿子和兄弟报仇,他们就会永远蒙羞。欧佩特斯似乎在预言特勒马科斯的统治将具有的特征。欧佩特斯特别关心,奥德修斯可能会抢在他们前面行动,要么自愿流放,要么会派人到海外盟友那里搬兵。但奥德修斯似乎已经忘掉了自愿流放的可能性,也肯定没有为后一种可能性做过准备。

欧佩特斯的话得到了普遍的同情(24.438)。没有哪一个人认为奥德修斯站在正义一边。他们如此相信这一点,有如他们曾被特勒马科斯劝服,认为那些求婚人完全无理(2.81)。在这两种情况中,他们的同情都没有什么效果。这种模糊的正义感还需要其他什么东西推动才会转化成行动。在那种行动能够发生以前,歌人费弥奥斯和传令官墨冬在这紧要关头进来了。墨冬说:"伊塔卡人,现在请听我说。奥德修斯这样做显然符合不死的神祇的意愿。我亲眼看见,有一位超常的神祇站在奥德修斯身旁,完全幻化成门托尔的模样。不死的神明一会儿在奥德修斯面前显现激励他,一会儿激起求婚人的恐惧,奔跑于堂上,使求婚人一个挨着一个倒地。"(24.443—449)我们知道墨冬在战斗中躲在了一张宽椅下,用一张新剥的牛皮盖住了自己(22.362—364),那么无论他从那个位置看到什么,他也不可能看到一位神明,即便他看到了门托尔(另参4.653—654)。墨冬的断言在某种程度上[139]是《奥德赛》的高潮,因为它把推测变成了一种眼见之实,而且好似有确凿的证据一样传布。在荷马的叙述中,没有什么东西与墨冬所说的第二部分相当:雅典娜高坐在屋椽上,挥动着她的盾牌,吓得求婚人四处逃窜(22.297 - 299)。墨冬混同了意见和所见,这就是柏拉图在某处所说的"幻像"(phantasia)或想象。① 它就是"洞穴"的最高成就。

墨冬的话让人们改变了主意,引起了普遍的恐惧(24.450)。对神明的恐惧消除了对凡人的同情。凡人对正当性的理解,与他们看到的神明对正当性的理解是相反的。每一种体验似乎都会抵消另一种体验,尽管《奥德赛》相继发生的事对解决这两种对立的体验很有必要。解决方案由哈利特尔塞斯(Halitherses,[译按]奥德修斯的朋友)提供。在特洛亚战争以前,哈利特尔塞斯就预言了奥德修斯的部分命运,而且预言了众求婚人就要大难临头,以及其他伊塔卡人所要遭受的灾难(2.161 - 176)。哈利特尔塞斯现在前来分离同情和恐惧,并引入了第三种体验:"伊塔卡人啊,现在请你们听我说话。朋友们,这事全由你们的恶行造成。你们不愿听从我和人民的牧者门托尔,劝说你们的子弟们停止为非作歹,他们狂妄放肆,犯下了巨大的罪行,大肆耗费他人的财产,恣意侮辱高贵之人的妻子,认为他不会再归返。此事应这样了结,你们听我劝说:不要前去,免得又自取灭亡遭不幸。"(24.454 - 462)

结果哈利特尔塞斯的话让超过半数的集会者站起来大声喧嚷。哈利特尔塞斯就料想,公民们的恐惧还不足以阻止他们向奥德修斯冲杀,还需要辅以罪疚感。罪疚感使得同情与恐惧的天平偏向于恐惧一端。大多数人都承认了自己的卑劣(kakotēs)。此前 kakotēs 一词出现过 17 次,除了指悲伤与痛苦以外没有别的意思。它以前一直是一种客观事物,从来没有冠以人称代词,一个人要么陷入它的魔掌,要么逃脱它的魔掌。然而,现在它完全内化了,人们要为自己的痛苦负全部责任。这一点的重要性再怎么强调都不过分。它为《奥德赛》开始时宙斯的怨怒画上了句号,宙斯为人们总是把自己

---

① 柏拉图,《智术师》,264b1 - 2。

招致的痛苦归罪给神明而恼怒。它因此解释了为什么神明在抽身离弃之后还能有效地支撑着正义。同情纯粹是凡人的正义,而且它本身就必然使得人们把不能维护同情这件事诿责于神明,这种同情经过罪疚感的重新评价之后,不再与恐惧混杂难分。毋宁说,同情因此被彻底分离出来,为恐怖和懊悔所压制。人们得以在一瞬间就体验了奥德修斯经历的漫长过程:在对抗波吕斐摩斯时,奥德修斯本来以为正义完全站在他一边,但他却被迫经历了某种严肃的转变(converison)——他必须向波塞冬让步。那种转变是否包含了懊悔,答案留在了他与卡吕普索朦胧的相处之中。

欧佩特斯诉诸大家一开始的悲伤来支撑他的吁求(24.416),更不要说大家还亲眼见到了尸身,这时墨冬和哈利特尔塞斯完全凭言辞就引发了人们对恐惧和罪疚感的体验。人们必然对墨冬居然还幸存着感到惊异,这种惊异或许已经预先阻止了任何轻率的行动,而且让墨冬有时间抵消欧佩特斯留下的印象(24.441)。大伙儿既没有看到墨冬说他看到过的那位神明,也没有看到奥德修斯。事实上,奥德修斯对人们之不可见,有如那位神明之于墨冬。因此,也许奥德修斯具有这样的影响力,或者比这还甚,恰恰因为人们看不见他。不管怎样,我们很难想象,奥德修斯也发表一段哈利特尔塞斯那样的演说而不招致一些难堪的质疑。奥德修斯似乎需要不露面,因为用恐惧和懊悔当诱饵并不是对每个人都有效。人们也许可以说,这种诱导对人民中的那些软弱的人起了作用。为数更少但更强悍的那部分人,跟随欧佩特斯参加了战斗。要反对他们,神明必须亲自出场。雅典娜威吓他们放下武器,也用宙斯的愤怒来威胁奥德修斯。如果文本无误,雅典娜素来有意于建立和平;否则,那就是宙斯最后时刻才做出的安排(24.473 - 487)。宙斯应该以这种方式介入,这与他修正波塞冬对费埃克斯人原来的处置意图相一致(13.146 - 158)。宙斯说:"既然奥德修斯业已报复求婚人,便让他们立盟誓(ταμόντες):奥德修斯永远为君(ὁ μὲν βασιλευέτω),让我们使(ἡμεῖς δ' αὖ)这些人把自己的孩子和兄弟被杀的仇恨忘记,让他们和好如初,充分享受财富和安宁。"(24.482 – 486)宙斯的句法是混乱的。宙斯在主句中开始是以伊塔卡人作为主语(ταμόντες),接着把立誓者分成两部分,奥德修斯为第一个从句的主语(οἱ δὲ),宙斯自己和雅典娜是第二个从句的主语(ἡμεῖς δ' αὖ),而当他重新回到主句时,奥德修斯和伊塔卡人是联合主语(τοὶ δὲ)。那个按下未表的从句,按顺序本应该是说"让他们服从"之类的。但是,宙斯替换了"预想的"主语,让自己和雅典娜也成了要立盟誓的人,而伊塔卡人就不再是立约的当事人。宙斯卷入了没有必要卷入的那种混乱,这似乎是由于在奥德修斯重登宝座与伊塔卡人受引诱而产生的遗忘之间存在不平衡。难道奥德修斯不会忘记他的报复吗?宙斯似乎暗示,在他的宝库里有一种药比海伦的药还要厉害,海伦的药也不过能[141]让人忘记恐怖的事情一天(4.220 – 226)。我们不知道伊塔卡人是否真的忘掉了,或者雅典娜是否相信这个盟誓就足矣。雅典娜主持双方立誓,但她是幻化成门托尔的模样主持的(24.546 – 548)。因此,雅典娜让神明参与了盟誓。神明支持奥德修斯和他的敌人重修旧好,但神明既没有更为正式地建立起他们之间的友谊,也没有保证那个盟誓不会在稍后某个时间就被撕毁。我们仍然记得奥德修斯的祖父和臣民之间的盟誓多么脆弱。宙斯希望他们像从前那样相爱,这个希望不可能实现:因为宙斯必定是在说特洛亚战争之前的时光,那时奥德修斯爱民如子,而现在再也不可能恢复到那个时候。那时,父亲和孩子之间根本就没有盟誓。

现在,对政治问题的官方解决已完成。它包含着两种神圣的恐惧:一种是道听途说的,另一种是显明的。第一种恐惧在恰当的环境中变成了罪疚感,第二种采取法律的形式。① 第一种对没有武装的人有效,第二种对那些必须被解除武装的人有效。第一种恐惧乃

---

① 在《报仇神》中,埃斯库罗斯似乎通过奥瑞斯特斯的无罪开释表明,除了通过悲剧本身,对罪的恐惧不属于民主政制,而只有对法律的恐惧,才会与它的代言人复仇女神一起存留下来(另参 690 – 706)。

是有关惩罚的修辞,不需要神明的介入,第二种恐惧具有法律效果,需要神明恒在,尽管隐而不显:我们要想到涅斯托尔向雅典娜献祭时她的在场和不在场。奥德修斯欣然接受了第二种恐惧所带来的形势,他对第一种恐惧一无所知。奥德修斯已经对欧迈奥斯和菲诺提奥斯做好了安排,这样的安排注定要引起另一种形式的恐惧,扰乱权力的分配。奥德修斯认为他能够通过榨取臣民,以弥补求婚人给他带来的损失(23.355－358;另参13.14－15)。体会到罪疚感是一回事,而为其付出代价又是另外一回事。此外,还有那些不忠的男仆需要处置。可能他们中的许多人都很容易逃脱惩罚。奥德修斯伪装成乞丐时,曾想查明他们是否还敬畏和尊重他,但特勒马科斯劝阻了他(16.305－307,318－320)。不管宙斯如何说,伊塔卡再不复往昔矣。①

---

① 另参 Harmut Erbse,《论〈奥德赛〉的解读》,前揭,页140。

九　相认

佩涅洛佩

[143]如果这些求婚人并非恬不知耻,那么安弓比赛就已经能兵不血刃地把他们赶走(21.153-162)。安提诺奥斯提议推迟尝试(安弓比赛),也只是多给了他们一天时间(21.256-268)。然而,安提诺奥斯的确没有得到为弓安弦的机会,而且就我们所知,如果奥德修斯和雅典娜没有转移佩涅洛佩计划的意图(21.1-4),那么在阿波罗的帮助下,安提诺奥斯也许可以成功(21.267-268)。① 佩涅洛佩巴不得求婚人被杀,但并不显然是希望求婚人为一个凡人所杀。欧律克勒娅为了证实她第一次报告的真实性,援引了特勒马科斯认父的经过,这时佩涅洛佩尽管兴高采烈,但她一得知那并非欧律克勒娅亲眼所见,马上就又怀疑奥德修斯孤身一人如何能够杀死那么多人(23.11-57)。实际上,佩涅洛佩的确压根就不知道杀人的事。奥德修斯没有同她商量杀戮的事情,而她也没有开口询问。欧律克勒娅在回答佩涅洛佩说奥德修斯必有神助时,拿出了奥德修斯的伤疤做证据。但佩涅洛佩暗示道,那个伤疤也可能是神明伪造的,因为神明的计划几乎难以捉摸(23.81-82)。佩涅洛佩既认出又没能认出奥德修斯。佩涅洛佩在看到奥德修斯那个样子时,又犹豫了:她以前从未见过奥德修斯衣衫褴褛、满身血污(23.94-

---

① 另参 Ernst Siegmann,《荷马史诗讲座:论〈奥德赛〉》(*Homer Vorlesungen über die Odyssee*, Würzburg: Königshausen & Neumann, 1987),页103-112。

95)。"不得体"(aeikelios)似乎并非看起来(to seem)不像,而就是(to be)不像(aeikelos,另参 4.244 – 249)。佩涅洛佩不是海伦。佩涅洛佩不能通过现象看到不变的本质。如果要佩涅洛佩相信其本质,就必须有所显示。佩涅洛佩说,有一个标记只有她和丈夫知晓,而其他人不知情:她使用了双数"我们",似乎表示她已经被说服了(23.107 – 110)。奥德修斯沐浴后,雅典娜又美化了他,让他恢复到二十年前的容貌(23.175 – 176)。佩涅洛佩承[144]认奥德修斯今昔相似,但仍然没有彻底认可奥德修斯。雅典娜的介入似乎让佩涅洛佩认出真正的奥德修斯成为不可能。雅典娜的介入表明,如果奥德修斯以饱经沧桑的面孔出现,那他可能就无法被认出。佩涅洛佩只好退而求助于外在的标记——婚床,那是奥德修斯用了精妙的办法制作的,其他人不可能知道,除非是某位神明。奥德修斯仅仅把神明的力量局限于移动那张床,似乎否认神明有可能知道他不合常理的设计过程:他围绕橄榄树搭顶成卧室,然后砍掉枝叶,修整树干,做成婚床(23.183 – 204)。这样一来,事情就变成了奥德修斯对自己的身份提出了疑问。但不管怎样,佩涅洛佩还是接受了奥德修斯。因为如同我们经常谈论的,不是奥德修斯的精巧匠心给他真正的存在打上烙印,而是他的愤怒才是其本性之所在(23.182)。奥德修斯对凡人所不能企及之事投以的愤慨,熔化了佩涅洛佩铁石一般的心(23.172)。

佩涅洛佩是否要把床当作唯一标记,这倒不清楚。虽然佩涅洛佩说只有她和奥德修斯知情,但那张床的特性也为女仆阿克托里斯(Actoris)所知,而阿克托里斯可能还活着(23.225 – 230)。人们大概既不会把床也不会把奥德修斯的愤怒当作夫妻间亲昵的标准。佩涅洛佩说,尽管她有着严酷与无情的心(apēnea thumon),最终还是信服了。佩涅洛佩本人曾就严酷(apēnēs)与品行高洁(amumōn)做过对比,她说如果一个人秉性严酷,生前要遭诅咒,死后也要遭嘲笑(19.329 – 331)。在某种意义上,佩涅洛佩只是转述了"无情无义"一词:特勒马科斯刚说了她无情无义,并痛斥了她的冷漠(23.

97-103)。特勒马科斯所说的,正好回应了雅典娜对奥德修斯的称赞,雅典娜说奥德修斯不轻信他人,其他人都会急忙奔回家看妻儿,而不是先考验妻子的忠贞(13.330-338)。现在特勒马科斯也说,其他女人在离家二十年的丈夫归返时,也绝不会有如此的铁石心肠。

奥德修斯和佩涅洛佩在这一点上一致,但他们的疑心却有不同的来源。奥德修斯的疑心,来自他在不可能被认出的时候要求(佩涅洛佩)认出他来。而佩涅洛佩则以一种惊人的方式,解释了自己的疑心(23.209-224)。佩涅洛佩一上来就要求奥德修斯能理解她。她说,神明们嫉妒他俩年轻时一起度过的欢乐时光,也嫉妒他们能够白头偕老。佩涅洛佩现在承认光阴不饶人,她憎恨时间(另参19.358-360)。甚至在知晓特瑞西阿斯的预言之前,佩涅洛佩似乎就在怀疑,她和奥德修斯能否相伴到老。奥德修斯的归返无法弥补逝去的岁月。荷马接着佩涅洛佩的话语打了一个比方,说只有少数人逃脱了波塞冬制造的海难(23.233-240)。然后佩涅洛佩请求奥德修斯不要因为她没有立即拥抱他就理直气壮地义愤。[145] 佩涅洛佩把奥德修斯的心智与内心区别开了。这里需要奥德修斯的心智来承认他们两人共同失去的东西。但当奥德修斯听到只有在她那里才有的情况后,他的内心又必须有所节制,佩涅洛佩说:"须知我胸中的心智一直谨慎提防,不要有人用花言巧语前来蒙骗我,现在常有许多人想出这样的恶计。倘若宙斯之女、阿尔戈斯的海伦料到阿开奥斯勇敢的子弟们会强使她回归故国,返回自己的家园,她定不会钟情于一个异邦来客,与他共衾枕。是神明怂恿她干下如此可耻的事情,她以前未曾渎犯过如此严重的罪行,使我们从此也开始陷入了巨大的不幸。"(23.215-224)佩涅洛佩似乎应该用另一种表达:"否则,海伦就不会同帕里斯共衾枕。"但她加上了一个条件:"倘若她知道其结果。"这样一来,佩涅洛佩不仅宽恕了海伦——海伦怎么可能会知道阿开奥斯人要干什么呢?她还暗示到,面对诱惑言辞,唯一的防护就是极端的不信任。佩涅洛佩至少以自身为例,否认了不可能被勾引的说法。佩涅洛佩维护了阿佛罗狄忒的力量。

尤斯塔修斯认为,佩涅洛佩和奥德修斯共同制造的难题不可能有解决的办法。但尤斯塔修斯认为,如果佩涅洛佩欢迎的是一位神明(1940,19-34),那么她就不是在违逆自己不去讨好一个不如奥德修斯的人的心愿(20.82)。佩涅洛佩本人似乎把杀戮求婚人与认出奥德修斯这两件事分割开了:一位神明可能已经杀了人,而一位凡人也许欺骗了她。佩涅洛佩因此就拒绝把她所接受的丈夫奥德修斯与其他人都承认的杀了人的奥德修斯联系起来。奥德修斯给特勒马科斯安排了一些善后事宜,佩涅洛佩对此却丝毫没有注意到(23.130-140)。奥德修斯在临走时告诉她,是他杀死了求婚人,佩涅洛佩也没有回应(23.363)。如果在求婚人遭杀戮后,欧律克勒娅对佩涅洛佩讲了奥德修斯找她去干什么的话,佩涅洛佩就会把女仆被绞死的事,当作自己所需要的全部证据,因为没有神明会下这样的命令。事实上,假设神明没有杀戮求婚人,那么这位外乡人在竞赛中获胜——他曾经敦促佩涅洛佩举办竞赛——就会前来索要他的奖品,而佩涅洛佩认为这个外乡人从未存有此奢念(21.312-319)。佩涅洛佩所听过最具挑逗性的话,就出自奥德修斯之口。

由于奥德修斯没有解释,他为什么不告诉佩涅洛佩自己是谁,反倒相信儿子和仆人,即便她最终与他相认,他们之间也必定存在一丝不信任的阴影。佩涅洛佩一直拒绝和他同床,直到详细听了还有难以胜计的苦难[146]在等着他,佩涅洛佩的拒绝似乎也证实了这种不信任(23.248-262;另参 10.334-335)。佩涅洛佩说她最好马上就能知道她终归要知道的东西,她不想再被蒙在鼓里。对于佩涅洛佩来说,奥德修斯又将离家出走对于她接纳他来说,似乎至关重要。这就是前往"罪恶之地"(Evilium,[译按]指特洛亚)看了看的奥德修斯(23.19)。如果奥德修斯毫无留下的兴趣,那他就不可能是冒名顶替者。佩涅洛佩现在知道自己的处境:她将再次遭遇海难,而且永远无法靠岸(23.233-240)。佩涅洛佩对特瑞西阿斯预言的回答很简短:"如果神明们让你享受幸福的晚年,那就是我们有望结束这种种的苦难。"(23.286-287)既然知道自己将一无所获,佩涅洛佩就任由自己的婚姻生活如先前一样自然发展(23.142-151,295-299)。奥德修斯最后给佩涅洛佩的命令很严厉:"不要见任何人,也不要问任何问题。"(23.365)我们以前曾听过这行诗,这句话是雅典娜所说,用以警告奥德修斯要当心不友善的费埃克斯人(7.31)。

哈得斯

假如佩涅洛佩在伊塔卡人中拥有阿瑞塔在费埃克斯人中的权威(7.67-74),或者哪怕奥德修斯仅仅像阿尔基诺奥斯敬重阿瑞塔那样敬重佩涅洛佩,并在他前去特洛亚后把摄政大权交给佩涅洛佩,那么佩涅洛佩就可以免受不必要的关注,而且还能保护家业免遭掠夺。丈夫离家在外,自己又处于弱势,三年来被一大群求婚人环伺,但佩涅洛佩还是独自保护了特勒马科斯,使他免遭任何一个求婚人的攻击,而且佩涅洛佩还通过向每个人私下许诺,挡住了求婚人目标一致的进攻(2.91-92;13.380-381)。奥德修斯从来没有为她所做的一切赞扬过她,而特勒马科斯甚至根本就没有意识到这一点。奥德修斯好像赞扬过佩涅洛佩一次,但那是在他伪装之时,而且打算攻她个猝不及防:奥德修斯赞美佩涅洛佩的幸福时,是与自己的痛苦相对照而言,奥德修斯的意图是要揭露佩涅洛佩的骄傲,让佩涅洛佩承认她对自己的处境还颇为满足(19.107-122,另参19.45,541-543;2.125-126)。从奥德修斯的立场,就可以说,认可佩涅洛佩的行为也就等于承认求婚人的地位处在宾主关系的神圣原则之下,而奥德修斯对这个神圣原则的破坏,会使得埃吉斯托斯和赫拉克勒斯[在家中杀死客人]的罪行不值一提。不论怎样,对佩涅洛佩的真正赞美留给了哈得斯。这是

《奥德赛》中倒数第二个让人惊讶的东西。就像佩涅洛佩强迫奥德修斯重述他下到哈得斯的故事，首先是为了知道奥德修斯的未来，其次是想听听奥德修斯对自己历险的重新解释一样，[147]也有某种东西迫使荷马重拾那个故事，并给出自己对哈得斯的理解。

荷马重新回头讲哈得斯，让我们想起了柏拉图《王制》中对诗歌的两次讨论：一次是在道德的语境中进行，另一次是在哲学的视野中进行。在第一次讨论中，苏格拉底把阿基琉斯对哈得斯和他自己的生活的拒绝当作荷马史诗中最应该反对的典型；而就是苏格拉底最先从阿基琉斯的话语中审查出来的同样一段话，后来却被放入了一个从洞穴上来的人之口。① 尽管在拒绝卡吕普索让他不朽的建议时，奥德修斯似乎接受了哈得斯，但在接受死亡时，他却拒绝接受据说是由哈得斯所代表的法律以及法律的意义。因此，荷马开始重建哈得斯。荷马赋予哈得斯的主题是葬礼和挽歌。奥德修斯下降到哈得斯之后所呈现的是哈得斯是梦幻和失意的地方。那里没有什么是真的，也没有什么是好的。我们认为，奥德修斯不会重回哈得斯。降至哈得斯的是求婚人的灵魂。那位告诉奥德修斯自然本性(the nature of nature)的神赫耳墨斯引导着求婚人的灵魂：他曾指出，心智和形体不可分割，因为有两者才构成了人，这一知识是对抗诱惑的证据，可是现在，他把求婚人身上分离出来的灵魂带到了哈得斯。赫耳墨斯手中握着一根金杖，用它可以随意迷惑人的双眼。而眼下，赫耳墨斯用那根神杖驱赶着众魂灵，就好像这些魂灵是洞中成群的蝙蝠，它们啾啾叫着，其中一只离群，其他的就纷乱飞起(24.1–10)。

求婚人的魂灵碰到了聚集在阿基琉斯周围的特洛亚战争中的英雄。求婚人似乎不会遭受酷刑(也许埃吉斯托斯曾遭受过)，他们得允加入阿开奥斯的精英之中(24.107–108)。求婚人被认可为英雄世界最后的遗迹，这个世界是奥德修斯命中注定属于或命中注

---

① 柏拉图，《王制》,386c3–7,516c8–d7。

定要毁灭的世界。如果奥德修斯再次降入哈得斯,他会发现埃阿斯的敌意已经增加了千百倍。在哈得斯,阿基琉斯是国王,阿伽门农臣服于他。阿伽门农的魂灵仍然悲痛不已。无论过多久,人们总会发现阿伽门农讲述着他的痛苦。同样[老是谈论自己的痛苦]的特权显然将延及求婚人。神明宽宏大量,会给受害于正义的人伸张自身正义的权利。求婚人的发言人曾经款待过阿伽门农和墨涅拉奥斯,当时他们两人去伊塔卡劝说奥德修斯参加特洛亚远征(24.114-119)。我们知道,并非所有的求婚人都像安提诺奥斯那样年轻,自小就认识了奥德修斯。安菲墨冬比奥德修斯小不了几岁,他亲历了奥德修斯的仁慈统治(24.159-160)。有没有可能,那些求婚人远远没有把奥德修斯的[148]仁爱忘得干干净净,相反,他们还指望着这种仁慈,万一奥德修斯回来,自己所遭受的不过会是一顿训斥和责打?不管怎样,安菲墨冬得允按自己的方式讲他们遭害的故事,但得在我们听完阿基琉斯和阿伽门农的谈话之后。他们的谈话为我们聆听阿伽门农赞美佩涅洛佩埋下了伏笔。

现在阿基琉斯似乎与哈得斯和解了。无论奥德修斯的到访引起了什么怨恨,都没有出现在阿基琉斯与阿伽门农的谈话中。阿基琉斯的关切,全部都在阿伽门农的命运上。阿基琉斯表示,他为阿伽门农没能战死在特洛亚感到遗憾,那样的话,所有的阿开奥斯人都会为阿伽门农建造一座坟墓,阿伽门农的儿子也会愉快地生活在父亲的福荫中。这样的结局与阿开奥斯人所认为的宙斯对阿伽门农的宠爱才相一致,因为阿伽门农曾是如此多人的统治者。阿基琉斯的话让我们想起了奥德修斯打算轻生的事,他当时恨不得就死在特洛亚抢夺阿基琉斯遗体的战斗中(5.306-312)。那么奥德修斯就表达了如下愿望:他希望被那个他总是远离的世界重新吸纳。但这个愿望与阿基琉斯对阿伽门农的理解是一致的,而且在重提同一个场景以及后来阿基琉斯的葬礼时,阿伽门农似乎也认可阿基琉斯的理解(24.36-97)。奥德修斯生命中最糟糕的一天就是阿基琉斯生命顶点的序幕。阿伽门农告诉阿基琉斯,如果不是宙斯降下暴风雨,抢夺阿基琉斯遗体的战斗就永远不会结束。阿基琉斯的幸福在于,阿开奥斯人和特洛亚人最终都一样愿意战死在阿基琉斯周围。在行了必要的仪式后,忒提斯(Thetis,[译按]阿基琉斯的母亲)和她的姐妹们从海中冒出来,吓坏了众人。如果涅斯托尔没有让大家镇定下来,所有的阿开奥斯人早就逃开了:神明们的出现与那种能够赶跑同情心的恐惧感是不可分离的。然后,缪斯们唱起了挽歌,凡人和神明都哀哭不止,一直持续了十七天。缪斯们似乎没有哭泣。缪斯们激起并维持着的悲情,铸就了阿基琉斯永恒的荣光,但却是阿基琉斯的坟墓,才让他现在和将来都惹人注目。阿基琉斯虽死,但名声并未消亡。需要有哈得斯,阿基琉斯才能够享受到自己名字的现实存在,并且恰是以一种反现实的方式。阿伽门农告诉阿基琉斯:"虽然你过去看见过许多国王的葬礼,年轻人束紧腰带开始做竞技,可是你看到那些竞技也会心生惊异,银足女神忒提斯为你带来了那许多珍贵的奖品,因为众神明非常宠爱你。"(24.87–92)哈得斯面对不可能的世界给人以抚慰。奥德修斯对这一抚慰的违背正在得到修复。①

　　阿伽门农长篇大论地引述阿基琉斯的葬礼,其意无非是要凸显自己未得到抚慰。一旦战争结束,阿伽门农的欢乐也就走到尽头了。宙斯安排阿伽门农毁在埃吉斯托斯和[149]可憎的妻子手里。哈得斯里飘荡着的对神明的抱怨,与宙斯在《奥德赛》一开始抗议过的对神明的抱怨一样,而这种抱怨至少在伊塔卡已经部分为罪疚感所代替。那种没有人会反对的完美解决办法似乎是不可能的:并非所有人都能遵守严格的责任标准。法律和哈得斯就是针对那些

---

① 把真实转化成想象,似乎是品达《伊斯特摩斯颂歌》(*Isthmian*)第八首的主题。忒提斯命定了要生一位要么比宙斯更强大,要么比波塞冬更强大的神明——如果这两位神明中的一个娶了她的话。在这里,这位忒提斯只看到死亡的阿基琉斯(36),但神明允诺缪斯们在阿基琉斯的葬礼上礼赞他,也许她们唱的就是这首命运多蹇的曲子。

人的。阿基琉斯和阿伽门农惊讶地看着求婚人的到来(24.101)。阿伽门农把奥德修斯在哈得斯问过他的同一个问题拿来问安菲墨冬(11.399-403)。在某种意义上,那些求婚人就是在为劫掠牛羊和城邦及其妇女而战,但阿伽门农话语中暗示的对正义的漠不关心比奥德修斯更甚。① 海伦在哈得斯里过得并不好。安菲墨冬直截了当地说,佩涅洛佩是谋害求婚人的魁首(24.125-190)。从他们开始向她求婚的那一刻起,佩涅洛佩就策划着让他们送命。换言之——如果我们把安菲墨冬的猜想与《奥德赛》的真实情节联系起来看——佩涅洛佩就知道,如果特勒马科斯要登上王位统治,奥德修斯王国的这些王公们必遭杀害。此外,佩涅洛佩在准备安弓射箭比赛时,就已经知晓那个乞丐就是她的丈夫。安菲墨冬的故事比荷马所讲的更精巧。从厅堂上搬走武器以及举行比赛都是同一个计划的组成部分,它们并不像《奥德赛》中所说,是因特勒马科斯的失误所致的巧合。认出[奥德修斯]只是求婚人的问题。整个二十三卷都可以删掉。安菲墨冬夸大佩涅洛佩的有意,也夸大了求婚人扔东西打奥德修斯的次数(另参17.230-232),②还夸大了奥德修斯所受神助的自明性。其实,雅典娜只在安菲墨冬本人死后才发挥了安菲墨冬认为应归于她的那些积极作用(22.297-309)。魂灵好比注释。安菲墨冬的故事惊人的不具有自我同情,他犯下的唯一错误

---

① 埃斯库罗斯通过把"克吕泰墨涅斯特拉"(Clytaemestra)名字复称为"克吕泰墨涅斯特拉们"(Chryseis)(《阿伽门农》,1439),暗示了杀伊菲革涅娅献祭,只不过是实现特洛亚战争真正目的的一种手段,这种真正目的就是要对妇女们实施强暴,并且卡珊德拉是那场战争最后一个心甘情愿的牺牲品。[译按]伊菲革涅娅是阿伽门农和克吕泰墨涅斯特拉的女儿。希腊联军在开往特洛亚的海上为风浪所阻,预言说要阿伽门农杀自己的女儿献祭方可平息灾难。有说这是克吕泰墨涅斯特拉谋害亲夫的主要原因。

② 安菲墨冬也用一种轭式修辞法(zeugma)使用"辱骂"($ενίσσω$)一词来形容奥德修斯想象中所遭到的痛打(24.161)。这对理解柏拉图的《高尔吉亚》也很重要(另参478e3)。

就是没有看穿奥德修斯的伪装。一位恶神不知从什么地方把奥德修斯带回家来(24.149)。安菲墨冬不承认他们求婚人无视神明,也不承认奥德修斯就站在正义一边。① 安菲墨冬暗示说,如果他们有罪,也只是在佩涅洛佩眼中作为求婚人而有罪,与他们的行为举止无关。他们本应该等到奥德修斯"正式"死亡后再求婚(另参22.321－325;23.150－151)。二十年光阴几近凡夫俗子期盼的极限,超出那个时间,期盼就具有了"宗教般"渴念的色彩(另参24.400－401)。安菲墨冬唯一的不满足,他们的尸体还没有洗尽血污,还没有举哀殡葬,他满心希望一旦亲朋知道此事就会立即插手。

　　基于安菲墨冬不够准确的陈述,阿伽门农称奥德修斯为幸福的人(24.192－202)。奥德修斯有一位品德高尚的妻子,她富有[150]智慧,如此怀念她的丈夫。她的德性将声名永存,不死的神明会为她谱一支美妙的歌曲。然而,一支关于他(阿伽门农)妻子的可憎的歌曲将会在人们当中流传,那支歌将给所有妇女都带来恶名,尽管也有人行为高洁。阿伽门农没有说谁会谱写克吕泰墨涅斯特拉之歌(另参24.413),但他暗示说这支歌贬损了妇女的名声,定会盖过不死的神明为佩涅洛佩所谱写的赞歌。《奥德赛》并未反驳阿伽门农的预言。就《奥德赛》来看,佩涅洛佩的成就是在过去;从卷一开始,为了她所养育和保护的特勒马科斯,她一直就处于边缘了。特勒马科斯甚至接管了她所策划的安弓射箭竞赛(21.344－355)。佩涅洛佩迷惑求婚人,使其无暇关注政治问题,这是故事当中既已明了的,但没有哪一节讲到过求婚人承认她的魅力和她的迷惑。没有哪个[对佩涅洛佩的]评价像特洛亚城墙上那些老人对海伦的评价那样。《奥德赛》似乎包含了阿伽门农所预言的那两支曲子。一回到家里,奥德修斯的言行就完全尊奉阿伽门农在哈得斯给他的建议:奥德修斯似乎没有给佩涅洛佩讲过,基尔克曾想留他做丈夫,也没有讲过他母亲警告他在哈得斯里不能拥抱(23.321)。

---

① 另参 Franz Stürmer,《〈奥德赛〉狂想曲》,前揭,页543。

拉埃尔特斯

奥德修斯与阿基琉斯最大的区别就在于同父亲的关系。阿基琉斯曾问奥德修斯,其父佩琉斯既已老迈,是否还受米尔弥冬人的敬重。阿基琉斯还说,他想回到阳世惩罚不敬重其父佩琉斯的那些人,哪怕片刻也好(11.494 – 503)。奥德修斯却决定戏弄同样老迈又不受尊重的拉埃尔特斯。尽管奥德修斯去乡下的时候全副武装(23.366),但在见到父亲前却卸去了武装(24.219)。要是不脱去戎装,拉埃尔特斯可能就会认出他来。然而,到目前为止,还没有人认出奥德修斯来,而且就我们所听到的有关拉埃尔特斯的状况来说,他太过衰朽,就凭他自己绝对不可能认出奥德修斯来。无论如何,这是一件完全不必在意的事情。我们刚刚才看到了一次经过同样长的时间后才相认的事例,但唯有在哈得斯里,灵魂能够马上认出其他灵魂来(另参 11.141 – 144):阿伽门农在时隔二十年后一眼就认出了安菲墨冬,安菲墨冬也认出了阿伽门农,而他们相互认识还不到一个月(24.102 – 104, 115 – 122)。奥德修斯是否要求至少有一个人能这样把他认出来?为什么自我的透明性对奥德修斯来说如此重要?透明的自我不需要任何标记。它显示它之[151]所是。这并不是说,奥德修斯意识到,透明的自我意味着具有一种自然性。自然性应该存在于心智和肉体无形的统一。但透明的自我却不为心智所领会,如果哈得斯就是这种自我所待的区域,那它就是没有心智的形体。奥德修斯显然是想让哈得斯里的这些条件在阳世也能起作用。更为准确地说,奥德修斯希望赫拉克勒斯的存在,即"本人"($αὐτός$),被赋予灵魂凭借自身就可被认出的特性(11.602)。奥德修斯想区分"此处的这个"($ὅδε\ τοιόσδε$)他自己与相似的"这个"($τοῖος$),因为相似的"这个"可以是雅典娜想变成的任何人(16.205 - 210)。①

奥德修斯所想的事情似乎是不可能的,因为那个奥德修斯不是《奥德赛》中的奥德修斯(另参20.88 - 90)。奥德修斯似乎已经忘记了,他在拒绝卡吕普索的赐予时,就选择了自我的不透明性。或者可以更恰当地说,他已经开始相信他自己所讲的那段航行到费埃克斯人国土的故事,而把荷马的叙述抛开。此外,如果奥德修斯所要求的那种自我透明性乃是一种自我完满,它可能作为奥德修斯与哈得斯所代表的东西相反的自我理解而出现,那么奥德修斯没有让他自己作为自身被认出来就反映了人的偏好,也反映了人的多维性不可还原。奥德修斯的要求在佩涅洛佩那里遇到了很大的阻力,佩涅洛佩曾拒绝认杀人者为丈夫。然而,如果得不到佩涅洛佩的相认,奥德修斯就无法为求婚人的死刑找到正当理由。如果连奥德修斯的妻子都不知道他的正当性,那求婚人就更不知道,那么就只能基于求婚人自己的假设,即奥德修斯是一位幻化了的神明,前来惩罚那些肆无忌惮的无名鼠辈。如此一来,奥德修斯仅仅是神明计划的代言人,他本身就不能得到证明。那么,奥德修斯拒绝佩涅洛佩加入他的"阴谋",可能是因为他想把佩涅洛佩保留作认出自己的人。当这一想法无法实现时,奥德修斯除了把拉埃尔特斯搬出来而外,就别无他法了。至少拉埃尔特斯得看穿他。

在拉埃尔特斯出场前,我们就对他知之不少了。雅典娜知道拉埃尔特斯不再进城,而是待在乡下,蠕行于葡萄园中(1.188 - 193)。奥德修斯在哈得斯时,还从母亲的口中听过此事的细节(11.187 -

---

① 这与柏拉图《智术师》的问题绝不仅仅是偶然的相似。主格的τοῖος[模样]或τοιόσδε[这样],当肯定性地用于有生命的存在物时,有十三次指称奥德修斯(1.257, 265; 4.248, 342, 345; 6.244; 7.312; 14.222; 16.205; 19.359; 20.89; 21.93; 24.379);此外,还分别有一次指称幻化了的雅典娜(2.286)、普罗透斯(4.421)、哈得斯里的埃阿斯和阿基琉斯(11.499, 501, 556)、阿尔戈斯(17.313)、特勒马科斯(19.86),以及指称拉埃尔特斯(24.379);阴性的τοίη一词曾在一次梦里用在了雅典娜身上(4.826)。

196)。拉埃尔特斯退隐田园与求婚人的到来无关,而似乎是他主动选择了这种退隐的生活来加深对儿子悲伤的思念。拉埃尔特斯在特洛亚战争之前、在他自己洗劫涅里科斯城(Nericus)之后的某个时间,就已经把王位让给了奥德修斯(24.377-378)。拉埃尔特斯的退位,给求婚人占领王宫以可乘之机。特勒马科斯认为拉埃尔特斯毫不重要(16.137-153)。当佩涅洛佩提议请拉埃尔特斯出面,来公开抗议求婚人对他孙子[特勒马科斯]的[152]不良居心时,欧律克勒娅劝阻了她(4.735-741,754)。拉埃尔特斯曾有过与年轻时的欧律克勒娅交欢的欲念,但他最后什么也没干(1.429-433)。"奥德修斯"说起他以前曾让奥德修斯[在他的家奴中给]自己挑选四名美貌的女奴,以此奚落拉埃尔特斯没有把欧律克勒娅搞到手(24.278-279)。奥德修斯是不是希望拉埃尔特斯以这种方式认出他来?那个粗鲁而残忍的细节,似乎与奥德修斯的问题是一个目的,即奥德修斯一边说拉埃尔特斯看起来像王公,一边却问他:"你是谁的奴隶?"(24.252-257;另参17.416,454)奥德修斯似乎在考验拉埃尔特斯是否真的怀念他。拉埃尔特斯思念奥德修斯的程度,似乎与因思儿过度而亡的母亲安提克勒娅相当。奥德修斯是否认为拉埃尔特斯对失去王位仍然耿耿于怀?只有当拉埃尔特斯在自己头上撒了一把灰土,且为乌黑的愁云所笼罩之后,奥德修斯才停下了这场游戏(24.315-317)。

奥德修斯打算一箭双雕,他认为这两件事有着某些联系:他希望拉埃尔特斯认出他是谁,但如果拉埃尔特斯不是真正思念他,他又不想让拉埃尔特斯认出他来。唯当拉埃尔特斯的悲伤是真实的,他才会认出真正的奥德修斯。这些要求太过霸道,除非具有狗一般的忠诚才能做到。但没有哪一个人能够像家犬阿尔戈斯那样忠诚。拉埃尔特斯因为知识而没有通过忠诚考验。忠诚与知识之凿枘不入,有如毫无疑问者与问询结果之相距遥遥,或者有如返家的奥德修斯与四海飘零的奥德修斯之间的区别。整个《奥德赛》似乎从一开始就绷紧了弦,主张这两种东西([译按]返家与四海飘零)在奥德修斯身上融为一体,奥德修斯起初选择了记忆,然后声称代表"心智的无名"。既然拉埃尔特斯需要两个过去的标记来认出儿子(24.331-344)——他也不承认奥德修斯就是杀掉求婚人的刽子手(24.351-352)——同时奥德修斯又无法指望"我就是"($ὅδ' αὐτὸς ἐγώ$,24.321)即足以让父子相认,那么奥德修斯就有理由认命,并开始第二次远行。他现在应该知道,他命中注定要建立的不是知识,而是信仰。

附 录

伯纳德特小传

伯格(Ronna Burger)

伯纳德特(Seth Benardete)于1930年4月4日出生在布鲁克林(Brooklyn)。其父是布鲁克林学院西班牙语系教授,母亲为英语系教授。伯纳德特在芝加哥大学度过其求学时代(1948—1952,1954—1955),他在那里结识了布鲁姆(Alan Bloom)、罗森(Stanley Rosen)和达登(Severn Darden)等人。作为社会思想委员会(the Committee on Social Thought)的学生,他有机会就读于施特劳斯门下,当时,施特劳斯已经从新社会研究学院(the New School for Social Research,彼时仍名叫"流亡大学"[the University in Exile])转到了芝加哥。伯纳德特遇到施特劳斯,这对他选择思想流派和学业方向来说都具有决定性的意义。

伯纳德特从芝加哥问学到了国外,在雅典的美国研究所学习了一年(1952—1953),翌年以福特基金访问学者身份在佛罗伦萨学习(1953—1954),在那里撰写了论《伊利亚特》的博士论文。他的第一份教席是在安纳波利斯(Annapolis)的圣约翰学院担任由克莱因(Jacob Klein)创办的"经典著作计划"的指导教师(1955—1957)。在这期间,他为《希腊悲剧全编》(The Complete Greek Tragedies)翻译了埃斯库罗斯的《乞援人》(The Suppliant Maidens)和《波斯人》(The Persians)——后由格林纳(David Grene)和拉蒂摩尔(Richmond Lattimore)编辑,初步展示了他对古希腊语的精熟。伯纳德特极擅长察觉语言的细微差别和微妙之处,尤见于他经年对柏拉图对话的翻译，比如最近出版的《会饮》(*Symposium*,芝加哥,2001年版),如卡斯(Leon Kass)所评价的,这些译作"能够让那些不懂希腊文的读者体会到原汁原味、不折不扣的柏拉图思想、艺术和问题"。

伯纳德特受邀加入"青年学者协会"(the Society of Junior)后,到了哈佛大学(1957—1960),在那里撰写了他的处女作《希罗多德研究》(*Herodotean Inquriries*),还发表了研究索福克勒斯《俄狄浦斯王》(*Oedipus*)的力作,在众多有深度的古希腊悲剧研究中亦属一流。在这几年里,他遇到了简(Jane)并娶她为妻,当时简已在哈佛大学获得哲学博士学位,并在该校教授文学课。家庭在他一生中占有特殊的位置,他因两个孩子的成就而自豪,儿子伊桑(Ethan)现在是一个神经外科医生,女儿爱玛(Emma)已完成了建筑设计的学业。

伯纳德特在布兰代斯大学(Brandeis University)教了几年书,于1965年再次回到了纽约市,加盟纽约大学的古典学系,并在新社会研究学院开设了一系列课程直到退休。伯纳德特在纽约大学全方位地教授古希腊和拉丁的诗歌、历史与哲学。许多学生都能回想起伯纳德特在城市大学研究中心的拉丁-希腊学院夏季学期讲课时的那种强烈感受。伯纳德特在新社会研究学院的古希腊哲学讲座赢来一大批忠实的追随者,其中有些幸运的纽约人年复一年地持续分享这样激动人心的日子。一般每门课为学生研读一本著作(虽然如讲授柏拉图的《王制》[Republic]延伸了三个学期)。伯纳德特长达三十七年的讲座包括前苏格拉底的思想家和亚里士多德,同时还涵盖了几乎所有柏拉图对话(他计划2002年春季学期讲授《欧绪德谟》[*Euthydemus*],这是少数几篇他以前未讲授过的对话之一)。

对于学生来说,能够得到伯纳德特的亲炙,自然是一种殊荣,因为,伯纳德特会毫不吝啬地将自己的时间和思想倾囊相赠。大多数时间乃至一周七天人们都能在办公室找到他。甚至可以说就算他在同无法解决的问题作斗争时,工作对他来说也似乎总是快乐和满足的源泉。伯纳德特的研究得到了国家人文资助项目(the National Endowment for the Humanities)、埃尔哈特基金(Earhart Foundation)

和德国慕尼黑的西门子基金(the Carl Friedrich von Siemens Stiftung)的支持,其成就得到了阿德尔斐大学(Adelphi University)的承认,并授予他荣誉学位。

80年代中期,伯纳德特长期教学和思索的成果开始以极快的速度持续不断地传播开来,直到他突然病倒逝世前的两个月。他翻译和评注了柏拉图对话中最具挑战性的三部曲《泰阿泰德》(Theaetetus)、《智术师》(Sophist)和《治邦者》(Statesman),后又出版了数本著作讨论《王制》(1989)、《高尔吉亚》(Gorgias)和《斐德若》(Phaedrus,1991)、《斐莱布》(Philebus,1993)以及《法义》(Laws,2000,均由芝加哥大学出版社出版)。根据柏拉图著名的洞穴喻,哲人同那些为社会世俗枷锁所困而不能转头的凡人有所不同,哲人具有转头看到光明的经历。柏拉图对话以惊世骇俗的思想、悖论和出乎意料的转向为特征,在对这些对话的阐释中,伯纳德特试图抓住并归纳出那种激进"转头"的经验,这种"转头"正是哲学思想的标志。

伯纳德特完成博士论文四十年后,转向了荷马(Homer),他称为"从柏拉图解读《奥德赛》"(《弓与琴》[The Bow and the Lyre],1997)。正如曼斯斐尔德(Harvey Mansfield)所评价的,这是"探讨诗歌与哲学的关系问题上最伟大的学者"所撰写的"一本无比博学和深刻的著作"。伯纳德特试图发现荷马史诗和悲剧的情节发展与柏拉图对话中的观点之展开如何并驾齐驱。在此过程中,伯纳德特发现了诗歌与哲学的共同基石。这项发现使他的工作本身具有了原创性和持久的重要性。古希腊诗歌和哲学贯穿了他整个一生的事业,他在这方面的文集之标题"情节的论证"(Argument of the Action,芝加哥,2000),足以概括他的发现。法国著名学者及知识人维达尔纳杰(Pierre Vidal-Naquet)在评价这本文集时写道:"在美国,有一个人既能在阐释荷马、希罗多德(Herodotus)和欧里庇得斯(Euripides)的艺术方面游刃有余,又能在理解柏拉图对话中最困难的问题上鞭辟入里,他步步紧贴文本,发现了其中的隐含意义。此人就是伯纳德特。我很久以来一直认为他值得赞颂,准确地说,他当得起荷马笔下的主人公那种荣誉。"

伯纳德特的教学和著述,尤其是他生动的谈话,堪称以哲学为生命的人的楷模——在谈话中,他将幽默、深刻的洞见和飞扬的思想有机地结合在了一起。

2002 年 1 月

纪念伯纳德特

曼斯斐尔德(Harvey Mansfield)

学者、哲人伯纳德特(1930—2001)是个不同寻常的人。他一生都在做大学的古典学教授,但不是特别知名。他不为世界公共知识分子熟知,也从未打算加入这个圈子。他写书论述古希腊诗歌和哲学,在2001年11月14日(享年七十一岁)逝世以前,他是健在的学者中最有学问的人,我敢肯定地说,他也是最深刻的思想家。

对我而言,伯纳德特既是朋友,又是崇拜的对象。因为,他在每一方面都是我的学长,他既是我的朋友,又是我崇拜的对象,我仅能将我无以言表的钦慕献给他。

1957年我第一次遇到伯纳德特时,他已进入哈佛大学的"学者协会"(the Society of Fellows),这是一个由聪慧异常、广受赞誉的年轻人组成的团体,他负责参与管理学校,任期三年。他于1949年在芝加哥大学获得文学硕士学位,1955年在社会思想委员会获得哲学博士学位,博士论文题目为《阿基琉斯与赫克托尔:荷马史诗的主人公》。我是经伯纳德特的同学也是我们共同的朋友布鲁姆介绍相识伯纳德特的。我们三人都在同一个群体中,我们这群人在施特劳斯的教学中发现了相当不平凡的东西。

布鲁姆凭其卓越才华成为一个畅销书作者和颇负盛名的人物。伯纳德特却没有。他在青年时代就因天资禀赋获得了很高的荣誉,于1964年委身于纽约大学的教授席位。当他的著作在1984年开始一部接一部陆续问世时,他几乎已被人们遗忘殆尽。然而,伯纳德特却为施特劳斯学派的一些人叹服,在新社会研究学院讲授柏拉图的班上,他也拥有一批有见识的追随者,在其他地方也有一批崇拜者感觉到了他的伟大。

  古典学这一行从未给伯纳德特带来声誉和荣光，这不足为奇。[一般人认为]古典学学者只不过比大多数教授更与世隔绝、更笨头笨脑，但人们的忽视对伯纳德特丝毫无扰。他把惩戒这些蹩脚学人的任务交给了别人。伯纳德特的著作对这些蹩脚学人丝毫没有愠怒。它们是为那些没有买票又没有被安检人员搜身，却又想飞到许多陌生地方去的人而写的。

  的确，在伯纳德特看来，去往陌生地方的飞行由安检人员严格控制着，这一点很重要。伯纳德特在语文学的细节方面极有学问，的确比那些对其他东西一概不知却又沾沾自喜的人博学得多。但他的研究专长却在于事物的整体性、诗歌描述和哲学解释。诗人的描述告诉我们，为了能够如其所然地生活，我们需要超出一般范围的信仰。哲人质疑这些信仰，并在可能的限度内力图用理性的解释代替它们。

  这似乎就是柏拉图在《王制》中给出精彩阐释的"哲学与诗歌的古老论争"。但伯纳德特并没有拒绝接受这种论争的存在，而是在哲学中找到了诗歌，在诗歌中找到了哲学。

  那就是伯纳德特论述荷马、柏拉图和索福克勒斯著作的主题。诗歌产生意象，主要针对并依赖于事物的本性，这又正是哲学的对象。哲学也无法简单地凭其逻辑方法就摈弃诗人的匠心独运和精巧构思。哲学必须"从错误中学习"，与其说是为了学会避免错误，不如说是要懂得我们为什么会犯错。伯纳德特效仿柏拉图把这种重新学习的方法叫作"第二次起航"（second sailing），这在所有严肃的思想中都应处于中心地位。

  我的概述没有表达出伯纳德特深入浅出的文章中富于冒险精神的横溢才华。他的著作都由芝加哥大学出版社出版，该出版社对他和他的读者来说都是值得信赖的朋友。从未读过伯纳德特作品的人，可以从2001年出版的一本文集《情节中的论辩》开始。很快又有一本回忆性和自况性的书问世，叫作《相遇与反思：与伯纳德特聚谈》(*Encounters and Reflections: Conversation with Seth Benardete*)。

伯纳德特的家庭观念极强,他是简的丈夫、伊桑和爱玛的父亲,又是个每周工作七天的学者。伯纳德特就如一个伟人,去世的时候已给世界留下了许多东西,这个世界因他的存在而富有,因他的离去而贫乏。

译后记

以前读《奥德赛》的时候，觉得奥德修斯太伟大了，他为了祖国，为了父亲，毅然放弃了给神仙做眷侣的优越条件，放弃了终有一死者梦寐以求的得免轮回、了却苦痛的长生不老的永恒境界，反而选择了"终日劳作，亦不得饱食"（参《圣经·创世记》3：17－19）的凡俗生活。而且奥德修斯以无比英勇的气概战胜各种妖魔鬼怪，历尽艰辛终于回归故土，牢牢地把命运掌握在自己手中。我一直觉得战天斗地真英雄、能搏风浪亦豪杰，禁不住要为"神样的奥德修斯""足智多谋的奥德修斯"击节叫好。后来读了几本理论著作，觉得奥德修斯弘扬了人把握主体自我的超凡能力，也就是宣扬了人的主体性，用今天学界特别钟爱的年代学方法来说，人的主体地位的觉醒既不始于文艺复兴，也不始于此前中世纪末期的人文主义运动，简直就可以追溯到荷马时代（或者说荷马之前的"奥德修斯时代"）。奥德修斯与天斗、与地斗、与人斗、与自己斗，还要与神仙鬼怪斗，的确其乐无穷，尤其在当今"乾坤大挪移"的风云际会中，奥德修斯"人定胜天"的豪气让人觉得畅快淋漓，很是过瘾。

当然，在自己极其有限的理解力范围内，还是隐隐觉得史诗中有什么不对劲的地方，比如奥德修斯为什么要选择当凡人，他就算真的为了祖国、为了父亲的利益，也完全可以先当了神仙再说，那还可以更好地保佑祖国嘛。再如，伊塔卡二十来年没有人管理，其中好像有些问题，但究竟问题出在哪里，那就说不上来了，只知道古语"国不可一日无君"（这句话多半是用来"劝进"），为什么不可一日无君，如果无君又会怎样，这就没有深究了。就算想到了这样更为深入的问题，由于不知道还有"政治哲学"这回事，也答不上来。

此外，还有很多问题，连想都没有想到过。读了伯纳德特此书，觉得《奥德赛》里面的确大有文章。伯纳德特想到了我们以前之所未想，见了我们以前之所未见。我突然觉得，原来可以（或应该）如此读书！看来，不仅《奥德赛》这样的原典需要再好好读一读，"读书"本身也需要好好反省。

奥德修斯是什么样的人，他什么要选择成为人，而不选择"不死"？奥德修斯为什么要拒绝卡吕普索把他变成不朽的神明的建议？他不"嫁"给卡吕普索和基尔克，好像是为了祖国，为了父亲。为了祖国云云，与其说是一种忠诚，不如说更多地与王权相关。对奥德修斯来说，伊塔卡之为"我的祖国"，与学成归来的学子所说的"我的祖国"，两者的含义大不相同，伊塔卡乃是奥德修斯的"王土"，伊塔卡人乃是他的"王臣"，这与爱国主义丝毫不沾边。

那么，奥德修斯一心渴望哪怕能遥见从故乡升起的袅袅炊烟，也愿意付出自己宝贵的生命（1.57－59），以及"没有什么能够比亲眼见到自己的家园更甜美的事情了，而最为甜美者莫过于家邦之中父母健在"（9.2－36，参本书第五章），这样来说，难道奥德修斯真的是一个孝子？

原来奥德修斯之所以"只为其父不羡仙"，不是出于什么高尚的忠孝之心，而是有前车之鉴，虽然奥德修斯对奥里昂和伊阿西昂这两位"董永"的下场——遭箭射雷劈——是否知道以及如何知道，史诗并没有交代。但奥德修斯的主动抉择事实上避免了因为与神明的结合，而招致无所不能的神明的嫉妒和加害。神明在这方面有点像费埃克斯人。如果奥德修斯接受了卡吕普索的一番好心，就会立即丧命。卡吕普索不知道其中的厉害，基尔克却是知道的，所以没有逆天命而行。对奥德修斯来说，美人虽好，江山更佳，神仙生活虽逍遥，自己的小命更要紧，俗话说得好，"好死不如赖活"。

奥德修斯一意归返，父亲似乎是一个重要的砝码。真是这样吗？奥德修斯和父亲的关系，主要还不是父子关系，其实质是一个是现任国王，一个是前任国王，这个基调就定下了他们父子间种种微妙之处。奥德修斯二十年前出征特洛亚,并没有把摄政权交给谁,只是把家政交给了一名忠仆,而且伊塔卡二十年间无人治理,却放着一位老英雄、前国王在乡间茅屋中凄楚无奈地等死。这就是奥德修斯的精明之处。奥德修斯的王位显然不是父亲拉埃尔特斯这位"安乐公"禅让给他的,也不是父死子继而来的——父亲还健在,而且最后在为儿孙夺回王位的战斗中还有"老夫聊发少年狂"的上佳表现。显然,奥德修斯的王位是篡夺而来的,这是文明早期政权传递的主要方式,只要看看宙斯的宝座是怎么来的就行了——宙斯伙同兄弟波塞冬和哈得斯推翻了父亲克罗洛斯,然后瓜分了天空、海洋和地府。所以,奥德修斯既没有杀死拉埃尔特斯,也没有把政权交给这位前治国专家去管理,而是把他流放到乡间。拉埃尔特斯对奥德修斯的怨恨之深,仅从儿媳佩涅洛佩遭求婚人困扰如此多年,亦不出面解救这件事上窥得全部。奥德修斯对父亲的不放心,体现在他杀死求婚人,也算惹了祸,要找帮手而去请拉埃尔特斯帮忙时,都还要先化装考验一番。当然,奥德修斯不相信任何人,上至恩人雅典娜,中有发妻佩涅洛佩,下至众奴仆。与人心唯危相比,二十年分别后的骨肉重逢其实算不得什么,二十年的断肠相思也算不得什么。相比而言,尽管幽明殊途,奥德修斯也想拥抱因思儿过度而亡的母亲,那说明奥德修斯还有那么一丁点儿不需要算计和提防的情感。

当然,最后拉埃尔特斯捐弃前嫌,同儿子奥德修斯和解了,并且相互仇视的伊塔卡人之间也和好了,波塞冬与奥德修斯之间的过节似乎也揭过了,宙斯与凡人之间的相互埋怨和指责,最后也都冰释了。宙斯"让他们立盟誓:奥德修斯永远为君,我们让这些人把自己的孩子和兄弟被杀的仇恨忘记,让他们彼此像此前一样,和好结友谊,充分享受财富和安宁"(24.482–486)。"和解"是《奥德赛》的主题。宙斯与凡人之间建立起了新型的关系,宙斯还让伊塔卡人与奥德修斯订立了新的归约,这也是《奥德赛》的深刻主题。不知道这在宗教上,与基督教关于上帝与人订约(《圣经》即为《旧约》和

《新约》)之间,是否存在某种先验的关联。

就个人来说,奥德修斯是英雄吗?一般的信念认为,所有参加气势恢宏的特洛亚战争的希腊将领都是英雄,而奥德修斯又是其中的二三号人物,那当然就更是英雄了。这中间的关键就是怎样评价特洛亚战争,那是一场什么样性质的战争?撇开美人的争夺不谈,奥德修斯自己在很多地方都暗示了特洛亚战争的性质,那就是一场彻头彻尾的海盗集体打劫,没有什么正义可言。要称这帮一路烧杀抢掠的海盗为英雄,在今天看来的确有些牵强,也许这就是史诗(甚至所有文学作品)的特权。

什么叫正义,这是柏拉图(尤其《王制》)思考的大问题。就算阿开奥斯人(即广义的希腊人)是正义的,他们是否就有权力漂洋过海对他国强行推广这样的"正义"?这个问题很容易让人想起海湾战争,只不过争夺的不是"水"(红颜祸水),而是"油"。这的确值得大谈特谈全球化的理论家深思,也值得当前在世界范围内都生意兴隆的政治学和政治哲学好好研究。我怀疑熟谙隐微术(esoterics)的伯纳德特,是不是另有所指。隐微解释的边界的确意味着犹豫和风险。

伊塔卡二十年间靠什么来维持社会生活,如何可能?是靠人民的自觉,还是靠人民对奥德修斯"王道"统治的感恩之情?可能这些都不是,奥德修斯严酷高压的余波所及,震得臣民们至少在长达十六年的时间里都不敢有所动作,直到最近三四年,才敢登门骚扰奥德修斯的妻子。奥德修斯是英雄亦是暴君,虽然不能截然区分,但答案应该是很显然的。求婚人的真正目的,不是半老徐娘的王后,而是想当王后法律上的丈夫,也就是国王。这倒不需要什么慧眼就能看得出来。

本书副标题"从柏拉图读《奥德赛》",点明了作者解读经典的思想立场,其中尤其值得一提的,就是伯纳德特对柏拉图关于民主理念的解读。柏拉图把民主政体看作猪猡政治,其间充斥着毫无智慧的低级动物毫无意义的嘈杂声音,"咸与民主"其实就是要强行拉平高贵和低贱的等级,取消其间的界限。柏拉图借苏格拉底之口对民主进行了入木三分的批判,当然,那时的民主或许与当今的民主有差别。柏拉图说:"民主制度以轻薄浮躁的态度践踏所有这些理想,完全不问一个人原来是干什么的,品行如何"(《王制》,中译本,页333)。这种不加区分就把"平等"给予一切人,而不管他们是否平等,实际上也就违反了"各安其位"的智慧理想秩序所必须尊奉的原则。由于缺乏必要的界限,"虚假的狂妄的理论和意见乘虚而入",民主这个染缸就会把人教成"肆无忌惮"的小人,奥德修斯及其同伴其实都已经到家门口了,就是由于民主化后的手下"莽撞冒失"地打开了装风的口袋,结果重新陷入漂泊和挣扎,这些同伴最终付出了生命的代价。民主追求自由,很容易就走到极端,变成无政府主义。柏拉图俏皮地说,在追求平等的民主政制中,"驴马也惯于十分自由地在大街上到处撞人,如果你碰上它们而不让路的话"(《王制》,页341)。柏拉图为什么要反对民主呢?除了失师之痛而外,就在于他认识到:"无论在个人方面还是在国家方面,极端的自由其结果不可能变为别的什么,只能变成极端的奴役。"(页342)其结果是虽然"不受自由人的奴役了,反受起奴隶的奴役来了;本想争取过分的极端自由的,却不意落入了最严酷最痛苦的奴役之中了"(页351)。这种主奴辩证法为后来卢梭、黑格尔和现代的理论家所承续,至今不衰。柏拉图说民主国家比寡头政体更加充满了暴力和血腥,这倒与当今的民主理论形成了鲜明的对比。《奥德赛》中的基尔克这段故事,绝佳地说明了民主政治当中,自由与奴役、主人与奴隶的关系。

柏拉图极力贬斥诗人,对荷马很难有好脸色,但他对民主的看法是否受到了荷马的影响,这需要仔细梳理。伯纳德特虽然没有明说,但这位在理论上钟情于"哲学与诗歌之争"的大学者,说自己"找到了一种方法,可以重新划定诗歌与哲学之间,或者更重要地重新划定某些诗人与柏拉图之间的界限",也就是在诗歌中找到了哲学,在哲学中找到了诗歌,这本《弓与琴》就是明证。

伯纳德特的老师施特劳斯说，如果谁意识到了历史上有人用隐微术写作，那他自己也就可能是在用隐微术写作。同样，伯纳德特感觉到了"《奥德赛》以手法灵巧（light touch）著称"（本书第一章第三节），其实他研究《奥德赛》的这本书同样是手法灵巧的。伯纳德特认为宙斯是"灵巧手法的高手"（master of the light touch），而伯纳德特解读《奥德赛》时同样纵横捭阖、旁征博引。

伯纳德特在这本篇幅不大的书里处理了很多主题，比如智慧在思想中扮演着什么样的角色？聪慧的佩涅洛佩这位弱女子是怎样利用智慧并忍受儿子的误会（因为没有把王位传给他，其实是为了保护儿子免于遭害）拖住了旁人对王位的觊觎，并成功地保住了王位？"地狱"具有什么样的特征和意义，生与死的关系如何？神人关系产生了怎样的变化，以智慧著称的雅典娜要建立起什么样新型的神人关系？此外，伯纳德特还讨论了社会生活、秩序与正义的关系，人际关系的变化，人的有限性与人的命运之间的关系。奥德修斯表面看来终于回归家园，仿佛是把命运掌握在自己手中，但实际上他完全受命运的摆布，这位坚强的汉子最终只好认命，这是为什么？奥德修斯的使命究竟是什么？他最初选择了智慧和知识，最后却扬弃了知识，转而去建立信仰，这种康德式的问题之转化是如何实现的？

伯纳德特不仅是用柏拉图来解读荷马，而是把《奥德赛》放到整个古希腊文化背景中去审视，事实上他是用古典学的知识来解读荷马史诗。从"小学"的角度来说，伯纳德特对古希腊语、拉丁语、德语、英语的精熟，是他能够理解史诗中每一微妙之处的基本保证。他对古希腊语精细的考证、对《注疏》之类的历史文献和一些当代著述的爬梳，使得他的解读中规中距、根基稳固、平正实在，不必神秘莫测地瞎说一气，也不会如钱锺书批评黑格尔那种"无知而发为高论"。从"大学"的角度来说，伯纳德特对柏拉图、希罗多德、修昔底德、埃斯库罗斯、欧里庇得斯、但丁的深入研究和阐发，以及对乃师施特劳斯学说的心领神会，使得他能够读出史诗中的微言大义和精妙之处来。也就难怪迈尔虽对施特劳斯的弟子都不太感兴趣,唯独对伯纳德特另眼相看,说"伯纳德特的解释一再出现新颖而令人惊奇的转向。他的重要论述简洁质朴,没有华丽的辞藻,没有任何渲染和修饰,甚至经常不带任何先入为主的告诫。与文本深入接触的结果,仅仅是交替出现的各种一闪而过的评价和观察,然而,在读者或者听众眼中,最终将会出现一个全然不同的整体印象——读者自己会带着预期把某些句子组合在一起,或者自己引申出字句暗含的意义,总之,读者将亲自主动参与(柏拉图的)对话过程"(迈尔的《弗尔巴赫的〈会饮图〉》,布鲁姆的《爱的阶梯》以及伯纳德特的《柏拉图的〈会饮〉义疏》,收于刘小枫、秦露、何子建译,《柏拉图的〈会饮〉》,华夏出版社,2003)

的确,《弓与琴》"简洁质朴,没有华丽的辞藻,没有任何渲染和修饰"。伯纳德特并非不是"学院"中人,却没有学究气,走的是"日常语言"的路子。伯纳德特文笔优美,语言平实,用语简单,没有难懂的个性化词汇,也没有高深或艰深的理论。与时下因找不到恰当术语来指称"新"经验而大量生造语词的惯常做法来说,伯纳德特的阐释来得更朴素、更生动,也就更高明。后现代人发现传统语库里面空空如也,没有可用的语词来对付不断变换的经验世界。真是这样吗?伯纳德特以实例告诉我们,不是传统语库里没有可用的资源,而是我们的眼光有问题,无限丰富的历史传统里面有无限丰富的资源,足够我们现在的思考,没有必要靠什么术语、什么绝招来唬人,那只不过是无能的表现。如果到了只有外在地不断注入新奇的玩意才能够维持思想织体的存在的话,那就离死不远了。与其依赖不断地发明"鸡精"之类的东西来提味,还不如提高自己的烹饪手艺。外在的东西总是暂时的,更重要的是要练好内功,佛子所谓"不假外求",即此之谓也。

在阅读理论广泛讨论的今天,在读西书刚刚起步的阶段,伯纳德特的读书方法值得我们借鉴。众所周知,读书是一门复杂的学问,牵涉到为什么要读书、读什么书以及怎样读等,而这三者之间又是相辅相成的:知道为什么要读书了,该读什么书也就有了眉目,同时怎样读的问题就有了着落。当然,"为什么要读书"这一根本问题太过宏大,普通人负载不了,就连普通的时代也负载不了(参阅海德格尔:《形而上学导论》,熊伟译,商务印书馆1996年版,页46)。所以大多数人虽可熟诵"修齐治平""经国之大业、不朽之盛事"这样的读书目的,但在一个千方百计要"解构"神圣和不朽的时代流风中,"为什么要读书"早就不见于许多当代知识人的头脑中了。在所谓的"后英雄时代",谁还有胆量说"文不在兹乎",谁还会傻到开历史倒车的程度?殊不知,我们今天的确需要逆历史潮流而动,开一开历史的倒车,也许今后前进的路才会更顺畅。如果历经百年的"破执"和"重估"后,仍然找不到进路,那就不访回头看看来路。这种古怪的辩证法不是要重复历史上的各种"复兴",但如果任由轻率任性的"那些人"去"胡闹"(伊格尔顿语),现代性的资源亏空就会导致整体的崩溃,这即便不是灭顶之灾——这在"平常心"看来有些危言耸听,时代精神中持续的混乱和萎弱至少也绝对不是什么好事。

  读书人当然都有明确的读书目的,但由于缺乏足够的问题意识,其读书目的也多半会落空,就算读得车载斗量,那也不过是活动的书橱。读书目的千千万万,大家能够公认的,可能就是一个"化"字,这不仅仅指"消化",还在于"教化"。我们从现代的喧嚣中冷静下来后,应当"回头",就像柏拉图洞穴之喻所深刻指明的那样。读什么书的问题,就在"转头"的经验中一览无余了。

  又该如何读书呢?当今的阅读理论十分发达,从某种意义上说,可能就是感应到了时代对阅读的需要,但这些阅读现象学和解释理论,大多有失偏颇。这方面,施特劳斯的解释方法(或读法)确有可取之处,"施特劳斯坚持以过去的作者理解自己的方式来理解他们,这与当代解释学理论家所采用的方法形成尖锐的对立。的确,对当代解释学中企图敉平阅读与误读界限的危险倾向来说,他的解释观可以视为一种有力的对抗"(坎特:《施特劳斯与当代解释学》，程志敏译，载于陈少明、刘小枫编《经典与解释》，广东人民出版社，2002）。作为施特劳斯最早及门弟子的伯纳德特，秉承师法，并推而广之，把乃师在解读中世纪文献中发现的写作方法和相应的解释方法，应用到对古希腊文本的解释中，不温不火，不拘禁，也不跳脱。伯纳德特这本解读《奥德赛》的大作（尽管篇幅不大），就是施特劳斯式读书法的一种探索。

伯纳德特的读书方法很简单，似乎也很"笨"，那就是"贴近阅读"（close reading），"步步紧贴文本"（follow the text step by step）。古文家法也好、今文家法也好，汉学也罢、宋学也罢，思想也好、学术也好，"刺猬"也罢、"狐狸"也罢，首先都必须"面对文本本身"，才会有所作为。我把它归结为：逼近文本，拷问意义。

如果用中国传统学问境界中所谓"煮字"说来形容的话，伯纳德特的作品，包括《弓与琴》，的确就是"煮"出来的，只不过他"煮"的不是字，而是整个古希腊文化乃至整个古典学的学问。因其广泛，故有根基；因其磅礴，故有力道；因其细致，故有深度；因其大气，故有境界。

本书的翻译得到了刘小枫教授的指导，注释中的德文、拉丁文和法文分别请四川外语学院荣休教授朱雁冰先生、法语系刘波教授、四川大学熊林教授帮忙译出。对诸位师友的大力支持和辛勤劳动，表示衷心的感谢。

程志敏
2002 年 9 月 14 日

重订本后记

从翻译完本书到现在,十余年光阴悠忽而逝。这本书也成了我后来研究荷马史诗的起点。其间感触良多,思想观念也有了巨大变化,而那些变化都体现在自己其他一些文字中,此不赘述。邹丽女士补上了少量漏译的句子,尤其是以前漏掉的一些随文夹注的文献出处,也改正了个别误译的句子,用新字体重新录入了希腊文。后来又请王芳女士通校两遍,黄薇薇博士覆校全稿,译文的准确性和流畅性都提高了不少。最后,还要特别感谢马涛红女士的编校和润色。

学无止境,翻译亦然。唯愿有斐君子,屈尊切磋琢磨。

程志敏
2014 年 10 月

图书在版编目（CIP）数据

弓与琴：从柏拉图解读《奥德赛》：重订本/（美）瑟特·伯纳德特（Seth Benardete）著；程志敏译. -- 北京：华夏出版社，2016.10
（西方传统：经典与解释）
书名原文：The Bow and the Lyre: A Platonic Reading of the Odyssey
ISBN 978-7-5080-8922-5

Ⅰ. ①弓… Ⅱ. ①瑟… ②程… Ⅲ. ①《奥德赛》－诗歌研究 Ⅳ. ①I545.072

中国版本图书馆 CIP 数据核字（2016）第 190569 号

The Bow and the Lyre: A Platonic Reading of the Odyssey
Copyright © 1997 by Rowman & Littlefield Publishers, Inc.
All rights reserved.
Published by agreement with the Rowman & Littlefield Publishing Group through the Chinese Connection Agency, a division of the Yao Enterprises, LLC.

版权所有，翻印必究。
北京市版权局著作权合同登记号：图字 01-2011-5152 号

弓与琴——从柏拉图解读《奥德赛》

著　　者	[美]瑟特·伯纳德特
译　　者	程志敏
责任编辑	马涛红
责任印制	刘　洋
出版发行	华夏出版社
经　　销	新华书店
印　　刷	三河市少明印务有限公司
装　　订	三河市少明印务有限公司
版　　次	2016 年 10 月北京第 1 版　2016 年 10 月北京第 1 次印刷
开　　本	880×1230　1/32
印　　张	8.5
字　　数	220 千字
定　　价	49.00 元

华夏出版社　地址：北京市东直门外香河园北里 4 号　邮编：100028
　　　　　　网址：www.hxph.com.cn　电话：(010)64663331(转)
若发现本版图书有印装质量问题，请与我社营销中心联系调换。

西方传统：经典与解释
Classici et Commentarii
HERMES
刘小枫◎主编

古今丛编

孟德斯鸠的自由主义哲学——《论法的精神》疏证
[美]潘戈 著

莫尔及其乌托邦
[德]考茨基 著

试论古今革命
[法]夏多布里昂 著

托兰德与激进启蒙
刘小枫 编

图书馆里的古今之战
[英]斯威夫特 著

但丁：皈依的诗学
[美]弗里切罗 著

在西方的目光下
[英]康拉德 著

大学与博雅教育
董成龙 编

探究哲学与信仰——基尔克果与苏格拉底
[美]郝岚 著

民主的本性——托克维尔的政治哲学
[法]马南 著

梅尔维尔的政治哲学——《切雷诺》及其解读
李小均 编/译

席勒美学的哲学背景
[美]维塞尔 著

果戈里与鬼
[俄]梅列日科夫斯基 著

自传性反思
[德]沃格林 著

黑格尔与普世秩序
[美]希克斯 等著

新的方式与制度——马基雅维利的《论李维》研究
[美]曼斯菲尔德 著

科耶夫的新拉丁帝国
[法]科耶夫 等著

《利维坦》附录
[英]霍布斯 著

巨人与侏儒
[美]布鲁姆 著

或此或彼（上、下）
[丹麦]基尔克果 著

海德格尔式的现代神学
刘小枫 选编

双重束缚
[美]基拉尔 著

古今之争中的核心问题
——施米特的学说与施特劳斯的论题
[德]迈尔 著

论永恒的智慧
[德]苏索 著

宗教经验种种
[美]詹姆斯 著

尼采反卢梭
[美]凯斯·安塞尔-皮尔逊 著

舍勒思想评述
[美]弗林斯 著

诗与哲学之争
[美]罗森 著

神圣与世俗
[罗]伊利亚德 著

论古人的智慧
[英]培根 著

但丁的圣约书
[美]霍金斯 著

古典学丛编

雅典谐剧与逻各斯
——《云》中的修辞、谐剧性及语言暴力
[美]奥里根 著

莱园哲人伊壁鸠鲁
罗晓颖 选编

《劳作与时日》笺释
吴雅凌 撰

希腊古风时期的真理大师
[法]德蒂安 著

古罗马的教育
[英]葛怀恩 著

古典学与现代性
刘小枫 编

表演文化与雅典民主政制
[英]戈尔德希尔、奥斯本 编

西方古典文献学发凡
刘小枫 编

古典语文学常谈
[德]克拉夫特 著

古希腊文学常谈
[英]多佛 等著

撒路斯特与政治史学
刘小枫 编

希罗多德的王霸之辨
吴小锋 编/译

第二代智术师——罗马帝国早期的文化现象
[英]安德森 著

英雄诗系笺释
[古希腊]荷马 著

统治的热望
——修昔底德笔下的阿尔喀比亚德和帝国政治
[美]福特 著

论埃及神学与哲学——伊希斯与俄赛里斯
[古希腊]普鲁塔克 著

凯撒的剑与笔
李世祥 编/译

伊壁鸠鲁主义的政治哲学
[意]詹姆斯·尼古拉斯 著

修昔底德笔下的人性
[加]欧文 著

修昔底德笔下的演说
[美]斯塔特 著

古希腊政治理论
[美]格雷纳 著

神谱笺释
吴雅凌 撰

赫西俄德：神话之艺
[法]居代·德·拉孔波 等著

赫拉克勒斯之盾笺释
罗逍然 译笺

《埃涅阿斯纪》章义
王承教 选编

维吉尔的帝国
[美]阿德勒 著

塔西佗的政治史学
曾维术 编

古希腊诗歌丛编

诗歌与城邦
[美]费拉格、纳吉 主编

阿尔戈英雄纪（上、下）
[古希腊]阿波罗尼俄斯 著

俄耳甫斯教祷歌
吴雅凌 编译

俄耳甫斯教辑语
吴雅凌 编译

古希腊肃剧注疏集
希腊肃剧与政治哲学
[美]阿伦斯多夫 著

古希腊礼法
希腊人的正义观
[英]哈夫洛克 著

廊下派集
廊下派的城邦观
[英]斯科菲尔德 著

希伯莱圣经历代注疏
希腊化世界中的犹太人
[英]威廉逊 著

第一亚当和第二亚当
[德]朋霍费尔 著

新约历代经解
属灵的寓意
[古罗马]俄里根 著

基督教与古典传统
无执之道——埃克哈特神学思想研究
[德]文森 著

恐惧与战栗
[丹麦]基尔克果 著

托尔斯泰与陀思妥耶夫斯基
[俄]梅列日科夫斯基 著

论宗教大法官的传说
[俄]罗赞诺夫 著

海德格尔与有限性思想（重订版）
刘小枫 选编

上帝国的信息
[德]拉加茨 著

基督教理论与现代
[德]特洛尔奇 著

亚历山大的克雷芒
[意]塞尔瓦托·利拉 著

中世纪的心灵之旅——波纳文图拉神学著作选
[意]圣·波纳文图拉 著

德意志古典传统丛编

穆佐书简
[奥]里尔克 著

纪念苏格拉底——哈曼文选
刘新利 选编

夜颂中的革命和宗教——诺瓦利斯选集卷一
[德]诺瓦利斯 著

大革命与诗话小说——诺瓦利斯选集卷二
[德]诺瓦利斯 著

黑格尔的观念论
[美]皮平 著

浪漫派风格——施莱格尔批评文集
[德]施莱格尔 著

美国宪政与古典传统

美国1787年宪法讲疏
[美]阿纳斯塔普罗 著

品达注疏集

幽暗的诱惑——品达、晦涩与古典传统
[美]汉密尔顿 著

阿里斯托芬集

《阿卡奈人》笺释
[古希腊]阿里斯托芬 著

色诺芬注疏集

居鲁士的教育
[古希腊]色诺芬 著

色诺芬的《会饮》
[古希腊]色诺芬 著

柏拉图注疏集

哲学的奥德赛——《王制》引论
[美]郝兰 著

爱欲与启蒙的迷醉——论柏拉图的《会饮》
[美]贝尔格 著

为哲学的写作技艺一辩——《斐德若》疏证
[美]伯格 著

柏拉图式的迷宫——《斐多》义疏
[美]伯格 著

人应该如何生活
[美]布鲁姆 著

情敌
[古希腊]柏拉图 著

哲学如何成为苏格拉底式的
[美]朗佩特 著

苏格拉底与希琵阿斯
王江涛 编译

理想国
[古希腊]柏拉图 著

谁来教育老师——《普罗塔戈拉》发微
刘小枫 编

立法者的神学——柏拉图《法义》卷十绎读
林志猛 编

柏拉图对话中的神
[德]薇依 著

厄庇诺米斯
[古希腊]柏拉图 著

智慧与幸福——柏拉图的《厄庇诺米斯》
程志敏 选编

论柏拉图对话
[德]施莱尔马赫 著

柏拉图《美诺》疏证
[美]克莱因 著

政治哲学的悖论——苏格拉底的哲学审判
[美]郝岚 著

神话诗人柏拉图
张文涛 选编

阿尔喀比亚德
[古希腊]柏拉图 著

叙拉古的雅典异乡人——柏拉图《书简七》探幽
彭磊 选编

阿威罗伊论《王制》
[阿拉伯]阿威罗伊 著

《王制》要义
刘小枫 选编

柏拉图的《会饮》
[古希腊]柏拉图 等著

苏格拉底的申辩
[古希腊]柏拉图 著

苏格拉底与政治共同体
[美]尼科尔斯 著

政制与美德——柏拉图《法义》疏解
[美]潘戈 著

《法义》导读
[法]卡斯代尔·布舒奇 著

论真理的本质
[德]海德格尔 著

哲人的无知
[德]费勃 著

米诺斯
[古希腊]柏拉图 著

亚里士多德注疏集

品格的技艺
[美]加佛 著

亚里士多德哲学的基本概念
[德]海德格尔 著

《政治学》疏证
[意]托马斯·阿奎那 著

尼各马可伦理学义疏
——亚里士多德与苏格拉底的对话
[美]伯格 著

哲学之诗——亚里士多德《诗学》解诂
[美]戴维斯 著

对亚里士多德的现象学解释
[德]海德格尔 著

城邦与自然——亚里士多德与现代性
刘小枫 编

论诗术中篇义疏
[阿拉伯]阿威罗伊 著

哲学的政治——亚里士多德《政治学》疏证
[美]戴维斯 著

莎士比亚绎读

莎士比亚的历史剧
[英]蒂利亚德 著

莎士比亚笔下的爱与友谊
[美]布鲁姆 著

莎士比亚戏剧与政治哲学
彭磊 选编

莎士比亚的政治盛典
[美]阿鲁里斯/苏利文 编

丹麦王子与马基雅维利
罗峰 选编

洛克集

上帝、洛克与平等
[美]沃尔德伦 著

卢梭集

论哲学生活的幸福
[德]迈尔 著

致博蒙书
[法]卢梭 著

政治制度论
[法]卢梭 著

哲学的自传——卢梭的《孤独漫步者的遐思》
[法]卢梭 著

文学与道德杂篇
[法]卢梭 著

设计论证——卢梭的《社会契约论》
[美]吉尔丁 著

卢梭的自然状态
[美]普拉特纳 等著

卢梭的榜样人生——作为政治哲学的《忏悔录》
[美]凯利 著

莱辛注疏集

汉堡剧评
[德]莱辛 著

关于悲剧的通信
[德]莱辛 著

《智者纳坦》研究版
[德]莱辛 等著

启蒙运动的内在问题——莱辛思想再释
[美]维塞尔 著

莱辛剧作七种
[德]莱辛 著

历史与启示——莱辛神学文选
[德]莱辛 著

论人类的教育——莱辛政治哲学文选
[德]莱辛 著

尼采注疏集

尼采引论
[德]施特格迈尔 著

尼采与基督教——尼采的《敌基督》论集
刘小枫 编

尼采眼中的苏格拉底
[美]丹豪瑟 著

尼采的使命——《善恶的彼岸》绎读
[美]朗佩特 著

尼采与现时代——解读培根、笛卡尔与尼采
[美]朗佩特 著

动物与超人之间的绳索
[德]A.彼珀 著

施特劳斯集

苏格拉底问题与现代性[增订本]
——施特劳斯演讲与论文集：卷二
[美]列奥·施特劳斯 著

政治哲学与启示宗教的挑战
[德]迈尔 著

霍布斯的宗教批判
[美]列奥·施特劳斯 著

斯宾诺莎的宗教批判
[美]列奥·施特劳斯 著

门德尔松与莱辛
[美]列奥·施特劳斯 著

哲学与律法——论迈蒙尼德及其先驱
[美]列奥·施特劳斯 著

迫害与写作艺术
[美]列奥·施特劳斯 著

中国传统：经典与解释

Classici et Commentarii

经典与解释

刘小枫　陈少明 ○ 主编

柏拉图式政治哲学研究
[美]列奥·施特劳斯 著

阅读施特劳斯
[美]斯密什 著

《会饮》讲疏
[美]列奥·施特劳斯 著

柏拉图《法义》的论辩与情节
[美]列奥·施特劳斯 著

什么是政治哲学
[美]列奥·施特劳斯 著

古典政治理性主义的重生
[美]列奥·施特劳斯 著

施特劳斯与流亡政治学
[美]谢帕德 著

犹太哲人与启蒙——施特劳斯演讲与论文集：卷一
[美]列奥·施特劳斯 著

回归古典政治哲学——施特劳斯通信集
[美]列奥·施特劳斯 著

隐匿的对话——施米特与施特劳斯
[德]迈尔 著

苏格拉底与阿里斯托芬
[美]列奥·施特劳斯 著

驯服欲望——施特劳斯笔下的色诺芬撰述
[法]科耶夫　等著

论僭政（重订本）——色诺芬《希耶罗》义疏
[美]施特劳斯科耶夫 著

《毛诗》郑王比义发微 / 史应勇 著
宋人经筵诗讲义四种 / [宋]张纲 等撰
道德真经藏室纂微篇 / [宋]陳景元 撰
道德真经四子古道集解 / [金]寇才质 撰
皇清经解提要 / [清]沈豫 撰
经学通论 / [清]皮锡瑞 著
药地炮庄 / [明]方以智 著
药地炮庄笺释·总论篇 / [明]方以智 著
青原志略 / [明]方以智 原编
冬灰录 / [明]方以智 著
冬炼三时传旧火 / 邢益海 编
松阳讲义 / [清]陆陇其 著
起凤书院答问 / [清]姚永朴 撰
周礼疑义辨证 / 陈衍 著
《铎书》校注 / 孙尚扬 肖清和 等校注
韩愈志 / 钱基博 著
论语辑释 / 陈大齐 著
《庄子·天下篇》注疏四种 / 张丰乾 编
荀子的辩说 / 陈文洁 著
古学经子 / 王锦民 著
经学以自治 / 刘少虎 著
从公羊学论《春秋》的性质 / 阮芝生 撰

施米特集

施米特对自由主义的批判
[美]麦考米特 著

宪法专政——现代民主国家中的危机政府
[美]罗斯托 著

施米特对自由主义的批判
[美]约翰·麦考米克 著

伯纳德特集

古典诗学之路（重订版）
——相遇与反思：与伯纳德特聚谈
[美]伯格 编

弓与琴（重订版）——从柏拉图解读《奥德赛》
[美]伯纳德特 著

神圣的罪业
[美]伯纳德特 著

大学素质教育读本

古典诗文绎读 西学卷·古代编（上、下）
古典诗文绎读 西学卷·现代编（上、下）

经典与解释辑刊（刘小枫 陈少明 主编）

1 柏拉图的哲学戏剧
2 经典与解释的张力
3 康德与启蒙
4 荷尔德林的新神话
5 古典传统与自由教育
6 卢梭的苏格拉底主义
7 赫尔墨斯的计谋
8 苏格拉底问题
9 美德可教吗
10 马基雅维利的喜剧
11 回想托克维尔
12 阅读的德性
13 色诺芬的品味
14 政治哲学中的摩西
15 诗学解诂
16 柏拉图的真伪
17 修昔底德的春秋笔法
18 血气与政治
19 索福克勒斯与雅典启蒙
20 犹太教中的柏拉图门徒
21 莎士比亚笔下的王者
22 政治哲学中的莎士比亚
23 政治生活的限度与满足
24 雅典民主的谐剧
25 维柯与古今之争
26 霍布斯的修辞
27 埃斯库罗斯的神义论
28 施莱尔马赫的柏拉图
29 奥林匹亚的荣耀
30 笛卡尔的精灵
31 柏拉图与天人政治
32 海德格尔的政治时刻
33 荷马笔下的伦理
34 格劳秀斯与国际正义
35 西塞罗的苏格拉底
36 基尔克果的苏格拉底
37《理想国》的内与外
38 诗艺与政治
39 律法与政治哲学
40 古今之间的但丁
41 拉伯雷与赫尔墨斯秘学
42 柏拉图与古典乐教
43 孟德斯鸠论政制衰败
44 博丹论主权

刘小枫集

诗化哲学［重订本］
拯救与逍遥［修订本］
走向十字架上的真
这一代人的怕和爱［增订本］
现代性与现代中国：现代性社会理论绪论
沉重的肉身
圣灵降临的叙事［增订本］
罪与欠
西学断章
现代人及其敌人
儒教与民族国家
拣尽寒枝
施特劳斯的路标
重启古典诗学
共和与经纶
设计共和
古典学与古今之争
卢梭与我们
好智之罪：普罗米修斯神话通释
民主与爱欲：柏拉图《会饮》绎读
民主与教化：柏拉图《普罗塔戈拉》绎读
巫阳招魂：《诗术》绎读

编修［博雅读本］

凯若斯：古希腊语文读本［全二册］
古希腊语文学述要
雅努斯：古典拉丁语文读本
古典拉丁语文学述要
危微精一：政治法学原理九讲
琴瑟友之：钢琴与古典乐色十讲